凝煉知識品味閱讀

《金瓶梅》演義
儒學視野下的寓言闡釋

李志宏——著

五南圖書出版公司 印行

誌　謝

本書係國家科學委員會專題研究計畫〈「演義」敘事學——以明代四大奇書爲考察中心〉（計畫編號：NSC99-2410-H-003-103-MY2）補助下彙編完成之部分研究成果，謹此致謝。

目次

001 引論：尋繹《金瓶梅》的文化身分

006 一、重寫：面向英雄無用武之地的時代

012 二、轉義：寄意於時俗的寓言創造

020 三、重讀經典：儒學視野下的寓言闡釋

027 第一章 「演義」：明代四大奇書的書寫性質——在正史之外尋求歷史闡釋空間

028 一、問題的提出

032 二、演義：明代四大奇書文體／文類屬性的再認識

045 三、小說大寫：明代四大奇書作為歷史闡釋的話語實踐

053 四、結語

第二章　一樣「世情」，兩種「演義」
——詞話本與說散本《金瓶梅》的題旨比較　055

056　一、問題的提出
059　二、預述性敘事框架的建置
065　三、故事類型的設定
071　四、經世寓言的建構
079　五、結語

第三章　仁者以財發身，不仁者以身發財
——《金瓶梅》對於商人階層興起的歷史反思　083

084　一、問題的提出
086　二、發跡：關於商人階層興起現象的關注
091　三、變泰：關於士商交往關係變化的理解
096　四、小人亂國：天下失政的歷史反思
099　五、結語

第四章　欲齊其家者，先修其身 —— 《金瓶梅》的淑世意識 103

104 一、問題的提出

105 二、「齊家」遺言：西門慶縱欲身亡之後

109 三、「無父」之家：儒家父權宗法斷裂的隱喻

125 四、家國新生：《金瓶梅》的淑世意識——代結語

第五章　唯女子與小人為難養也 —— 《金瓶梅》的寓言建構與意識形態 131

132 一、問題的提出

135 二、寓言：情色與國家政體的交涉

143 三、意識形態：「女子」與「小人」的認知及其形塑

164 四、結語

第六章　吾未見好德如好色者也
169　——《金瓶梅》的情色書寫與道德反思
170　一、問題的提出
174　二、好色：情色書寫的時代表徵
188　三、好色婦女：「女禍」原型的移用
197　四、妾婦之道：「經夫婦」的倫理想像
219　五、德色辯證：「殺嫂祭兄」的道德反思
231　六、結語

第七章　克己復禮為仁
235　——《金瓶梅》的政教思維與生命反思
236　一、問題的提出
239　二、不刪鄭衛：儒家視野下的政教思維
249　三、病體隱喻：己／家／國一體的觀照
269　四、克己復禮：無私欲之蔽的生命反思
280　五、結語

285 第八章　三寸氣在千般用，一日無常萬事休——《金瓶梅》的尊生意識

286 一、問題的提出

293 二、人身難得：與時偕行中的生命觀照

304 三、知命意識：天人之辨中的尊生思考

312 四、立命選擇：存心養性中的修身實踐

322 五、結語

327 結　論

345 再版後記

347 初版後記

351 參考文獻

引論

尋繹《金瓶梅》的文化身分

《金瓶梅》[1]與《三國志演義》、《水滸傳》和《西遊記》並稱明代「四大奇書」，甚至被賦予「第一奇書」[2]之名。自明代中葉以來，不論在傳抄或刊刻階段，《金瓶梅》以其「世情」題材和「誨淫」特質之故，因而受到讀者的普遍關注。

在中國古代小說發展過程中，長篇通俗小說的出現歷經了歷史演義、英雄傳奇和神魔幻怪等題材的創作、流傳與演變，產生了如《三國志演義》、《水滸傳》和《西遊記》等奇書鉅著。大體來看，上述奇書敘事創造大多藉由英雄形象的塑造及其命運書寫，體現出一種充滿理想、浪漫而帶有悲劇意味的文學特質，對於後世文學的影響極爲深遠。直到《金瓶梅》問世，小說敘述以「暴露」的手法揭開人間醜惡，[3]不僅標誌著長篇通俗小說朝向世情書寫發展，而且提供了一種觀照歷史與現實的新價值向度，因而造就通俗小說敘事創造的轉向。魯迅在《中國小說史略》中讚譽《金瓶梅》的敘事表現曰：

> 作者之于世情，蓋誠極洞達，凡所形容，或條暢，或曲折，或刻露而盡相，或幽伏而含譏，或一時並寫兩面，使之相形，變幻之情，隨在顯見，同時說部，無以上之，……[4]

---

1 現存《金瓶梅》版本主要有二系三種：即萬曆年刊詞話本、崇禎年刊說散本和張竹坡依據崇禎年刊說散本評點的第一奇書本。本文所論《金瓶梅》即以學界認爲現存最早版本——萬曆四十五年刊行的「詞話本」爲主，行文皆以《金瓶梅》稱之。參〔明〕蘭陵笑笑生原著，梅節校訂，陳詔、黃霖注釋：《金瓶梅詞話》（夢梅館校本）（臺北：里仁書局，2017年）。小說引文皆出於此，僅於引文之後標明頁數，不另贅註。

2 〔清〕張竹坡評點《金瓶梅》，稱之爲「皋鶴堂批評第一奇書金瓶梅」。〔明〕蘭陵笑笑生著，〔清〕張竹坡評點：《第一奇書——竹坡本金瓶梅》（康熙乙亥年張竹坡在茲堂本《金瓶梅》）（臺北：里仁書局，1981年）。

3 黃霖：《金瓶梅考論》（瀋陽：遼寧人民出版社，1989年），頁1。

4 魯迅：《魯迅小說史論文集——中國小說史略及其他》（臺北：里仁書局，1992年），頁161。

整體而言，《金瓶梅》一書作爲「暴露文學的傑構」，可以說徹底實現了由神到人的文學本位的復歸、由美到醜的美學背反，變奇爲常的審美旨趣的轉向，充分展現出不同於以往的小說美學風格。[5]對於《金瓶梅》的問世，鄭振鐸從小說史眼光視之爲「第一流的小說」，甚至認爲「其偉大似更過於《水滸》，《西遊》、《三國》，更不足和它相提並論」，[6]給予了充分的肯定。

關於《金瓶梅》一書的創新性，石昌渝曾經從文體演變角度指出：

> 白話小説從勾欄瓦肆「説話」中脱胎出來，它雖然已是書面文學，但結構類型到敘事方式，無不受到「説話給聽眾聽」的模式的深刻影響。短篇小説完全模擬「説話」，我們稱它爲話本小説；長篇小説雖係文人寫定，但明代中期以前的作品，如《三國志演義》、《水滸傳》、《封神演義》、《西遊記》等，仍然沒有走出「説給人聽」的境界，刊於萬曆年間的《金瓶梅》卻邁出了關鍵的一步，它雖然沒有完全脱盡「説話」的胎記，但在表達方式上完成了從讓人「聽」到給人「讀」的轉變。在文體演變史上，《金瓶梅》是里程碑式的作品。[7]

此點觀察，大體是成立的。雖然目前因論者對於《金瓶梅》成書歷程

---

5 黃清泉、蔣松源、譚邦和：《明清小說的藝術世界》（武漢：華中師範大學出版社，1992年），頁105-115。

6 鄭振鐸：〈談《金瓶梅詞話》〉，見盛源、北嬰選編：《名家解讀金瓶梅》（濟南：山東人民出版社，1998年），頁12。

7 石昌渝：《中國小說源流論》（北京：生活・讀書・新知三聯書店，1994年），頁345。

的看法不一所致，在《金瓶梅》成書方式究竟是集體創作或文人獨創的討論方面，迄今仍然爭論不休；但不論寫作素材來源如何，今從現存最早版本《金瓶梅》刊刻問世的成品來看，我們都應該承認一個事實，即《金瓶梅》的編寫定稿，在在都促使古代長篇通俗小說在藝術表現上產生質的突破和新發展。在中國小說史的意義上，《金瓶梅》作爲「世情書」[8]的敘事範式，不僅奠定長篇通俗演義的新文類和創作流派的形成，而且整體敘事表現廣泛且深刻地影響了後繼小說家各取所需的仿擬、改寫和續作，可謂具有重要的美學意義和文化價值。

有關《金瓶梅》的刊刻與流傳情形，經學者考證可知，目前所見最早版本爲明代萬曆丁巳（1617）年刊行的《新刻金瓶梅詞話》，另崇禎初年時《新刻繡像批評金瓶梅》刊刻出版，其後清代康熙年間張竹坡以崇禎本爲評點對象，稱之爲《皋鶴堂批評第一奇書金瓶梅》。[9]在刊刻與流傳過程中，由於《金瓶梅》存在諸多「淫穢」的語言、事件和場景，足以影響人心，因此屢遭官方視爲淫書而禁毀。自明清以迄現代，歷來論及《金瓶梅》寫作題旨時，論者對於小說的「誨淫」特質，不論在持論視角或闡釋立場方面多有不同，可謂毀譽參半，褒貶不一。[10]也因爲如此，論者對於《金瓶梅》一書的文學／

---

8 魯迅指出：「當神魔小說盛行時，記人事者亦突起，取其材猶宋市人小說之『銀字兒』，大率爲離合悲歡及發跡變態之事，間雜因果報應，而不甚言靈怪，又緣描摹世態，見其炎涼，故或亦謂之『世情書』也。」見氏著：《魯迅小說史論文集——中國小說史略及其他》，頁161。

9 目前學界較傾向認爲「詞話本」是「說散本」的母本，兩者之間是關係極爲密切，屬於父子（母子）關係。參苗懷明：〈20世紀詞話本爲中心的《金瓶梅》研究綜述〉，《中華文化論壇》2002年第1期，頁75-81。關於詞話本與說散本之關係，筆者傾向於接受黃霖所提「父子關係」的說法，參氏著：〈《金瓶梅》詞話本與崇禎本刊印的幾個問題〉，《河南大學學報》（社會科學版）第46卷第1期（2006年1月），頁2-9。

10 相關討論可參鄧紹基、史鐵良主編，史鐵良、陳立人、鄧紹秋撰著：《明代文學研究》（北京：北京出版社，2003年），頁410-432。

文化定位的認知不相一致時，各種研究的懸案亦隨之產生，其中諸多爭論迄今同樣未能獲得妥善解決，猶待進一步釐清。[11]

不過換個角度來說，上述因認識和接受的矛盾而造成褒貶不一的評價結果，在某種意義上正好凸顯了《金瓶梅》在晚明歷史語境中產出的特殊性。不論在《金瓶梅》一書的文化身分及其所體現的意義方面產生何種確認結果，勢必將影響讀者對於小說的主題思想及其藝術表現的解讀方向，因而顯得格外重要。[12]因此，爲了尋繹《金瓶梅》

---

11 可參吳敢：《20世紀《金瓶梅》研究史長編》（上海：文匯出版社，2003年）。另吳敢在〈《金瓶梅》研究的懸案與論爭〉一文中對於研究懸案列舉數端：一、關於《金瓶梅》文學地位；二、關於《金瓶梅》思想內容；三、關於《金瓶梅》藝術特色；四、關於《金瓶梅》成書年代；五、關於《金瓶梅》成書方式；六、關於《金瓶梅》作者；七、關於《金瓶梅》版本；八、關於《金瓶梅》評點；九、關於《金瓶梅》源流；十、關於《金瓶梅》文化。見黃霖、杜明德主編：《《金瓶梅》與臨清——第六屆國際《金瓶梅》學術討論會論文集》（濟南：齊魯書社，2008年），頁1-36。大體而言，本書研究問題的提出與前三點的關聯較爲密切。

12 （美）浦安迪（Andrew H. Plaks）從儒學觀點針對明代小說四大奇書的寫作性質及其敘事系統進行研究，發現四大奇書在敘事表現上具有一致的寫作意識和美學慣例，進而提出「文人小說」的看法，此一觀點頗具參考價值。相關討論參氏著，沈亨壽譯：《明代小說四大奇書》（*The Four Masterworks of the Ming Novel: Ssu ta ch'i-shu*）（北京：生活・讀書・新知三聯書店，2006年）。此外，在〈金瓶梅非「集體創作」〉一文中，浦安迪更明確主張《金瓶梅》係經文人加工後的作品，並非世代累積的說散本。不論從結構模式、意象投射、用詩用典、思想含義等，皆證明這驚人的獨創性的文章，只是一個胸中丘壑的文人所能煉成的。該文見中國金瓶梅學會編：《金瓶梅研究》（第二輯）（南京：江蘇古籍出版社，1991年），頁82-90。然而，（美）夏志清認爲《金瓶梅》雖是中國小說發展史上的一個里程碑，但這部作品是遠爲有意識地爲迎合習慣於各種口頭娛樂的聽眾而設計，因而加入許多詞曲、笑話、世俗故事和佛教故事，就文體和結構而言，這些經常損害作品自然主義敘述的結構組織，可以說是令人失望的一部小說。見氏著，胡益民等譯：《中國古典小說史論》（*The Classic Chinese Novel: A Critical Introduction*）（南昌：江西人民出版社，2003年），頁171。目前對於兩種評價觀點的討論，尚未能形成最後定論。不過不論評價如何，我們應該可以承認的是，上述看法提出的前提，可說是植基於文人創作的認知而來，顯示出論者對《金瓶梅》藝術表現的重視。

的文化身分，或許我們不妨將上述的理解當作一個重要問題來加以處理。本書立論的目標，即試圖通過重讀「經典」（canon）的方式，力求針對《金瓶梅》的文化身分進行反思，期能在後續論述過程之中，對於《金瓶梅》的創作本質和思想內涵進行還原式解讀。

一、重寫：面向英雄無用武之地的時代

在《金瓶梅》的相關研究中，如前所言，論者對於《金瓶梅》一書究竟屬於世代累積型作品或文人獨創型作品多有爭論。有關《金瓶梅》寫作素材的來源和運用問題，連帶地也同樣受到論者的高度關注。[13]經歷來研究考證可知，《金瓶梅》一書多有承襲和借鑑眾多資料和前人作品之處，而其中最受矚目的部分，便是參考《水滸傳》中潘金蓮與西門慶偷情故事一節。[14]從小說史的角度來說，《金瓶梅》

---

13 關於素材探源研究的早期成果，可參馮沅君：〈金瓶梅詞話中的文學史料〉，見氏著：《古劇說彙》（上海：商務印書館，1947年），頁170-213。其後較爲全面整理者，可參（美）韓南（Patrick. D. Hanan）：〈《金瓶梅》探源〉，見徐朔方編校、沈亨壽等譯：《金瓶梅西方論文集》（上海：上海古籍出版社，1987年），頁1-48。（美）韓南（Patrick. D. Hanan）著，包振南譯：〈《金瓶梅》版本及素材來源研究〉，見包振南、寇曉偉、張小影編選：《《金瓶梅》及其他》（長春：吉林文史出版社，1991年），頁14-142。（美）韓南（Patrick. D. Hanan）著，王秋桂等譯：《韓南中國小說論集》（北京：北京大學出版社，2008年），頁223-264。又可參周鈞韜：《金瓶梅素材來源》（鄭州：中州古籍出版社，1991年）。

14 徐朔方在〈論《金瓶梅》成書新探〉一文中從「世代累積」觀點提出不同看法：「與其說，《金瓶梅》以《水滸傳》若干回爲基礎，不如說兩者同出一源，同出一系列《水滸》故事的集群，包括西門慶潘金蓮故事在內。」本文原載於《中華文史論叢》1984年第3期，其後收入氏著：《《金瓶梅》的成書及其他》（濟南：齊魯書社，1988年），頁53-107。不過針對此一觀點，有學者爲文加以反駁，參宣嘯東：〈《金瓶梅》與《水滸傳》「同出一源」駁議〉，《明清小說研究》1999年第1期，頁54-58。目前來看，學界大體上較主張從影響關係論《金瓶梅》承襲《水滸傳》的創作表現。

所展現的突破性，標誌著小說寫作在思想和方法的轉向，與晚明歷史文化語境之間具有極爲密切的交涉，體現出深刻的現實意義和時代性標誌。[15]

在實際針對《金瓶梅》的創作本質和思想內涵展開討論之前，我認爲實有必要從「重寫」的觀點重新反思其題材屬性，方能在後文中有效闡釋此一策略本身所引發的價值辯證問題。以下即先就考察所見，提出兩點反思：

其一，從「重寫」的意義來說，《金瓶梅》承襲《水滸傳》情節以敷演故事本體，必然有其相應的題旨動機和藝術動機。至於《金瓶梅》寫定者爲何獨鍾《水滸傳》？又如何在晚明歷史文化語境汲取相應的文化資源和象徵資本，進而通過寫作命題的設置與之展開對話？此一問題，多少又與當時《水滸傳》的出版與傳播，以及小說對於讀者接受所具有的召喚意義或藝術魅力密切相關。

基本上，《水滸傳》一書自成書刊刻以來，即受到讀者喜愛，並且廣爲流傳。胡應麟在《少室山房筆叢》卷四十一「辛部二卷」〈莊嶽委談〉一節中即提及小說盛行於世的情況：

> 今世傳街談巷語有所謂演義者，蓋尤在傳奇、雜劇下，然元人武林施某所編《水滸傳》特爲盛行，世率以其鑿空無據，要不盡爾也。……其門人羅本亦效之爲《三國志演義》，絕淺鄙可嗤也。[16]

在胡應麟眼中，《水滸傳》因以「俗語」爲之，顯得淺鄙可嗤；但不

---

15 王增斌：〈《金瓶梅》文學估值與明清世情小說之流變〉，《山西教育學院學報》第2卷第3期（1999年9月），頁3-9。

16〔明〕胡應麟：《少室山房筆叢》（上海：上海書店出版社，2009年），頁436。

能否認的是，《水滸傳》特爲盛行，除縉紳階層喜讀好議之外，亦深受一般市民百姓歡迎。此外，相較於《三國志演義》一書，《水滸傳》的美學表現似更勝一籌，受到有識讀者的高度讚賞。關於《忠義水滸傳》的藝術手法表現，天都外臣在〈水滸傳敘〉一文中即以肯定語氣指出：

> 載觀此書，……。紀載有章，煩簡有則。發凡起例，不雜易於。如良史善繪，濃淡遠近，點染盡工；又如百尺之錦，玄黃經緯，一絲不紕。此可與雅士道，不可與俗士談。視之《三國演義》，雅俗相牽，有妨正史，固大不侔。而俗士偏賞之，坐暗無識耳。雅士之賞此書者，甚以爲太史公演義。[17]

由此可見，其時文人雅士亦多有喜觀《水滸傳》者，甚有比附爲「太史公演義」的情形，足見讚賞之意。我們或許可以如此推論，《金瓶梅》寫定者有意取材於《水滸傳》，當憑藉著《水滸傳》盛行於世的藝術魅力，爲讀者創造出不同以往的閱讀期待視野，在話題創造上積極吸引讀者目光，達到召喚讀者的目的。

其二，《金瓶梅》作爲一部奇書，整體敘事創造所展現的美學意義及其藝術價值，主要體現在敘事觀念的轉變與更新，而這樣的轉變與更新，首先便充分展示在題材內容的選擇與寫作手法的審美置換之上，足以與《水滸傳》乃至其他小說類型構成一種「對話」關係。[18]

《金瓶梅》的產生究竟所爲何來，寫定者的寫作意圖爲何？向來是論者研究時所關注的議題。且觀《金瓶梅》的敘事內容，故事時間

---

17 〔明〕天都外臣：〈水滸傳敘〉，見黃霖、韓同文選注：《中國歷代小說論著選》（上）（南昌：江西人民出版社，2000年），頁129。

18 李時人：〈中國古代小說的美學新風貌——談《金瓶梅》的藝術創造〉，《河北師範大學學報》（哲學社會科學版）1994年第3期，頁42-47。

設定在宋代政和二年至南宋建炎元年年間，前後計十六年。不過歷來學者在《金瓶梅》創作時代背景方面的研究上，多主張小說創作實際上反映的是明代中晚期的歷史與現實，體現出「借宋寫明」的創作意圖。[19]究實而論，《水滸傳》一書主要講述宋代宣和年間朝綱不振，梁山泊好漢出世聚合並替天行道，由此展演水滸英雄撥亂反正的忠義事蹟。姑且不論《金瓶梅》故事所賴以存在的時代背景究竟是虛寫宋代或影指明代的問題，《金瓶梅》在第一回故事開端仍然概括保留了「亂世」的時空背景，敘述者曰：

> 話說宋徽宗皇帝政和年間，朝中寵信高、楊、童、蔡四個奸臣，以致天下大亂，黎民失業，百姓倒懸，四方盜賊蜂起。罡星下生人間，攪亂大宋花花世界，四處反了四大寇。那四大寇？山東宋江，淮西王慶，河北田虎，江南方臘。皆轟州劫縣，放火殺人，僭稱王號。惟有宋江替天行道，專報不平，殺天下贓官污吏，豪惡刁民。（頁4）

在此一亂世的歷史視野中，《金瓶梅》寫定者刻意採取一種預設（prefigurative）的敘述姿態，為後續潘金蓮與西門慶偷情事件所引發的故事情節建置一個新的時空體框架，進而在情節建構中再現序列

19 關於《金瓶梅》創作的具體社會背景是以明代中晚明時期為主的說法的提出，可參吳晗：〈《金瓶梅》的著作時代及其社會背景〉，見盛源、北嬰選編：《名家解讀金瓶梅》（濟南：山東人民出版社，1998年），頁30-68。而現今關於《金瓶梅》「借宋寫明」一事，究竟是否隱含對於正德、嘉靖、隆慶或萬曆的政治影射問題，因歷來各家索隱聚訟紛紜，目前尚無法做出明確結論。在此一問題的方面較成一家之言者，可參霍現俊：《金瓶梅發微》（北京：中國社會科學出版社，2002年）。霍現俊：《金瓶梅藝術論要》（天津：天津古籍出版社，2010年）。基本上，霍現俊主張《金瓶梅詞話》的主旨在於諷刺、辱罵明世宗嘉靖。

事件，以此創造出一個與《水滸傳》截然不同的特殊故事類型。值得注意的是，在世變書寫之中，《金瓶梅》首先是以女性、家庭和世情生活的描寫作爲主要表現內容。明顯可見的是，《金瓶梅》寫定者的編創意圖，不在於緬懷水滸英雄的事蹟、膜拜水滸英雄的楷模或另行創造新的時代英雄；反倒是在虛構時空中，將寫作視角轉向平凡百姓的家庭世俗生活，並且以其敏銳的觀察和細膩的筆法，深刻展演不同人物在欲望徵逐的過程中所體現的道德失序危機和生命困境問題。因此在言語敘述之間，其筆法可以說由「傳奇」轉向「寫實」，[20]眞實而客觀地展現出特定歷史語境中的諸多價值混淆和迷亂的現象。更進一步來說，當《金瓶梅》寫定者選擇以「潘金蓮」、「李瓶兒」和「龐春梅」三位「女性」角色的名字命名，並在家庭生活爲主體的敘寫中爲之列傳時，「英雄」如武松者，此刻早已無用武之地，再也無法如同以往在《水滸傳》的亂世之中扮演替天行道的忠義英雄角色，反倒成爲潘金蓮一而再、再而三進行調情的對象。最後，甚而因爲兄報仇而誤殺李外傳，被腐敗官吏判刑充配孟州道。在《金瓶梅》中，顯而易見，「女子」已然取代「英雄」躍居歷史舞臺，使得妻妾爭寵、偷情亂倫和官商勾結的生活事件構成敘事中心。具體而言，整體敘事話語創造從過去關懷國家政體的大敘事轉向日常家庭生活和世情之上，顯然提供了不同於以往通俗小說創作的政治批評視野。在回應明代中晚期以來歷史文化語境變化的前提下，此一敘事轉向所反映的歷史認識和價值辯證，無疑顯得意味深長。

除此之外，將《金瓶梅》與《水滸傳》作一番對照後清楚可見，《金瓶梅》的寫作命題深刻觸及到了明代中晚期以來世變中價值轉型問題及其危機，並且有意將之細膩地反映在「人情世務」的書寫之

---

[20] 羅德榮：〈從傳奇到寫實——《金瓶梅》小說觀念的歷史性突破〉，《湖北大學學報》（哲學社會科學版）第28卷第4期（2001年7月），頁72-76。

中。正如劉廷璣《在園雜誌》所言：

> 若深切人情世務，無如《金瓶梅》，眞稱奇書。欲要止淫，以淫說法；欲要破迷，引迷入悟。[21]

在重構歷史或現實的過程中，《金瓶梅》的敘事創造明顯體現出一種超常出奇的價值選擇。就小說史的角度而論，其敘事轉向的變革意義當如夏志清所言：

> 就題材而言，《金瓶梅》無疑是中國小說發展史上的一個里程碑：它開始擺脫歷史和傳奇的影響，去獨立處理一個屬於自己的創造的世界，裡邊的人物均是世俗男女，生活在一個眞正的、毫無英雄主義和崇高氣息的中產階級的環境裡。雖然色情小說早已有人寫過，但它那種耐心地描寫一個中國家庭卑俗而骯髒的日常瑣事，實在是一種革命性的改進，而在以後中國小說的發展中也後無來者。[22]

無庸置疑，《金瓶梅》寫定者選擇以「借宋寫明」的重寫策略傳達對歷史或現實的關注，的確十分突出地落實在題材屬性的置換與轉化之上。而其中對於描寫對象的選擇，從「歷史時空」轉向「現實生活」，從「英雄傳奇」轉向「人間男女」，因而得以在「平常的家庭生活」的敘述中，傳達「不平常的社會意義」[23]，使得小說一問世，即成功製造話題以吸引有識讀者的目光和評論。因此倘要深入闡論

---

[21] 見黃霖編：《金瓶梅資料彙編》（北京：中華書局，2012年），頁253。

[22] （美）夏志清著，胡益民等譯：《中國古典小說史論》，頁171。

[23] 參孫遜：〈論《金瓶梅》的思想意義〉，見盛源、北嬰選編：《名家解讀金瓶梅》（濟南：山東人民出版社，1998年），頁69-84。

《金瓶梅》的寫作原旨，我們應該如何客觀審視此一「重寫」現象，顯然應該被視爲解讀《金瓶梅》主題寓意的重要關鍵。

二、轉義：寄意於時俗的寓言創造

在中國小說史的發展上，《三國志演義》、《水滸傳》和《西遊記》等奇書的敘事創造，主要圍繞在改朝換代、英雄創業和宗教尋道的主題之上，而《金瓶梅》則是以「家庭」爲中心，將西門慶發跡變泰的生命史和興衰榮枯的家庭生活史作爲敘事建構的內在邏輯。[24]平心而論，《金瓶梅》寫定者完全具備獨立構思一部小說的能力，但爲何要從《水滸傳》借鑑原始的人物和情節？關於這個問題，劉勇強提出如下觀察曰：

> 顯然，潘金蓮、西門慶的故事提供了既爲讀者熟悉、涉及的社會背景又廣泛的情節基礎，這是《金瓶梅》的作者取材於此的重要原因。因爲讀者熟悉，順勢發揮即可贏得社會大眾的認可，這對小說從世代累積型向文人獨創的過渡非常重要；因爲涉及的社會背景廣泛，又便於作者的加工、改造。[25]

---

24 林辰在〈明末清初小說在小說史上的地位〉一文中論及古代小說主流發展情形時指出，一部完整的中國小說史的總趨勢，基本上是沿著神話怪異-歷史演義-人情世態這條道路發展著，而且又以人情世態爲其發展之頂端的。就三大主流的發展情況來看，不僅神話怪異小說和歷史演義小說始終是以人情化作爲它們自身成長的引力和發展方向，人情世態小說更是不斷地朝著深化人情的方向前進。見氏著：《明末清初小說述錄》（瀋陽：春風文藝出版社，1988年），頁1-40。《金瓶梅》作爲「世情書」的代表之作，正顯現小說敘述圍繞「家庭生活」之上進行各種人情世態的刻劃描寫，實有其獨到眼光和特殊成就。

25 劉勇強：《中國古代小說史敘論》（北京：北京大學出版社，2009年），頁287。

從「重寫」的角度來說，《金瓶梅》一書以潘金蓮、李瓶兒和龐春梅之名爲小說進行命名，正顯示了寫定者對於女性形象的積極關注。特別是在男性中心視角的審視下，《金瓶梅》寫定者高度關注女性情欲萌動問題，如何對傳統婦女閨誡和儒家人倫價值體系造成難以遏制的挑戰和顛覆，甚而影響傳統宗法制度和家庭人倫關係的維繫。此一植基現實生活之上的深層觀照，在在使得《金瓶梅》在宗法、倫理和道德的價值辯證與反思方面，比起以往其他小說類型的創作更形深入。具體而言，《金瓶梅》的敘事中心，已從充滿浪漫傳奇轉向家庭生活，又擴充至世情生活。在世情書寫的敘事操作過程中，《金瓶梅》寫定者通過小說敘述揭露了隱藏在社會倫理道德規範下不爲人知的陰暗事實，使得世俗文化中被忽略、壓抑乃至棄置不顧的現實生活情景，得以在以「醜」爲表相的暴露手法中一舉推向讀者面前。[26]

在《金瓶梅》傳抄問世之初，讀者究竟如何看待小說文本中首揭情色議題以及通過情色書寫以表述歷史的寫作意圖？這顯然是一個有意思的問題。倘能對此一寫作現象的接受情形進行梳理，或可提供我們深入解讀《金瓶梅》一書主題寓意的重要參照觀點。

從現存文獻資料來看，早在《金瓶梅》刻本問世以前，《金瓶梅》一書便以傳抄方式廣泛流傳於文人知識分子階層之間。[27]首先，袁宏道在所撰〈與董思白書〉的信文中對於《金瓶梅》的寫作性質即有所評議：

> 《金瓶梅》從何得來？伏枕略觀，雲霞滿紙，勝於枚生〈七

---

26 寧宗一：〈小說觀念的更新與《金瓶梅》的價值〉，見杜維沬、劉輝編：《金瓶梅研究集》（濟南：齊魯書社，1988年），頁55-75。

27 傳抄本《金瓶梅》是否即今所見《金瓶梅詞話》，未有定論。

發〉多矣。後段在何處，抄竟當於何處倒換？幸一的示。[28]

從信文中可知，袁宏道並未能讀竟全書，卻已充分肯定了《金瓶梅》的藝術表現，並將之與枚乘所撰〈七發〉進行聯繫品評，頗重視《金瓶梅》一書所隱含的警戒之旨。劉勰在《文心雕龍‧雜文第十四》中論及〈七發〉時云：「觀其大抵所歸，莫不高談宮館，壯語畋獵，窮瑰奇之服饌，極蠱媚之聲色，甘意搖骨（體）髓，艷詞（動）洞魂識，雖始之以淫侈，而終之以居正，然諷一勸百，勢不自反，子雲所謂『先騁鄭衛之聲，曲終而奏雅』者也。」[29]由此可知，〈七發〉一文內寓勸喻之旨。而其主要的表達方式，則如同劉勰評論〈七發〉時所言：「蓋七竅所發，發乎嗜欲，始邪末正，所以戒膏粱之子也」[30]。基本上，袁宏道認為《金瓶梅》一書對於「人欲」的積極關注，直如〈七發〉一般具有不可忽視的政治諷諭之旨。[31]此外，在〈觴政〉一文中，袁宏道借酒經以言政事時，更是讚許了《金瓶梅》作為「逸典」的政治價值。[32]不過，雖說《金瓶梅》在傳抄階段即受到諸多文人知識分子的高度重視，但對於是否應當將《金瓶梅》付梓刊刻，卻又多有語帶保留之意。沈德符在《萬曆野獲編》即云：

---

28 見黃霖編：《金瓶梅資料彙編》，頁227。魏子雲對於袁宏道信文內容所言眞實性有所懷疑，見氏著：〈論明代的《金瓶梅》史料〉，《中外文學》第6卷第6期（1977年11月），頁18-41。

29 〔南朝宋〕劉勰著，周振甫注：《文心雕龍注釋》（臺北：里仁書局，2001年），頁256。

30 〔南朝宋〕劉勰著，周振甫注：《文心雕龍注釋》，頁255。

31 此一問題的深入討論，可參郭玉雯：〈《金瓶梅》的藝術風貌——由〈七發〉論其諷喻意義與美學特色〉，《臺大文史哲學報》44期，1996年6月，頁1+3-40。袁世碩：〈袁宏道贊《金瓶梅》「勝於枚生〈七發〉多矣」釋〉，《明清小說研究》2008年第2期，頁120-124+246。

32 見黃霖編：《金瓶梅資料彙編》，頁227-228。

袁中郎〈觴政〉以《金瓶梅》配《水滸傳》爲外典，予恨未得見。丙午，遇中郎京邸，問曾有全帙否？曰：第睹數卷，甚奇快。今惟麻城劉涎白承禧家有全本，蓋從其妻家徐文貞錄得者。又三年，小修上公車，已攜有其書，因與借抄挈歸。吳友馮猶龍見之驚喜，慫恿書坊以重價購刻。馬仲良時榷吳關，亦勸予應梓人之求，可以療飢。予曰：「此等書必遂有人板行，但一刻則家傳户到，壞人心術，他日閻羅究詰始禍，何辭置對，吾豈以刀錐博泥犁哉？」仲良大以爲然，遂固篋之。未幾時，而吳中懸之國門矣。[33]

從引文中可知，袁宏道固然盛讚《金瓶梅》，但其目的並不在於「導淫宣欲」，而是基於「世戒」之旨；而沈德符對於《金瓶梅》是否應行刊刻所發出的疑慮，則是考量小說中的情色書寫現象對於人心和人性可能帶來的影響，不容小覷。深恐一旦刊刻之後，便足以壞人心術，實在不可不慎。顯然這樣的預見之明，的確反映在《金瓶梅》刊刻後的流行現象之上，明清兩代論者對於「豔情」描寫的態度顯然隨著政治環境不同而有褒貶不一的評價，[34]因此讀者「善讀」與否，乃成爲客觀評價《金瓶梅》的重要關鍵。關於這個問題，在《金瓶梅》刊刻之際，諸多序跋作者無不苦口婆心地提示讀者應注意保持正確的閱讀態度。如東吳弄珠客在〈金瓶梅序〉中即曰：

《金瓶梅》，穢書也。袁石公亟稱之，亦自寄其牢騷耳，非有取於《金瓶梅》也。然作者亦自有意，蓋爲世戒，非爲世勸

33 見黃霖編：《金瓶梅資料彙編》，頁230。

34 參張明遠：〈論明清時期對《金瓶梅》艷情描寫的評價與詮釋〉，《齊魯學刊》2010年第4期，頁145-148。

也。……余嘗曰：讀《金瓶梅》而生憐憫心者，菩薩也；生畏懼心者，君子也；生歡喜心者，小人也；生效法心者，乃禽獸耳。（「金瓶梅詞話序跋」，頁4）

由此可見，文人知識分子有感於《金瓶梅》的誨淫書寫現象對於世俗人性可能帶來強烈的負面影響，但同時卻又認爲《金瓶梅》可能寄託刺世、諷世之意，對於世道人心具有重要的勸懲意義。因此對於《金瓶梅》讀法的批評，多主張遵從「世戒」、「世勸」的觀點爲之。

那麼，《金瓶梅》寫定者究竟如何通過特定的敘事形式以建構或創造自身所聞見的歷史與現實？又如何想像和闡釋所感受的歷史與現實？而此一敘事轉向本身究竟是在何種歷史條件下促成的？通過炫情於色的書寫策略，又如何呼應明代中後期的歷史文化風尚？凡此問題，大抵是我們討論《金瓶梅》的文化身分時所不能迴避的重要問題。

首先，《金瓶梅》對於《水滸傳》的承襲，從表面看來，只不過是截取有利於寫作的情節片段而加以擴寫而成，從而避免連篇累牘地引錄既有的材料。然而究實來說，寫定者對於故事情節進行置換並轉移敘述焦點，正是《金瓶梅》得以成爲一種特殊小說類型範式的重要依據。韓南（Patrick. D. Hanan）針對其素材來源進行研究時即指出：

究本窮源在學術研究中一度變成了極爲徒勞無益的事情之一，也就是說，即使查清了素材來源，卻對於作者的寫作方法和目的並沒有帶來任何啓迪。對於《金瓶梅》來說，情況卻並非如此。對於其素材來源的研究（即作者爲什麼選用這些素材，又如何利用這些素材），對於理解這部小說能提供一種行之有效的檢驗標準。[35]

以今觀之，《金瓶梅》對於《水滸傳》情節的引用與改寫，除了展現了寫定者對於歷史與現實的一種特殊建構方式之外，也充分顯現出寫定者對於所處現實世界的一種獨特性的認知、理解和選擇。當寫定者試圖通過將各種情色事件和西門慶發跡變泰的家庭興衰史序列進行整合，從中表述個人對於家國興衰歷史及其緣由的闡釋觀點時，重寫策略可謂賦予了小說文本以可辨認的敘事形式，從而建立特殊的故事類型。[36]整體而言，「不刪鄭衛」的情色書寫傳統，對於《金瓶梅》的故事類型建構而言，無疑具有修辭和隱喻的功能。尤其小說敘述採取寫實敘述筆法，更可以深入強化人物浸淫於欲望追求時所帶來的各種道德辯證問題。[37]明於此，我們自然就不能僅僅從誨淫觀點對《金瓶梅》的創作本質進行負面解讀，從而忽略了寫定者針砭時世的政治批評意圖。

此外，另外一個值得反思的問題是，在明代中晚期的時代氛圍、社會現象和哲學思潮轉變的影響下，《金瓶梅》對於既有素材的改造與重寫，是否展現出一種深具文人意識的寫作理念和美學慣例？在表述歷史現實的過程中，又是否有意假借通俗小說傳達出一種歷史觀照，並賦予小說敘述以不可忽視的意識形態內涵？關於此點，浦安迪

35 （美）韓南（Patrick. D. Hanan）著，包振南譯：〈《金瓶梅》版本及素材來源研究〉，見包振南、寇曉偉、張小影編選：《《金瓶梅》及其他》，頁85。

36 （美）海登·懷特（Hayden White）在〈講故事：歷史與意識形態〉一文中指出：「特別歷史陳述的意識形態內容與其說存在於它所採取的話語模式中，不如說存在於主導情節結構中，我們用這種結構賦予所論事件以可辨認的故事類型。」見氏著，陳永國、張萬娟譯：《後現代歷史敘事學》（北京：中國社會科學出版社，2003年），頁357。

37 徐朔方：〈論《金瓶梅》〉，見氏著：《論《金瓶梅》的成書及其他》（濟南：齊魯書社，1988年），頁1-22。

（Andrew H. Plaks）考察明代四大奇書時所提高見可供參考：

> 在研究中，我們已經發現奇書文體有刻意改寫素材的慣例，在某些場合下甚至對素材作戲謔性的翻版處理，不再單純地複述原故事的底本，而注入了一層富有反諷色彩的脫離感。這類慣例促使我們回到一個困擾已久的問題——奇書文體作爲一個文化意義上的敘事整體，究竟要通過反諷和寓意曲折地表達什麼樣的潛在本義？[38]

基本上，此一觀察能否成立的關鍵，理當與寫定者是否有意通過重寫素材的策略運用來表達特定思想理念的想法有關。今可見者，《金瓶梅》寫定者將寫作視角聚焦於潘金蓮和西門慶的「偷情」事件及其發展之上，除了重視女性情欲的表現之外，尚且將之與新興商人家庭興衰史綰合，以此作爲小說敘事生成的核心情節序列。無庸置疑，在廣闊的世態人情現象的敘述方面，《金瓶梅》寫定者的確展現出深刻洞察世情的能力。而事實上，《金瓶梅》在題材選擇和寫作意識方面所造成的敘事轉向表現，除了說明寫定者有意對《水滸傳》相關情節和人物進行模擬嘲諷（parody）之外，[39]更令人關注的是，它與明代中後期以來侈靡淫蕩社會文化現象所具有的深度聯繫，顯得更形重要。

明代中葉以降，縱欲主義和通俗文化思潮的興起，構成了十六至十七世紀思想文化史發展的中心事件，同時標誌著儒學價值體系的巨

---

38 （美）浦安迪（Andrew H. Plaks）講演：《中國敘事學》（*Chinese Narrative*）（北京：北京大學出版社，1998年），頁167。

39 有關《金瓶梅》採取戲擬筆法進行敘事創造的看法，可參孫述宇：《金瓶梅的藝術》（臺北：時報文化出版事業公司，1985年），頁116-118。楊義：〈《金瓶梅》：世情書與怪才奇書的雙重品格〉，見氏著：《中國古典小說十二講》（香港：三聯書店〔香港〕有限公司，2006年），頁112-115。

大變革和轉型。《金瓶梅》在此一社會文化思潮轉型時期中問世，必然在回應明代中晚期世變語境之時，體現出相應的歷史觀照和文化意義。正如欣欣子在〈金瓶梅詞話序〉所言：

> 竊謂蘭陵笑笑生作《金瓶梅傳》，寄意於時俗，蓋有謂也。人有七情，憂鬱爲甚。上智之士，與化俱生，霧散而冰裂，是故不必言矣。次焉者，亦知以理自排，不使爲累。惟下焉者，既不能了於心胸，又無詩書道腴可以撥遣，然則不致于坐病者幾希！吾友笑笑生爲此，爰罄平日所蘊者，著斯傳，凡一百回。（「金瓶梅詞話序跋」，頁1）

從過去「依史演義」到當下「寄意時俗」，《金瓶梅》寫定者爲了揭露時代病因，乃有意通過小說中各種想像情境的摹擬，以之見證自身所處社會文化在轉型過程中的問題、困境和道德危機，甚至於希望通過通俗小說以重構理想生命秩序和價值體系，從中尋求根本的解決之道。是以不論從發現或發明的角度來說，《金瓶梅》的敘事創造與現實世界的關係在時空關聯上，呈現爲一種具有「轉義」（trope）[40]性

---

40 （美）海登・懷特（Hayden White）在〈轉義、話語和人的意識模式——《話語的轉義》前言〉一文中指出：「轉義是所有話語建構客體的過程，而對這些客體，它只是假裝給以現實的描寫和客觀的分析。……對於修辭學家、語法學家和語言理論家來說，轉義（trope）偏離了語言字面意義的、約定俗成的或『規範』的用法，背離了習俗和邏輯所認可的表達方式（locution）。轉義通過變體從所期待的『規範』表達，通過它們在概念之間確立的聯想而生成比喻或思想。……如是理解，轉義行爲（troping）就是從關於事物如何相互關聯的一種觀念向另一種觀念的運動，是事物之間的一種關聯，從而使事物得以用一種語言表達，同時又考慮到用其他語言表達的可能性。……轉義行爲是話語的靈魂，因此，沒有轉義的機制，話語就不能履行其作用，就不能達到其目的。」見氏著，陳永國、張萬娟譯：《後現代歷史敘事學》（北京：中國社會科學出版社，2003年），頁2-3。

質的故事類型，頗受到時人的關注。

如今，不論我們所遵讀法爲「世戒」或「世勸」，其實都應該注意到一個事實，即《金瓶梅》寫定者假通俗小說以回應明代中晚期歷史文化語境中的文化思潮轉型問題時，小說敘述本身不應該在文史互證的認識觀念中，只是被讀者簡單視爲社會風俗史料的驗證對象而已，而是應該被視爲一種「社會性的象徵行爲」[41]。由於《金瓶梅》一書，從個人、家庭、社會乃至國家的連動關係中，展示了一系列有關人性、社會和國家政體運作機制背後所深藏的信仰危機問題，因而足以使得《金瓶梅》的敘事創造轉化成爲特定時代的「寓言」（allegory）[42]。最終，讀者必須通過識別小說中的情節序列如何爲此一「情色」故事類型提供隱而不見的寓意，才能進一步掌握《金瓶梅》敘事創造所具有的歷史闡釋意涵，深入理解小說敘事創造作爲歷史文本化話語的深刻意義。

三、重讀經典：儒學視野下的寓言闡釋

基本上，《三國志通俗演義》、《忠義水滸傳》、《西遊記》與《金瓶梅》之創作問世，旨在正史之外尋求歷史闡釋空間，因而賦予了「通俗演義」以特殊的歷史含義，造就了「小說大寫」的敘事

---

41 （美）弗雷德里克・詹姆遜（Fredric R. Jameson）著，陳永國譯：《政治無意識——作爲社會象徵行爲的敘事》（*The Political Unconscious:Narrative as a Socially Symbolic Act*）（北京：中國社會科學出版社，1999年），頁8-89。

42 本文視《金瓶梅》一書爲「寓言」的觀點依據，主要參考張竹坡在〈金瓶梅寓意說〉一文中所言：「稗官者，寓言也。其假捏一人，幻造一事，雖爲風影之談，亦必依山點石，借海揚波。故《金瓶》一部有名人物，不下百數，爲之尋端竟委，大半皆屬寓言。庶因物有名，托名摭事，以成此一百回曲曲折折之書。」黃霖編：《金瓶梅資料彙編》，頁58。另有關古代小說創作的寓言特徵問題之討論，可參皋于厚：〈古代小說的「寓言化」特徵與深層意蘊〉，《明清小說的文化審視》（北京：學苑出版社，2004年），頁140-162。

格局。回歸《金瓶梅》一書進行細讀和考察，我認爲《金瓶梅》寫定者立足於重構歷史發展情境及其歷史闡釋的視域之上，從事有別於正史記載的歷史修撰工作，無不試圖通過西門慶一家發跡變泰至家道中落衰微的小說敘述，再現出「特別歷史陳述的意識形態內容」[43]。是以在「通俗爲義」的認知基礎上，《金瓶梅》針對以「情色」爲本的風情故事進行敘述敷演，使得敘事本身所體現的情節效果，在如何回應晚明歷史語境中思想變化前提上，已然可以被視爲一種歷史解釋的結果，並賦予一系列事件以各種意義的能力。[44]具體而言，面對歷史而展開敘事創造，《金瓶梅》寫定者最終並不以摹寫素材、還原史實爲目的，而是在「取義」的書寫前提下建構敘事，並用獨特的語言描寫將主題建構成可能的敘事再現的對象。尤其在重寫策略的運用下，《金瓶梅》的歷史思維不僅僅將通過通俗小說而建立了獨特的奇書形態，而且也「必然要影響並制約著小說的主題和文體的形成與演變」[45]。

至於《金瓶梅》寫定者如何賦予敘事以特定的話語形式以及「歷史性」（historicity），並以之寄寓中心主題和道德意義，則攸關於情節建構如何將一系列事件再現爲一種故事類型。[46]韓南論及《金瓶

---

43 （美）海登・懷特：〈講故事：歷史與意識形態〉，見氏著，陳永國、張萬娟譯：《後現代歷史敘事學》，頁357。

44 參（美）海登・懷特（Hayden White）：〈歷史中的闡釋〉，見氏著，陳永國、張萬娟譯：《後現代歷史敘事學》（北京：中國社會科學出版社，2003年），頁63-100。

45 李晶：《歷史與文本的超越——小說價值學導論》（上海：上海社會科學院出版社，1992年），頁111。

46 （美）海登・懷特在〈講故事：歷史與意識形態〉一文中指出：「沒有諸如一般敘事的東西，只有不同種類的故事或故事類型，而且歷史故事的解釋效果來自於它賦予事件的連貫性，而這種連貫性是通過將特別的情節結構強加給故事而實現的。這就是說，可以認爲敘事性陳述是通過將事件再現爲具有一般的情節類型——史詩、喜劇、悲劇、鬧劇等——的連貫性來解釋事件的。」見氏著，陳永國、張萬娟譯：《後現代歷史敘事學》，頁354。

梅》寫定者決意改寫《水滸傳》時即指出：

> 我們必須設想它的作者所要達到的目的或縈繞在心頭的目標，肯定導致他拋棄了舊小說的寫作方法，而致力於創作一種新型的小說。[47]

事實上，《金瓶梅》寫定者特別關注於潘金蓮好色和西門慶的家庭生活所衍生的戲劇化生涯，的確爲讀者提供了不同於以往其他題材類型小說的閱讀領域。尤堪注意者，《金瓶梅》寫定者自覺地將武松、潘金蓮和西門慶的關係置於日常世俗生活之中來加以處置，小說的「情色」主題和敘事模式，顯然與《水滸傳》重視英雄「替天行道」的創作意識有著極爲不同的差別。從歷史書寫的角度來說，《水滸傳》原是以忠義爲核心觀念的宏大敘事，但在《金瓶梅》的戲擬式改造中，此一命題已經不復存在。取而代之的是，西門慶一家妻妾和家庭命運的盛衰興廢變成整部小說的敘事中心。尤其在潘金蓮與西門慶漫無節制的欲望徵逐場景中，有關人性異化與道德失序的行動一而再、再而三地重複上演，在某種意義上無疑向閱讀大眾反覆宣告了儒家世界秩序走向解體的生活事實。從重寫的角度來說，此一情節發展取向及其事件序列的安排方式，對於「齊家」理想如何能夠實現而言，可謂深具反諷意味。

綜觀《金瓶梅》一書，寫定者在敘事之初即試圖通過主題先行的預述性敘事框架的設計，爲整部小說安排明確的總體結構。立足於傳統儒家倫理價值取向之上，寫定者從兩性關係出發深入審視各種複雜

---

47 （美）韓南（Patrick. D. Hanan）著，包振南譯：〈中國小說的里程碑〉，見包振南、寇曉偉、張小影編選：《《金瓶梅》及其他》（長春：吉林文史出版社，1991年），頁3。

多變的個人欲望和世態人情。整體敘事表現，可以說一方面既關注於構成主題寓意的歷史客體，另一方面又關注於建立表達形式的話語自身。而其中最值得注意的是，在「女子與小人」、「家庭與國體」兩兩互文隱喻的指涉關係中，人物的病態式欲望追求，不僅凸顯人倫關係遭受破壞的情形；同時也暴露了人物過度浸淫時引發種種逾越禮法的行爲，進而導致各種道德理性失範的情況。尤其在「家國同構」的視域中，不論個人面對生命危機或國家面臨朝綱政體敗壞，在在都顯示了《金瓶梅》寫定者有意通過小說敘述形式重構儒家政治理想時，賦予其不可忽視的政治諷喻意涵，猶待讀者深入解讀。

從寓言建構的觀點來說，《金瓶梅》寫定者立足於歷史闡釋的視野之上，對於如何挽救個人、家庭或國家政體失序危機一事所提供的種種道德思辨問題，主要將核心關懷呈現在人性墮落的批判和重構之上，因而使得小說本身充滿了託寓性。在「亂世」的歷史背景中，《金瓶梅》寫定者採取「家國同構」的比喻關係敷演故事，顯然發揮了「見人之所常見，察人之所不見」的敘述能力，最終方能在「小說大寫」的理念主導下，建構一幅特殊而有別於其他小說類型的敘事風貌，成爲受人矚目的時代寓言。

在重讀《金瓶梅》的過程中，我深深以爲《金瓶梅》作爲「世情書」的敘事範式，乃是寫定者試圖通過通俗小說回應晚明歷史文化語境急遽變化的一種見證，並且從中反思儒學價值體系重建的可能性。因此，倘若我們想要深入了解《金瓶梅》的歷史含義，顯然必須針對情節建構所體現的歷史闡釋進行不同以往視角的分析。至於怎樣才能客觀理解《金瓶梅》的作品意義，我相當認同華萊士・馬丁（Wallace Martin）的觀點：

> 也許意義的創造是一項合作事業，讀者與作者都對此有所貢

獻；也許眞正決定解釋的因素是歷史上特定社會的文學與文化假定，因爲這些假定爲作者和讀者所感知所創造的東西定性賦形。[48]

當然最重要的問題，還在於我們究竟要將《金瓶梅》寫定者視爲歷史學家？文學家？或者僅僅是一位關懷明代中晚期歷史世變的作家。在目前欠缺明確足證寫定者爲誰的文獻資料情況下，我將從「關懷明代中晚期歷史世變的作家」的角度立論，既不強調從索隱角度深論其影射的政治隱喻，[49] 也不過分從價值角度批判其創作的思想表

48 （美）華萊士・馬丁（Wallace Martin）著，伍曉明譯：《當代敘事學》（*Recent Theories of Narrative*）（北京：北京大學出版社，2006年），頁158。

49 索隱派的代表性論者，當以魏子雲爲重要，主要研究觀點可參魏子雲：《金瓶梅的問世與演變》（臺北：時報文化出版事業有限公司，1981年）。目前對於此一懸案，正反意見不一。胡衍南在〈《金瓶梅》無「微言大義」〉一文中，曾經就1980年代以來研究頗重視從「索隱」角度考證和探究《金瓶梅》一書微言大義的情形提出質疑，並認爲過度解讀的結果，往往反而流於本事考證，顯得得不償失，因此提出拒絕「索隱派」讀法的理由。該文結論指出：「《金瓶梅》作爲一部偉大的現實主義小說，這個講法應該是不成問題的，那麼它自然要豐富地呈現出明代中期社會的總體風貌。在這個前提下，《金瓶梅》作爲一部公認的『蓋有所刺』的優秀小說，所諷刺的必然包括明代中期社會的各個層面，它所指涉的問題也一定包括具象的與抽象的。在這個情況下，《金瓶梅》自然有它的政治意涵，當然也還有其他意蘊；我們固然不必排除它的政治諷喻可能，也斷不能只把它的政治『大義』視爲唯一。」見氏著：《金瓶梅到紅樓夢——明清長篇世情小說研究》（臺北：里仁書局，2009年），頁83-108。以上說法，可備參考。本書探討《金瓶梅》一書以情色書寫作爲修辭策略建構政治寓言，最終目的不在於回應傳統研究可能存在的過度解讀政治影射問題，但也不絕然否定索隱派的考證觀點，而是希望能從文本分析中掌握寫定者的歷史闡釋意圖，以爲後續研究開展的基礎。

現。[50]畢竟以現代眼光閱讀《金瓶梅》時，我們多少都可能過於要求小說在創作上應該具有「歷史突破」、「美學突破」和「哲學突破」的表現，從而忽略了寫定者的文化心理中，有其相應於在特定歷史文化語境中習受的歷史知識、價值體系和思維模式。因此從交流的角度來說，本書對於《金瓶梅》的詮釋，主要回歸文本之中進行細讀，以期能從中尋繹小說文本的著述意識和思想意蘊。[51]惟在此必須強調的是，在追蹤躡跡的過程中，所有解讀觀點的提出，仍不免會包含個人主觀閱讀感受的融入。

基於「家國同構」的歷史書寫觀點，本書的研究徑路將試圖立足於儒學視野之上，針對《金瓶梅》一書進行癥候式的「寓言闡釋」，由此深掘寫定者在「依事取義」的編寫行動中所寄寓的政治理想。而有關寓言闡釋的觀點，我著重參考美國學者弗雷德里克．詹姆遜（Fredric R. Jameson）在〈寓言〉一文中所言：

50 周質平曾經就晚明色情書籍序跋標舉「借淫止淫」的說法提出批評：「這種良藥之外裹著糖衣的說法，在當時不僅是一項流行的理論，也是書賈用來推銷色情書籍的廣告術跟護身符。我們如果眞把這些說法都看成了當時小說作家或一部分知識分子的文學觀，並認爲他們對小說的價值已有了極爲進步的認識，這很可能是把當時無心的誇大之詞，做了過分認眞的探討。」見氏著：〈論晚明文人對小說的態度〉，《中外文學》11卷12期（1983年5月），頁100-109。上述意見的確一針見血地指出了明代中後期通俗小說創作在道德自飾方面所可能存在的弊病。不過從創作動機和表達形式來說，《金瓶梅》一書所具有的超常表現，顯然不能與當時流行於世的艷情小說等同而論，這應該是可以肯定的。

51 由於現存文獻資料有限，以往對於作者考證問題多有標新立異的問題存在，因此吳小如在〈我對《金瓶梅》及其研究的幾點看法〉一文爲此提醒應該正視此一研究現象：「我們不可否認，這些討論和爭議對問題的研究是有進展的，但也很難取得較大的突破。……所以，我一向主張，在一部作品的作者問題無法徹底解決的情況下，我們應把全力用在作品的研究分析上，而不宜只在那些一時無法得出結論的牛角尖裡兜圈子。對於《金瓶梅》亦當作如是觀。」見徐朔方、劉輝編：《金瓶梅論集》（北京：人民文學出版社，1986年）。近來提出類同主張者，可參寧宗一：〈古代小說研究方法論芻議——以《金瓶梅》研究爲例證〉，《文史哲》2012年第2期，頁57-65。

對文本的每一次闡釋都總是一個原型寓言，總是意味著文本是一種寓言：全部意義的設定總是以下列爲前提的，即文本總是關於別的什麼（allegoreuein）。這樣……，我們就應該把注意力轉向對文本的控制方式上來，這種控制的目的是要限制意義，限制意義的純粹的量，指導無處不在的闡釋活動，把寓言變成只在適當的時候才發生作用的特殊信號。[52]

在此一觀念的主導下，期能就《金瓶梅》的歷史含義和思想寓意的研究方面，提供個人理解的整合性解讀看法與合理的闡釋途徑。

本書立足於儒學視野之上對於《金瓶梅》進行癥候式考察，問題的提出主要涉及下列八個面向：

（一）《金瓶梅》的書寫性質；

（二）《金瓶梅》的主題寓意；

（三）《金瓶梅》的歷史觀照；

（四）《金瓶梅》的淑世意識；

（五）《金瓶梅》的經世思想；

（六）《金瓶梅》的道德反思；

（七）《金瓶梅》的政治期望；

（八）《金瓶梅》的尊生思考。

---

52 （美）弗雷德里克·詹姆遜（Fredric R. Jameson）著，陳永國譯：《詹姆遜文集》第2卷《批評理論和敘事闡釋》（北京：中國人民大學出版社，2004年），頁134。

第一章

「演義」：明代四大奇書的書寫性質

——在正史之外尋求歷史闡釋空間

一、問題的提出

《三國志演義》、《水滸傳》、《西遊記》和《金瓶梅》合稱「四大奇書」，[1]據現存資料可知始自馮夢龍。署名李漁所撰〈古本三國志序〉曰：

> 昔弇州先生有宇宙四大奇書之目：曰《史記》也，《南華》也，《水滸》與《西廂》也。馮猶龍亦有四大奇書之目：曰《三國》也，《水滸》也，《西遊》與《金瓶梅》也。兩人之論各異。愚謂書之奇，當從其類。《水滸》在小說家，與經史不類。《西廂》係詞曲，與小說又不類。今將從其類以配其奇，則馮說爲近是。[2]

除了「奇書」之名外，明末清初以來更有以「才子書」進行評點的

---

[1] 就目前研究成果所知，《三國志演義》和《水滸傳》的創作時間可能在元末明初，而《西遊記》和《金瓶梅》的成書時間也可能早於現存最早刊本出現的時間。本文研究乃以目前學者普遍認爲之所見最早或較完整刊本爲對象，分別是嘉靖元年（1522）刊本《三國志通俗演義》、萬曆三十八年（1610）容與堂刊本《忠義水滸傳》、萬曆二十年（1592）世德堂刊本《西遊記》和萬曆四十五年（1617）刊本《金瓶梅詞話》。並依寫定本觀點作爲討論作者著述意識的基礎，不另就成書過程所可能存在的累積因素進行辨析。以上版本見〔明〕羅本編次：《三國志通俗演義》，收於古本小說集成編委會：《古本小說集成》（上海：上海古籍出版社，1990年）。〔明〕施耐庵集撰，羅貫中纂修：《李卓吾批評忠義水滸傳》，收於古本小說集成編委會：《古本小說集成》（上海：上海古籍出版社，1990年）。〔明〕華陽洞天主人校：《西遊記》，收於古本小說集成編委會：《古本小說集成》（上海：上海古籍出版社，1990年）。〔明〕蘭陵笑笑生著，梅節校注，陳詔、黃霖注釋：《金瓶梅詞話》（夢梅館校本）（臺北：里仁書局，2017年）。

[2] 丁錫根編著：《中國歷代小說序跋集》（中）（北京：人民文學出版社，1996年），頁899。

現象。不論從「奇書」或「才子書」創造的觀點來說，[3]明代四大奇書作爲中國古代長篇小說的敘事範式，分別開啓今之所謂「歷史演義」、「英雄傳奇」、「神魔幻怪」和「人情寫實」小說的類型創作與流派生成的契機，[4]並且促成明清長篇小說創作蔚爲繁榮景觀。

從明清以迄現代，明代四大奇書的影響性始終受到注目，惟就「奇書」之命名而言，歷來有關書寫性質方面的討論，至今並未能產生一致且明確的共識。明代四大奇書之間是否存在一種創作系譜上的聯繫？似乎是一個有待進一步考察的問題。以往論者大體滿足於章回體制、題材內容和審美規範的表面區分，主要從「歷時性」觀點針對單一小說文本的承衍問題進行探討。對於如何從「共時性」觀點探討奇書作爲一種文體（style）／文類（genre）的共相問題，並無太多整合性分析。究其原因，主要在於論者普遍認爲明代四大奇書的創作生成年代前後時間差距頗遠，而且各自的題材屬性和主題寓意不相聯繫，因此難以從共相角度進行比較分析。不過從現存資料來看，明代四大奇書自刊刻以來即受到讀者的關注而廣爲流行，文人甚至爲之傳

3 基本上，明代四大奇書創作在前，「奇書」之稱的提出在後，小說創作本身固與通俗文化／文學之思潮有所關聯，然從四大奇書之創作形式及其精神內涵言之，當有其特殊寓意，並不簡單等同於一般的通俗小說。相關討論可參王齊洲：〈「四大奇書」命名的文化意義〉，《湖北經濟學院學報》第2卷第1期（2004年1月），頁116-120。譚帆：〈「奇書」與「才子書」——對明末清初小說史上一種文化現象的解讀〉，《華東師範大學學報》（哲學社會科學版）第35卷第6期（2003年11月），頁95-102。

4 魯迅在1923年撰就之《中國小說史略》一書中，將明代長篇小說類型或流派劃分爲「講史」、「神魔小說」和「人情小說」三種。見氏著：《魯迅小說史論文集——中國小說史略及其他》（臺北：里仁書局，1992年）。其後鄭振鐸在1957年出版之《插圖本中國文學史》中列有〈講史與英雄傳奇〉一章，特針對歷史演義與英雄傳奇的區別進行說明。見氏著：《插圖本中國文學史》（上海：上海世紀出版集團，2005年）。此後凡論及明清章回小說類型或流派之文獻，大體將小說劃分爲「歷史演義」、「英雄傳奇」、「人情寫實」和「神魔幻怪」四大類型。

抄和評點，其主要原因當在於奇書具有「超常之奇」的美學表現，而奇書之「奇」，不僅可以指內容之奇，也可以指文筆之奇。[5]今暫且不論過去論者的褒貶評價如何，惟可留意者，明清讀者已多有將四大奇書相提並論的情形，乃是不爭的事實。如崢霄主人〈魏忠賢小說斥奸書凡例〉曰：

> 是書動關政務，事係章疏，故不學《水滸》之組織世態，不效《西遊》之布置幻景，不習《金瓶梅》之閨情，不祖《三國》諸志之機詐。[6]

又如張譽〈平妖傳敘〉曰：

> 小說家以眞爲正，以幻爲奇。然語有之：「畫鬼易，畫人難。」《西遊》幻極矣，所以不逮《水滸》者，人鬼之分也。鬼而不人，第可資齒牙，不可動肝肺。《三國志》人矣，描寫亦工；所不足者幻耳。然勢不得幻，非才不能幻，其季孟之間乎？嘗辟諸傳奇：《水滸》，《西廂》也；《三國志》，《琵琶記》也；《西遊》，則近日《牡丹亭》之類矣。他如《玉嬌梨》、《金瓶梅》，另辟幽蹊，曲終奏雅，然一方之言，一家之政，可謂奇書，無當巨覽，其《水滸》之亞乎。[7]

---

5 （美）浦安迪（Andrew H. Plaks）講演：《中國敘事學》（*Chinese Narrative*）（北京：北京大學出版社，1998年），頁23。

6 〔明〕崢霄主人：〈魏忠賢小說斥奸書凡例〉（選錄），見黃霖、韓同文選注：《中國歷代小說論著選》（上）（南昌：江西人民出版社，2000年），頁240。

7 〔明〕張無咎：〈批評北宋三遂平妖傳敘〉，見黃霖、韓同文選注：《中國歷代小說論著選》（上），頁242。

從奇書、才子書到「四大奇書」共稱的出現，在在說明了四大奇書一直受到文人讀者關注而逐步走向經典化，尤其晚明以來評點者從「擬史」觀點進行批評，無形中更進一步強化奇書創作的共相性質。

尤其值得注意的是，隨著明代四大奇書所開啓的長篇小說創作風氣，明清兩代讀者更有以「演義」之名共稱的看法，儼然體現出一種視之爲文體／文類的概念。如浙湖居士顧起鶴〈三教開迷傳引〉曰：

> 顧世之演義傳記頗多，如《三國》之智，《水滸》之俠，《西遊》之幻，皆足以省睡魔而廣智慮。[8]

又如閑齋老人〈儒林外史序〉曰：

> 古今稗官野史，不下數百千種，而《三國志》、《西遊記》、《水滸傳》及《金瓶梅演義》，世稱「四大奇書」，人人樂得而觀之，余竊有疑焉。稗官爲史之支流，善讀稗官者，可進於史，故其爲書，亦必善善惡惡，俾讀者有所觀感戒懼，而風俗人心，庶以維持不壞也。……嗚呼！其未見《儒林外史》一書乎？[9]

由上述文字可見，將四大奇書並置在「稗官野史」框架中進行評論，基本上反映了晚明以來人們對於奇書作爲「史之支流」的重視程度。其中將《三國志》、《西遊記》、《水滸傳》及《金瓶梅演義》同視爲「演義」之書的說法，可謂別具意義。在文體／文類的意義上，此

8 〔明〕潘鏡若編次：《三教開迷歸正演義》（上），收於古本小說集成編委會：《古本小說集成》（上海：上海古籍出版社，1990年），頁2。

9 〔清〕閑齋老人：〈儒林外史序〉，見黃霖、韓同文選注：《中國歷代小說論著選》（上），頁467。

一說法無疑顯示出「演義」之名並不專屬於《三國志演義》等歷史小說，而是用以泛稱章回體小說文體／文類的術語，這顯然是一個值得進一步探究的觀點。

不論從創作生成或刊刻傳播的角度來說，明代四大奇書的出現無疑具有重要的歷史意義和價值。在「演義」的基礎上，晚明以來人們對於此一文體／文類屬性的表達形式及其話語性質的理解，似乎已存有某種程度的共識。因此，是否能夠從共相角度探討四大奇書的書寫性質，則理當先從「演義」的觀念出發。[10]基於上述觀點，我將針對明代四大奇書敘事的共性表現及其創作本質進行反思，期能以此作爲後續考察「奇書文體」的理論基礎。

二、演義：明代四大奇書文體／文類屬性的再認識

從文學史觀點來說，「演義」作爲小說作家的一種話語選擇，反映的是歷史文化語境對於一種新文類誕生的形式籲求，[11]不僅體現出小說作家自身文化／文學觀念的微妙變化情形，同時也意味著新的藝術形式以不同的話語形式應時而生的可能性。如前所言，明代四大奇書敘事的共通性，主要是建立在「演義」的基礎之上。因此，對於奇書敘事生成的共相探討，自然必須以「演義」的文體／文類屬性爲首要分析對象。

10 近年來論者已有針對「演義」作爲一種文體的內涵進行討論，並指出演義之作非專指以《三國志演義》爲代表的「歷史演義」而言，而是與明代通俗小說興起緊密相關的文體概念。相關討論詳見劉勇強：〈演義述考〉，《明清小說研究》1993年第1期，頁47-51。譚帆：〈「演義」考〉，《文學遺產》2002年第2期，頁101-112。黃霖、楊緒容：〈「演義」辨略〉，《文學評論》2003年第6期，頁5-14。楊緒容：〈「演義」的生成〉，《文學評論》2010年第6期，頁98-103。

11 （俄）維克多·什克洛夫斯基（Victor Shklovsky）著，劉宗次譯：《散文理論》（*Theory of Prose*）（南昌：百花洲文藝出版社，1994年），頁31。

（一）演義作為一種文體／文類的基本認知

依現存資料來看，以「演義」直接命名小說者，始自《三國志通俗演義》。[12]自《三國志演義》刊刻以來，後續同樣以演義命名小說而刊印者可謂「與正史分籤並架」[13]，數量繁多。然則究竟何爲「演義」？又應當如何理解「演義」的話語性質？章炳麟〈洪秀全演義序〉特就其演化情形概括說明曰：

> 演義之萌芽，蓋遠起於戰國，今觀晚周諸子說上世故事，多根本經典，而以己意增飾，或言或事，率多數倍。若《六韜》之出於太公，則演其事者也。若《素問》之托於岐伯，則演其言者也。演言者，宋、明諸儒因之爲《大學衍義》。演事者，則小說家之能事。根據舊史，觀其會通，察其情僞，推己意以明古人之用心，而附之以街談巷議，亦使田家孺子知有秦漢至今帝王師相之業；不然，則中夏齊民之不知故國，將與印度同列。然則演事者雖多稗傳，而存古之功亦大矣。[14]

章氏將演義分爲「演言」和「演事」二途論述，可謂頗具慧眼。倘借「演事」的說法反觀《三國志演義》的話語表現，或可理解小說以「演義」命名的根本用意。庸愚子〈三國志通俗演義序〉曰：

---

[12] 黃霖、楊緒容論及「歷史的演義與小說的演義」時指出一個現象，頗值得進一步思考：即在《三國志通俗演義》之外，另有刊於明代嘉靖二十七年的葉逢春刊本《三國志傳》。「志傳」之名與「演義」形成一種參照，由於後來刊行的歷史演義多有兩者共現於文本內的情形，志傳是否爲演義源頭，目前尚難判定。見氏著：〈「演義」辨略〉，頁8-9。

[13] 〔明〕可觀道人：〈新列國志敘〉，見黃霖、韓同文選注：《中國歷代小說論著選》（上），頁247。

[14] 章炳麟：〈洪秀全演義序〉，見丁錫根編著：《中國歷代小說序跋集》（中），頁1058。

> 若東原羅貫中，以平陽陳壽《傳》，考諸國史，自漢靈帝中平元年，終于晉太康元年之事，留心損益，目之曰《三國志通俗演義》。文不甚深，言不甚俗，事紀其實，亦庶幾乎史，蓋欲讀誦者，人人得而知之，若《詩》所謂里巷歌謠之義也。[15]

又修髯子〈三國志通俗演義引〉亦曰：

> 史氏所志，事詳而文古，義微而旨深，非通儒夙學，展卷間，鮮不便思囤睡。故好事者以俗近語，櫽括成編，欲天下之人，入耳而通其事，因事而悟其義，因義而興乎感，不待研精覃思，知正統必當扶，竊位必當誅，忠孝節義必當師，好貪諛佞必當去，是是非非，了然於心目之下，裨益風教，廣且大焉，何病其贅耶？[16]

據上述看法，《三國志演義》之所以「據史演義」，無乃源於寫定者秉持「通俗爲義」和「裨益風教」的著述意識，期能在「留心損益」之間，借編寫史事以隱括足爲讀者借鑑之情理事體。如此書寫作爲，不僅影響後續講史之作起而倣效的編纂與創作，而且促成「歷史演義」蔚爲繁榮，[17]甚而成爲明清章回體小說最早成熟的一個流派。[18]

然而值得注意的是，「演義」作爲一種文體／文類，在後來的發

15〔明〕庸愚子：〈三國志通俗演義序〉，見黃霖、韓同文選注：《中國歷代小說論著選》（上），頁108。

16〔明〕修髯子：〈三國志通俗演義引〉，見黃霖、韓同文選注：《中國歷代小說論著選》（上），頁115。

17 有關「歷史演義」作爲小說流派的系統性探討，可參紀德君：《明清歷史演義小說藝術論》（北京：北京師範大學出版社，2000年）。

18 參陳文新、魯小俊、王同舟：《明清章回小說流派研究》（武昌：武漢大學出版社，2003年），頁1-24。

展中並不僅僅限於「講史」演義一途，反倒是「入耳而通其事，因事而悟其義，因義而興乎感」的敘事原則，進而促成《水滸傳》、《西遊記》和《金瓶梅》等類型演義之作的寫定本相繼出現，並廣泛影響了後續明清長篇小說作者的編創思維，擴大演義體小說創作的類型範疇。如雉衡山人〈東西兩晉演義序〉曰：

> 一代肇興，必有一代之史，而有信史有野史。好事者聚取而演之，以通俗諭人，名曰演義，蓋自羅貫中《水滸傳》、《三國傳》始也。羅氏生不逢時，才鬱而不得展，始作《水滸傳》以抒其不平之鳴，其間描寫人情世態、宦況閨思種種，度越人表，迨其子孫三世皆啞，人以爲口業之報。而後之作《金瓶梅》、《痴婆子》等傳者，天且未嘗報之，何羅氏之不幸至此極也？良亦尼父惡作俑意耳。[19]

又章學誠《丙辰札記》曰：

> 凡演義之書，如《列國志》、《東西漢》、《說唐》及《南北宋》，多紀實事；《西遊》、《金瓶》之類，全憑虛構，皆無傷也。惟《三國演義》，則七分實事，三分虛構，以致觀者，往往爲所惑亂，……。[20]

由引文中可知，在通俗小說的發展過程中，論者不論從實錄或虛構的角度對明清長篇小說創作進行評論時，實多從「演義」的觀點入手。

---

19 〔明〕雉衡山人：〈東西兩晉演義序〉，見丁錫根編著：《中國歷代小說序跋集》（中），頁939-940。

20 〔清〕章學誠：《丙辰札記》，見朱一玄編：《明清小說資料選編》（上）（天津：南開大學出版社，2006年），頁76。

當《金瓶梅》、《痴婆子》亦出現在評論之列時，其中便可能反映出一種關於文體／文類上的共識。如此一來，明清文人讀者對於「演義」作爲一種話語表現的寬泛性理解，當已逸出「以通俗形式演正史之義」的初始規定，進而逐漸朝向「廣泛指稱對歷史現象、人物故事的通俗化敘述」[21]的理解發展。因此在「稗官野史」的解讀觀點中，舉凡長篇章回體小說之作皆可視爲「演義」，乃成爲明清文人看待此一文體／文類話語屬性的基本認知。

（二）演義作為一種文體／文類的話語表現

既然「演義」是認識明代四大奇書的文體／文類屬性的重要概念，那麼我們又應當如何看待「演義」的話語表現呢？今可見者，作爲「通俗演義」一種的「小說」，其發展源流主要源自宋代說話伎藝活動。綠天館主人〈古今小說敘〉曰：

> 史統散而小說興。始乎周季，盛於唐，而浸淫於宋。韓非、列禦寇諸人，小說之祖也。《吳越春秋》等書，雖出炎漢，然秦火之後，著述猶希。迨開元以降，而文人之筆橫矣。若通俗演義，不知何昉？按南宋供奉局，有說話人，如今說書之流，其文必通俗，其作者莫可考。泥馬倦勤，以太上享天下之養。仁壽清暇，喜閱話本，命內璫日進一帙，……。於是內璫輩廣求先代奇蹟及閭里新聞，倩人敷演進御，以怡天顏。然一覽輒置，卒多浮沉內庭，其傳布民間者，什不一二耳。……暨施、羅兩公，鼓吹胡元，而《三國志》、《水滸》、《平

21 譚帆：〈論明代小說學的基礎觀念〉，《中山大學學報》（社會科學版）2008年第2期，頁72-73。

妖》諸傳，遂成巨觀。[22]

此外，笑花主人〈今古奇觀序〉亦有相近看法：

> 小說者，正史之餘也。……至有宋孝皇以天下養太上，命侍從訪民間奇事，日進一回，謂之說話人，而通俗演義一種，乃始盛行。然事多鄙俚，加以忌諱，讀之嚼蠟，殊不足觀。元施、羅二公，大暢斯道，《水滸》、《三國》，奇奇正正，河漢無極。論者以二集配伯喈、《西廂》傳奇，號四大書，厥觀偉矣。[23]

姑且不論這兩則資料論及宋皇喜閱話本一事是否可信，惟據此可知，在宋代說話伎藝影響下，「通俗演義」之產生乃源於說話人講唱各類型故事，其後並經記錄或敷演而成書面形式的「話本」，再經由後來編寫者進一步敷演而成書，最終才逐漸發展演變成爲《三國志演義》和《水滸傳》之類的長篇巨觀的小說之作，從此「大暢斯道」。

不過應該進一步釐清的是，在明人小說觀中，事實上所謂「演義」並不僅僅專稱以明代四大奇書爲範式的長篇小說而已，而是同時包括以「三言」、「二拍」爲範式的短篇小說。天許齋在〈古今小說題辭〉中便提及兩者之間的聯繫曰：

> 小說如《三國志》、《水滸傳》稱巨觀矣。其有一人一事，可

22 〔明〕綠天館主人：〈古今小說序〉，見黃霖、韓同文選注：《中國歷代小說論著選》（上），頁225。

23 〔明〕笑花主人：〈今古奇觀序〉，見黃霖、韓同文選注：《中國歷代小說論著選》（上），頁270。

資談笑者，猶雜劇之於傳奇，不可偏廢也。本齋購得古今名人演義一百二十種，先以三之一爲初刻云。[24]

又如睡鄉居士在〈二刻拍案驚奇序〉曰：

今小說之行世者，無慮百種，然而失眞之病，起於好奇。……至演義一家，幻易而眞難，固不可相衡而論矣。……即空觀主人者，其人奇，其文奇，其遇亦奇，因取其抑塞磊落之才，出緒餘以爲傳奇，又降而爲演義。此《拍案驚奇》之所以兩刻也。[25]

由此可知，演義作爲一種文體／文類屬性的話語表現，並不等同於宋元以前傳統目錄學觀點下以文言創作的小說，對此明人已有十分清楚的看法。「演義」的話語形式，主要以通俗淺近的語言進行書寫，且多附以街談巷語、古今傳聞。行文不僅要求會通其義，而且特以「辭話」（詞話）敷演而成。以今觀之，在宋元以來的「小說」發展基礎上，「短篇話本」與「長篇章回」兩種「演義」在話語生成方式及其構成上具有某種一致性的體制表現。以今觀之，「小說」的形式體制基本上包含六個層面：即題目、篇首、入話、頭回、正話、篇尾。「話本」一詞是說話藝術底本的總稱，而「小說」、「平話」、「詞話」等則是「話本」的分類名稱。其中「演義」主要是從「平話」逐漸發展而來，並逐漸演變成爲長篇小說。[26]可觀道人〈新列國志敘〉曰：

---

24 〔明〕天許齋：〈古今小說題辭〉，見黃霖、韓同文選注：《中國歷代小說論著選》（上），頁236。

25 〔明〕睡鄉居士：〈二刻拍案驚奇序〉，見黃霖、韓同文選注：《中國歷代小說論著選》（上），頁266-267。

26 胡士瑩：《話本小說概論》（臺北：丹青圖書公司，1979年），頁127-194。

> 小說多瑣事，故其節短。自羅貫中氏《三國志》一書，以國史演爲通俗演義，汪洋百餘回，爲世所尚。[27]

在此一認知基礎上，《三國志通俗演義》和《水滸傳》作爲演義小說之一種，從節短瑣事一變而爲長篇章回，因而被視爲「演義」的巨觀之作；但在明人眼中，其話語體制實際上與「三言」、「二拍」等話本相近，其中差別或僅僅只在於「篇幅長短不同」而已，兩者話語性質並無太多差異。

從表面上看來，「演義」作爲通俗小說的話語形式，「固喻俗書」[28]，「非國史正綱，無過消遣於長夜永晝，或解悶於煩劇憂愁，以豁一時之情懷耳」[29]，因此與唐人小說相較，明顯缺乏婉轉風致。綠天館主人〈古今小說敘〉即曰：

> 大抵唐人選言，入於文心；宋人通俗，諧於里耳。天下之文心少而里耳多，則小說之資於選言者少，而資於通俗者多。試令說話人當場描寫，可喜可愕，可悲可涕，可歌可舞；再欲捉刀，再欲下拜，再欲決脰，再欲捐金；怯者勇，淫者貞，薄者敦，頑鈍者汗下。雖小誦《孝經》、《論語》，其感人未必如是之捷且深也。噫，不通俗而能之乎？[30]

---

27 〔明〕可觀道人：〈新列國志敘〉，見黃霖、韓同文選注：《中國歷代小說論著選》（上），頁247。

28 〔明〕陳繼儒：〈唐書演義序〉，見黃霖、韓同文選注：《中國歷代小說論著選》（上），頁138。

29 〔明〕酉陽野史：〈新刻續編三國志引〉，見黃霖、韓同文選注：《中國歷代小說論著選》（上），頁179。

30 〔明〕綠天館主人：〈古今小說序〉，見黃霖、韓同文選注：《中國歷代小說論著選》（上），頁225-226。

在此，「通俗」被視爲演義之作的美學屬性，其創作認知和目的自然有別於以文言書寫爲正統的稗官小說；但不可否認，在明人的小說觀中，演義之作即便以通俗話語形式爲之，仍有認爲其足堪「佐經史之窮」並成爲「六經國史之輔」者。無礙居士〈警世通言敘〉即曰：

> 野史盡眞乎？曰：不必也。盡贗乎？曰：不必也。然則，去其贗而存其眞乎？曰：不必也。《六經》、《語》、《孟》，譚者紛如，歸于令人爲忠臣，爲孝子，爲賢牧，爲良友，爲義夫，爲節婦，爲樹德之士，爲積善之家，如是而已矣。經書著其理，史傳述其事，其揆一也。理著而世不皆切磋之彥，事述而世不皆博雅之儒。於是乎村夫稚子，里婦估兒，以甲是乙非爲喜怒，以前因後果爲勸懲，以道聽途說爲學問，而通俗演義一種，遂足以佐經書史傳之窮。……事眞而理不贗，即事贗而理亦眞，不害於風化，不謬於聖賢，不戾於詩書經史，若此者其可廢乎！[31]

此中值得注意的是，在通俗的認知觀點之上，明人將「演義」與六經國史之外的「小說」重合看待的說法，[32]充分顯示出明代中葉以來小說觀念已在寬泛理解的認知中進入了一個新的轉變和融合的階段。

（三）演義作為一種文體／文類的接受情形

明代中葉以來，隨著小說觀念的轉變及商業經濟的發達，直接或間接促成通俗文化市場蓬勃發展。尤其長期以抄本形式流傳的《三國志演義》，經由司禮監刊刻之後，以及武定侯郭勛與都察院亦分別刊

31 〔明〕無礙居士：〈警世通言敘〉，見黃霖、韓同文選注：《中國歷代小說論著選》（上），頁230。

32 譚帆：〈「演義」考〉，《文學遺產》2000年第2期，頁106-108。

印《三國志演義》和《水滸傳》，可謂爲後來長篇通俗小說的迅速發展奠定了基礎。[33]事實上，「自羅貫中氏《三國志》一書，以國史演爲通俗演義，汪洋百餘回，爲世所尚。」[34]其後「通俗演義之所由名」，無乃基於「文不能通而俗可通」[35]的敘事原則進行創作。甄偉〈西漢通俗演義序〉曰：

> 西漢有馬遷史，辭簡義古，爲千載良史，天下古今誦之，予又何以通俗爲耶？俗不可通，則義不必演矣。義不必演，則此書亦不必作矣。……言雖俗而不失其正，義雖淺而不乖於理；詔表辭賦，模仿漢作；詩文論斷，隨題取義。使劉項之強弱，楚漢之興亡，一展卷而悉在目中：此通俗演義之所由作也。[36]

因此諸多「講史」演義之作，無不是作家藉由「旁搜事實，載閱筆記」，進而「條之以理，演之以文，編之以序」而成，[37]爲後續其他故事類型的演義之作提供了可資依循的美學慣例和敘事成規。

然而值得注意的是，從明代中葉以來，《三國志演義》和《水滸傳》等講史演義作爲通俗小說一種，雖然頗受時人歡迎；但在正統文人士大夫的接受上，卻又形成了兩極評價的認知觀點。首先，天都外

---

33 參陳大康：《通俗小說的歷史軌跡》（長沙：湖南出版社，1993年）〈第三章　通俗小說的重新起步〉，頁67-103。

34 〔明〕可觀道人：〈新列國志敘〉，見黃霖、韓同文選注：《中國歷代小說論著選》（上），頁247。

35 〔明〕袁宏道：〈東西漢通俗演義序〉，見黃霖、韓同文選注：《中國歷代小說論著選》（上），頁184。

36 〔明〕甄偉：〈西漢通俗演義序〉，見黃霖、韓同文選注：《中國歷代小說論著選》（上），頁207。

37 〔明〕余象斗：〈題列國序〉，見黃霖、韓同文選注：《中國歷代小說論著選》（上），頁223。

臣在〈水滸傳敘〉一文中論及《水滸傳》的藝術手法時指出：

> 載觀此書，……。紀載有章，煩簡有則。發凡起例，不雜易於。如良史善繪，濃淡遠近，點染盡工；又如百尺之錦，玄黃經緯，一絲不紕。此可與雅士道，不可與俗士談。視之《三國演義》，雅俗相牽，有妨正史，固大不侔。而俗士偏賞之，坐暗無識耳。雅士之賞此書者，甚以爲太史公演義。[38]

由此可見，其時文人雅士亦多有喜觀《水滸傳》者，甚有比附爲「太史公演義」的情形，足見讚賞之意。不過相對來說，胡應麟在《少室山房筆叢》卷四十一「辛部二卷」〈莊嶽委談〉中則是對此提出反面評價，該文曰：

> 今世傳街談巷語有所謂演義者，蓋尤在傳奇、雜劇下，然元人武林施某所編《水滸傳》特爲盛行，世率以其鑿空無據，要不盡爾也。……其門人羅本亦效之爲《三國志演義》，絕淺鄙可嗤也。[39]

由於胡應麟秉持傳統史家目錄學的小說觀，視演義爲街談巷語及多採古今訛謬傳聞，實乃「村學究」編造而成的淺鄙之作，因此不足以觀。不過即便如此，從上引兩則文字中明顯可見，以《三國志演義》和《水滸傳》爲代表的講史演義之作頗爲流行乃是事實，除縉紳文士階層多有好之者外，一般市民百姓亦喜愛閱聽。在明代四大奇書刊刻

38 〔明〕天都外臣：〈水滸傳敘〉，見黃霖、韓同文選注：《中國歷代小說論著選》（上），頁129。

39 〔明〕胡應麟：《少室山房筆叢》（上海：上海書店出版社，2009年），頁436。

和流傳過程中，當後繼小說作家持續以「演義」姿態進行長篇小說的纂作，無疑有助於人們在閱讀與接受中對於演義作爲一種文體／文類的屬性進行整體性的確認。

明代四大奇書寫定者以「演義」之姿敷演「詞話」的創作目的，或在於「豁一時之情懷」、「取快一時之情懷」，如西陽野史〈新刻續編《三國志》引〉曰：

> 夫小說者，乃坊間通俗之說，固非國史正綱，無過消遣於長夜永晝，或解悶於煩劇憂愁，以豁一時之情懷耳。今世所刻通俗列傳並梓《西遊》、《水滸》等書，皆不過取快一時之耳目。[40]

但深究奇書之作後，卻可發現奇書寫定者的著述意識或有別於一般通俗小說作家，因而使得奇書本身得以展現出不同的敘事意涵和美學表現。西湖釣叟〈《續金瓶梅集》序〉曰：

> 今天下小說如林，獨推三大奇書曰《水滸》、《西遊》、《金瓶梅》者，何以稱夫？《西遊》闡心而證道於魔，《水滸》戒俠而崇義於盜，《金瓶梅》懲淫而炫情於色，此皆顯言之，夸言之，放言之，而其旨則在以隱，以刺，以止之間。唯不知者曰怪，曰暴，曰淫，以爲非聖而畔道焉。[41]

顯而易見，自四大奇書刊刻和流行以來，論者對於奇書的文體／文類

40 〔明〕酉陽野史：〈新刻續編三國志引〉，見黃霖、韓同文選注：《中國歷代小說論著選》（上），頁179。

41 〔清〕西湖釣叟：〈續金瓶梅集序〉，見黃霖、韓同文選注：《中國歷代小說論著選》（上），頁332。

特性的認識，已有擺脫講究以紀實爲前提的創作傾向，開始注視小說本身的虛構性質及其可能隱含的寄託寓意，並賦予肯定評價。如清代劉廷璣《在園雜誌》曰：

> 降而至於《四大奇書》，則專事稗官，取一人一事爲主宰，旁及支引，累百卷或數十卷者。如《水滸》本施耐庵所著，一百八人，人各一傳，性情面貌，裝束舉止，儼有一人跳躍紙上。……再則《三國演義》。演義者，本有其事而添設敷演，非無中生有者比也。……蓋《西遊》爲證道之書，丘長春借說金丹奧旨，以心猿意馬爲根本，而五衆以配五行，平空結構，是一蜃樓海市耳。……若深切人情世務，無如《金瓶梅》，眞稱奇書。欲要止淫，以淫說法；欲要破迷，引迷入悟。……嗟乎，四書也，以言文字，誠哉奇觀，然亦在乎人之善讀與不善讀耳。[42]

在某種意義上，「演義」作爲一種文體／文類，經口頭傳述轉化到書面寫定，其中必然包含作家的歷史觀察和審美趣味。從寫定的觀點來說，奇書寫定者不僅通過「演義」的敘述行爲訴諸自身的情感體驗和思想意向，同時也以此達成自我塑造，並完成對現實的重構。[43]不論在閱讀與接受方面，明代四大奇書在流傳過程中之所以受到眾多讀者的青睞和推崇，無乃緣於話語構成和書寫性質的特殊性，殆無疑義。

---

42 〔清〕劉廷璣：《在園雜誌》，見黃霖、韓同文選注：《中國歷代小說論著選》（上），頁388-389。

43 李晶：《歷史與文本的超越——小說價值學導論》（上海：上海社會科學院出版社，1992年），頁55。

三、小說大寫：明代四大奇書作爲歷史闡釋的話語實踐

從小說史發展的觀點來說，長篇章回「演義」作爲一種新興文體／文類的形成與發展，可以說「既取決於外部的社會文化環境的影響和價值選擇，又取決於對作爲一種書面語體內部的審美價值的選擇」。[44]惟究竟應當如何看待明代四大奇書的話語實踐表現，無疑是深入探究奇書書寫性質的一個重要研究課題。

（一）通俗為義的話語展演

如前所言，「演義」之生成，源自宋代說話伎藝活動的影響。在「說話」家數中，如果說「小說」一門的影響，主要在於短篇通俗演義方面；那麼以「講說《通鑑》，漢、唐歷代書史文傳，興廢爭戰之事」[45]爲主的「講史」一門的影響，則在於長篇通俗演義方面。以今觀之，現存元代平話作爲「原生態的通俗小說」[46]被刊刻而行世，其內容、創作方法和敘事風格實已粗具長篇小說的格局，對於其後《三國志演義》、《水滸傳》等講史演義的興起來說具有不可忽視的啓示作用，早已爲論者所普遍重視。[47]之後，在講史演義盛行的時代裡，《西遊記》和《金瓶梅》更是超越「據史演義」的題材框架，各自在「據道演義」和「據人演義」中以獨特的故事類型相繼問世，因而造就敘事的「轉向」，直可以說引發明代長篇通俗演義的一場革命，實

---

44 李晶：《歷史與文本的超越——小說價值學導論》，頁73。

45〔宋〕吳自牧：《夢粱錄》，收於孟元老等著：《東京夢華錄》（外四種）（北京：文化藝術出版社，1998年），頁306。

46 有關元代平話的系統化研究，可參盧世華：《元代平話研究——原生態的通俗小說》（北京：中華書局，2009年）。

47 參紀德君：《中國歷史小說的藝術流變》（北京：中國社會科學出版社，2002年）。魯德才：《古代白話小說形態發展史論》（天津：南開大學出版社，2003年），頁61-76。樓含松：《從「講史」到「演義」——中國古代通俗小說的歷史敘事》（北京：商務印書館，2008年）。

具有不可忽視的里程碑意義。[48]

《三國志演義》、《水滸傳》作爲「演義」的經典之作，其思想旨趣和藝術追求之所以與講史平話迥異其趣，主要在於融入文人儒士的審美價值觀念，並爲後繼長篇章回演義的創作生成奠定了敘事範式。[49]從表面上看來，「演義」所採取的敘事模式，主要仿製「說話」的虛擬情境（simulated context of storytelling），在書面化過程中構成一種特定的修辭策略和敘事成規。[50]演義作家正是利用此一記述形式，創造出一種寫實幻景，並在敘事過程中積極融入個人的評論意見，提供各種關於道德或情感的闡釋看法。此外，在長篇章回演義的發展過程中，則不難發現後續而出的講史演義之作，在「按鑑」的認知主導下，逐漸發展出以「卷、節與章回體」爲主的體制形式，並以「綱目體」的史傳敘事模式爲參照對象建構而成。[51]因此，長篇章回演義乃得以呈現出「市民文化」與「史官文化」並融於一的話語體式。而事實上，這當然必須歸功於《三國志演義》在重寫素材時所奠定的創作動機與話語表現。庸愚子〈《三國志通俗演義》序〉曰：

> 夫史，非獨紀歷代之事，蓋欲昭往昔之盛衰，鑒君臣之善惡，載政事之得失，觀人才之吉凶，知邦家之休戚，以至寒暑災祥、褒貶予奪，無一而不筆之者，有義存焉。[52]

---

48 陳大康：《通俗小說的歷史軌跡》，頁90-100。

49 參紀德君：《中國歷史小說的藝術流變》〈第四章 宋元平話與歷史演義小說辨異〉，頁51-61。

50 參王德威：〈「說話」與中國白話小說敘事模式的關係〉一文，見氏著：《從劉鶚到王禎和——中國現代寫實小說散論》（臺北：時報文化出版有限公司，1986年），頁24-54。

51 參樓含松：《從「講史」到「演義」——中國古代通俗小說的歷史敘事》，頁288。

52 〔明〕庸愚子：〈三國志通俗演義序〉，見黃霖、韓同文選注：《中國歷代小說論著選》（上），頁108。

顯而易見，正史記事，實則「有義存焉」。然而，「顧以世遠人遐，事如棋局」、往往使得「中間故實，若存若滅，若晦若明」，[53]難爲一般世俗百姓所能理解。因此，「演義」固是屬於「稗官野史」之作，但在「以通俗爲義也者」[54]的創作認知主導下，其話語實踐則旨在「編爲正史之補」[55]。

至於在長篇章回演義的發展過程中，晚明以來講史題材的選擇逐漸出現侷限的情形，演義作家乃轉而投入現實生活之中尋找創作素材，因而出現突破演史以取義的認知和模式的現象，實屬理所當然。惟其不變者，始終在於演義本身所具有的補史教化功能。朱之蕃〈《三教開迷演義》敘〉曰：

> 演義者，其取喻在夫人身心性命、四肢百骸、情欲玩好之間，而其究極，在天地萬物、人心底裏、毛髓良知之內，……于扶持世教風化豈曰小補之哉。[56]

因此，《西遊記》和《金瓶梅》固非「講史」之作，但在「通俗爲義」的創作認知上，卻同樣立足於講史的高度上進行創作，不僅展現出對於歷史和現實的深刻觀察和關注的「超常」視野，而且在「取喻」之中開創出全新故事類型的演義之作。由此可見，演義之生成固

53〔明〕陳繼儒：〈敘列國傳〉，見黃霖、韓同文選注：《中國歷代小說論著選》（上），頁141。

54〔明〕陳繼儒：〈唐書演義序〉，見黃霖、韓同文選注：《中國歷代小說論著選》（上），頁138。

55〔明〕林瀚：〈隋唐志傳通俗演義序〉，見黃霖、韓同文選注：《中國歷代小說論著選》（上），頁113。

56〔明〕朱之蕃：〈三教開迷演義序〉，見〔明〕潘鏡若編次：《三教開迷歸正演義》（上），見古本小說集成編委會：《古本小說集成》（上海：上海古籍出版社，1990年），頁4-8。

有出於編纂者的「臆見」之處，「然亦有至理存焉」[57]。值得注意的是，長篇章回演義之作的「取義」來源，實則涵蓋上下天地、內外身心，可謂包羅萬象。今且不論四大奇書的故事類型爲何，事實上長篇章回演義本身所強調的道德鑒戒或倫理風教的文化功能，乃與《三國志演義》所奠立的敘事筆法具有一脈相承的創作系譜和書寫理念。尤其在「共成風化之美」的創作前提上，所謂「通俗演義一種，遂足以佐經書史傳之窮」[58]的話語表現，自有其值得進一步重視之處。

（二）面向歷史／現實的敘事意圖

在《三國志演義》和《水滸傳》的影響下，長篇章回演義的話語形式受到「講史平話」和「史傳書寫」的雙重制約和影響，在發展過程中逐漸確立其一致性的話語體式和敘事模式。在「講史」理念的承衍與置換中，以四大奇書爲敘事範式的長篇章回演義創作，實質上便受到歷史編纂傳統的啓示進行情節建構。在「留心損益」的創作認知主導下，演義作家藉此探索歷史變化規律及其興亡盛衰的軌跡，因而得以展現出不同於像「三言」、「二拍」等短篇話本的敘事風貌和故事類型。

今通比明代四大奇書後明顯可見，奇書寫定者各自在「歷史演義」、「英雄傳奇」、「神魔幻怪」和「人情寫實」的故事類型上奠立獨特的敘事範式，表面上看來不相聯屬。然而值得注意的是，四大奇書的寫定成書都與「重寫素材」的敘事行爲或策略有所關聯，十分引人關注。在面對「歷史」或「現實」時，明代四大奇書寫定者採取長篇章回演義的創造以敷演歷史史實與生活事件，可以說在一定的

57〔明〕謝肇淛：《五雜組》（北京：中華書局，2009年）〈卷之十五・事部三〉，頁312。

58〔明〕無礙居士：〈警世通言敘〉，見黃霖、韓同文選注：《中國歷代小說論著選》（上），頁230。

時間長度中進行歷史虛構與想像，從而滿足於個人寄寓時世感懷與道德勸懲的意識形態表現，實則呼應歷史文化語境對於新文類的形式籲求。從重寫素材的觀點來說，四大奇書創作之取義已不單純取決於題材內容或人物對象而言，而是攸關於情節建構如何在意識形態的主導下，將一系列事件再現爲一種「故事類型」[59]。最終在歷史闡釋的話語表徵之中，無不促成「小說文本於此亦超越故事情節的敘述功能，成爲歷史交流對話與價值意識互補之載體」[60]。

不論明代四大奇書寫定者以何種故事類型進行演義，四大奇書敘事內容創造的共通性，主要體現在對於「亂世」的關注之上，並以之作爲故事情節開展的歷史背景。小說家演史以申義的主要意圖就在於「推衍、闡揚儒學大『義』，褒贊忠臣義士，懲戒亂臣賊子，裨補世道人心。」[61]在「通俗爲義」的創作理念主導下，四大奇書的話語展演對於特定歷史或生活事件的重視，不僅使得奇書創作體現出一種「歷史性」（historicality），並且賦予其不可忽視的意識形態傾向。明代嘉靖壬午年刊本《三國志通俗演義》第一則〈祭天地桃園結義〉曰：

> 後漢桓帝崩，靈帝即位，時年十二歲。朝廷中有大將軍竇武、太傅陳蕃、司徒胡廣共相輔佐。至秋九月，中涓曹節、王甫弄權，竇武、陳蕃預謀誅之，機謀不密，反被曹節、王甫所害，中涓自此得權。建寧二年四月十五日，帝會群臣於溫德殿中。方欲陞座，殿角狂風大作，見一條青蛇，從梁上飛下

---

59 （美）海登・懷特（Hayden White）：〈講故事：歷史與意識形態〉，見氏著，陳永國、張萬娟譯：《後現代歷史敘事學》（北京：中國社會科學出版社，2003年），頁354。

60 許麗芳：《章回小說的歷史書寫與想像：以三國演義與水滸傳的敘事爲例》（臺北：秀威資訊科技股份有限公司，2007年），頁8。

61 紀德君：《中國歷史小說的藝術流變》，頁212。

來，約二十丈餘長，蟠於椅上。靈帝驚倒，武士急慌救出，文武互相推擁，倒於丹墀者無數。須臾不見。片時大雷大雨，降以冰雹，到半夜方住，東都城中壞卻房屋數千餘間。建寧四年二月，洛陽地震，省垣皆倒，海水泛溢，登、萊、沂、密盡被大浪捲掃居民入海，遂改年熹平。自此邊界時有反者。熹平五年，改爲光和，雌雞化雄；六月朔，黑氣十餘丈，飛入溫德殿中；秋七月，有虹見於玉堂；五原山岸，盡皆崩裂。種種不祥，非止一端。於是靈帝憂懼，遂下詔，召光祿大夫楊賜等，詣金商門，問以災異之由，及消復之術。

又明代萬曆年刊容與堂本《水滸傳・引首》曰：

這朝皇帝，廟號仁宗天子。在位四十二年，改了九個年號。自天聖元年癸亥登基，至天聖九年，那時天下太平，五穀豐登，萬民樂業，路不拾遺，户不夜閉。這九年謂之一登。自明道元年至皇祐三年，這九年亦是豐富，謂之二登。自皇祐四年至嘉祐二年，這九年田禾大熟，謂之三登。一連三九二十七年，號爲三登之世。那時百姓受了些快樂。誰想道樂極悲生，嘉祐三年上春間，天下瘟疫盛行，自江南直至兩京，無一處人民不染此症。天下各州各府，雪片也似申奏將來。且說東京城裡城外，軍民無其大半。開封府主包待制親將惠民和濟局方，自出俸資合藥，救治萬民。那裏醫治得住，瘟疫越盛。文武百官商議，都向待漏院中聚會，伺候早朝，奏聞天子。專要祈禱，禳謝瘟疫。不因此事，如何教三十六員天罡下臨凡世，七十二座地煞降在人間，鬨動宋國乾坤，鬧遍趙家社稷。

又明代萬曆世德堂年刊本《西遊記》第八回〈我佛造經傳極樂　觀音奉旨上長安〉曰：

> 如來講罷，對衆言曰：「我觀四大部洲，衆生善惡者，各方不一：東勝神洲者，敬天敬地，心爽氣平；北俱蘆洲者，雖好殺生，祇因糊口，性拙情疎，無多作賤；我西牛賀洲者，不貪不殺，養氣潛靈，雖無上眞，人人固壽；但那南贍部洲者，貪淫樂禍，多殺多爭，正所謂口舌凶場，是非惡海。我今有三藏眞經，可以勸人爲善。」諸菩薩聞言，合掌皈依，向佛前問曰：「如來有那三藏眞經？」如來曰：「我有《法》一藏，談天；《論》一藏，說地；《經》一藏，度鬼。三藏共計三十五部，該一萬五千一百四十四卷，乃是修眞之經，正善之門。我待要送上東土，頗耐那衆生愚蠢，毀謗眞言，不識我法門之旨要，怠慢了瑜迦之正宗。怎麼得一箇有法力的，去東土尋一箇善信，交他苦歷千山，詢經萬水，到我處求取眞經，永傳東土，勸化衆生，却乃是個山大的福緣，海深的善慶。誰肯去走一遭來？」當有觀音菩薩，行近蓮臺，禮佛三匝道：「弟子不才，願上東土，尋一箇取經人來也。」

又明代萬曆年刊本《金瓶梅詞話》第一回〈景陽岡武松打虎　潘金蓮嫌夫賣風月〉曰：

> 話說宋徽宗皇帝政和年間，朝中寵信高、楊、童、蔡四個奸臣，以致天下大亂，黎民失業，百姓倒懸，四方盜賊蜂起。罡星下生人間，攪亂大宋花花世界，四處反了四大寇。那四大寇？山東宋江，淮西王慶，河北田虎，江南方臘。皆轟州劫

縣，放火殺人，僭稱王號。惟有宋江替天行道，專報不平，殺天下贓官污吏，豪惡刁民。

從上述四則引文來看，明代四大奇書寫定者關注歷史時所展現的認知模式，無疑在「取喻」書寫上試圖將歷史與現實綰合於敘事之中。由於「亂世」之故，導致官方政體走向衰微、崩解的狀態，傳統士人講求「修齊治平」的儒家政治理想的隳毀，致使個人際遇乃至家國制度的生存與發展都受到深遠的影響。爲了考察此一問題的發生緣由，在主題先行的制約和影響下，四大奇書各自展演了一種「關於世界及其結構和進程的清晰的體驗和思考模式」[62]，並爲讀者提供了一種「政治寓言」的想像空間。

總的來說，明代四大奇書之成書大體皆是在世代累積過程中逐漸形成。從重寫素材的觀點來說，現存《三國志》、《水滸傳》、《西遊記》和《金瓶梅傳》的寫定者經由「演義」以敷演詞話，其書寫目的實已不在於複製或再現歷史事實或生活事件，而是在重寫的過程中創造具有虛構想像特質的歷史，無不意圖通過一系列情節事件的重新編排，由此昭示隱含其中的人情事理及其奧義。[63]借蔡元放〈《東周列國志》序〉以言之：

夫史固盛衰成敗，廢興存亡之跡也。已然者事，而所以然者理也。理不可見，依事而彰，而事莫備於史。天道之感召，人事

---

62 （美）海登・懷特（Hayden white）：〈講故事：歷史與意識形態〉，收於氏著，陳永國、張萬娟譯：《後現代歷史敘事學》，頁346。

63 （美）夏志清指出：「與白話短篇小說直接來自說書不同，白話長篇小說還和編纂歷史的傳統有很大的關係。修史的傳統影響如此之大，以至於明代的歷史小說可以看作是對說書傳統有意識的反動而寫的。」參氏著，胡益民等譯：《中國古典小說史論》（南昌：江西人民出版社，2003年），頁9。

之報施，知愚忠佞賢奸之辨，皆于是乎取之，則史者可以翼經以爲用，亦可謂兼經以立體者也。[64]

而此一歷史思維的生發與關注，可謂與中國古代史官文化中的敘事意識和精神息息相關。[65]不可否認，四大奇書寫定者的歷史思維，不僅僅是通過「演義」創作建立了獨特的奇書形態，而且也必然要影響並制約著小說的主題和文體的形成與演變。在講史理念的制約下，明代四大奇書作者各自將「天下」、「國家」、「家庭」乃至「個人」之命運的「興亡盛衰」情形作爲考察歷史運行的參照觀點，無疑使得小說敘事創造隱含著對理想人文秩序重建與實現的深切期望。整體而言，明代四大奇書寫定者有意依照自己所觀察到的歷史事件的內在規律來進行歷史修撰的書寫行動時，即以「演義」的特定模式來組合自己的敘事，且因其「命意」不同，故能造就不同的書寫風格，足稱一代之「奇」。

四、結語

在過去的研究中，論者試圖從歷史研究的角度探究明代四大奇書的文本意義，因而相當重視情節事件的「本事」的探源工作，從而可能忽略了本事作爲一種歷史證據，僅僅代表的是可能的現實和可能的解釋，奇書的歷史含義只有在文本化和敘述化的語境中才能爲人們所理解和掌握。本文論述以目前所見明代四大奇書最早刊本爲對象，乃爲釐清一個事實：即「演義」的話語性質固以「通俗」爲主導，但在「取義」爲尚的情節建構中，卻飽含著文人經由改編歷史史實或生活

---

64 〔清〕蔡元放：〈東周列國志序〉，見黃霖、韓同文選注：《中國歷代小說論著選》（上），頁418。

65 參魯德才：《古代白話小說形態發展史論》，頁42-60。

事件而寫定的審美慣例和思想意識，實不能等閒視之。[66]基本上，本文對於上述問題的考察，大致可以獲得以下兩點認識：其一，明代四大奇書的共通性，主要是建立在「演義」的基礎之上。明代四大奇書作爲「演義」之作，反映的是歷史文化語境對於一種新文類誕生的形式籲求。其二，明代四大奇書作者面對歷史／現實而展開演義，最終並不以摹寫素材、還原史實爲目的，而是在「取義」爲主的書寫前提下進行話語建構。

不論從發現或發明的角度來說，明代四大奇書作者面對歷史／現實而展開演義，其話語創造與現實世界的關係，在時空關聯上，已不是簡單的歷史事實或生活事件的羅列，而是在「取喻」的歷史思維中進行情節建構。四大奇書寫定者借助不同故事類型的「演義」以反觀歷史現實的書寫作爲，在在使得敘事話語得以在一系列事件的情節建構中，進一步揭示歷史興亡盛衰的變化規律及其內在因素，進而從中寄寓風教之思。就此而言，四大奇書寫定者以「小說」之身建構敘事，整體話語實踐無疑造就出一種「大寫」的敘事格局，因而受到歷代讀者極大的關注。

66 （美）浦安迪（Andrew H. Plaks）講演：《中國敘事學》，頁24。

第二章

一樣「世情」，兩種「演義」

——詞話本與說散本《金瓶梅》的題旨比較

一、問題的提出

關於《金瓶梅》成書過程、作者身分和版本問題，向來是研究者關注的重點。然而受限於文獻資料不足之故，出版眞相的爭論迄今爲止未成定論。本文之提出，擬將研究視角轉向內在研究，針對《金瓶梅》的題旨進行探討。由於學術研究視野隨著年代不同而不斷更新，經學者研究歸納所知，80年代以來有關《金瓶梅》的題旨分析概可分爲以下幾類：（一）寓意說（或稱影射說）；（二）暴露說；（三）新興商人悲劇說；（四）爲市民寫照說；（五）勸戒說或警世說；（六）主題矛盾說；（七）憤世嫉俗說；（八）社會風俗史說。[1]惟深入了解之後發現，論者對於《金瓶梅》的討論或有混同版本情形，使得相關分析的有效性是否適應於解釋不同版本的編寫動機或寫作理念，頗值得重新反思。

現存《金瓶梅》版本概可分爲二系三種。[2]所謂二系，一般指的是萬曆詞話本和崇禎說散本（或稱繡像本），而清人張竹坡評點第一奇書則是根據崇禎本而來，共有三種主要本子。以今觀之，由於《金瓶梅》的寫作性質特殊，頗涉誨淫題材，因而自傳抄以來即多存在是否爲「淫書」的爭論，甚而影響及於題旨分析結果。[3]事實上，對於

1 史鐵良、陳立人、鄧紹秋撰著：《明代文學研究》（北京：北京出版社，2003年），頁410-432。

2 本文所論《金瓶梅》版本如下：〔明〕蘭陵笑笑生原著，梅節校訂，陳詔、黃霖注釋：《金瓶梅詞話》（夢梅館校本）（臺北：里仁書局，2017年）。〔明〕蘭陵笑笑生著，齊煙、汝梅校點：《新刻繡像批評金瓶梅》（香港：三聯書店〔香港〕有限公司，1998年）。

3 關於《金瓶梅》是否爲「淫書」之爭論的發展情形，可參劉輝：〈《金瓶梅》的歷史命運與現實評價——之一：非淫書辨〉，見氏著：《金瓶梅論文集》（臺北：貫雅文化事業有限公司，1992年），頁299-318。胡衍南：〈《金瓶梅》非淫書辨〉，《淡江中文學報》2003年第9期，頁169-192。胡衍南：《金瓶梅到紅樓夢——明清長篇世情小說研究》（臺北：里仁出版社，2009年），頁47-81。

《金瓶梅》是否爲「淫書」的爭論，不應只從道德的角度論辯存在的必要性問題，而是應當從編寫者的意圖及其所反映的理念深入探討。關於此一問題，清人張竹坡曾經提出看法：「《金瓶梅》何爲而有此書也哉？曰：此仁人志士，孝子悌弟，不得於時，上不能問諸天，下不能告諸人，悲憤嗚咽，而作穢言以泄其憤也。」[4]並視之爲「純是一部史公文字」[5]，給予《金瓶梅》極高的評價。不可否認，張竹坡評點《金瓶梅》時，對於人物典型形象和結構章法的分析，頗有獨到之見，對於後來研究者有極大影響；但相對地，在寓意的分析方面，張竹坡提出「奇酸誌」、「苦孝說」，則有牽強附會之爭議。對於此一解讀結果可能存在的理解差異問題，張竹坡似乎早有先見之明，因此不費辭煩地強調：「我自做我之《金瓶梅》，我何暇與人批《金瓶梅》也哉！」[6]以此自圓其說。由此看來，張竹坡評點《金瓶梅》時，雖自成一家之言，但爲適應個人意見的發揮，仍不可避免地會使得評點意向存在著過度詮釋的問題。持平來說，魯迅在《中國小說史略》評論《金瓶梅》藝術表現時所言頗有參考價值：「就文辭與意象以觀《金瓶梅》，則不外描寫世情，盡其情僞，又緣衰世，萬事不綱，爰發苦言，每極峻急，然亦時涉隱曲，猥黷者多。後或略其他文，專注此點，因予惡謚，謂之『淫書』，而在當時，實亦時尚。」[7]因此，當我們將問題視野轉向《金瓶梅》編寫者爲何選擇誨淫題材著書，題旨動機何在？則「情色書寫」作爲一種修辭策略的積

---

4 〔清〕張竹坡：〈竹坡閒話〉，見黃霖編：《金瓶梅資料彙編》（北京：中華書局，2012年），頁56。

5 〔清〕張竹坡：〈批評第一奇書金瓶梅讀法〉，見黃霖編：《金瓶梅資料彙編》，頁80。

6 〔清〕張竹坡：〈竹坡閒話〉，見黃霖編：《金瓶梅資料彙編》，頁58。

7 魯迅：《魯迅小說史論文集——中國小說史略及其他》（臺北：里仁書局，1992年），頁164-165。

極意義便被凸顯出來，而「誨淫」之說的負面道德評價問題實可暫時擱置不論。

如前所言，《金瓶梅》版本可分爲詞話本和說散本兩系，兩種版本之間究屬父子（母子）關係或兄弟關係、叔姪關係，目前在認定上存在諸多爭論。嚴格來說，在《金瓶梅》題旨的探討上，兩種版本彼此之間具體聯繫關係問題如何，應該不具有太多影響作用；然而比對兩種版本的體制形式和語言表現後發現，兩者之間實際上所存在的諸多差異，[8]事實上足以影響各自題旨表現的判讀。陳遼曾經提出「兩部《金瓶梅》，兩部文學」的看法，[9]田曉菲也提出「世間兩部《金瓶梅》」的讀法，[10]頗具卓識。胡衍南在前人研究基礎上，更進一步

8 過去已有諸多學者注意到兩部《金瓶梅》之間存在諸多文字差異，並指出兩部《金瓶梅》寫定者具有不同的編創思考，各自所反映的寫作命意和思想旨趣，實不應簡單等同看待。相關討論，可參（日）寺村政男：〈《金瓶梅》從詞話本到改訂本的轉變〉，見黃林、王國安編譯：《日本研究金瓶梅論文集》（濟南：齊魯書社，1989年），頁226-243。陳遼：〈兩部《金瓶梅》，兩種文學〉，見吉林大學中國文化研究所編：《金瓶梅藝術世界》（長春：吉林大學出版社，1991年），頁55-66。汪芳啓：〈《金瓶梅》「詞話本」與說散本開頭藝術比較〉，《阜陽師範學院學報》（社會科學版）2002年第2期，頁29-31。田曉菲：《秋水堂論金瓶梅》（天津：天津人民出版社，2003年）〈前言〉，頁1-13。孫萌：〈從「情色誤人」到「萬事皆空」——簡論《金瓶梅》說散本對詞話本主旨的轉換〉，見康全忠、曹先鋒、張虹主編：《水滸爭鳴》（第九輯）（西寧：青海人民出版社，2006年），頁351-356。胡衍南：〈兩部《金瓶梅》——詞話本與繡像本對照研究〉，《中國學術年刊》第29期春季號（2007年3月），頁115-144。周文：〈談《金瓶梅》「詞話本」、「說散本」的入話〉，《臨沂師範學院學報》第29卷第2期（2007年4月），頁42-45。在上述前人研究中，雖然已從形式比較方面討論詞話本和說散本的差異，但與本文從「演義」觀點的討論概念並不完全相同，可以互相補充參看。

9 陳遼：〈兩部《金瓶梅》，兩種文學〉，見吉林大學中國文化研究所編：《金瓶梅藝術世界》（長春：吉林大學出版社，1991年），頁55-66。

10 田曉菲：《秋水堂論金瓶梅》，頁1-13。

提出「兩部《金瓶梅》，兩種世情書寫」[11]的講法，針對兩種不同版本的世情小說寫作模式如何提供晚明到清初俗／雅兩條文學路線做出對比分析。不過由於以往論者的比較分析，一般多將論述焦點置於兩者的俗／雅藝術表現的差異之上，不免忽略了兩種版本寫定者可能基於世情關注取向的不同，使得兩個版本在實際編創方面和藝術形式的經營上因而產生了耐人尋味的差別。從「演義」的觀點來說，有關詞話本和說散本的題旨判讀實際上不應簡同視之。基本上，此一問題的提出，必然涉及《金瓶梅》的書寫性質及其文體表現的釐定和考察，本文將立足於此一重要認識展開論述，期能對前人研究不足之處做一補充。

基於上述認知，本文對於詞話本和說散本的題旨進行比較，乃試圖從「演義」角度立論，從預述性敘事框架的建置、故事類型的設定、經世寓言的建構三個方面進行比較分析，期許此一研究能幫助我們重新認識詞話本《金瓶梅》的創作本質，並爲未來研究明清通俗小說提供可供參考的理論視野。

二、預述性敘事框架的建置

從「演義」的觀點來說，《金瓶梅》寫定者面對既已發生的歷史或當下現實生活而展開一場「依事取義」的故事敷演。在歷史闡釋的前提下，整體創作的最終目的並不在於摹寫素材和還原史實，而是依違在「市民文化」與「史官文化」之間進行敘事創造，強化自身作爲再現歷史或虛構歷史的目的和過程。如此一來，不僅使得小說文本展現出特定的歷史意識，同時也使得小說文本所體現的歷史思維具

---

11 胡衍南：〈兩部《金瓶梅》——詞話本與繡像本對照研究〉，《中國學術年刊》第29期春季號（2007年3月），頁115-144。另可參胡衍南：《金瓶梅到紅樓夢——明清長篇世情小說研究》，頁137-177。

有不可忽視的「意向性」（intentionalität）[12]。因此，「詞話本」和「說散本」兩種版本寫定者在編寫／重寫過程中，雖然表面上共享一樣「世情」，但由於出版年代前後有別，兩個版本的寫定者在「歷史意識」上存在微妙差異，必然體現在各自對於《金瓶梅》敘事形式的經營思考之上，對於題旨的實際表現亦將產生影響，亟待重新加以探討。

如果說「演義」創作的目的，主要在於通過敷演故事以闡釋義理；那麼《金瓶梅》寫定者有意在「演義」的創作過程中建立一種敘事成規，並通過說書情境的模擬以建構一種眞實的效果時，除了藉此填補虛構與眞實世界的裂縫之外，最重要的還在於釋義過程中利用不同形式的議論爲讀者提供可靠的信息。[13]如此一來，在「取喻」書寫的寓言建構中，《金瓶梅》本身所體現的思想意蘊和諷刺精神，將因「詞話本」和「說散本」《金瓶梅》寫定者的理念不同而可能產生題旨設定和話語表現方面的差異。在此，我認同皋于厚談論古代小說的「寓言化」特徵時所提出的看法：

> 中國古代小説詩論強調比興寄託，美、刺結合，講究「象外之

---

12 所謂「意向性」（intentionalität），指的是「當人想要在外在的各種環境中，繼續生存下去的時候，他不只是想認知這些外在條件，而是想去改變它。人類行爲的特色之一在於其內在的意向性，使人們不斷地超脫出他們所處的狀況。」參胡昌智：《歷史知識與社會變遷》（臺北：聯經出版事業公司，1988年），頁20。

13 （美）韋恩・布斯（Wayne C. Booth）指出：「對於一個評論者來說，最明顯的任務是告訴讀者他不能輕易從別處得知的事實。當然，有許多種類的事實，它們可以用無數的方式來『告訴』。設置舞臺背景，解釋一段情節的意義，概述過於瑣細而不值得戲劇化的思想過程或事件，描繪有血有肉的事件和細節，只要在這種描繪無法自然地出自一個人物的時候——這一切以多種不同形式出現」。見氏著，華明、胡蘇曉、周憲譯：《小說修辭學》（*The Rhetoric of Ficiton*）（北京：北京大學出版社，1987年），頁191。

> 象」、「韻外之致」和「弦外之音」。寓言也常採用託物寄意、以此喻彼、以表喻裡、由小見大的手法，通過具體的物象寓示某種超越這些具體形象的觀念或哲理。古代小說攝取了寓言以「象」顯意、以「象」寓意的藝術精髓，常常通過對人物和事件的精摹細繪指涉一定的社會歷史事件，表達作家的政治主張和人生感喟。在很多情況下，作家們往往是先有了某種思想觀念，然後再到歷史和現實中去尋找恰當的素材加以演繹，他們在小說中塑造的藝術形象實際是理性觀念的客觀對應物，具有一種有意爲之的藝術品格。[14]

事實上，在「通俗爲義」的敘事觀念主導下，兩部《金瓶梅》的寫定者在敘事開端通過「預述性敘事框架」的建置，確實有意在「主題先行」的預告中，從故事初始即爲讀者建立起基本的閱讀取向和故事印象。表面上，在「演義」的創作認知和言說方式上，《金瓶梅》的敘事框架只是遵循著說話伎藝的敘述程式而建立起來的。但更進一步來說，在《金瓶梅》中，「敘述者」以「說書人」形象現身，[15]主要

---

14 皋于厚：《明清小說的文化審視》（北京：學苑出版社，2004年），頁149-150。

15 王平曾經針對魏晉南北朝以至於明清以來的古代小說作一番考察，由此發現敘述者變化演進的軌跡，以及古代小說因此而不斷發展的歷程。其中將敘述者概分爲四類：即「史官式」、「傳奇式」、「說話式」和「個性化」。基本上，四大奇書雖然是供閱讀的案頭文學，但卻程度不同地保留了口頭文學的特徵，其敘述者仍保留著說書人的身分。不過，王平在上述認知基礎上另提看法，即「『四大奇書』中的敘述者與作者基本上是相一致的。也就是說，作者的愛憎褒貶與敘述者所表露的情感沒有太大的差別。這實際上是『史官式敘述者』與『說話式敘述者』的重疊。我們可以認爲『四大奇書』的作者是在用說書的方式講述著某種『歷史』，只不過這種『歷史』虛構的程度大小有所不同罷了。」見氏著：《中國古代小說敘事研究》（石家莊：河北人民出版社，2001年），頁45。此一看法的提出，在某種程度上對於敘述者定位的說明仍有其語意未清之處；但從「演義」作爲長篇通俗小說創作的文體／文類表現來看，對於四大奇書敘述者形象的判斷部分，仍然有其可資參考的啓發意義。

任務不僅僅止於傳述事件和組織故事而已，而是必須爲讀者提供一套帶有特定價值觀點的解釋和評論，進而引領讀者領會故事背後所蘊含的思想意義。仔細觀察，《金瓶梅》寫定者立足於整體性觀點重寫素材，在情節建構方面不僅僅只是滿足於歷史表象的簡單敘述和講述故事而已；實際上，在特定的歷史時間斷限中，寫定者無不充分考量如何在編年爲序的情節建構中，針對歷史興衰變化情形進行描寫，並以之統攝長時間內紛繁複雜的生活事件和人物行動。最終目的，乃試圖由此達到對歷史發展規律進行闡釋的目的。至於詞話本和說散本之間是否存在主題認知方面的差異，則有待進一步比較分析。

首先，詞話本《金瓶梅》的成書方式大不同於《三國志演義》、《水滸傳》和《西遊記》三部小說所具有的世代累積性特質，而是主要移植《水滸傳》中有關潘金蓮和西門慶偷情的情節事件再予以創變。從「演義」觀點論之，詞話本《金瓶梅》首揭「四貪詞」，便以篇首形式說明取義之思何在，只是如何藉由「偷情」故事進行展演，則有待於第一回進一步明確說明創作緣起。事實上，在預述性敘事框架的建置方面，敘述者即於第一回開篇引詞曰：

> 丈夫隻手把吴鉤，欲斬萬人頭。如何鐵石，打成心性，却爲花柔？　請看項籍并劉季，一怒使人愁。只因撞着，虞姬戚氏，豪傑都休。（頁1）

不可否認，從「情色爲禍」的觀點反思歷史盛衰成敗之因，詞話本《金瓶梅》寫定者所展現的歷史思維可謂深具慧眼。因此在四貪詞中選擇以「情色」作爲敘事生成的核心概念，乃有其深意。其後，敘述者更進一步現身說明情節建構方向曰：

> 說話的，如今只愛說這「情」、「色」二字做甚？故士矜才則德薄，女衒色則情放。若乃持盈慎滿，則爲端士淑女，豈有殺身之禍？今古皆然，貴賤一般。如今這一本書，乃虎中美女，後引出一個風情故事來。一個好色的婦女，因與個破落户相通，日日追歡，朝朝迷戀。後不免尿横刀下，命染黄泉，永不得着綺穿羅，再不能施朱傅粉。靜而思之，着甚來由！況這婦人他死有甚事？貪他的，斷送了堂堂六尺之軀；愛他的，丟了潑天關產業。驚動了東平府，大鬧了清河縣。端的不知誰家婦女？誰的妻小？後日乞何人占用？死于何人之手？（頁3-4）

由此一故事預示中可見，詞話本《金瓶梅》乃有意以「潘金蓮」作爲主要書寫對象，著重表現以潘金蓮爲中心的情／色欲望變化，如何影響及於西門慶一家興衰盛敗。從歷史性的角度來說，詞話本主要延續《水滸傳》的「女禍」觀點中進行創造，其中在「女子」與「小人」的互文隱喻思維主導下，寫定者已然預先對於整體結構布局有所布置和安排。

至於說散本則將敘事焦點由潘金蓮的女禍轉向西門慶獨罪於「財」、「色」二字的因果報應之上。敘述者第一回開篇引用兩首詩篇：

> 詩曰：
>
> 豪華去後行人絕，簫箏不響歌喉咽。
> 雄劍無威光彩沉，寶琴零落金星滅。
> 玉階寂寞墜秋露，月照當時歌舞處。
> 當時歌舞人不回，化爲今日西陵灰。

又詩曰：

二八佳人體似酥，腰間仗劍斬愚夫。

雖然不見人頭落，暗裡教君骨髓枯。[16]

緊接著，說散本《金瓶梅》將議論焦點完全圍繞在財與色之上，並發出勸懲之見：「到不如削去六根清淨，披上一領袈裟，參透了空色世界，打磨穿生滅機關，直超無上乘，不落是非窠，倒得箇清閒自在，不向火坑中翻筋斗也。」此一創作理念的轉向，必然促成敘事的轉向。因此，說散本《金瓶梅》的情節建構以西門慶作爲開場角色，也就不爲無因了。其後，敘述者更進一步現身說明情節建構方向並發出一番警論曰：

> 說話的爲何說此一段酒色財氣的緣故？只爲當時有一箇人家，先前恁地富貴，到後來煞甚淒涼，權謀術智，一毫也用不著，親友兄弟，一箇也靠不著，享不過幾年的榮華，倒做了許多的話靶。內中又有幾箇鬬寵爭強，迎姦賣俏的，起先好不妖嬈嫵媚，到後來也免不得屍橫燈影，血染空房。[17]

顯然地，此番議論已將寫作重心由潘金蓮轉向西門慶及其家庭生活本身，並以「酒色財氣」爲中心進行一番人生教訓。整體而言，說散本《金瓶梅》寫定者有意在開篇敘事中消解大宋徽宗皇帝政和年間天下大亂的世變情況，進而試圖在善惡報應的因果敘事框架中對於個人欲望展開是非辯證，其題旨設計顯然已不同於詞話本。

---

16 齊煙、汝梅校點：《新刻繡像批評金瓶梅》（會校本）（香港：三聯書店〔香港〕有限公司，1998年），頁1。

17 齊煙、汝梅校點：《新刻繡像批評金瓶梅》（會校本），頁3-4。

三、故事類型的設定

基本上，《金瓶梅》作為重寫型小說，「總是既負載著前文本的信息，又帶有重寫時歷史文化語境的痕跡。重寫者一定對前文本有所認識，具有『前見』，進而在寫作中將時代因素、個人因素帶入小說。」[18]從「演義」的角度來說，兩部《金瓶梅》寫定者對於既有文本的題材框架和主題寓意的改寫，顯現出各自特定的歷史意識和政教思維。

以今觀之，兩部《金瓶梅》寫定者試圖在小說文本中構築「世變」的歷史背景，並通過「演義」申述政治理想。在「借彼喻此」的歷史書寫中，自然特別關注於小說虛構世界與歷史文化語境中現實的聯繫，並賦予了小說文本以特殊的歷史性。只不過兩部《金瓶梅》的預述性敘事框架存在明顯差異，代表著不同寫定者在歷史闡釋方面的見解有所不同。如此一來，其故事類型的設定亦將隨之產生必然的調整，不應該混為一談。

首先，在詞話本《金瓶梅》中，寫定者對於歷史的關注，已從宏大敘事的建構轉向微觀敘事的創造，整體敘事意向落實在現實生活的理解和闡釋之上。在「嫉世病俗」的歷史思維主導下，特別於第一回即揭示「情色為禍」之旨：

> 單說着「情」、「色」二字，乃一體一用。故色絢於目，情感於心，情色相生，心目相視。亘古及今，仁人君子，弗能忘之。晉人云：情之所鍾，正在我輩。如磁石吸鐵，隔礙潛通。無情之物尚爾，何況為人，終日在情色中做活計者耶？詞兒「丈夫隻手把吳鈎」，吳鈎，乃古劍也。古有干將、莫

---

[18] 參祝宇紅：《「故」事如何「新」編——論中國現代「重寫型」小說》（北京：北京大學出版社，2010年），頁6。

邪、太阿、吴鈎、魚腸、屬鏤之名。言丈夫心腸如鐵石，氣慨貫虹蜺，不免屈志於女人。（頁1）

詞話本《金瓶梅》寫定者更以劉邦和項羽爲例進行評價：「說劉項者，固當世之英雄，不免爲二婦人以屈其志氣。」而紅顏禍水之思，可謂盡現其中。

早在《金瓶梅》的情色故事正式展開之前，寫定者即通過「酒、色、財、氣」四貪詞的揭示作爲敘事創造的價値判斷基準。其中「情」、「色」作爲敘事生成的重要命題，則是通過潘金蓮與西門慶的情欲展演而有所表現。從實際情形來看，潘金蓮從九歲賣在王招宣府裡，本性機變伶俐。後王招宣死了，後又被潘媽媽轉賣予張大戶家爲使女，早晚學習彈唱。長成一十八歲，便被張大戶收用。主家婆頗知其事，因而將金蓮甚是苦打，大戶倒賠房匳嫁給武大。第一回敘及潘金蓮憎嫌武大，常與他合氣，頗有怨言。敘述者評論曰：

看官聽說：但凡世上婦女，若自己有些顏色，所稟伶俐，配個好男子便罷了，若是武大這般，雖好煞也未免有幾分憎嫌。自古佳人才子相湊着的少，買金偏撞不着賣金的。武大每日自挑炊餅擔兒出去賣，到晚方歸。婦人在家，別無事幹，一日三餐吃了飯，打扮光鮮，只在門前簾兒下站着，常把眉目嘲人，雙睛傳意。左右街坊，有幾個奸詐浮浪子弟，睃見了武大這個老婆，打扮油樣，沾風惹草，被這干人在街上撒謎語往來嘲戲唱叫：「這一塊好羊肉，如何落在狗口裡！」人人只知武大是個懦弱之人，却不知他娶得這個婆娘在屋裡，風流伶俐，諸般都好。爲頭的一件好偷漢子。（頁12-13）

關於潘金蓮形象塑造，在「嫌夫賣風月」的注解中便已作了一番定位。此後，潘金蓮看見武松「身材凜凜，相貌堂堂」，於是「私心便欲成會，暗把邪言釣武松」，十足一副「貪淫無恥壞綱常」的模樣，然而遭到武松搶白一場。又看見西門慶「也有二十五六年紀，生的十分薄浪」，直是一個「可意的人兒」。在王婆協助之下，兩人遂行淫蕩春心，背著武大偷情。西門慶「狂戀野花」，完全不顧及「亡身喪命皆因此，破業傾家總爲他」的後果，竟在王婆建議之下唆使潘金蓮鴆殺武大，並一應出錢整頓。爲了一晌貪歡，甚至顧不得人性與道德禮法。第六回敘及潘金蓮與西門慶在武大靈前偷情：

> 那婦人歸到家中，樓上去設個靈牌，上寫：「亡夫武大郎之靈」。靈床子前點一盞琉璃燈，裡面貼些經幡、錢紙、金銀錠之類。那日却和西門慶做一處。打發王婆家去，二人在樓上任意縱橫取樂。不比先前在王婆茶坊裡，只是偷雞盜狗之歡。如今武大已死，家中無人，兩個恣情肆意，停眠整宿。初時西門慶恐鄰舍瞧破，先到王婆那邊坐一回；今武大死後，帶着跟隨小廝，徑從婦人家後門而入。自此和婦人情沾肺腑，意密如膠，常時三五夜不曾歸去，把家中大小丟的七顛八倒，都不喜歡。原來這女色坑陷得人，有成時必有敗。（頁78）

在此，武大死亡靈位與潘金蓮、西門慶偷情行爲並呈於同一場景之上，一方面顯現兩人色膽如天，貪淫無度，另一方面則是顯示世俗生活中的宗法倫理，已因個人的「淫色」欲望而有崩毀之跡，無疑充滿了一股濃厚的嘲諷意味。更耐人尋味的是，對於潘金蓮與西門慶的偷情事件，第三回開篇以帶有「預敘」的觀點引詩評論曰：

> 色不迷人人自迷，迷他端的受他虧：

精神耗散容顏淺，骨髓焦枯氣力微。
犯着奸情家易散，染成色病藥難醫。
古來飽暖生閑事，禍到頭來總不知。（頁39）

第七十九回敘及西門慶「貪欲得病」一節，敘述者開篇引詩曰：

仁者難逢思有常，閑居慎勿恃無傷。
爭先徑路機關惡，退後語言滋味長。
爽口物多終作病，快心事過必爲殃。
與其病後能求藥，不若病前能預防。（頁1369）

顯而易見，此處是從「防患未然」的角度提出議論。由於西門慶貪淫樂色，不知節制，最後才導致髓竭人亡。敘述者歸咎其因爲：

原來這女色坑陷得人有成時必有敗，古人有幾句格言道得好：

花面金剛，玉體魔王，綺羅織就豺狼。法場斗帳，獄牢牙床。柳眉刀，星眼劍，絳唇槍。口美舌香，蛇蝎心腸，共他者無不遭殃！纖塵入水，片雪投湯。秦楚強，吳越壯，爲他亡。早知色是傷人劍，殺盡世人人不防！（頁1378）

在中國古代歷史上，因淫色而敗家，甚至誤國的情形屢見不鮮。詞話本寫定者頗有意在「紅顏禍水」[19]的母題下將歷史、欲望與道德統一

19 有關「紅顏禍水」的母題表現，參康正果：《重審風月鑑——性與中國古典文學》（瀋陽：遼寧教育出版社，1998年），頁42-88。

在敘事過程之中，由此構成一種對於現實世界的隱喻描寫。此一思想觀念，事實上與《水滸傳》的思想觀念有契合之處。[20]在主題先行的預述性敘事框架建置中，寫定者一開始即對於潘金蓮如何通過情色牽制西門慶，甚至最後成爲影響西門慶家庭興衰的關鍵作了一番預設。最後，更在家國同構的政治思維中，揭示出傳統宗法倫理和道德秩序，在個人欲望的衝擊下已然面臨解體的危機。

至於說散本與詞話本之不同者，則在於題材的借用與轉化，已從歷史的關注轉向個人欲望實踐的反思之上。在預述性敘事框架的建置方面，敘述者即於第一回開篇議論曰：

> 單道世上人，營營逐逐，急急巴巴，跳不出七情六慾關頭，打不破酒色財氣圈子，到頭來同歸于盡，着甚要緊！雖是如此說，只這酒色財氣四件中，惟有「財色」二者更爲利害。[21]

正是著眼於財色與個人命運的聯繫關係，說散本《金瓶梅》寫定者有意先行擱置潘金蓮與西門慶的偷情事件，轉而從西門慶「熱結十兄弟」的人情交往的網絡入手寫起，體現出不同的世情觀照和歷史意識。敘述者於第一回道：

> 說話的，這等一箇人家，生出這等一箇不肖的兒子，又搭了這等一班無益有損的朋友，隨你怎的豪富也要窮了，還有甚長進的日子！卻又有一箇緣故，只爲這西門慶生來秉性剛強，作事機深詭譎，又放官吏債，就是那朝中高、楊、童、蔡四大奸

---

20 張進德：〈《金瓶梅》借徑《水滸傳》的文化淵源〉，《求是學刊》第36卷第2期（2009年3月），頁113-118。

21 齊煙、汝梅校點：《新刻繡像批評金瓶梅》（會校本），頁1-2。

臣，他也有門路與他浸潤。所以專在縣裡管些公事，與人把攬說事過錢，因此滿縣人都懼怕他。因他排行第一，人都叫他是西門大官人。[22]

此處特別強調西門慶以商人身分與朝廷佞臣交往，反應士商關係的微妙變化。尤其當西門慶獲權開始介入縣裡公事，並逐漸成爲地方一霸時，更顯示出明代中晚期商人身分已非傳統四民之末的生活事實。其後，爲更凸顯西門慶與幫閒之間的密切關係，乃進一步戲擬《三國志》中有關「桃園結義」情節，兩者之間形成強烈的敘事對照。敘述者於第一回講述吳道官伸開疏紙朗聲道：

維大宋國山東東平府清河縣信士西門慶、應伯爵、謝希大、花子虛、孫天化、祝實念、雲理守、吳典恩、常峙節、白賚光等，是日沐手焚香情旨。伏爲桃園義重，眾心仰慕而敢效其風；管鮑情深，各姓追維而欲同其志。況四海皆可弟兄，豈異姓不如骨肉？是以涓今政和年月日，營備豬羊牲禮，鸞馭金資，嵩叩齋壇，虔誠請禱，拜投昊天金闕玉皇上帝，五方直日功曹，本縣城隍社令，過往一切神祇，仗此眞香，普同鑒察。伏念慶等生雖異日，死冀同時，期盟言之永固；安樂與共，顛沛相扶，思締結以常新。必富貴常念貧窮，乃始終有所依倚。情共日往以月來，誼若天高而地厚。伏願自盟以後，相好無尤，更祈人人增有永之年，户户慶無疆之福。凡在時中，全叨覆庇。謹疏。[23]

22 齊煙、汝梅校點：《新刻繡像批評金瓶梅》（會校本），頁5。

23 齊煙、汝梅校點：《新刻繡像批評金瓶梅》（會校本），頁14。

此一結義行爲，無疑與「平天下」的政治理想毫無干涉。由於西門慶所結識的朋友，都是些「幫閒抹嘴，不守本分的人」，使得此一結義行爲無非凸顯了西門慶的發跡變泰，無關國家民生，乃流於個人情性和欲望的展演。從情節編排的用意來說，此一做法可以說相當程度上消解了詞話本中潘金蓮作爲「女禍」表徵的原始本質，從而重構了以西門慶家庭興衰爲敘事中心的命運發展史。第七十九回敘及西門慶「貪欲喪命」一節，敘述者開篇引詞曰：

> 人生南北如歧路，世事悠悠等風絮，造化弄人無定據。翻來覆去，倒橫直竪，眼見都如許。　到如今空嗟前事，功名富貴何須慕，坎止流行隨所寓。玉堂金馬，竹籬茅舍，總是傷心處。——右調〈青玉案〉[24]

此處說散本替換詞話本原引之詩，甚且行文中刪去前引有關「女色傷人」的評論，無疑將西門慶瀕臨死亡結局的原因，歸諸於個人欲望徵逐無節之上。此一看法，實則呼應了第一回議論財色時所引《金剛經》所云：「如夢幻泡影，如電復如露」的色空哲理思想表現。無可諱言，說散本《金瓶梅》寫定者將敘事重心轉移至西門慶發跡變泰的命運變化之上，則整體題旨和敘事形式設計在「獨罪財色」[25]中必然產生相應的變化。

四、經世寓言的建構

面對「歷史」或「現實」，兩部《金瓶梅》的寫定者選擇採取長

24 齊煙、汝梅校點：《新刻繡像批評金瓶梅》（會校本），頁1135。

25 參傅承洲：〈《金瓶梅》「獨罪財色」新解〉，《廣州大學學報》第8卷1期（2009年1月），頁82-86。

篇通俗演義的創造以敷演歷史史實與生活事件，乃試圖從中寄寓個人時世感懷與道德勸懲的意識形態表現。因此，《金瓶梅》的問世，可以視爲呼應歷史文化語境對於新文體／文類的形式籲求而來，已然突破時興於世的歷史演義、英雄傳奇和神魔幻怪的題材框架。但從「擬史」的觀點來說，不論詞話本或說散本《金瓶梅》之「取義」，乃皆有以「史」爲本的思想，但已不單純取決於過去歷史史實的題材內容或人物對象而已，而是攸關於編年爲序的情節建構中，如何在特定主題思想的統攝之下將一系列事件再現爲一種獨特的「家庭」故事類型，從中寄寓「經世」思想。[26]

詞話本《金瓶梅》的素材來源於《水滸傳》中武松殺嫂爲兄復仇的故事片段，由此敷演潘金蓮與西門慶偷情事件，並擴及西門慶發跡變泰的家庭興衰史。不過從歷史時空的選定來看，詞話本《金瓶梅》寫定者雖未承繼《水滸傳》中英雄傳奇的書寫，卻在開篇之初保留了「亂世」的背景：

> 話說宋徽宗皇帝政和年間，朝中寵信高、楊、童、蔡四個奸臣，以致天下大亂，黎民失業，百姓倒懸，四方盜賊蜂起。罡星下生人間，攪亂大宋花花世界，四處反了四大寇。那四大寇？山東宋江，淮西王慶，河北田虎，江南方臘。皆轟州劫縣，放火殺人，僭稱王號。惟有宋江替天行道，專報不平，殺天下贓官污吏，豪惡刁民。（頁4）

此一做法，顯得格外意味深長。今細究情節編排，讀者明顯可見在故

26 有關《金瓶梅》的「經世」寓言建構問題，可參李志宏：《「演義」：明代四大奇書敘事研究》（臺北：五南圖書出版股份有限公司，2019年）〈第三章「經世」：明代四大奇書的寓言創造〉，頁155-217。

事情節開展過程中有兩條線索交互發展：一是西門慶與眾女子之間的偷情事件綿延不斷，一是西門慶與官場人際網絡之間的利益輸送逐漸擴大。在此一亂世的歷史視野中，當寫定者試圖通過將各種情色事件和官商勾結事件進行序列整合，並從中表述家國興衰的歷史及其緣由的闡釋觀點時，不僅賦予了小說文本以可辨認的敘事形式，同時也建立起特殊的故事類型。

在過去的研究中，論者始終關注的是明代中後期縱情聲色享樂的社會文化現象如何促成《金瓶梅》的產生。其中圍繞「淫書」之辯，往往是關注焦點，卻也因此忽略了《金瓶梅》在「演義」背後的歷史意識及其政治倫理隱喻。依我之見，詞話本《金瓶梅》寫定者圍繞「情色」議題所發出的勸懲警語所在多有，的確在「女禍」觀點的主導下，展現出寄意時俗的「世戒」、「世勸」說法。不過在亂世背景中，當寫定者有意「把西門慶個人的命運與帝國天下的盛衰刻意交織在一起」[27]，則必然將通過小說敘述表達其特定的政治關懷。今回歸小說文本中，明顯可見此一政治關懷乃反映在詞話本寫定者於第七十回敘及西門慶與群臣共同庭參朱太尉時，極力描寫其中權力與財富的複雜糾葛關係，並由此聯想到佞臣專擅爲政的情形下，君王聖聰不彰，終致國祚逐漸衰微。行文之中不免借敘述者評論，發出激憤之語：

> 看官聽說：妾婦索家，小人亂國，自然之道。識者以爲，將來數賊必覆天下。果到宣和三年，徽、欽北狩，高宗南遷，而天下爲虜有，可深痛哉！史官意不盡，有詩爲證：

27（美）浦安迪（Andrew H. Plaks）著，沈亨壽譯：《明代小說四大奇書》（*The Masterworks of the Ming Novel: Ssu ta Ch'i-shu*）（北京：生活・讀書・新知三聯書店，2006年），頁139。

權奸誤國禍機深，開國承家戒小人。六賊深誅何足道，奈何二聖遠蒙塵。（頁1154）

由「妾婦索家，小人亂國」的評論明顯可知，在「家國同構」的政治寓言建構中，「情色」與「財富」構成一種互爲隱喻的意象，有其特定的意指內涵。詞話本《金瓶梅》的寫定者在以「情色」爲主要符號概念的書寫中，無不意圖通過敘事轉向揭露個人的欲望和貪念如何成爲朝政腐敗根源的歷史事實。第七十一回開篇引詞更意味深長地表達看法云：

暫時罷鼓膝間琴，閑把遺編閱古今。
常嘆賢君務勤儉，深悲庸主事荒淫；
致平端自親賢哲，稔亂無非近佞臣。
説破興亡多少事，高山流水有知音。（頁1155）

此一詞作原見於《宣和遺事》，而詞話本《金瓶梅》寫定者以情色書寫作爲探討家國政體混亂的根本原因而加以參照引用，更能凸顯話語構成本身所隱含的政治批評意圖。由此可見，詞話本《金瓶梅》從潘金蓮與西門慶偷情事件出發，寫定者採取「以小喻大」的方式進行「家國同構」的寓言創造，或可見其歷史闡釋的意向性。詞話本《金瓶梅》寫定者在整體敘事創造中所寄託刺世、諷世的儒家政治理想，對於世道人心的勸懲便具有重要的教化意義。

至於說散本《金瓶梅》的故事類型設定與詞話本《金瓶梅》不同，則在經世寓言的建構上，必然會因寫定者的歷史意識不同而有所調整。今從相應的情節來看，說散本《金瓶梅》寫定者只保留了「話說大宋徽宗皇帝政和年間」的年號，不僅明顯將「高、楊、童、蔡四個奸臣」結黨營私、擅政亂國的政治因素抹去，同樣地，也將詞話本第七十回中有關「妾婦索家，小人亂國」的比附評論刪去。如此一來，說散本《金瓶梅》寫定者將寫作重心由「女禍」、「小人亂政」的互文隱喻書寫，轉向以西門慶一生財色欲望徵逐及其家庭興衰的因果報應書寫爲主。大體而言，此一敘事轉向的結果主要體現在兩個方面：一是說散本對於以潘金蓮爲首的女色，不再強調其「女禍」色彩，反而在回首詩詞之中略去勸懲之語，多替以描述女性情思和心境；二是從「文以載道」的政治寓言創造轉爲關注「自我修養」和「生命自覺」的個人寓言創造，體現出特定的人生哲理反思。

首先，就女色議題的轉化而言。在詞話本《金瓶梅》中，寫定者對於「淫婦」以情色誘惑導致個人喪命及家國崩毀，可謂深惡痛絕。因此在重寫素材的過程中，寫定者顯然有意凸顯「情色」議題，並通過各種評論話語表達勸懲警戒之意。如第四回開篇引詩曰：

酒色多能誤國邦，由來美色喪忠良。
紂因妲己宗祀失，吴爲西施社稷亡。
自愛青春行處樂，豈知紅粉笑中槍。
西門貪戀金蓮色，內失家麋外趕獐。（頁53）

又第五回開篇引詩曰：

參透風流二字禪，好姻緣是惡姻緣。
痴心做處人人愛，冷眼觀時個個嫌。
野草閑花休採折，貞姿勁質自安然。
山妻稚子家常飯，不害相思不損錢。（頁63）

又第六回開篇引詩曰：

可怪狂夫戀野花，因貪淫色受波喳。
亡身喪命皆因此，破業傾家總爲他。
半晌風流有何益，一般滋味不須誇。
一朝禍起蕭墻內，虧殺王婆先做牙。（頁75）

從以上一連三回帶有預告性質的敘述者評論中清楚可見，寫定者已爲讀者預示西門慶迷戀潘金蓮的作爲終將招致禍患，甚至導致亡身喪命的結局，行文頗見「女禍之思」。然而在說散本《金瓶梅》中，不僅在第一回回目以「西門慶熱結十兄弟」取代「潘金蓮嫌夫賣風月」，由此消解潘金蓮的女禍色彩。此外，在西門慶與潘金蓮偷情事件的發展過程中，寫定者更進一步替換大部分回首詩詞內容，轉而關注潘金蓮作爲女性的內在情思。如第二回開篇引詞曰：

芙蓉面，冰雪肌，生來娉婷年已笄。嫋嫋倚門餘。梅花半含蕊，似開還閉。初見簾邊，羞澀還留住；再過樓頭，欸接多歡喜。行也宜，立也宜，坐又宜，偎傍更相宜。——右調〈孝順歌〉[28]

第九回開篇引詩曰：

感郎躭夙愛，着意守香奩。
歲月多忘遠，情綜任久淹。
于飛期燕燕，比翼誓鶼鶼。
細數從前意，時時屈指尖。[29]

---

[28] 齊煙、汝梅校點：《新刻繡像批評金瓶梅》（會校本），頁27。
[29] 齊煙、汝梅校點：《新刻繡像批評金瓶梅》（會校本），頁107。

此處，潘金蓮被形塑爲「多情」女子，表面看來有違實際情節表現，但也與寫定者有意將敘事重心轉向西門慶的做法有所呼應。因此，潘金蓮與眾家女子成爲西門慶使計勾引的對象，只能任由西門慶擺布。儘管在西門慶一家發跡變泰的書寫中，固然仍保留潘金蓮謀害人命與妻妾爭寵的情節，但事實上已不斷通過回首的抒情性詩詞極大程度消解了詞話本原有道德寓言的警示意涵。由此推測，說散本《金瓶梅》寫定者對於女色議題的關注已由譴責批判轉爲同情女性生存處境。因此在題旨設計上，已不再像詞話本《金瓶梅》寫定者訴諸於家國寓言的建構，轉而從個體生命自覺的角度形塑女性。此時情色書寫的本質，乃成爲表現女性人物汲取個人生存資源的一種手段或媒介。但無奈的是，女性命運終究逃脫不了西門慶欲望實踐的無情控制，甚且成爲諸多病態性行爲下的玩物。

其次，就自我修養議題而言。在說散本《金瓶梅》中，寫定者從小說開篇起即將寫作重心圍繞於以西門慶爲主的富商家庭之上，並在物欲橫流的世俗社會風俗中，展開一場發跡變泰的世態人情摹寫。在父權宗法嚴重失序的社會環境中，西門慶極盡各種非法手段對於財色展開無盡的追求，乃成爲道德規範和倫理制度走向崩解狀態之必然表徵。在違法亂紀的欲望徵逐過程中，西門慶縱情聲色，行賄官商，集商人、惡霸、官僚於一身，權力一度盛極一時。在某種意義上，荒謬而腐朽的時代社會造就了西門慶，但西門慶縱慾無節的財色貪欲卻毀滅了自己，最終一生成空。此一結局，正呼應了說散本《金瓶梅》寫定者改寫第一回「入話」的勸戒之見：

> 這「財色」二字，從來只沒有看得破的。……見得人生在世，一件也少不得，到了那結果時，一件也用不着。隨著你舉鼎盪舟的神力，到頭來少不得骨軟筋麻；繇着你銅山金谷的奢

華，正好時卻又要冰消雪散。假饒你閉月羞花的容貌，一到了垂眉落眼，人皆掩鼻而過之；比如你陸賈隋何的機鋒，若遇着齒冷唇寒，吾未如之何也已。到不如削去六根清淨，披上一領袈裟，參透了空色世界，打磨穿生滅機關，直超無上乘，不落是非窠，倒得箇清閒自在，不向火坑中翻筋斗也。[30]

雖說耳提面命如此，然而綜觀西門慶的諸般行事，卻是一再與寫定者設定之自我修養理想相互違逆，終致人亡家毀，這使得西門慶苦心交代吳月娘之臨終遺言：「一家居住，休要失散了，惹人家笑話」，無疑顯得格外諷刺。事實上，西門慶死亡之後，家道隨即中落，終致一一作鳥獸散，不復從前。正如敘述者評論西門慶死亡時所論：「三寸氣在千般用，一日無常萬事休。」而其中所隱含的空色之思，更一直延續到西門一家故事收束為止。如第九十九回開篇引詞曰：

白雲山，紅葉樹。閱盡興亡，一似朝還暮。多少夕陽芳草渡。潮落潮生，還送人來去。阮公途，楊子路。九折羊腸，曾把車輪誤。記得寒蕪嘶馬處。翠管銀箏，夜夜歌樓曙。——右調〈蘇幕遮〉[31]

又第一百回開篇引詩曰：

舊日豪華事已空，銀屏金屋夢魂中。
黃蘆晚日空殘壘，碧草寒煙鎖故宮。
隧道魚燈油欲盡，粧臺鸞鏡匣長封。

---

30 齊煙、汝梅校點：《新刻繡像批評金瓶梅》（會校本），頁3。

31 齊煙、汝梅校點：《新刻繡像批評金瓶梅》（會校本），頁1395。

> 憑誰話盡興亡事，一衲閒雲兩袖風。[32]

無可諱言，「萬事皆空」作爲說散本《金瓶梅》一書的思想基調，早在敘事之初所提出的「空色」說就已奠定。由上引兩首詩詞內容來看，人生興亡如夢一場的思想更是盡顯其中。西門慶的人生如同一場荒謬鬧劇，無乃深刻呼應了寫定者於開篇所設定的一場人生預言，令人不勝唏噓。因此，說散本在自我修養議題上所做出的預告，無疑體現出一種深刻的生命自覺。

五、結語

從「演義」的觀點來說，預述性敘事框架的建置具有「預設」（prefigurative）性質，不僅有助於兩部《金瓶梅》寫定者確立「演義」所關注的主要人事對象，而且能夠在「主題先行」的預告中爲讀者提供必要的敘事信息和閱讀視野，實有助於在「適俗」的話語實踐中傳達作品中的歷史含義。嚴格來說，在「總成一篇」的敘述認知中，詞話本和說散本《金瓶梅》的情節建構，可以說是在不同寫定者的特定歷史意識主導下才有所開展。因此，當寫定者立足於整體性歷史考察的觀點進行敘事創造時，無不試圖通過預述性敘事框架的建置，爲讀者預先提供明確的敘事信息和敘事邏輯，並由此確立敘事再現本身如何面向歷史和現實的根本意圖，不應該混同而論。浦安迪在考察詞話本《金瓶梅》的開頭和結尾時，即以16世紀中國小說文體的美學觀念爲背景提出類此看法：

> 我認爲小說以詳述《水滸傳》中一段情節開始這個事實之所以有意義，並不限於作家顯然採用原始素材一面，而在於它呈露

32 齊煙、汝梅校點：《新刻繡像批評金瓶梅》（會校本），頁1407。

了另一個主要的章法，即在作品主體部分之前附加一個結構獨立的序曲。明清小說的這一共同特點顯然與擬話本中的「入話」有某種淵源關係，這在當時正在成為一種標準格式，儘管一般認為這原是說書藝術的直接反映，這一意見在這裡顯然已不妥貼。我們不妨將此理解為作家一種自覺的文學創作手法，用它與小說結局形成結構上的平衡，同時又建立起一種敘述模式，提醒讀者注意作品主體部分將要有深刻一些的問題。[33]

不論從詞話本或說散本《金瓶梅》的敘事結構安排來看，這個看法無疑是正確的。今可見者，兩部《金瓶梅》寫定者通過主題先行的預述性敘事框架建置，為全書揭示所要呈顯的重要敘述命題，使得小說文本得以在證實性認知中創造出具有「印證預告」[34]性質的情節類型。

承上所論，不論從寓意、解釋或結構等角度來看，詞話本《金瓶梅》和說散本《金瓶梅》的開頭模式，事實上都各自樹立了基本的表達方式和書寫慣例，因而體現出不同的美學意義和思想價值，不能簡單混為一談。以今觀之，詞話本和說散本《金瓶梅》的素材使用、語言風格和回目設計都呈現出不同的美學考量和寫作意圖。劉輝即對此做過一番比較：

只有到了《新刻繡像批評金瓶梅》，才由文人作家對詞話本從

---

33 （美）浦安迪（Andrew H. Plaks）著，沈亨壽譯：《明代小說四大奇書》，頁62。

34 所謂「印證預告」，主要屬於一種逐步揭示或證實事件眞相的轉換型情節類型，作品事先預告結局，情節的發展逐步印證這一預告，體現出一種證實性的認知。參胡亞敏：《敘事學》（武昌：華中師範大學出版社，1994年），頁136-137。

> 回目到內容作了大量的修改工作。其修改寫定的工作大致包括兩方面的內容：一爲刪削與刊落；一爲修改與增飾，而且以前者爲主。修改寫定者的著眼點與立足點，主要是改變民間說唱「詞話」這一特徵，譬如，對詞話本的可唱的韻文部分，幾乎刊落了三分之二，就是最明顯的例證。經過這樣的刪削之後，面目大爲改觀：濃厚的詞話說唱氣息大大的減弱了，沖淡了；無關緊要的人物也略去了；不必要的枝蔓亦砍掉了，使故事情節發展更爲緊湊，行文愈加整潔，更加符合小說的美學要求。同時，對詞話本的明顯破綻作了修補，結構上也作了變動，特別是開頭部分，變詞話本依傍《水滸》而爲獨立成篇。[35]

姑且不論版本先後以及美學表現問題，事實上兩者在故事類型的設定上，因其「演義」的理念不同，必然要在適應目的實現的過程中藉由外在形式的調整來完成。田曉菲在對讀兩部《金瓶梅》後提出一個判斷：「其實，到底兩個版本的先後次序如何並非最重要的；最重要的是這兩個版本的差異體現了一個事實，也即它們不同的寫定者具有極爲不同的意識形態和美學原則，以至於我們甚至可以說我們不是有一部《金瓶梅》，而是有兩部《金瓶梅》。」[36]此一看法，與本文的設論觀點一致。因此，兩者「世情」表面爲一，最終卻有不同題旨設計，不能簡同視之。

今從詞話本和說散本問世的年代來看，詞話本是萬曆年間出版，說散本則是崇禎年間出版。在此可以證成本文所提出的假設觀點：即兩部《金瓶梅》出版的歷史文化語境有所不同，因而兩者在題旨的設

---

[35] 劉輝：〈《金瓶梅》版本考〉，《金瓶梅論集》，頁154-155。

[36] 田曉菲：《秋水堂論金瓶梅・前言》，頁6。

計和表達上便也可能會有所不同。經由上述分析，得出以下結論：

第一，在預述性敘事框架的設置方面，詞話本《金瓶梅》延續《水滸傳》中潘金蓮與西門慶偷情故事而有所發揮，著重「情色」議題以敷演故事；說散本《金瓶梅》則將敘事焦點轉移至人性貪欲的追逐之上，著重「財色」議題以敷演故事。

第二，在故事類型的設定方面，雖然詞話本與說散本皆在世變之中創造西門慶一家發跡變態的家庭故事類型。但詞話本沿襲「紅顏禍水」的母題，展現出情色爲禍的歷史意識；而說散本則回歸西門慶個人欲望徵逐無節的一生進行情節建構，在天道循環中體現出空色的人生哲思。

第三，在經世寓言的建構方面，詞話本有意通過「妾婦索家，小人亂國」的互文隱喻，在「以小喻大」中建構一場家國同構的寓言，使得小說文本體現出特定的政治諷諭思想。說散本則將寫作重心轉移至西門慶身上，相對消解了政治因素。其中在女色議題和自我修養議題的展演中，重新審視西門慶貪戀財色導致身敗家亡的命運本質，由此建構一場人生如夢的荒謬鬧劇。

最後一提的是，本文立足於「演義」的觀點之上，對於兩部《金瓶梅》的題旨進行比較，已明顯可見其整體話語構成之差異。惟在去歷史化語境的討論中，對於不同時期出版的《金瓶梅》寫定者是否有意在「通俗爲義」中藉此回應當下歷史現實，目前因欠缺具體可資參證的文獻資料，有待來日另闢論題討論之。

仁者以財發身，不仁者以身發財

——《金瓶梅》對於商人階層興起的歷史反思

一、問題的提出

在中國小說史上，《金瓶梅》的問世饒富意義。不過，關於《金瓶梅》文化身分的認知問題，歷來研究觀點始終擺盪在色情小說和世情小說之間，爭論不休。揆其原因，乃在於《金瓶梅》一書的誨淫題材問題。在《金瓶梅》的情色書寫影響下，其後色情小說流派的形成與後續發展，從有別於世情摹寫的另一側面構成不可忽視的文化現象和文學現象。[1]在近、現代研究上，研究者論其創作要旨時，便始終與「淫書」的概念脫離不了關係，且評價褒貶不一。不過，本文撰述的動機，不擬繼續將討論焦點置於情色書寫之上，而是將研究視角轉向《金瓶梅》寫定者選擇以西門慶的商人形象及其家庭盛衰存續的命運爲題材，從中闡釋小說敘述背後潛在的歷史含義。

在中國小說史上，《金瓶梅》是第一部以家庭生活爲敘事中心的古代長篇通俗小說。具體而言，《金瓶梅》對於西門慶所屬商人家庭的特殊關注，在很大程度上是對明代中葉以降時代社會劇烈變化的生活現實所作出的直接反映。值得注意的是，在「借宋寫明」[2]的前提下，《金瓶梅》整部小說對於明代中晚期歷史語境的關注，首先顯示在延用《水滸傳》的「世變」時空背景。第一回曰：

1　《金瓶梅》問世之後，色情小說創作隨之而迅速發展，進而構成一種小說流派，蔚爲風潮。陳大康即指出：「色情小說是中國古代小說史上的特殊群體。……明代通俗小說的創作發展趨勢，是從以改編舊作的方式描述歷史或神魔故事出發，逐漸走上以獨立創作反映現實人生的道路，而在這一過程中的轉折之際，最先出現的人生寫實作品，竟在著意描摹色情，這有點令人尷尬，卻是又是不可迴避的事實。這現象表明了小說發展進程的曲折與複雜，以及文學規律的顯現不可避免地要受到時代風尚的攝動。因此，決不可將色情小說從研究視野中抹去，更何況他們顯示的有些價值與意義又是其他創作流派無法提供的。」見氏著：《明代小說史》（上海：上海文藝出版社，2000年），頁476。

2　有關《金瓶梅》「借宋寫明」的敘事策略及其表現，在學術界已有普遍共識。至於「寫明」一事專涉何朝何人問題存在不同看法，迄今未成定論。

話說宋徽宗皇帝政和年間，朝中寵信高、楊、童、蔡四個奸臣，以致天下大亂。黎民失業，百姓倒懸，四方盜賊蜂起，罡星下生人間，攪亂大宋花花世界，四處反了四大寇。那四大寇？山東宋江，淮西王慶，河北田虎，江南方臘。皆轟州劫縣，放火殺人，僭稱王號。惟有宋江替天行道，專報不平，殺天下贓官污吏，豪惡刁民。（頁4）

在此一歷史語境中，《金瓶梅》寫定者選擇以「商人家庭的盛衰史」爲編創題材，試圖從中探求導致天下大亂的世變現象的成因，顯示出他對於整個時代面臨前所未有的巨大質變的深刻關注。而其中，明代中葉以降商業經濟日漸蓬勃發展，商人階層隨之興起，重商思想的蔓衍和滲透，對於傳統以儒家爲本位的治生觀念、倫理思想和價值體系造成諸多衝擊和影響，乃成爲《金瓶梅》首要關注的時代問題。[3]

眾所周知，《金瓶梅》寫定者從《水滸傳》中汲取題材而重新編創，無非從中發現特定故事的可寫性。在改編《水滸傳》的過程中，《金瓶梅》寫定者對於歷史的想像性再造，最終目的並不在於繼續複製或擴寫水滸英雄替天行道的偉大事蹟，而是在「借宋寫明」的前提下，著眼於「亂世」歷史語境，特將視角轉向聚焦於西門慶一家盛衰興亡的命運觀照之上。從家國同構的觀點來說，在《金瓶梅》中，當西門慶家庭命運與國家命運之間儼然構成了一種互文隱喻的關係結構時，其中個人、家庭和國家在敘述過程中所形成的相互投射現象，無疑格外引人深思。本文即擬就西門慶所代表的商人階層及其發跡變泰現象的根本意義進行觀察和評估，以便從中探討《金瓶梅》的歷史闡釋意圖。

3　關於明代中晚期商業與社會變遷的關聯分析，可參萬明主編：《晚明社會變遷問題與研究》（北京：商務印書館，2005年）〈第二章　商業與社會變遷〉，頁83-142。

二、發跡：關於商人階層興起現象的關注

明代中晚期商人社會地位隨著商業發展而不斷提升，甚至凌駕於士人之上，致使當時儒家文士必須重新評估此一士商關係變化的文化現象。[4]王陽明〈節庵方公墓表〉有言：

> 蘇之崑山有節庵方翁麟者，始爲士業舉子，已而棄去，從其妻家朱氏居。朱故業商，其友曰：「子乃去士而從商乎？」翁笑曰：「子烏知士之不爲商，而商之不爲士乎？」……陽明子曰：「古者四民異業而同道，其盡心焉，一也。士以修治，農以具養，工以利器，商以通貨，各就其資之所近，力之所及者而業焉，以求盡其心。其歸要在於有益於生人之道，則一而已。士農以其盡心於修治具養者，而利器通貨，猶其士與農也。工商以其盡心於利器通貨者，而修治具養，猶其工與商也。故曰：四民異業而同道。」[5]

明代中晚期正處於社會經濟和思想文化的轉型階段，其中士商地位變化的現象尤爲時人所關注。王陽明提出「四民異業而同道」的看法，正顯示了在當時歷史語境中重商思想已經崛起。因此，面對明代中後期商業經濟活動發展日漸蓬勃，《金瓶梅》寫定者對於西門慶商人身分的關注，可謂其來有自。對於《金瓶梅》而言，小說敘述對於歷史

---

4 余英時在〈中國近世宗教倫理與商人精神〉一文中論及明清時期的「新四民論——士商關係的變化」即指出：「由於明清儒者對『治生』、『人欲』、『私』都逐漸發生了不同的理解，他們對商人的態度因此也有所改變。而且十六世紀以後的商業發展也逼使儒家不能不重新估價商人的社會地位。」見氏著：《士與中國文化》（上海：上海人民出版社，2003年），頁525。

5 〔明〕王陽明撰，吳光、錢明、董平、姚延福編校：《王陽明全集》（中）（上海：古籍出版社，1992年）卷二十五《外集》七，頁1036-1037。

的回應，便是從一開始就展現在西門慶出身的描述之上，尤其特別強調「商人」和「發跡有錢」兩大元素。第二回曰：

> 看官聽說：莫不這人無有家業的？原是清河縣一個破落户財主，就縣門前開著個生藥鋪。從小兒也是個好浮浪子弟，使得些好拳棒，又會賭博，雙陸象棋，拆白道字，無不通曉。近來發迹有錢，專在縣裡管些公事，與人把攬說事過錢，交通官吏。因此滿縣人都懼怕他。那人複姓西門，單名一個慶字，排行第一，人都叫他做西門大郎。近來發迹有錢，人都稱他做西門大官人。（頁31）

基本上，西門慶在小說開端上場時，只不過是一個生藥鋪的破落戶財主身分，雖然後來發跡有錢，但實際上尚未能見到其富商氣候。然而隨著小說情節的發展，西門慶及其家庭便因爲經商活動的迅速擴展，整體家庭氣象可謂與日俱升，實不可與生藥鋪階段同日而語。第六十九回敘及文嫂介紹西門慶給林太太時即有一番讚美曰：

> 縣門前西門大老爹，如今現在提刑院做掌刑千户，家中放官吏債，開四五處鋪面：緞子鋪、生藥鋪、紬絹鋪、絨線鋪，外邊江湖又走標船，揚州興販鹽引，東平府上納香蠟；夥計主管約有數十。東京蔡太師是他乾爺，朱太尉是他衛主，翟管家是他親家。巡撫、巡按都與他相交，知府、知縣是不消說。家中田連阡陌，米爛陳倉；赤的是金，白的是銀，圓的是珠，光的是寶。身邊除了大娘子——乃是清河左衛吴千户之女，塡房與他爲繼室。——只成房頭、穿袍兒的也有五六個，以下歌兒舞女、得寵侍妾，不下數十。端的朝朝寒食，夜夜元宵。（頁1119-1120）

在文嫂看來，西門慶因爲經商而發跡變泰，整個家庭盛景十分令人稱羨。在某種意義上，當時人們對於商人階層發跡變泰現象的津津樂道，不僅表現出人們對於商人階層地位提升的認同，同時也對於商人經商致富行爲的包容性理解，在在反映出傳統抑商思想觀念發生重大嬗變的事實。因此，在《金瓶梅》中，寫定者對於西門慶所代表的商人階層的特殊關注和寫實化敘述，直可視爲當時歷史語境的一個重要註腳。

由於明代中晚期商人階層的迅速崛起，使得傳統士貴商賤的社會階層觀念，在商人階層興起之後因士商互動來往日趨密切的情形下而有了重大的調整。隨著社會經濟的快速發展，商人階層更逐漸成爲一股不可忽視的社會文化勢力，並且對於傳統思想觀念和價値體系的轉變造成重大的影響。何良俊《四友齋叢說》說：

> 余謂正德以前，百姓十一在官，十九在田。蓋因四民各有定業，百姓安於農畝，無有他志……今去農而改業爲工商者，三倍於前矣。[6]

顯然地，明代中葉以降重商思想的普遍發展，促使棄農經商的社會趨勢也隨之盛行。「四民業異而同道」的提出，一方面說明了商人地位顯著提升的事實，另一方面則反映出春秋戰國以降的「士農工商」四民階層之說，到了此時已產生巨大變化。而這樣的社會文化變遷現象，同樣也體現在《金瓶梅》對於傳統四民觀念以及士商交往的關係變化的敘寫之上。

第一，有關四民觀念的變化問題，可以孟玉樓選嫁西門慶事例說

---

6 〔明〕何良俊：《四友齋叢說》（北京：中華書局，1997年）卷十三〈史九〉，頁111-112。

明之。第七回敘及孟玉樓母舅張四圖留手裡東西，一心舉保尚舉人，並勸說孟玉樓曰：

> 娘子不該接西門慶插定，還依我嫁尚推官兒子尚舉人。他又是斯文詩禮人家，又有莊田地土，頗過得日子。強如嫁西門慶。那廝積年把持官府，刁徒潑皮。他家現有正頭娘子，乃是吴千户家女兒。過去做大是做小是？却不難爲你了！況他房裡又有三四個老婆，并沒上頭的丫頭。到他家人多口多，你惹氣也！（頁93）

顯而易見，在孟玉樓選嫁情節的敘述方面，實際上是一場士商之間婚姻角力的展演。孟玉樓對於西門慶情有獨鍾的理由，正如她所言：「時尚財錢倘來物，那是長貧久富家？休說買賣的人家，誰肯把錢放在家裡！」此一看法，充分顯示了孟玉樓對於經商活動方式和行事原則的理解，在其心中並無鄙視商人之意，反倒表現出對商人地位的認可。

第二，有關士商交往關係變化的問題，則可以秀才溫必古祝壽西門慶事例說明之。第五十八回敘及秀才溫必古拜見西門慶的情景曰：

> 正說話之間，王經拿了兩個帖兒進來：「兩位秀才來了。」西門慶見帖兒上一個是「侍生倪鵬」、一個「溫必古」。西門慶就知倪秀才舉薦了他同窗朋友來了，連忙出來迎接。見都穿着衣巾進來。且不看倪秀才，觀看那溫必古：年紀不上四旬，生的明眸皓齒，三牙鬚；丰姿灑落，舉止飄逸。未知行藏何如，先觀動靜若是。有幾句道得他好：
>
> 雖抱不羈之才，慣游非禮之地。功名蹭蹬，豪傑之志已灰；家業凋零，浩然之氣先喪。把文章道學，一并送還

> 了孔夫子；將致君澤民的事業，及榮華顯親的心念，都撇在東洋大海。和光混俗，惟其利欲是前；隨方逐圓，不以廉耻爲重。峨其冠，博其帶，而眼底旁若無人；席上闊其論，高其談，而胸中實無一物。三年叫案，而小考尚難，豈望月桂之高攀；廣坐銜杯，遁世無悶，且作岩穴之隱相。
>
> 西門慶讓至廳上敘禮，每人遞書帕二事與西門慶祝壽。交拜畢，分賓主而坐。（頁893）

表面上，這裡的敘述只是展現出士人無行且夤緣富貴之家的醜態；但深入而論，在士商交往的經營網絡中，與西門慶密切來往的士人，除在朝的朱太尉、太師蔡京、宋御史、黃太尉之外，其他尚有狀元進士如蔡蘊、安忱，再者又有窮酸秀才如溫必古、水秀才等，可謂無所不在。不論如何，《金瓶梅》寫定者對於儒家文士放棄「致君澤民」、「榮華顯親」的理想追求，頗感不以爲然。

基本上，商人地位的提升，不僅促使傳統以儒家文士爲本位的社會文化形態面臨深刻變化，同時也使得儒家倫理道德的實踐問題面臨功利思想的衝擊。《金瓶梅》寫定者對於西門慶發跡變泰過程做出鉅細靡遺的細節交代，無非凸顯的是商人階層興起之後，對於傳統社會階層觀念變化的影響；同時更在於強調西門慶作爲一方權豪勢要之家，如何不斷以其財富籠絡士人、朝廷官吏，而儒家文士亦因利欲在前而拜金趨利，甚至仰其鼻息。無可諱言，傳統儒學世界中以實現「修齊治平」政治理想爲職志的文士，如今卻違背儒家義利之辨的道德原則，一一拜倒在金錢利欲追求之下。在《金瓶梅》寫定者看來，其處世行徑不僅荒謬之至，更視之爲造成天下國家大亂的根源。

三、變泰：關於士商交往關係變化的理解

在明代中晚期商業經濟活動迅速發展的同時，商人謀利的各種因應作爲必然也會隨之而不斷出現，無可厚非。從正面意義來看，商賈日作買賣，只要在生養之道方面「盡其心」，尚不至於危亂社會。正如王陽明所言：

> 但言學者治生上，儘有工夫則可。若以治生爲首務，使學者汲汲營利，斷不可也。且天下首務，孰有急於講學耶？雖治生亦是講學中事。但不可以之爲首務，徒啓營利之心。果能於此調停得心體無累，雖終日做買賣，不害其爲聖爲賢。何妨於學？學何貳於治生？[7]

由此可見，商賈階層「雖終日作買賣，不害其爲聖爲賢」，顯示出商人經商謀利仍能如學者一般實踐儒家倫理精神，不必然只是以謀利爲主。只不過這樣的認知，畢竟帶有強烈的理想性。從實際情況來看，隨著商賈經商「以利爲重」的觀念不斷發展，「唯利是圖」的風氣，也漸漸普遍瀰漫於整個社會文化之中。張瀚《松窗夢語》卷四〈商賈記〉說：

> 財利之於人，甚矣哉！人情徇其利而蹈其害，而猶不忘夫利也。故雖敝精勞形，日夜馳鶩，猶自以爲不足也。夫利者，人情所同欲也。同欲而共趨之，如眾流赴壑，來往相續，日夜不休，不至於橫溢泛濫，寧有止息。故曰：「天下熙熙，皆爲利來；天下攘攘，皆爲利往。」窮日夜之力，以逐錙銖之利，而

7 〔明〕王陽明撰，吳光、錢明、董平、姚延福編校：《王陽明全集》（下）卷三十二《補錄》，頁1291。

遂望日夜之瘁勞也。[8]

顯而易見，當趨利而追求享樂的思維逐漸蔚為社會風尚時，不僅導致人們的價值觀念發生巨大的轉變，同時整個社會生活形態也出現了由重農抑商逐漸轉為重商致富的發展變化趨勢。不可否認，隨著明代中後期商業經濟發展與市民階層的興起，商業意識和重利觀念迅速滲透於不同社會階層之中，追求財利的風氣可謂盛行於世。此時，商人們為了要謀利遠害，往往必須苦心經營與士人卿大夫之間的交往關係。李贄《焚書・又與焦弱侯》便指出：

挾數萬之貲，經風濤之險，受辱於關吏，忍詬於市易，辛勤萬狀，所挾者重，所得者末。然必交結於卿大夫之門，然後可以收其利而遠其害。[9]

從經商的角度來說，李贄認為趨利謀財乃商人「生人之道」，因此不以商人階層為賤，甚至更以同理之心提出「商賈亦何可鄙之有」之說，其意在於肯定商人經商謀利之道。只不過應該注意的是，在「商賈為第一等生業，科第反在次著」[10]的風俗觀念逐漸為人們所接受時，由於士風不競，道德淪喪，不僅造成傳統士商關係發生巨大變化，而且使得士商彼此的互動問題變得十分複雜，對於傳統文化以儒家為本位的社會形態的轉變更是影響深遠。而事實上，在明代中晚期

8 〔明〕張瀚：《松窗夢語》（北京：中華書局，2008年）卷四〈商賈記〉，頁86。

9 〔明〕李贄：《焚書》（北京：中華書局，1974年）卷二〈又與焦弱侯〉，頁138。

10 〔明〕凌濛初：《二刻拍案驚奇・疊居奇程客得助 三救厄海神顯靈》（臺北：世界書局，2007年），頁671。

以降的歷史語境中，士商關係的微妙變化，無不反映了榮華富貴對於士林風尚所造成的重大影響。可想而知，當士人們一旦傾心於個人私欲的積極滿足，且心中一如商人般懷抱著逐利致富的夢想追求，最終將會在利欲面前放棄實踐修齊治平的人生理想，對於傳統儒學世界的運作秩序造成極大的衝擊。

面對「功利之毒淪浹於人之心髓」[11]的世變歷史語境，《金瓶梅》寫定者顯然深切地感受到整個時代正處於一個思想觀念和價值體系劇烈變化的階段。在《金瓶梅》中，小說敘述固然對於西門慶追求發跡變泰的人生歷程充滿高度興趣；但對於以西門慶商人家庭爲中心所構築的士商交往網絡及其所造成影響，更是抱以高度關注。第七十回敘及西門慶升任正千戶掌刑，林千戶特地遞送邸報給夏提刑和西門慶，邸報略曰：

> 兵部一本：尊明旨，嚴考覈，以昭勸懲，以光聖治事。先該金吾衛提督官校太尉、太保兼太子太保朱題前事，考察禁衛官員，除堂上官自陳外，其餘兩廂詔獄緝捕、捉察、譏察、觀察、典牧皇畿內外提刑所指揮、千百户、鎮撫等官，各按册籍祖職世襲、轉升、功升、蔭升、納級等項，各挨次格，從公舉劾，甄別賢否，具題上請。當下該部詳議黜陟升調降革等因。奉
> 聖旨：兵部知道，欽此欽遵。抄出到科，按行到部。看得太尉朱題前事，遵奉舊例，委的本官殫力致忠，公于考覈；委所同并內外屬官，各據册籍，博協輿論，甄別賢否。皆出聞見之實，而無偏執之私。足見本官仰扳天顏之咫尺，而存體國之

[11]〔明〕王陽明：〈答顧東橋書〉，見王陽明撰，吳光、錢明、董平、姚延福編校：《王陽明全集》（上）卷二《語錄二・傳習錄中》，頁63。

忠謀也。分別等第，獎勵淑慝，井井有條，足以勵人心而孚公議，無容臣等再喙。但恩威賞罰，出自朝廷，合候命下之日，一體照例施行等因。庶考覈明而人心服，冒濫革而官箴肅矣。奉欽此，欽依擬行。

內開：山東提刑所正千户夏延齡，資望既久，才練老成。昔視典牧而坊隅安靜，今理齊刑而綽有政聲。宜加獎勵，以冀甄升，可備鹵簿之選者也。貼刑副千户西門慶，才幹有爲，英偉素著，家稱殷實而在任不貪，國事克勤而臺工有績。翌神運而分毫不索，司法令而齊民畢仰。宜加轉正，以掌刑名者也。懷慶提刑千户所正千户林承勛，年清優學，占籍武科。繼祖職抱負不凡，提刑獄幹濟有法。可加薦獎勵簡任者也。副千户謝恩，年齒既殘，黍嚴亡度，昔在行伍，猶有可觀；今任理刑，罷軟尤甚。可宜罷黜革任者也。（頁1139-1140）

在此之前，西門慶不斷透過財禮贈與的行爲積極獻注朝廷官吏，因而得以鞏固和擴大經商事業的版圖。此時，夏提刑見副刑副千戶西門慶轉正升爲指揮管鹵簿，而自己卻是可備鹵簿之選者，大半日無言，面容失色。其因正在於西門慶專心奉承太師蔡京，最終得到如此意想不到恩典。從另一方面來看，朝廷官吏一再蒙蔽君上，以致在賣官鬻爵中累積潑天財富，最後竟還能加官晉爵，簡直令人匪夷所思。工部工完的本中即寫道：

工部一本：神運屆京，天人胥慶。懇乞天恩，俯加渥典，以蘇民困，以廣聖澤事。奉

聖旨……蔡京、李邦彥、王煒、鄭居中、高俅輔弼朕躬，直贊內庭，勛勞茂著：京加太師，邦彥加柱國太子太師，王煒太

傅，鄭居中、高俅太保，各賞銀五十兩、四表裡。蔡京還蔭一子爲殿中監。……（頁1140-1141）

以今觀之，西門慶在發跡過程中，不斷以財禮夤緣朝廷各級官吏，以致一場場圖利交涉中，一路從經營生藥鋪的破落戶財主，搖身注名爲金吾衛副千戶和正掌刑千戶。士商之間交往關係，形同一種商業買賣關係，簡直毫無倫理綱常觀念可言。

基本上，《金瓶梅》整部小說對於士商交往關係的關注，正是發現「唯利是圖」作爲當時歷史語境中的社會文化表徵，使得傳統儒家道德實踐面臨極大的困境。且觀第七十回敘及西門慶庭參朱太尉時，不僅對於太尉一家的富貴有一番描寫，而朱太尉接見西門慶時，竟特別叮嚀分付道：「在地方謹慎做官，我這裡自有公道。伺候大朝引奏畢，來衙門中領劄赴任。」（頁1153）顯而易見，由於朝廷四大奸臣欺君罔上，不斷利用個人的政治權利大肆牟取非法利益，西門慶才有機會利用貪贓枉法的利益交換飛黃騰達的官宦之途。此時，官職的商品化現象，意味著聖君賢相的政治理想在唯利是圖的商品交換中已不復見。[12]正如邱紹雄所言：

《金瓶梅》誕生的明末社會普遍重「欲」不重「理」，這種社會文化心理、價值觀念使明末的官吏和商人有一個共同的「愛好」：唯利是圖。而《金瓶梅》所表現的正是有著共同「愛好」的明末官吏和商人共同上演的中國傳統社會中官商勾結、權錢交易最爲「經典」的一幕，從中我們可以讀解中國傳統社會官商關係的許多秘密。[13]

---

12 周中明：《金瓶梅藝術論》（臺北：里仁書局，2001年），頁44。

13 邱紹雄：《中國商賈小說史》（北京：北京大學出版社，2004年），頁94。

尤其値得注意的是，倘將西門慶升職和蔡京加封太師一事，比對小說敘述一開始保留「宋徽宗皇帝政和年間，朝中寵信高、楊、童、蔡四個奸臣，以致天下大亂」（頁4）的時空背景，則不難由此想見，《金瓶梅》寫定者在「借宋寫明」的取喻書寫中，如何寄寓其強烈的政治批判意圖。

四、小人亂國：天下失政的歷史反思

在明代中後期商業經濟發展的時代背景中，《金瓶梅》對於西門慶一家發跡變泰的特殊的關注，使得西門慶生命史展演的話語表現，往往被研究者視爲當時歷史語境的一個重要註腳。尤其對於此一紊亂朝綱政體的非法作爲，《金瓶梅》寫定者顯然將其視爲導致北宋國祚最終走向毀滅之途的根本原因。而事實上，此一政治關懷，始終貫串於小說情節進程之中。第三十回敘及西門慶交待來保押送生辰擔前往京師給蔡京之事，即已預先發出一番批判性評論：

> 看官聽說：那時徽宗，天下失政，奸臣當道，讒佞盈朝。高、楊、童、蔡四個奸黨，在朝中賣官鬻獄，賄賂公行，懸秤升官，指方補價。夤緣鑽刺者，驟升美任，賢能廉直者，經歲不除。以致風俗頹敗，贓官污吏，遍滿天下。役煩賦重，民窮盜起，天下騷然。不因奸佞居臺輔，合是中原血染人。（頁427）

第七十回敘及西門慶工完陞級與群僚廷參朱太尉之事，又再次發出更加沉痛的評論：

> 看官聽說：妾婦索家，小人亂國，自然之道。識者以爲，將來

數賊必覆天下。果到宣和三年，徽、欽北狩，高宗南遷，而天下為虜有，可深痛哉！史官意不盡，有詩為證：

權奸誤國禍機深，開國承家戒小人。六賊深誅何足道，奈何二聖遠蒙塵。（頁1154）

在西門慶發跡變泰的過程中，小說敘述極力表述西門慶欺行霸市，甚至向官員行賄，取得官商特權，最終成為官商一體的典型形象。因此，當《金瓶梅》寫定者以「妾婦索家，小人亂國」做出上述充滿政治批判意謂的評論時，即顯示了小說敘述從一開始即有意從「家國同構」的特殊角度建構敘事，從中寄寓了對於家國治平的政治關懷，顯現出超常的歷史意識。[14] 倘回歸《金瓶梅》敘事以觀，則不難理解小說敘述一方面極力鋪陳西門慶縱情情色、追求財富的生命歷程，另一方面又從逐私求利的角度展示官商之間唯利是圖的交結關係。第七十一回篇首詩便流露出一番深切的感嘆：

暫時罷鼓膝間琴，閑把遺編閱古今。
常嘆賢君務勤儉，深悲庸主事荒淫。
致平端自親賢哲，稔亂無非近佞臣。
說破興亡多少事，高山流水有知音。（頁1155）

就此而言，《金瓶梅》整部小說編創的目的，乃有意在深度描述（deep describe）之中，揭露造成家國命運變化背後的根本因素及其潛在危機。在恢復儒學秩序或實現儒家政治理想主導下，《金瓶梅》編創所體現的意識形態內涵，實際上便可能隱含著治國平天下的政治

14 梁曉萍：《明清家族小說的文化與敘事》（天津：南開大學出版社，2008年），頁110-116。

無意識（political unconscious）。[15]

《金瓶梅》對於西門慶一家發跡變泰的寫實敘述，以及對於士商互動情形的關注，始終圍繞在「富貴必因奸巧得，功名全仗鄧通成」的行動展演之上。西門慶商人身分形塑，足以被視爲對於明代中晚期歷史語境及其文化危機的反映。而此一寫作視野，不禁讓人聯想到《大學》所言：

> 是故君子有大道，必忠信以得之，驕泰以失之。生財有大道，生之者眾，食之者寡，爲之者疾，用之者舒，則財恒足矣。仁者以財發身，不仁者以身發財。未有上好仁，而下不好義者也，未有好義，其事不終者也，未有府庫財，非其財者也。孟獻子曰：「畜馬乘，不察於雞豚，伐冰之家，不畜牛羊，百乘之家，不畜聚斂之臣。與其有聚斂之臣，寧有盜臣。」此謂國不以利爲利，以義爲利也。長國家而務財用者，必自小人矣。彼爲善之，小人之使爲國家，菑害並至。雖有善者，亦無如之何矣！此謂國不以利爲利，以義爲利也。[16]

在《金瓶梅》中，西門慶因爲夤緣朝廷官吏而成爲官商一體的典型，使得家庭在發跡變泰過程中榮景一時，並成爲士商交往的政治中心。

---

15 借（美）弗雷德里克・傑姆遜（Fredric R. Jameson）的觀點論之：「通過根本的歷史化利用，那種邏輯封閉的理想，起初似乎與辯證思維不相協調，現在證明是揭示那些邏輯和意識形態核心的不可或缺的工具，而這些核心又正是某一特定歷史文本所不能實現或反之所竭力遏制的。」見氏著，王逢振、陳永國譯：《政治無意識：作爲社會象徵行爲的敘事》（北京：中國社會科學出版社，1999年），頁38。

16 〔漢〕鄭元注、〔唐〕孔穎達疏：《大學》，見〔清〕阮元審定，盧宣旬校：《十三經注疏》（臺北：藝文印書館，2001年）《禮記注疏》卷第六十，頁988。

在某種意義上，小說敘述著意讓西門慶以「商人」身分現身於歷史之中，正視之爲「不仁者以身發財」的代言者，而高、楊、童、蔡等朝廷六賊的形塑，則無疑又是「長國家而務財用者」的小人化身，兩者之間無疑具有不可忽視的互文隱喻性。

從家國同構的意義上來說，《金瓶梅》寫定者以西門慶的商人形象及其發跡變泰的生命歷程作爲敘事中心，普遍揭露官商交往及其非法謀利作爲，乃爲了凸顯儒家文士在逐利過程中不斷違背傳統儒家世界講求實現「修齊治平」政治理想的事實。正如陳清芳所言：

> 隨著明代商品經濟的興起，位居四民之末的商人日益崛起，與之相伴隨的則是士階層的漸趨黯然。這種現象在明代長篇小說《金瓶梅》中得到深刻揭示，小說不但表現了新興商人階層的巧取豪奪，窮奢極欲，而且揭示了金錢是如何睥睨士人的清高，嘲弄他們的窮酸，從而悄悄改變著「尊士抑商」的傳統觀念。[17]

而這樣的敘事表現，無疑使得《金瓶梅》整部小說富含特定的政治關懷和歷史含義，直可視爲一個獨特的時代寓言。

五、結語

時至明代中葉，商業經濟日漸發達。由於重商思想的迅速擴展，商人地位的提升和士商交往關係愈見密切，頗受時人關注。值得注意的是，中國傳統社會文化中的四民階層觀念產生巨大變化，商賈逐漸

---

[17] 陳清芳：〈從《金瓶梅》看商品經濟崛起之初士商地位的演變——兼及《儒林外史》〉，《湖南工業大學學報》（社會科學版）第15卷1期（2010年2月），頁67。

成爲不可忽視的社會文化勢力，甚至淩駕於士人之上。龔自珍指出：

> 有明中葉嘉靖及萬曆之世，朝政不綱，而江左承平。……俗士耳食，徒見明中葉氣運不振，以爲衰世無足留意。其實爾時優伶之見聞，商賈之氣息，有後世士大夫所必不能攀躋者。[18]

在世變歷史語境中，商賈階層的興起，經商致富的發跡變泰事蹟更是廣爲流傳並普遍存在於各種文獻記載之中。面對此一時代背景，《金瓶梅》寫定者在改編《水滸傳》的過程中，著意將西門慶形塑爲官商合一的人物典型，並就其家庭盛衰興亡變化歷程進行深度描寫，乃有其回應歷史的重要思考。從「通俗演義」的角度論之，《金瓶梅》在取喻書寫之中針對歷史進行想像性虛構再造，無非關注於傳統儒學世界秩序面臨解構的危機問題，因而賦予西門慶及其家庭存續問題以重要的歷史指標意義。

以今觀之，《金瓶梅》整部小說所體現的歷史意識，乃有意凸顯「世衰道微」下，整個歷史處於世變時期的諸種亂象。此一求是的撰述觀念，或如孔子作《春秋》時自言：「我欲載之空言，不如見之於行事之深切著明也。」[19]其主要編創目的，或如司馬光作《資治通鑑》所言：「鑒前世之興衰，考當今之得失，嘉善矜惡，取是捨非。」[20]而此中所體現的政治期望，正可視爲主導《金瓶梅》小說敘事生成的重要思想因素。關於《金瓶梅》的成書表現，張竹坡論「金

---

18 龔自珍：《龔自珍全集》（上海：上海人民出版社，1975年）《定庵文集》卷四〈江左小辨敘〉，頁200。

19 〔漢〕司馬遷撰，（日）瀧川龜太郎著：《史記會注考證》（臺北：洪氏出版社，1983年）卷一百三十〈太史公自序〉，頁1370。

20 〔宋〕司馬光：《資治通鑑》（臺北：明倫出版社，1972年）《後周紀五》卷294〈世宗睿武孝文皇帝下・六年〉，頁9608。

瓶梅寓意」時所言頗有參考價值：

> 稗官者，寓言也。其假捏一人，幻造一事，雖爲風影之談，亦必依山點石，借海揚波。故《金瓶》一部有名人物，不下百數，爲之尋端竟委，大半皆屬寓言。庶因物有名，托名摭事，以成此一百回曲曲折折之書。[21]

以今觀之，《金瓶梅》寫定者通過重寫的方式以回應自身所面對的歷史語境，在依事取義的取喻書寫表現上，乃有意將政治關懷統攝於情節建構過程的經營方面。因此，從商人階層興起的反思中，在整部小說的寫實敘述方得以爲人們揭示出造成世變的成因及其所衍生的諸多時代病徵，不僅顯現其獨特的歷史意識和美學考量，而且隱含著不可忽視的政治倫理隱喻，值得吾人深思再三。

[21] 雖然〔清〕張竹坡所評點《金瓶梅》版本爲崇禎繡像本而非萬曆詞話本，但從寓言角度談論《金瓶梅》的寓意表現，該評點文字中所提觀點仍有可資參考之處。見黃霖編：《金瓶梅資料彙編》（北京：中華書局，2009年），頁58。

第四章

欲齊其家者，先修其身

——《金瓶梅》的淑世意識

一、問題的提出

在中國小說史上，《金瓶梅》的問世饒富意義。不過，關於《金瓶梅》文化身分的認知問題，歷來研究觀點始終擺蕩在色情小說和世情小說之間，爭論不休。揆其原因，乃在於《金瓶梅》一書的誨淫題材問題。在近、現代研究上，研究者論其創作要旨時，始終與「淫書」的概念脫離不了關係，且評價褒貶不一。關於《金瓶梅》中的情色書寫問題，時至今日仍然十分引人注目，但也因爲如此，讓人們從而可能忽略了《金瓶梅》寫定者究竟如何通過取喻的敘述方式回應歷史，以及小說敘述本身所寄寓的經世思想。如欣欣子〈《金瓶梅詞話》序〉所言：

> 竊謂蘭陵笑笑生作《金瓶梅傳》，寄意於時俗，蓋有謂也。……吾友笑笑生爲此，爰罄平日所蘊者，著斯傳，凡一百回。其中語句新奇，膾炙人口，無非明人倫，戒淫奔，分淑慝，化善惡，知盛衰消長之機，取報應輪回之事，如在目前；始終如脉絡貫通，如萬絲迎風而不亂也，使觀者庶幾可以一哂而忘憂也。（頁1）

由於《金瓶梅》寫定者「寄意於時俗」，因此能夠深入當時的世俗生活之中展開敘述，又以最貼近人情和人性的觀察方式，帶出整個歷史語境的巨大變化。毫無疑問，當我們試圖深入重新尋繹《金瓶梅》的文化身分及其歷史觀照時，自然必須正視小說敘述中的隱喻機制和存在意義，而非僅僅著墨於「誨淫」問題及其評價之上。如此一來，才能深入理解寫定者編創《金瓶梅》演義的主題動機和思想表現。不過本文撰述的動機，不擬繼續將討論焦點置於情色書寫之上，而是將研究視角轉向《金瓶梅》寫定者爲何以西門慶的商人形象及其家庭盛衰存續的命運為主要題材，從中闡釋小說敘述背後潛在的思想含義。

基本上，在《金瓶梅》中，歷史作為一種經驗形式，既是一個客觀世界的表徵，同時也是一個觀念世界的表現。[1]《金瓶梅》寫定者之所以獨鍾於一個商人階層家庭發跡變泰之後日常生活的細節性展演，實際上是在面對現實生活變化時的一種直接反映，亦必然會在個人所關注的特殊性事物的敘述中形塑個人獨特的世界觀。以今觀之，《金瓶梅》的故事脫胎於《水滸傳》中西門慶與潘金蓮的偷情行為以及武松殺嫂一節。在「演義」編創過程中，寫定者無疑發現這個故事在家族關係、社會人情和國體朝綱等面向上具有極大的延展性和可寫性，足以讓小說敘述成為一個時代的縮影。因此，當《金瓶梅》寫定者有意通過重寫的方式以回應自身所在的歷史時，小說敘述如何將政治關懷統攝於情節建構過程的經營方面，自然會顯現出獨特的歷史意識和美學考慮。

基於上述思考，為了能把握《金瓶梅》的歷史陳述及其事件本身所提供的解釋，並且更好地理解隱藏於歷史敘述背後的政治關懷，本文將採取癥候式閱讀分析的方式，針對《金瓶梅》寫定者如何從齊家視角敷演風情故事並從中寄寓個人淑世意識的敘事表現做出進一步的觀察和闡論。

二、「齊家」遺言：西門慶縱欲身亡之後

明代中晚期重商思想的興起，縱情聲色的享樂追求，亦隨著功利主義盛行而不斷發展。面對歷史語境的巨大變化，《金瓶梅》寫定者於序篇首揭「四貪詞」，並以之作為編創「演義」的命題，正表明

---

1 高小康指出：「從最根本的意義上說，任何敘事所要表達的首先就是貫穿在敘事內容中的世界觀。作為歷史著作的歷史敘事中的世界觀，是由作者對歷史的基本認識所決定的。」見氏著：《中國古代敘事觀念與意識形態》（北京：北京大學出版社，2005年），頁17。

了對於處於轉變階段的歷史事實的特殊關注。而其中「情色」徵逐的生活現象，普遍瀰漫於時世風氣之中，便成為寫定者首要選擇表現的素材。

在《金瓶梅》中，小說敘述從一開始就標舉「情色為禍」的嚴肅命題，試圖通過一個新興商人家庭發展和存續問題的深度描述，用以凸顯特定歷史語境中傳統儒家「齊家」理想實踐所面臨的重大困境。從第一回開始，即在主題先行的預敘中說明了整個故事的情節建構方式：

> 說話的，如今只愛說這「情」、「色」二字做甚？故士矜才則德薄，女衒色則情放。若乃持盈慎滿，則為端士淑女，豈有殺身之禍？今古皆然，貴賤一般。如今這一本書，乃虎中美女，後引出一個風情故事來。一個好色的婦女，因與個破落户相通，日日追歡，朝朝迷戀。後不免屍橫刀下，命染黃泉，永不得着綺穿羅，再不能施朱傅粉。靜而思之，着甚來由！況這婦人他死有甚事？貪他的，斷送了堂堂六尺之軀；愛他的，丟了潑天關產業。驚動了東平府，大鬧了清河縣。端的不知誰家婦女？誰的妻小？後日乞何人佔用？死于何人之手？（頁3-4）

對於《金瓶梅》演義的編創而言，也許寫定者最初的主題動機，只是想要單純地揭露情色徵逐背後所潛藏的各種危機問題，因而使得「人亡」、「家毀」的現象特別受到關注。但事實上，倘若深入考察小說敘述，則可發現其中暗含淑世的政治關懷。如在第四回所引篇首詩中，即針對兩人偷情問題提出殷殷告誡：

> 酒色多能誤邦國，由來美色喪忠良。

紂因妲己宗祀失，吴爲西施社稷亡。

自愛青春行樂處，豈知紅粉笑中槍。

西門貪戀金蓮色，內失家麋外趕獐。（頁53）

基本上，《金瓶梅》寫定者主要立足於儒家父權宗法觀點之上，著意從情色角度深入展演西門慶身體毀壞的歷程，進而延伸至家國之治的反省。而其中一心所繫的是，西門慶如何在財、色徵逐中不斷背棄傳統儒家道德而亡命喪家的嚴肅問題。由於西門慶一生因好色而欺心損身，又因貪財而埋藏禍胎，致使「但知爭名奪利，縱意奢淫，殊不知天到惡盈，鬼錄來追，死限臨頭」（頁1367）。最後不僅自取滅亡，並且斷送潑天產業，導致家庭走向崩解、衰敗。西門慶的死亡結局，在在印證了小說敘述過程中的各種預敘性評論，足以強化勸懲儆戒的作用。

當然，在《金瓶梅》中，小說敘述並不僅僅只是關注西門慶個人在聲色追求中所造成的身體耗損問題而已，同時亦格外重視一個盛極一時的官商家庭，如何在西門慶縱欲身亡後淪於分崩離析的悲劇下場。關於西門一家面臨興亡的嚴肅問題，《金瓶梅》寫定者選擇將一切交由西門慶自行展演，場景敘述可謂饒富意味。具體而言，在西門慶縱欲將亡之際，其實一心仍未忘家庭如何維繫存續的問題，一方面不忘仔細交代女婿陳經濟幫扶著娘兒們過日子，協助治理家業，另一方面又不忘叮嚀吳月娘要與妻妾們「一處居住，休要失散了，惹人家笑話」（頁1389）。第七十九回敘及西門慶臨終前對吳月娘交代齊心守家之事，更見其心。有〈駐馬聽〉爲證曰：

賢妻休悲，我有衷情告你知：妻，你腹中是男是女，養下來看大成人，守我的家私。三賢九烈要貞心，一妻四妾攜帶着

住。彼此光輝光輝，我死在九泉之下口眼皆閉！（頁1389）

吳月娘聽了亦回答道：

多謝兒夫，遺後良言教導奴。夫，我本女流之輩，四德三從，與你那樣夫妻。平生作事不模糊，守貞肯把夫名污？生死同途同途，一鞍一馬不須吩咐！（頁1389）

其實，在西門慶發跡變泰史的敘述上，我們可以清楚看到，西門慶作爲商人，凡事以奸狡爲活計，因而掙得掀天富貴，並透過行賄而成爲正掌刑千戶，向來爲人詬病。但不論西門慶生前如何惡貫滿盈，如今臨死之時，尚且一心不忘「存家」之念，顯示他對於家庭存續的問題仍然有所掛心。可惜的是，事與願違。西門一家曾經鼎盛一時，但在西門慶非命死亡之後，正室吳月娘固然盡心遵守夫言，貞節自守，辛苦營家，最終仍不得不面對散夥拆家的悲劇命運。

整體而言，在《金瓶梅》的預述性敘事框架中，讀者早從主題先行的預告評論中，得知西門慶家庭終將走上毀滅之途。在情節發展的過程中，小說敘述通過直覺和獨特的觀察視角，不斷將人物縱欲而非命死亡的事件，一一推到讀者面前。就此而言，西門一家解體的結局設計，在在都讓西門慶臨死之前所交代的「齊家」遺言，充滿了高度的諷刺意味，令人不勝唏噓。此外，在小說敘述中，反覆出現評論意見，固然稱不上是洞見，但《金瓶梅》寫定者在申明傳統儒家倫理綱常的價值時，無不試圖讓讀者從中反思家國盛衰存續背後的影響原因，在不斷召喚讀者重新想像儒家宗法倫理重建的前提上，無疑有其不得不然的必要性。

三、「無父」之家：儒家父權宗法斷裂的隱喻

嚴格來說，《金瓶梅》寫定者對於西門慶發跡變泰的生命歷程的敘寫，並非持全然否定的態度。事實上，小說敘述所關注者，無非在於如何凸顯一個時代文化病徵——即明代中葉以降商人階層興起之後，人欲追求如何導致傳統儒家世界面臨價值體系轉換和道德觀念解體的失序危機，進而通過小說敘事編創將之揭露出來。因此，關鍵問題的展演，最終落實在一個典型官商合一家庭的毀滅之上，乃有其不可忽視的道理在。就我個人閱讀所見，《金瓶梅》寫定者面對明代中葉以降儒學世界危機的發生，主要是有意識地藉由西門慶出身於一個「無父」的商人家庭敘寫來加以表現的。

在《金瓶梅》中，西門慶以商人身分傾力夤緣朝廷命官，對仕途、名望、財富和地位的追求，固然促成其家庭能夠在發跡變泰中改頭換面；但西門慶的好色與貪財，卻也讓此一新興商人家庭的興亡存續問題，隨著個人也隨著身體的耗損而一一浮上檯面。若要仔細探究個中原因，其實則與西門慶的出身不無關聯。第二回敘及西門慶家庭景況曰：

> 他父母雙亡，兄弟俱無，先頭渾家已早逝，身邊止有一女。新近又娶了清河左衛吴千户之女，填房爲繼室。房中也有四五個丫鬟婦女。又常與勾欄裡的李嬌兒打熱。今也娶在家裡。南街子又占着窠子卓二姐，名卓丟兒，包了些時，也娶來家居住。專一嫖風戲月，調占良人婦女。娶到家中，稍不中意，就令媒人賣了；一個月倒在媒人家去二十餘遍。人都不敢惹他。（頁31）

在此，《金瓶梅》寫定者顯然有意強調西門慶「父母雙亡，兄弟俱

無」的事實。在某種意義上，有關西門慶出身的敘寫，一開始便呈現出與傳統儒家父權宗法觀念所重視的理想家庭倫理認知不相符合的情況。以傳統儒學的「齊家」理想來說，《大學》有言：

> 所謂治國，必先齊其家者，其家不可教，而能教人者，無之。故君子不出家，而成教于國。孝者，所以事君也；弟者，所以事長也；慈者，所以使眾也。[2]

於是我們不難理解，在《金瓶梅》中，「孝」、「弟」觀念的缺席，極有可能有意被當作情節建構的一種修辭策略而加以表現。因此，從一開始便通過西門慶的出身敘寫而有所暗示。隨著情節發展，這種倫理缺位的情形，更是充分顯現在西門慶家庭觀念的欠缺及其失德作爲之上。第五十五回敘及西門慶親自前往東京向蔡京慶賀壽旦，請翟謙預稟拜太師門下做乾兒子曰：

> 西門慶便對翟謙道：「學生此來，單爲老太師慶壽，聊備些微禮，孝順太師，想不見卻。只是學生向有相攀的心，欲求親家預先稟過，但拜太師門下做個乾兒子，也不枉了一生一世。不知可以啓口帶攜的學生麼？」翟謙道：「這個有何難哉？我們主人雖是朝廷大臣，卻也極好奉承。今日見了這般盛禮，自然還要升選官爵，不惟拜做乾子，定然允哩。」西門慶聽說，不勝之喜。（頁843）

2 〔漢〕鄭元注、〔唐〕孔穎達疏：《大學》，見〔清〕阮元審定，盧宣旬校：《十三經注疏》（臺北：藝文印書館，2001年）《禮記注疏》卷第六十，頁986。

又第七十二回敘及王三官拜西門慶爲義父曰：

> 當下西門慶把盞畢，林氏也回奉了一盞與西門慶，謝了。然後王三官與西門慶遞酒，西門慶纔待還下禮去，林氏便道：「大人請起，受他一禮兒。」西門慶道：「不敢，豈有此禮！」林氏道：「好大人，怎生這般說！你恁大職級，做不起他個父親？小兒自幼失學，不曾跟着那好人。若是大人肯垂愛，凡事指教他，爲個好人，今日我跟前教他拜大人做了義父。但有不是處，一任大人教訓，老身并不護短。」西門慶道：「老太太雖故說得是，但令郎賢契賦性也聰明，如今年少，爲小試行道之端，往後自然心地開闊，改過遷善，老太太倒不必介意。」當下教西門慶轉上，王三官把盞，遞了三鍾酒，受其四拜之禮。遞畢，西門慶亦轉下與林氏作揖謝禮，林氏笑吟吟深深還了萬福。自以此後，王三官見着西門慶以父稱之。（頁1188）

在「惟論財勢」[3]的時代中，西門慶一生以貪財謀利爲重要追求，因而時常罔顧倫理綱常。尤其當西門慶爲了獲取更多的政治權利時，不惜以大量財禮奉承太師蔡京，甚至寧下拜爲乾兒子，其目的只是爲了祈求太師的帶攜。

在天下大亂的世變歷史語境中，有關西門慶的出身敘寫本身，即可能早已暗示此一商人家庭無從實踐傳統儒家特別重視的齊家理想。而實際上，爲了深入凸顯此一嚴肅問題的重要性，《金瓶梅》寫定者

3 〔明〕謝肇淛指出：「今世流品，可謂混淆之極。婚取之家惟論財勢耳，有起自奴隸，驟得富貴，無不結姻高門，締眷華冑者。」見氏著：《五雜俎》（上海：上海書店出版社，2009年）〈卷之十四・事部二〉，頁291。

除了從情色議題表達特殊關注之外，在有關「官哥死亡」和「孝哥幻化」兩大情節發展的敘寫方面，又將西門慶發跡變泰之後的「存嗣」問題加以凸顯出來，藉此表達個人對於家國存續問題的深度思考。而其中所展現的淑世意識，實具有不可忽視的指標意義。

（一）召喚父親：官哥兒死亡的替罪書寫及其淑世籲求

在《金瓶梅》中，關於官哥兒死亡一節的敘寫，主要與「絕嗣」問題的思考有關。從齊家的觀點來看，儒家家庭倫理的建構，十分重視父子人倫關係。《孟子・滕文公上》有言：

> 人之有道也，飽食暖衣，逸居而無教，則近於禽獸。聖人有憂之，使契爲司徒，教以人倫：父子有親，君臣有義，夫婦有別，長幼有序，朋友有信。[4]

其中，「父子有親」作爲人倫之一，不僅顯現在宗法血緣的延續之上，更重要的是，在傳宗接代中對於家庭理念和家族精神的繼承。以今觀之，在西門慶一家發跡變泰的過程中，官哥兒的出生，即深受西門慶的喜愛。當時李瓶兒生下貴子，西門慶正向東京蔡太師進禮生辰擔，同時獲注金吾衛副千戶，居五品大夫之職，有平地登雲之喜。因此，三日洗了三，就起名叫作「官哥兒」，可以說備受寵愛。說穿了，這種寵愛主要來自於西門慶有感於官哥兒爲西門一家所帶來的良運，卻不一定是「父子有親」的緣故。因此，西門慶即便心心念念要特地前往玉皇廟許願醮，爲官哥兒祈求平安，其實多半是還是爲了自己的官途。第三十九回引醮文曰：

4 〔漢〕趙岐注、〔宋〕孫奭疏：《孟子正義・滕文公上》，見〔清〕阮元審定，盧宣旬校：《十三經注疏》（臺北：藝文印書館，2001年），頁98。

> 茲逢天誕，慶贊帝眞。介五福以遐昌，迓諸天而下邁。良願于去歲七月二十三日，因爲側室李氏生男官哥兒時，是慶要祈坐蓐無虞，臨盆有慶。恭對將男官哥兒寄於三寶殿下，賜名吳應元，期在出幼圓滿。另行請祈天地位下，告許清醮一百廿分位，續箕裘之胤嗣，保壽命之延長。（頁575）

且不論寄名「吳應元」一事，是否隱喻西門慶與官哥兒父子二人終究「無因緣」的結果。在某種意義上，關於「續箕裘之胤嗣，保壽命之延長」的祈禱，或許一時間顯現出西門慶爲人父者的慈仁之愛，但究其實，此一作爲仍反映出西門慶對於官運綿延不斷的期待之上。這種「唯利是圖」的想法，其後更是顯現在吳月娘牽線與喬大戶結親之事的反應。當時西門慶得知結親之事後，一開始認爲兩家並不搬陪，但看在喬大戶頗有家事分上，便也勉強接受。直到喬親家爲官哥兒送節買禮之後，西門慶手中拿著元寶心中暗喜道：「李大姐生的這孩子，甚是腳硬，一養下來，我平地就得此官；我今日喬家結親，又進這許多財。」（第四十三回）因此，西門慶對於官哥兒未來長大成人一事，可又從中寄寓了無限的期望。第五十七回敘及西門慶的期待曰：

> 兒，你長大來，還掙個文官。不要學你家老子，做個西班出身。雖有興頭，却沒十分尊重。（頁877）

毫無疑問，官哥兒出生之後所帶來的運勢，的確讓西門慶一遂所願，不僅富甲一方，而且倚權自重，因而日常歡喜在心。但在西門慶的心中，其實還存在著官本位爲上的思想，認爲官哥兒倘若能夠討得一官半職，掙個文官擺脫自家現有的西班身分，對於家族發展和社會地位的提升而言無疑更有幫助。

表面上看來，西門慶在父子親緣關係上的表現，在某種程度上尚且符合傳統儒家講求的理想父親形象。然而西門慶在倚勢作爲中，實際上始終不改一貫行事作風，一心只知「自恃官豪放意爲」，因而往往「貪財不顧綱常壞，好色全忘義理虧」，完全無視於宗法秩序和倫理綱常的規範。正室吳月娘基於維護家庭存續的立場，特地在西門慶爲官哥發善念而捐款永福寺時，眞誠勸說西門慶應廣結良緣，少作貪財好色的事體。第五十七回曰：

> 月娘說道：「哥，你天大的造化，生下孩兒！你又發起善念，廣結良緣，豈不是俺一家兒的福分？只是那善念頭怕他不多，那惡念頭怕他不盡。哥，你日後那沒來由，沒正經、養婆兒沒搭煞、貪財好色的事體，少幹幾樁兒也好。攢下些陰功與那小的子也好。」（頁882）

只可惜，西門慶對於個人嗜利爲先的失德作爲缺乏道德良知，其捐款寺廟的作爲，或名爲廣行善事，實則只是一種用以掩飾惡行的合理化作爲。第五十七回敘及西門慶的回應曰：

> 西門慶笑道：「你的醋話兒又來了。却不道天地尚有陰陽，男女自然配合。今生偷情的、苟合的，都是前生分定，姻緣簿上注名，今生了還。難道是生剌剌胡搊亂扯歪斯纏做的？咱聞那佛祖西天，也止不過要黃金鋪地。陰司十殿，也要些楮鏹營求。咱只消盡這家私廣爲善事，就使強姦了嫦娥，和奸了織女，拐了許飛瓊，盜了西王母的女兒，也不減我潑天富貴！」月娘笑道：「笑哥狗吃熱屎，原道是個香甜的！生血掉在牙兒內，怎生改得？」（頁882）

不論如何，西門慶自始至終不改素性，自恃潑天富貴，無視於天道、天理，仍然一秉素性而爲。基本上，在傳統儒學宗法的觀念中，父親的角色對於家庭而言，總是承載著賦予意義、確定意義和建立秩序的功能。因此，若視「父親」作爲一個文化符號，其能指內涵的展現，更多時候是借助具有血緣連帶關係的家族史、宗族史和國家史的敘述來取得意義空間。惟在官哥兒出生之後，西門慶並未能眞正清楚意識到自己身爲人父的意義。在官哥兒短暫的生命歷程中，西門慶所關心的始終只是自己各種欲望能否一一實現。如此一來，所謂父親的形象，便只能成爲一個曖昧不明的符號，在功利主義充斥的現實世界中不斷游移。以西門慶的出身而言，其關鍵因素正來自於西門慶出身於「無父」家庭的影響所致，自然無法瞭解自己身爲父親後應該具備何種理想表現。倘從齊家觀點論之，則召喚儒家理想父親一事，便成爲《金瓶梅》寫定者所特別關注的問題，無疑可視爲《金瓶梅》敘事建構過程中一個特定的修辭和主題。

從儒家父權宗法觀念來說，西門慶並未能展現出屬於儒家理想父親的凝定含義。在某種意義上，西門慶對於「官哥兒」的期望，正反映在爲子命名時的思考終究只是基於「唯利所在」的前提，而非從家族傳承中關注儒家父權宗法和倫理道德的具體實踐方式和結果。尤其更令人遺憾的是，只要深入小說敘述之中進行考察，則讀者不難發現《金瓶梅》召喚理想父親的方式，竟是通過官哥兒被謀害身亡來加以表現的。以今觀之，在妾婦爭寵的複雜家庭環境中，西門慶因爲貪戀潘金蓮美色，始終無法眞正解決潘金蓮的嫉妒之心，往往任由潘金蓮搬弄是非、造謠生事，甚且暗下毒咒。最後，在潘金蓮精心擘劃的一場陰謀行動中，官哥兒只能被動成爲家庭鬥爭下的代罪羔羊。第五十九回敘及官哥兒遭到雪獅子驚嚇而瀕於死亡，即大肆評論潘金蓮的狠毒陰謀曰：

看官聽說：常言道，花枝葉下猶藏刺，人心怎保不懷毒？這潘

> 金蓮平日見李瓶兒從有了官哥兒，西門慶百依百隨，要一奉十，每日爭妍競寵，心中常懷嫉妒不平之氣。今日故行此陰謀之事，馴養此貓，必欲唬死其子，使李瓶兒寵衰，教西門慶復親于己。就如昔日屠岸賈養神獒，害趙盾丞相一般。正是：湛湛青天不可欺，未曾舉意早先知。休道眼前無報應，古往今來放過誰？（頁923）

嚴格來說，自官哥兒出生之後，因為體弱多病且易受驚嚇，顯現出先天不良的體質，頗有朝不保夕的疑慮。此外，潘金蓮無時無刻不質疑官哥兒並非西門慶之子，時常以言語暗示其來路不明的曖昧性。最終，官哥兒被害身亡，事實上可歸因於西門慶身為一家之長，卻讓西門一家處於「夫綱不明」、「父綱不立」的混亂情境之中所致。在某種意義上，有關官哥兒短暫一生的敘述便足以構成一種特殊的隱喻。

從齊家的觀點來說，關於官哥兒死亡一事，西門慶身為人父，理當對於絕嗣問題表達遺憾之情；但令人匪夷所思的是，西門慶的態度表現，卻似乎顯得無關緊要，與先前的寵愛之情簡直判若兩人。第五十九回敘及官哥兒斷氣身亡的場景曰：

> 那孩子在他娘懷裡，把嘴一口口搐氣兒。西門慶不忍看他，走到明間椅子上坐着，只長吁短歎。那消半盞茶時，官哥兒嗚呼哀哉，斷氣身亡。時八月廿三日申時也，只活了一年零兩個月。合家大小，放聲號哭。那李瓶兒撾耳撓腮，一頭撞在地下，哭的昏過去，半日方纔甦省。摟著他大放聲哭叫道：「我的沒救星兒，心疼殺我了！寧可我同你一答兒裡死了罷！我也不久活於世上了！我的拋閃殺人的心肝，撇的我好苦也！」那奶子如意兒和迎春，在旁哭的言不得，動不得。西門慶即令小廝收拾前廳西廂房乾淨，放下兩條寬凳，要把孩子連

枕席被褥抬出去那裡挺放。那李瓶兒躺在孩兒身上，兩手摟抱著，那裡肯放。口口聲聲直叫：「沒救星的冤家，嬌嬌的兒，生摘了我的心肝去了！撇的我枉費辛苦，乾生受一場，再不得見你了。我的心肝！」月娘眾人哭了一回，在旁勸他不住。西門慶走來，見他把臉抓破了，滾的寶髻鬅鬆，烏雲散亂，便道：「你看蠻的！他既然不是你我的兒女，乾養活他一場。他短命死了，哭兩聲丢開罷了，如何只顧哭不完？又哭不活他！你的身子也要緊。如今抬出去，好叫小廝請陰陽來看。那是甚麼時候？」（頁927-928）

在官哥兒死亡當下，清楚可見李瓶兒身為人母，「撾耳撓腮，一頭撞在地下，哭的昏過去半日」，而西門慶的反應卻是「你看蠻的！他既然不是你我的兒女，乾養活他一場。他短命死了，哭兩聲丢開罷了。」面對此一絕嗣大事，西門慶似乎顯得並不十分在意。先前不忍的長吁短歎，如今看來也極可能只是不願看見官哥兒垂死掙扎的模樣罷了，而非「父子有親」的本性展現。相對於西門慶一路官星高照，官哥兒如此短命的生涯早已顯得無足輕重。

在「無父」敘事的建構中，我們可以清楚看見，體弱多病的官哥被形塑為妻妾爭寵下的犧牲對象，不僅有意凸顯出西門一家傳宗接代的問題，同時也藉理想父親欠缺的敘寫，深刻表達了儒家父權宗法制度斷裂和倫理道德實踐無以為繼的深切疑慮。整體而言，《金瓶梅》寫定者對於儒學世界危機的展演和反思，乃有意通過「無父」的家庭背景的設置而加以表現，這使得小說敘述具有其超越一般世俗眼光的洞見。

（二）度化解罪：孝哥兒幻化的救贖書寫及其淑世籲求

在《金瓶梅》中，關於孝哥兒幻化一節的敘寫，主要與「存嗣」

問題有關。在中國傳統社會文化中，「不孝有三，無後爲大」[5]的傳宗接代觀念影響十分深遠。這一神聖使命，往往就是女性一生重要的生命責任。第五十三回敘及吳月娘承歡求子息、李瓶兒酬願保兒童時，篇首詩即有所表達曰：

> 人生有子萬事足，身後無兒總是空。
> 產下龍媒須保護，欲求麟種貴陰功！
> 禱神且急酬心願，服藥還教暖子宮。
> 父母好將人事盡，其間造化聽蒼穹。（頁801）

在《金瓶梅》中，吳月娘作爲西門慶正室，相對於潘金蓮、李瓶兒、龐春梅等妾婦的失貞與亂倫而言，可說是一位「恁般賢淑的婦人」。在吳月娘心中，不論西門慶如何作惡多端，但始終遵從三從四德之教，克盡婦道，不僅時常以「齊家」爲念，更企盼能爲西門慶傳宗接代。第二十一回敘及吳月娘勸說西門慶勿娶李瓶兒，遭到潘金蓮讒言挑撥，致使西門慶誤會而產生嫌隙。吳月娘不但未因反目而離棄，反倒在夜間暗中祝禱祈子，希望能夠早見嗣息：

> 原來吳月娘自從西門慶與他反目不說話以來，每月吃齋三次，逢七焚香拜斗，夜沓祝禱穹蒼，保佑夫主早早回心，齊理家事，早生一子，以爲終身之計。西門慶還不知。只見丫鬟小玉放畢香桌兒，少頃，月娘整衣出房，向天井內滿爐炷了香，望空深深禮拜，祝道：「妾身吳氏，作配西門。奈因夫主留戀煙花，中年無子。妾等妻妾六人，俱無所出，缺少墳前拜

---

5 〔漢〕趙岐注，〔宋〕孫奭疏：《孟子注疏．離婁上》，見〔清〕阮元審定，盧宣旬校：《十三經注疏》，頁137。

掃之人；妾夙夜憂心，恐無所托。是以瞞着兒夫，發心每逢七夜於星月之下，祝贊三光，要祈保佑兒夫，早早回心，棄却繁華，齊心家事。不拘妾等六人之中，早見嗣息，以爲終身之計，乃妾之素願也！」（頁289-290）

之後，李瓶兒入門並先生下官哥兒，慌得西門慶「天地祖先位下滿爐降香，告許一百二十分清醮」（頁432），闔家無不歡喜，只有潘金蓮怒氣橫生，大哭一場。而其實吳月娘當時也已懷有男胎六個月，卻在前往喬大戶瞧房上樓時，意外摔倒而流產。日後爲免動人唇齒，「以此就沒教西門慶知道」（頁478）。然而値得肯定的是，吳月娘即便遭到失子之不幸，爲了西門慶一家嗣息，對於官哥兒仍舊呵護備至，完全不似潘金蓮嫉恨在心，暗許毒咒，甚且施計加害。在「存嗣」的宗法觀念上，吳月娘祈願「保佑夫主早早回心，齊理家事，早生一子，以爲終身之計」，完全立足於興家旺族的宗法意識之上，善盡爲妻之道。

在《金瓶梅》中，吳月娘作爲正室娘子，一心所念無不盼望自己能夠爲西門慶生下嗣息，完成傳統賢婦傳宗接代的使命，目的在於保證西門一家血源能夠延續不斷。只不過吳月娘如同李瓶兒一樣，不斷遭受到潘金蓮搬弄是非，致使家反宅亂，終日居家不寧。第三十一回敘及官哥兒滿月之時，西門慶開宴吃喜酒，潘金蓮譏諷李瓶兒首生孩子，滿月卻不見了壺，十分不吉利，因而遭到西門慶大怒指責後使性離去曰：

金蓮和孟玉樓站在一處，罵道：「恁不逢好死三等九做賊強盜！這兩日作死也怎的？自從養了這種子，恰似他生了太子一般，見了俺們如同生剎神一般，越發通沒句好話兒說了。行動就睜着兩個毬窟礲吆喝人！誰不知姐姐有錢？明日慣的他們小厮丫頭養漢做賊，把人合遍了也休要管他！」……，只見西門慶坐了一回，往前邊去了。孟玉樓道：「你還不去？他管情往你屋裡去了。」金蓮道：「可是他說的，有孩子屋裡面熱鬧。俺們沒孩子的屋裡冷清。」（頁446-447）

在潘金蓮心中，李瓶兒是有孩子的姐姐，又有時運，因此心中未免有幾分氣。因此，在李瓶兒生下官哥兒之後，便不斷以她「一個後婚老婆，漢子不知見過了多少」爲由，私底下散播流言蜚語，從來不肯輕易甘休。第七十五回敘及吳月娘因春梅毀罵申二姐事，把攔著西門慶，以致誤了潘金蓮壬子日生好子的計畫，潘金蓮尋吳月娘理論一番，惹得吳月娘心中不快。事後吳月娘生氣對西門慶訴說委屈曰：

他平白欺負慣了人，他心裡也要把我降伏下來！行動就說，你家漢子說條念款念將我來了，打發了我罷，我不在你家了！一句話兒出來，他就是十句頂不下來，嘴一似淮洪一般。我拿甚麼骨禿肉兒拌的他過！專會那潑皮賴肉的？氣的我身子軟癱兒熱化！什麼孩子、李子，就是太子也成不的。如今倒弄的不死不活，心口內只是發脹，肚子往下憋墜着疼，頭又疼，兩隻胳膊都麻了。剛纔桶子上坐了這一回，又不下來。若下來了，乾淨了我這身子，省的死了做帶累肚子鬼！到半夜尋一條繩子，等我吊死了，隨你和他過去。往後沒的又像李瓶兒，乞他害死了罷！我曉的你三年不死老婆，也大晦氣！（頁1276-1277）

吳月娘這一番話惹得西門慶越聽越發慌，直要吳月娘保重身子，並將潘金蓮這小淫婦只當臭屎一般丟著他，不與他一般見識。隨後，西門慶趕緊請了任醫官爲吳月娘安胎。嚴格來說，西門慶對於李瓶兒和吳月娘懷孕一事，雖然都表現出相當程度的重視，但對於潘金蓮無理取鬧的作爲，卻始終因爲貪戀枕畔之情，到頭來只是以大事化小的方式處理，因而爲家庭存續問題埋伏重大危機。倘歸究其因，則「無父」的家庭背景，不僅造成「夫綱不立」，連帶地也使「父綱」難以建立。究竟西門一家如何能夠子孫綿衍？無疑成爲齊家理想實現的最大難題。

基本上，在考察《金瓶梅》的過程中，我始終感受到小說敘述背後存在著這樣的主題動機，即在家國同構的寓言化敘事機制下，寫定者意在通過西門慶及其家庭盛衰變化歷程的書寫，重新估量個人、家庭和國家賴以延續和發展的生命力量。如前所論，在西門慶一家存嗣的問題上，先前已通過官哥兒代罪死亡的敘述，施予西門慶斷子絕孫的嚴厲懲罰，在某種意義上，可以說從反向的角度寄寓重建儒家父權宗法與倫理道德的籲求。然而回歸齊家觀點以言，寫定者對於存嗣問題的思考，並不僅僅止於表達一種勸懲教化的理念而已，而是試圖更進一步通過孝哥兒幻化情節的敘寫，繼續探問世變歷史語境之下西門慶所屬商人家庭如何傳襲下去的可能性。第七十九回敘及孝哥兒出生景況曰：

> 原來西門慶一倒頭，棺材尚未曾預備。慌的吳月娘叫了吳二舅與賁四到跟前，開了箱子，拿出四錠元寶，教他兩個看材板去。剛打發去了，不防月娘一陣就害肚裡疼，急撲進去，看床上倒下，就昏迷不省人事。……不一時，蔡老娘到了，登時生下一個孩兒來。這屋裡裝綁西門慶停當，口內纔沒了氣兒，合家大小，放聲號哭起來。……蔡老娘來洗了三，月娘與了一套紬子衣裳，打發去了。就把孩子改名叫孝哥兒。未免送些喜麪與親鄰，眾街坊鄰舍都說：「西門慶大官人正頭娘子生了一個墓生兒子，就與老頭同日同時，一頭斷氣，一頭生了個兒

子。事間少有蹺蹊古怪事！」（頁1391-1393）

西門慶死亡之際，吳月娘隨即臨盆生下遺腹子孝哥兒。孝哥兒出生之際，面對的又是一個缺乏父子人倫的「無父」家庭，西門一家命運是否可能重蹈覆轍，顯得耐人尋味。基本上，從吳月娘爲子取名「孝哥兒」來看，其中的存嗣思維本身反映的是根深蒂固的儒家宗法觀念。如《孝經．開宗明義第一》所言：「夫孝始於事親，中於事君，終於立身。」[6]對於吳月娘而言，孝哥兒的出生不僅僅是爲西門慶存嗣而已，在用心教養孝哥兒的過程中，更是指望將來承繼家業，以維持家族永續不斷。只不過這樣的願望，似乎在整體情節設計中未便能夠眞正實現。倘究其原因，即在孝哥兒出生之時，西門一家依舊處於「無父」狀態，因此有關儒家父權宗法斷裂無繼的疑慮，依然無法獲得妥善解決。

面對明代中晚期重商觀念興起，進而導致傳統儒學世界產生重大質變問題，《金瓶梅》寫定者顯然了然於心。爲了尋求重建與鞏固儒家父權宗法和倫理道德實踐的可能性，寫定者似乎有意將解決之道，寄託於西門慶一家的徹底更新和轉變之上。在我看來，這個解決之道，最終是通過孝哥兒幻化一事而有所表達。在《金瓶梅》中，早在第七十五回敘及善有善報、惡有惡報的因果輪回觀念時，即預示孝哥兒最後將被古佛顯化而去：

> 你道打坐參禪，皆成正果，像這愚夫愚婦在家修行的，豈無成道？禮佛者，取佛之德；念佛者，感佛之恩；看經者，明佛之理；坐禪者，踏佛之境；得悟者，正佛之道：非同容易！有

6 〔唐〕唐玄宗注，〔宋〕邢昺疏：《孝經注疏》，見〔清〕阮元審定，盧宣旬校：《十三經注疏》（臺北：藝文印書館，2001年），頁11。

多少先作後修，先修後作。有如吴月娘者，雖有此報，平日好善看經，禮佛佈施，不應今此身懷六甲而聽此經法。人生貧富、壽夭、賢愚，雖蒙父母受氣成胎中來，還要懷妊之時，有所應召。古人妊娠懷孕，不側坐，不偃臥，不聽淫聲，不視邪色，常玩弄詩書金玉異物，常令瞽者誦古詞，後日生子女，必端正俊美，長大聰慧。此文王胎教之法也。今吴月娘懷孕，不宜令僧尼宣卷，聽其生死輪迴之說，後來感得一尊古佛出世，投胎奪舍，日後被其幻化而去，不得承受家緣，蓋可惜哉！（頁1249）

其實在西門慶一家中，只有吳月娘長期以來禮佛聽經，因此對於人生如夢、生死輪迴之事早已有所應召。後來西門慶死亡之後，吳月娘前往碧霞宮參拜祈福，受奸人所迫，迷蹤失路，最後在雪澗洞遇見普靜禪師，一時無心許下了接受孝哥兒十五歲時接受老師度化之言，當時便已立下因緣。直到孝哥兒長成十五歲，與家人在逃避戰亂過程中，再度於永福寺遇見普靜禪師，即便萬般不舍，終究還是被幻化而去。第一百回敘及普靜禪師向吳月娘夢示孝哥兒乃西門慶轉世的因果，才讓度化之由眞正顯示在讀者面前：

只見普靜老師在禪床上高叫：「那吴氏娘子，你如今可省悟得了麼？」這月娘便跪下參拜：「上告尊師，弟子吴氏，肉眼凡胎，不知師父是一尊古佛。適間一夢中，都已省悟了。」老師道：「既已省悟，也不消前去。你就去，也無過只是如此，倒沒的喪了五口兒性命。合你這兒子有分有緣，遇着我，都是你平日一點善根所種，不然定然難免骨肉分離。當初你去世主夫西門慶，造惡非善，此子轉身托化你家，本要蕩散其財本，傾覆其產業，臨死還當身首異處。今我度脫了他去，做了徒

> 弟。常言一子出家，九祖升天。你那夫主冤愆解釋，亦得超生去了。你不信，跟我來，與你看一看。」於是扠步來到方丈內，只見孝哥兒還睡在床。老師將手中禪杖向他頭上只一點，叫月娘眾人看，忽然翻過身來，却是西門慶，項帶沉枷，腰繫鐵索；復用禪杖只一點，依舊還是孝哥兒，睡在床上。月娘見了不覺放聲大哭，原來孝哥兒即是西門慶托生！良久，孝哥兒醒了。月娘問他：「如今你跟了師父出家！」在佛前與他剃頭，摩頂受記。可憐月娘扯住慟哭了一場，乾生受養了他一場，到十五歲指望承家嗣業，不想被這個老師幻化去了！（頁1694-1695）

從「今吳月娘懷孕，不宜令僧尼宣卷，聽其生死輪迴之說，後來感得一尊古佛出世，投胎奪舍，日後被其顯化而去，不得承受家緣，蓋可惜哉！」的評述中可知，《金瓶梅》寫定者對於傳統儒家宗法理想實踐面臨無以爲繼重大困境，頗感無奈與歎息，但對於孝哥兒被普靜禪師顯化而去的結果並不完全認同。從齊家的觀點來說，孝哥的誕生有機會讓西門一家的絕嗣問題可以暫時性獲得紓解，卻無法徹底解除西門慶生前因貪財好色所犯下的各種罪業。因此，普靜禪師向吳月娘顯示因果：「當初你去世主夫西門慶，造惡非善。此子轉身托化你家，本要蕩散其財本，傾覆其產業，臨死還當身首異處。」（頁1694）這才讓吳月娘放下親子之情，接受孝哥兒被老師幻化去了一事。如果說官哥兒的代罪死亡，尙不足以感化西門慶積善行德；那麼最後似乎也只有通過上述宗教度化的結局設計，才能達到對於一個家庭進行救贖的目的。[7]

---

7 〔清〕張竹坡論《金瓶梅》寓意時曰：「至其以孝哥結入一百回，用普淨幻化，言惟孝可以消除萬惡，惟孝可以永錫爾類。」見黃霖編：《金瓶梅資料彙編》（北京：中華書局，2012年），頁63。此一見解，可供參考。

整體而言，在明代中葉以降的商業經濟發展的背景中，《金瓶梅》寫定者著意從寓言化敘述機制中勾勒出一個廣闊的時空視域，從中敘寫西門慶家庭盛衰變化的歷程，可謂眼光獨具。尤其當西門慶一身體現出家族倫理觀念的缺位時，儼然反映出儒家父權宗法制度和倫理道德觀念正處於失語的混亂狀態，可謂集中傳達了歷史轉變時期下傳統儒家倫理道德實踐的困境。整體敘事話語創造，構成了傳統儒家世界面臨崩解危機問題的巨大隱喻，顯得格外饒富意味。

四、家國新生：《金瓶梅》的淑世意識——代結語

在明代中晚期商人階層興起的歷史語境中，《金瓶梅》寫定者所關注是傳統儒學世界價值體系的轉換，如何導致儒家父權宗法制度面臨解體的文化危機。因此，以「齊家」爲寫作核心，寫定者特別關注西門慶家庭的存續問題，並以之作爲儒家倫理道德和小說情節變化匯聚的焦點。在「借宋寫明」前提下重寫歷史，《金瓶梅》整部小說對於西門慶家庭命運和國家命運的共同關注，乃是歷史本身所給定的，而其中的歷史反思也是來自晚明世變歷史語境本身。在《金瓶梅》中，西門慶的縱欲死亡，隨即引發家庭存續的危機問題；西門一家的解體，同時也指向北宋國祚面臨朝綱不繼的興亡問題。正如第一百回敘及大金人馬犯邊，直驅東京汴梁所言：

> 一日，不想大金人馬搶了東京汴梁，太上皇帝與靖康皇帝，都被擄上北地去了。中原無主，四下荒亂。兵戈匝地，人民逃竄，黎庶有塗炭之哭，百姓有倒懸之苦。大勢番兵已殺到山東地界，民間夫逃妻散，鬼哭神號，父子不相顧。（頁1685-1686）

如前所言，《金瓶梅》寫定者通過小說敘述所表達的政治關懷，無疑

提供了讀者從特定角度審視歷史的可能性，並在各種事件判斷中達到對於歷史主題的把握。因此，孝哥兒幻化一事所體現的政治關懷，便顯得耐人尋味。正如浦安迪所言：

> 這個結尾所起的作用，除了宣告人們關於西門慶家產最後散失殆盡外，還通過這位「孝子」被引入空門以及西門慶沉枷鐵索現身來抓注「孝」的命題，它提醒讀者，所謂孝順問題，從他最深廣的意義而言，正好與這部小說存在著極其重要的聯繫。而且，在小說結尾，家庭的厄運與宋王朝的土崩瓦解緊密地聯繫起來，使閉鎖的庭院小天地與外部世界互相照映，這又是小說的另一種重要構思。[8]

當然，相對於西門慶一生的盛衰興廢歷程，小說敘述以孝哥兒幻化的贖罪形式作爲收場，多少從因果報應的反諷立場表明人生如夢成空。在恢復儒家父權宗法倫理的價值籲求中，這樣的結果可能對於重建儒學世界秩序而言顯得無濟於事；但從另外的角度來說，卻也可能爲讀者提供了一個充滿道德想像的立命選擇空間。尤其在世變歷史語境中，當傳統儒家父權宗法斷裂和儒學道德實踐無以爲繼之時，那麼是否可能在儒學之外尋找安身立命的可能性及其解決之道呢？而事實上，我以爲這正是《金瓶梅》整部小說在敘述中所要持續提出的一個重要寫作命題。

最後，特別值得一提的是，在儒學世界秩序解構的世變歷史語境中，《金瓶梅》小說敘述結尾處特別強調吳月娘「善良終有壽」的人

8 （美）浦安迪（Andrew H. Plaks）著，沈亨壽譯：《明代小說四大奇書》（*The Four Masterworks of the Ming Novel*：*Ssu ta ch'I-shu*）（北京：生活・讀書・新知三聯書店，2006年），頁64。

生結局，無疑有意藉此爲人們如何在亂世之中安身立命的問題提供了一種解決性看法。《金瓶梅》寫定者通過吳月娘善終的結局所提供的立命選擇，或如《孟子‧盡心》所言：

> 存其心，養其性，所以事天也。殀壽不貳，修身以俟之，所以立命也。[9]

以今觀之，西門慶非命而亡之後，家庭隨之分崩離析，顯現一番悲劇結局。然而正室吳月娘卻因爲好善看經，從自我修養中體認到「佛語戒無倫，儒書貴莫爭」（頁1665）的處世之道，因而能夠「高飛逃出是非門」（頁1679），一心守家持業，最終躲過戰亂危害，並獲得善終之報。正如第四十八回格言曰：

> 知危識險，終無羅網之門；譽善薦賢，自有安身之地。施恩布德，乃後代之榮昌；懷妒藏奸，爲終身之禍患。損人利己，終非遠大之圖；害衆成家，豈是長久之計？改名異體，皆因巧語而生；訟起傷財，蓋爲不仁之召。（頁705）

倘對照於西門慶、潘金蓮、陳經濟和龐春梅的不仁與執迷不悟，因而招致非命死亡的結果，我們不得不認爲，就《金瓶梅》的結局設計而言，小說敘述針對吳月娘所安排的人生歸宿及其安身立命方式，其實隱含著相當深刻的寓意。且觀第一百回曰：

> 不說普靜老師幻化孝哥兒去了。且說吳月娘與吳二舅衆人，在

9 〔漢〕趙岐注，〔宋〕孫奭疏：《孟子注疏‧盡心上》，見〔清〕阮元審定，盧宣旬校：《十三經注疏》，頁228。

> 永福寺住了那到十日光景，果然大金國立了張邦昌，在東京稱帝，置文武百官。徽宗、欽宗兩君北去；康王泥馬度江，在建康即位，是爲高宗皇帝。拜宗澤爲大將，復取山東河北，分爲兩朝，天下太平，人民復業。後月娘歸家，開了門户，家產器物都不曾疏失。後就把玳安改名做西門安，承受家業，人稱呼爲西門小員外。養活月娘到老，壽年七十歲，善終而亡。此皆平日好善看經之報也！（頁1695）

在此，我們可以清楚看到，西門慶死後輪回轉世而生的「孝哥」，被普靜禪師度化而去之後，整個時代環境也隨即改朝換代，並體現爲一種太平光景。當然，在某種意義上，這個利用佛學思想所製造的結局，與《金瓶梅》整部小說的欲望敘述形成相當突兀的對比，以至於讀者不見得能接受此一敘事安排，連帶地也質疑小說敘述的道德意圖和價值。正如浦安迪所指出的：「由於寫進這些佛學說教的話不能令人信服，許多讀者從而得出結論，認爲它的全部載道性框架不過是作者矯飾做作的騙局。」[10]只不過這樣的看法，大多只是看到小說敘述的表面意思，從而忽略了這個關於佛教因果報應和塵世空虛概念的表述，其實正反映出《金瓶梅》寫定者對於家國新生的深切盼望。關於吳月娘好善看經而善終與天下太平互相聯繫的結局安排，我個人以爲凱薩琳·卡爾麗莰的分析看法頗値得參考，她說：「這個結論乍看起來似乎是具有樂觀主義的含義，預言了小到一個家庭，大到一個國家

10 （美）浦安迪（Andrew H. Plaks）著，沈亨壽譯：《明代小說四大奇書》，頁113。

的新生。」[11]縱使這樣的結局安排充滿了虛構性，但若視之爲《金瓶梅》寫定者通過小說敘述追求改造時世時所寄寓淑世理想，則更可見小說敘述背後具有不可忽視的政治關懷和期望。其中「修齊治平」作爲一種意識形態，當如《孟子・離婁上》所言：

> 天下之本在國，國之本在家，家之本在身。[12]

而這樣的政治期望，無不體現在「欲齊其家者，先修其身」的籲求之上，當可視爲主導《金瓶梅》小說敘事生成的重要思想因素。

最後，從家國同構的觀點來說，在《金瓶梅》中，當西門慶家庭命運與國家命運之間，構成了一種互文隱喻的關聯式結構時，其中個人、家庭和國家在敘述過程中所形成的相互投射現象，無疑格外引人深思。在最根本的意義上，《金瓶梅》整部小說所體現的淑世意識，乃落實在個人自我修身的籲求之上，同時也寄寓了不可忽視的政治關懷。

---

11 （美）凱薩琳・卡爾麗茨著，畢國勝譯：〈《金瓶梅》的結局〉，見吉林大學中國文化研究所編：《金瓶梅藝術世界》（長春：吉林大學出版社，1991年），頁374-389。基本上，我同意這個觀點。至於凱薩琳・卡爾麗茨隨後又指出：「《金瓶梅》的哲學思想是建立在牢固的儒家思想基礎之上的，它強調人世間統治的重要性，統治者的權勢和家庭與國家之間的平行關係。西門慶的六個妻妾可以看作是與佛教的六種惡根相應，也可以解釋爲國家的六個部，然而作者並非要分享佛教利用『舍』以消除六種惡根的理想。儘管普靜許下宏願，孝哥以脫離紅塵的方法也未能洗滌他父親在人間的罪惡。如果我們把《金瓶梅》的結論看成是以儒家的經典來告誡世人；把西門家的子嗣的夭折歸結爲對西門慶家庭的劣跡的報應的話，那末《金瓶梅》看起來才是首尾一致，合乎情理的。以普靜禪師爲代表的宗教，使我們意識到使惡跡得以繼續的無法無天的『輕信』的危害性。」以上關於六根、六部的推論，我個人以爲已然脫離以宗教輪回果報達到淨化人倫的目的，僅供參考。

12 〔漢〕趙岐注，〔宋〕孫奭疏：《孟子注疏・離婁上》，見〔清〕阮元審定，盧宣旬校：《十三經注疏》，頁127。

第五章

唯女子與小人爲難養也

——《金瓶梅》的寓言建構與意識形態

一、問題的提出

關於《金瓶梅》的作者是誰？爲何而作？主題思想如何評價？向來是學術討論的熱點。《金瓶梅》作者誰屬一事，根據沈德符《萬曆野獲編》一書所言，乃「嘉靖間大名士手筆」；[1] 袁中道〈遊居杮錄〉則提及，「舊時京師，有一西門千戶，延一紹興老儒於家。老儒無事，逐日記其家淫蕩風月之事，以門慶影其主人，以餘影其諸姬。」[2] 此一問題，說法不一，迄今難於定論。此外，從今存文獻來看，諸多讀者對於《金瓶梅》的誨淫書寫不免表示疑慮，恐其壞人心術，敗心喪德。但值得注意的是，部分有識文人讀者立足於文人著述的觀點之上，頗爲盛讚《金瓶梅》一書作爲「逸典」的政治價值和「世戒」的教化意涵，如袁宏道在〈與董思白書〉的信文中，即以「伏枕略觀，雲霞滿紙，勝於枚生〈七發〉多矣」[3] 之語，從政治諷喻的角度給予極高的評價。此一看法，無疑顯示出《金瓶梅》的敘事生成，當有其不可忽視的意識形態內涵，值得深入探究。

本文對於《金瓶梅》的研究旨趣，延續第二章有關「經世寓言」的建構部分，再從文人著述觀點做一深入論述，以此提供認識《金瓶梅》文化身分的可能性看法。整體而言，在問題意識的發想上，主要源自於《金瓶梅》第四回敘及潘金蓮背著武大與西門慶偷姦，敘述者引用回首詩以預敘西門慶命運結局曰：

> 酒色多能誤國邦，由來美色喪忠良。
> 紂因妲己宗祀失，吳爲西施社稷亡。

---

1 〔明〕沈德符：《萬曆野獲編》，見黃霖編：《金瓶梅資料彙編》（北京：中華書局，2012年），頁230。

2 〔明〕袁中道：〈遊居杮錄〉，見黃霖編：《金瓶梅資料彙編》，頁229。

3 〔明〕袁宏道：〈與董思白書〉，見黃霖編：《金瓶梅資料彙編》，頁227。

自愛青春行處樂，豈知紅粉笑中槍。

西門貪戀金蓮色，內失家麋外趕獐。（頁53）

其中揭露男性因貪戀女色而導致禍國、敗家的不堪下場，以爲勸戒。又第七十回敘及北宋在佞臣專擅爲政的情形下，君王聖聰不彰，以致北宋國祚衰蔽不振。敘述者對於官吏貪賄、朝綱不振的情形進行評論時，不免流露激憤之情：

看官聽說：妾婦索家，小人亂國，自然之道。識者以爲，將來數賊必覆天下。果到宣和三年，徽、欽北狩，高宗南遷，而天下爲虜有，可深痛哉！史官意不盡，有詩爲證：

權奸誤國禍機深，開國承家戒小人。六賊深誅何足道，奈何二聖遠蒙塵。（頁1154）

由引文可知，《金瓶梅》寫定者追究北宋朝政衰敗的主因，不僅具有高度的歷史意識，並且意圖藉情節編排以達到闡釋歷史的目的，因此將潘金蓮爲代表的「妾婦」與四大奸臣或六賊爲首的「小人」並置於小說時空體中，儼然有意使之構成一種互文性隱喻，由此賦予敘事本身以特定的意指內涵。

對於《金瓶梅》而言，話語創造的目的不僅僅是傳達一個關於「偷情」的世情事件而已，而是通過對一個或一系列事件的敘述和闡釋而表達個人參與歷史和現實世界的想法，賦予敘事以特定意義。今仔細推敲「妾婦」與「小人」兩者的聯繫關係時，則不免讓人聯想起《論語・陽貨》所記載孔子之言：

唯女子與小人爲難養也，近之則不孫，遠之則怨。[4]

從最根本的意義上說，《金瓶梅》所要表達的歷史意識，明顯是通過眾家「女子」和朝野「小人」的形塑而有所表現。正如海登．懷特（Hayden White）所言：「敘事絕不是一個可以完全清晰地再現事件——不論是想像的還是眞實的事件——的中性媒介。它以話語形式表達關於世界及其結構和進程的清晰的體驗和思考模式。」[5]是以特別值得深究的是，在「妾婦索家」與「小人亂國」的互文聯繫中，顯見《金瓶梅》寫定者的確有意藉由西門慶一家興衰爲情節中心以建構敘事，乃足以在儒學視野的主導下創造出「家國同構」的政治寓言，可謂別具深意。[6]本文之撰作，即立足於「演義」的觀點之上，論證《金瓶梅》敘事生成的意識形態與上述《論語．陽貨》引文的關聯，旨在從「講史」的角度探討《金瓶梅》敘事生成的意識形態，期能深入小說文本之中，發掘小說敘事深層結構中的道德觀念、價值態度和

4 〔魏〕何晏等注，〔宋〕邢昺疏：《論語注疏》，見〔清〕阮元審定，盧宣旬校：《十三經注疏》（臺北：藝文印書館，2001年），頁159。有關這一段話的實際意涵爲何？頗令人爲費解，歷來論者解讀各有看法，聚訟紛紜，莫衷一是。本文之推論，係根據其「女子」和「小人」的字面意義而來，並據以討論《金瓶梅詞話》敘事生成的意識形態內涵，因此不擬在此深入考察孔子思想。

5 （美）海登．懷特（Hayden White）：〈講故事：歷史與意識形態〉，見氏著，陳永國、張萬娟譯：《後現代歷史敘事學》（北京：中國社會科學出版社，2003年），頁346。

6 有關《金瓶梅詞話》的寓言建構和闡釋問題，我先前已有就問題發想進行專文討論。可參李志宏：〈《金瓶梅詞話》的情色書寫及其寓言建構〉，見黃霖、杜明德主編：《《金瓶梅》與臨清》（濟南：齊魯書社，2008年），頁201-224。上述文章經過改寫之後，見李志宏：《「演義」——明代四大奇書敘事研究》（臺北：五南圖書出版股份有限公司，2019年）〈第八章《金瓶梅詞話》的情色書寫及其寓言闡釋〉，頁425-474。不過本文在此則是依據孔子所言「唯女子與小人爲難養也」一句內涵，進一步對於《金瓶梅》的經世寓言建構問題做出補充論述。

文化精神，進一步揭示敘事話語內蘊的政治諷諭意涵。

二、寓言：情色與國家政體的交涉

自《三國志演義》建立「據史演義」的敘事成規之後，講史類「通俗演義」大量興起，可謂蔚爲繁榮。其後，各類題材「通俗演義」之創作，逐漸逸出「通俗話語形式演正史之義」的初始規定，乃轉向對歷史現象或人物故事進行通俗化敘述。[7]在「藉外論之」的編創策略主導下，各家通俗演義創作，大體上仍依循「以俗近語，檃括成編，欲天下之人，入耳而通其事，因事而悟其義，因義而興乎感」[8]的敘事原則，因此特別重視「借事明義」或「依事取義」的話語實踐。

在「講史」的意識形態基礎上，[9]《金瓶梅》寫定者自覺地按照一定的歷史觀念系統進行歷史修撰，體現出中國傳統文化以「儒家倫理」爲本位的文化意識和思維圖式。[10]無論我們視《金瓶梅》爲歷史敘事還是文學敘事，都應該可以了解一個事實：即「進行這種話語活動的目的都不僅僅是傳達一個事件，而是要通過對一個或一系列事件的敘述和闡釋而表達某種意義。」[11]正是基於這樣的歷史意願，《金瓶梅》寫定者乃得以將歷史闡釋，充分展現在獨特的故事類型創造和

7 譚帆：〈論明代小說學的基礎觀念〉，《中山大學學報》（社會科學版）2008年2期，頁71-81。

8 〔明〕修髯子：〈三國志通俗演義引〉，見黃霖、韓同文選注：《中國歷代小說論著選》（南昌：江西人民出版社，2000年），頁115。

9 有關《金瓶梅》的「講史」意識形態表現問題，可參李志宏：《「演義」：明代四大奇書敘事研究》〈第二章「講史」：明代四大奇書的話語實踐〉，頁99-154。

10 有關中國傳統文化與小說思維的同化同構現象的討論，參吳士餘：《中國文化與小說思維》（上海：上海三聯書店，2000年），頁15。

11 高小康：《中國古代敘事觀念與意識形態》（北京：北京大學出版社，2005年），頁17。

情節建構之上，因而造就出不同於時下一般通俗小說的美學表現和文化意義。因此，倘若將《金瓶梅》視爲一種特殊的歷史話語，事實上或更符合於奇書創作的本質。

從「演義」的觀點來說，《金瓶梅》在「取喻」書寫的前提下，有意藉敘事綰合「世情」與「世變」，乃在形塑歷史的過程中，使得一系列情節事件的編排體現出歷史性和歷史意識，甚而具有政治寓言的內涵。以下即就其書寫性質做一說明：

（一）題材來源

研究《金瓶梅》，首先必須面對的問題是如何界定其題材屬性。《金瓶梅》一書的題材來源，主要「從《水滸傳》潘金蓮演出一支」[12]，故事時間斷限從北宋徽宗政和二年（1112）到南宋建炎元年（1127），共計十六年。以今觀之，在《金瓶梅》問世以前，長篇通俗小說創作題材多圍繞在歷史、英雄傳奇和神魔幻怪之上，因此寫定者在創作取向的選擇上轉向「世情」，並將視角聚焦於「情色」徵逐與「家庭」興衰的聯繫關係之上，使得小說可以在「女禍」的主題上，[13]與《三國志演義》、《水滸傳》和《西遊記》有所區隔，可謂慧眼獨具。且觀第一回曰：

> 單說着「情」、「色」二字，乃一體一用。故色絢於目，情感於心，情色相生，心目相視。亘古及今，仁人君子，弗能忘之。晉人云：情之所鍾，正在我輩。如磁石吸鐵，隔礙潛通。無情之物尚爾，何況爲人，終日在情色中做活計者耶？詞兒「丈夫隻手把吴鈎」，吴鈎，乃古劍也。古有干將，莫

---

12 〔明〕袁中道：〈遊居柿錄〉，見黃霖編：《金瓶梅資料彙編》，頁229。

13 張祝平：〈《水滸傳》、《金瓶梅》中「女禍」論的形象化演繹〉，見中國水滸學會編：《水滸爭鳴》（第十輯）（武漢：湖北長江出版集團崇文書局，2008年），頁284-294。

> 邪，太阿、吴鈎、魚腸、屬鏤之名。言丈夫心腸如鐵石，氣慨貫虹蜺，不免屈志於女人。（頁1）

顯而易見，在晚明歷史文化語境中，《金瓶梅》寫定者以「情」、「色」作爲話語構成的主要符號，並意圖使之成爲敘事生成的主導因素和內在邏輯。此一敘事轉向，不加掩飾地凸顯「情色」議題，在在展現出一種具超越性的寫作視野。正如欣欣子〈《金瓶梅詞話》序〉曰：

> 譬如房中之事，人皆好之，人非堯舜聖賢，鮮不爲所耽。富貴善良，人皆惡之，是以搖動人心，蕩其素志。觀其高堂大廈，雲窗霧閣，何深沉也；金屏繡褥，何美麗也；鬢雲斜軃，香酥滿胸，何嬋娟也；雄鳳雌凰迭舞，何殷勤也；錦衣玉食，何侈費也；佳人才子嘲風咏月，何綢繆也；雞舌含香，唾圓流玉，何溢度也；一雙玉腕綰復綰，兩隻金蓮顛倒顛，何猛浪也。既其樂矣，然樂極必悲生。如離別之機將興，憔悴之容必見者，所不能免也；折梅逢驛使，尺素寄魚書，所不能無也；患難迫切之中，顛沛流離之頃，所不能脱也；陷命於刀劍，所不能逃也；陽有王法，幽有鬼神，所不能逭也。至于淫人妻子，妻子淫人，禍因惡積，福緣善慶，種種皆不出循環之機。（「金瓶梅詞話序跋」，頁2）

故且不論其誨淫題材所涉及的道德評價問題和影響如何？《金瓶梅》在題材選擇和敘述發揮上，強調好色縱欲最終必然帶來身心危害和死亡危機，正是根植於寫定者對於明代中晚期歷史語境中特定文化現象的考察，[14]因而具有歷史闡釋的意向性，別具時代意義。

14 參吳存存：《明清社會性愛風氣》（北京：人民文學出版社，2000年）。

（二）時空設置

從《金瓶梅》的話語構成來看，故事主體乃參考《水滸傳》「潘金蓮與西門慶偷情」和「武松殺嫂」的情節，進而參考諸多材料加以擴充改寫而成。表面上，主要情節是圍繞在山東清河縣西門慶一家的日常生活起居和社會人際往來之上展開敘述；但仔細觀察卻可發現，《金瓶梅》的時空設置，自始至終都與北宋朝政和國祚的發展走向緊密相連。第一回曰：

> 話說宋徽宗皇帝政和年間，朝中寵信高、楊、童、蔡四個奸臣，以致天下大亂，黎民失業，百姓倒懸，四方盜賊蜂起。罡星下生人間，攪亂大宋花花世界，四處反了四大寇。那四大寇？山東宋江，淮西王慶，河北田虎，江南方臘。皆轟州劫縣，放火殺人，僭稱王號。惟有宋江替天行道，專報不平，殺天下贓官污吏，豪惡刁民。（頁4）

由引文可知，導致此一「亂世」發生的原因，乃在於宋徽宗寵信高、楊、童、蔡四個奸臣所致。然而，宋徽宗聖聰屢遭佞臣蒙蔽，令派濟南知府張叔夜領人馬征剿梁山泊賊王，直至宋江所屬三十六人和萬餘草寇接受招安，地方才歸於平復。其後，太學國子生陳東上本參劾，又科道交章彈奏，才將朝中蔡太師、童太尉、李右相、朱太尉、高太尉、李太監六人參倒，拿送三法司問罪，發配充軍。但事實上，此刻北宋國祚早已走向衰微，加以大金不斷犯邊，宋徽宗不得已傳位與太子登基，改宣和七年爲靖康元年，宣帝號爲欽宗。第一百回曰：

> 一日，不想北國大金皇帝滅了遼國，又見東京欽宗皇帝登基，集大勢番兵，分兩路寇亂中原：……。（頁1682）

一日，不想大金人馬搶了東京汴梁，太上皇帝與靖康皇帝，都被擄上北地去了。中原無主，四下荒亂，兵戈匝地，人民逃竄，黎庶有塗炭之哭，百姓有倒懸之苦。大勢番兵已殺到山東地界，民間夫逃妻散，鬼哭神號，父子不相顧。（頁1685-1686）

在前後對應的敘事結構中，北宋政局走向敗亡的時空設置，並非只是作爲單純的時代背景而已。尤其當西門慶一家盛衰與北宋朝政興亡相互綰合時，則「家」與「國」之間所可能具有的同構關係，便體現出寫定者面向歷史變化時所具有的特定歷史意識，可謂饒富意味。

對於《金瓶梅》而言，寫定者將時空設置於「世變」語境之上，以之映襯情色書寫所具有的非常異議可怪之論，表面上看似違背傳統儒學視野重視修齊治平理想實踐的寫作命題，實則在最根本的意義上反映了寫定者對於家國盛衰興亡的深刻關懷。如果僅僅關注世情而略此不論，終將因寫淫之筆而忽略小說敘事話語的歷史闡釋意圖及其政治諷諭意涵。

（三）政治寓言編述

論及《金瓶梅》的「寓言」屬性，不得不與莊子的「寓言」觀念相提並論。《莊子・天下》明言：「以天下爲沉濁，不可與莊語。」[15]關於「寓言」的詮說，《莊子・寓言》則曰：

寓言十九，重言十七，卮言日出，和以天倪。寓言十九，藉外論之。親父不爲其子媒。親父譽之，不若非其父者也；非吾罪也，人之罪也。與己同則應，不與己同則反；同於己爲是

15 〔清〕郭慶藩：《莊子集釋》（臺北：漢京文化事業有限公司，1983年），頁1098。

之，異於己爲非之。[16]

從「藉外論之」的角度來說，寓言的本質乃在於其作爲「假託之言」，係寫定者假借他人之口來表達思想觀點的一種言辭方式，以便說服或取信於人。因此，立足於「寓言」的觀點之上，雖然關於《金瓶梅》的書法和義例表現，究竟是否具有「微言」或「大義」的話語表現，歷來多有爭論；[17]但對於《金瓶梅》「借宋寫明」的看法，則已是不刊之論。在明代中晚期歷史文化語境中，《金瓶梅》寫定者有意將情色事件與家國命運進行聯繫敘述，就創作發生的精神需求而言，敘述活動本身必然反映了寫定者在「經世」寓言建構中所秉持的特定意識形態。第一回曰：

> 說話的，如今只愛說這「情」、「色」二字做甚？故士矜才則德薄，女衒色則情放。若乃持盈愼滿，則爲端士淑女，豈有殺身之禍？今古皆然，貴賤一般。如今這一本書，乃虎中美女，後引出一個風情故事來。一個好色的婦女，因與個破落户相通，日日追歡，朝朝迷戀。後不免屍横刀下，命染黄泉，永不得着綺穿羅，再不能施朱傅粉。靜而思之，着甚來由！況這婦人他死有甚事？貪他的，斷送了堂堂六尺之軀；愛他的，丢了潑天關產業。驚動了東平府，大鬧了清河縣。端的不知誰家婦女？誰的妻小？後日乞何人占用？死于何人之手？（頁3-4）

16 〔清〕郭慶藩：《莊子集釋》，頁947-948。

17 對於傳統研究秉持「索隱」立場考證歷史史實以及探求小說政治批評意涵一事，聚訟未果。相關討論可參胡衍南：〈《金瓶梅》無「微言大義」〉，見氏著：《金瓶梅到紅樓夢——明清長篇世情小說研究》（臺北：里仁書局，2009年），頁83-108。

由此可知，「女禍」作爲《金瓶梅》情節編排的主導，乃具有「警戒色欲」的預設性質，因此「懲淫而炫情於色」的思想無不貫串文本始終。[18]其中潘金蓮「好色無仁」，以其妾婦之身導致西門慶一家家破人亡，完全揭露出西門貪戀美色而精敗身亡的不堪景象。又第三十回曰：

> 看官聽説：那時徽宗，天下失政，奸臣當道，讒佞盈朝。高、楊、童、蔡四個奸黨，在朝中賣官鬻獄，賄賂公行，懸秤升官，指方補價。夤緣鑽刺者，驟升美任，賢能廉直者，經歲不除。以致風俗頽敗，贓官污吏，遍滿天下。役煩賦重，民窮盜起，天下騷然。不因奸佞居臺輔，合是中原血染人！（頁427）

顯而易見，西門慶屢以財寶籠絡東京蔡京等佞臣，以求擴增權力暨來日晉官加爵，而以蔡京爲首的奸臣則欺君罔上，把持朝政，黨同伐異，致使禍國殃民。天下失政的結果，便使二聖蒙塵，最終被大金所虜。

《金瓶梅》寫定者對於歷史的關注，不因誨淫之筆而失其政治批判精神。在「撥亂世反之正」的講史傳統影響下，通過「諷人以邪」的編寫策略，仍然傳達了深切的政治期望。正如謝肇淛〈《金瓶梅》跋〉曰：

---

18 這段議論與馮夢龍所撰《喻世明言・新橋市韓五賣春情》有互文關係，該文開篇曰：「說話的，你說那戒色慾則甚？自家今日說一箇青年子弟，只因不把色慾警戒，去戀著一箇婦人，險些兒壞了堂堂六尺之軀，丟了潑天的家計，驚動新橋市上，變成一本風流說話。」見〔明〕馮夢龍編撰，徐文助校注：《喻世明言》（臺北：三民書局，2003年），頁70。

《金瓶梅》一書，不著作者名代。……書凡數百萬言，爲卷二十，始末不過數年事耳。其中朝野之政務，官私之晉接，閨闥之媟語，市里之猥談，與夫勢交利合之態，心輸背笑之局，桑中濮上之期，尊罍枕席之語，駔驕之機械意智，粉黛之自媚爭妍，狎客之從諛逢迎，奴佁之稽唇淬語，窮極境象，駥意快心。譬之範工摶泥，妍媸老少，人鬼萬殊，不徒肖其貌，且并其神傳之。信稗官之上乘，爐錘之妙手也。[19]

整體而言，《金瓶梅》正是在明、隱兩線的情節編排中進行政治寓言編述，[20]藉以達到歷史闡釋的目的，實與一般艷情小說重視桑間濮上之音、濫於誨淫導欲者，簡直不能相提並論。面對明代中晚期世變的歷史語境，《金瓶梅》寫定者有意採取「借宋寫明」的戲擬敘事策略以編排情節，對於「唯女子與小人爲難養也」的意識形態表述而言，無疑可以在藉外論之中取得「十言九信」的效果，可謂別出心裁。借海登・懷特的觀點來說：「特別歷史陳述的意識形態內容與其說存在於它所採取的話語模式中，不如說存在於主導情節結構中，我們用這種結構賦予所論事件以可辨認的故事類型。」[21]因此，從政治寓言的觀點考察《金瓶梅》敘事生成的意識形態，當有其不可忽視的研究價值。

19 〔明〕謝肇淛：〈金瓶梅跋〉，見黃霖編：《金瓶梅資料彙編》，頁3-4。

20 張錦池認爲《金瓶梅》一書結構安排，明線是以西門慶爲主，隱線是以蔡京爲主。見氏著：〈論《金瓶梅》的結構方式與思想層面〉，《求是學刊》2001年第1期，頁76-86。此一認識，與本文考察結果近同，可爲參照。

21 （美）海登・懷特（Hayden White）：〈講故事：歷史與意識形態〉，見氏著，陳永國、張萬娟譯：《後現代歷史敘事學》，頁357。

三、意識形態：「女子」與「小人」的認知及其形塑

《金瓶梅》之編創，極爲重視「世情」現象的敷演，因而成爲「世情書」[22]的典範之作；但從時空的設置來看，卻在敘事結構的始與終清楚形塑歷史語境處於「世變」階段，從而注入特定的歷史思維。在《金瓶梅》「借宋寫明」的時空體創造中，時間綿延所展現的日常生活，不僅展示了以市民百姓生活爲主體的世俗風情，同時也延伸至以西門慶與各級官吏交往爲網絡的官場文化，必然具有不可忽視的意識形態內容。巴赫金指出：「時空體在文學中有著重大的體裁意義。可以直截了當地說，體裁和體裁類別恰是由時空體決定的；而且在文學中，時空體裡的主導因素是時間。作爲形式兼內容的範疇，時空體還決定著（在頗大程度上）文學中人的形象。這個人的形象，總是在很大程度上時空化了的。」[23]其中有關人的形象和題材的典型性問題，如何在「私領域」與「公領域」交織的時空體中達成藝術的統一，便與寫定者的意識形態息息相關。以下即就《金瓶梅》中有關「女子」與「小人」的認知及其形塑問題進行探討：

（一）「無父」：關於儒家宗法倫理失序的表徵

基本上，時空的整體性價值指向說明了文學是根植於對世界的參與活動中的，時間和空間在時空體範疇中成爲小說編排情節和參與現實世界的重要途徑，體現出一種世界觀的維度。對於《金瓶梅》而

---

[22] 魯迅論及《金瓶梅》作爲明代人情小說之典範時指出：「當神魔小說盛行時，記人事者亦突起，取其材猶宋市人小說之『銀字兒』，大率爲離合悲歡及發跡變態之事，間雜因果報應，而不甚言靈怪，又緣描摹世態，見其炎涼，故或亦謂之『世情書』也。諸『世情書』中，《金瓶梅》最有名。」見氏著：《魯迅小說史論文集——中國小說史略及其他》（臺北：里仁書局，1992年），頁161。

[23] （俄）米哈依爾・巴赫金（Mikhail Mikhailovich Bakhtin）：〈小說的時間形式和時空體形式〉，見氏著，白春仁、曉河譯：《巴赫金全集》第三卷《小說理論》（石家莊：河北教育出版社，1998年），頁275。

言，這一時空體在表述現實時所體現的意識形態內容，則主要反映在儒家宗法倫理維護與國家政體運作的反思和召喚之上。

從政治寓言編述的角度來說，現實世界的時空化無疑是《金瓶梅》能夠據以「借事明義」、「依事取義」的基本前提。具體而論，《金瓶梅》以宋徽宗政和至宣和年間為時代背景，強調天下大亂，四方盜賊蜂起，處於禮崩樂壞的衰世時期。其中天子寵信佞臣，國政不彰，王道盡失。在傳統儒學視野中特別重視「君君，臣臣」的宗法倫理蕩然無存，形同「無君」的失政狀態。從「道名分」的觀點來說，《金瓶梅》敘事生成的意識形態，直可與儒家宗法倫理講求「正君臣上下之分」的觀點產生內在聯繫。正如《論語・顏淵》記載：

> 齊景公問政於孔子。孔子對曰：「君君，臣臣，父父，子子。」公曰：「善哉！信如君不君，臣不臣，父不父，子不子，雖有粟，吾得而食諸？」[24]

又《史記・太史公自序》記載孔子編撰《春秋》動機時曰：

> 夫不通禮義之旨，至於君不君，臣不臣，父不父，子不子。夫君不君則犯，臣不臣則誅，父不父則無道，子不子則不孝。此四行者，天下之大過也。以天下之大過予之，則受而弗敢辭。故春秋者，禮義之大宗也。[25]

在儒學視野中，中國傳統社會是以父權價值體系為中心的宗法社

---

24 〔魏〕何晏等注，〔宋〕邢昺疏：《論語注疏》，見〔清〕阮元審定，盧宣旬校：《十三經注疏》，頁108。

25 〔漢〕司馬遷撰，（日）瀧川龜太郎著：《史記會注考證》（臺北：洪氏出版社，1983年），頁1371。

會。「君君，臣臣，父父，子子」的綱常倫理能否穩定運作，乃是家國政體能否奠定王化之基、維持長治久安的重要關鍵。因此，君臣、父子綱常對於儒家倫理教化體系的實踐，乃至宗法社會秩序的維護而言，無疑事關重大。而今爲了凸顯此一明代中晚期面臨家國政治倫理逐漸解體失序的眞相，《金瓶梅》寫定者特將寫作視角轉向人倫日用場域，並聚焦於「家庭」之上，便試圖由「父父，子子」的宗法倫理和道德精神的召喚來敷演其義，賦予敘事話語以特定意識形態。[26]

在《金瓶梅》中，寫定者從一開始便愼重其事地描述潘金蓮與西門慶的出身，顯然有其用意。仔細比對可知，潘金蓮和西門慶兩人出身的共同之處在於，皆顯示出「無父」的家庭狀態。正如張竹坡在〈《金瓶梅》讀法〉第八十六條所提出問題：

> 《金瓶》何以必寫西門慶孤身一人，無一著己親哉？[27]

在「家庭」敘事創造中，此一書寫形式的設計是否存在某種預設目的，顯然應該給予必要的關注。第一回敘述者敘及潘金蓮出身曰：

> 這潘金蓮却是南門外潘裁的女兒，排行六姐。因他自幼生得有些顏色，纏得一雙好小脚兒，因此小名金蓮。父親死了，做娘的因度日不過，從九歲賣在王招宣府裡，習學彈唱，就會描眉畫眼，傅粉施朱，梳一纏髻兒，着一件扣身衫子，做張做勢，喬模喬樣。況他本性機變伶俐，不過十五，就會描鸞刺

26 田秉鍔在〈統治思想趨於崩潰及舊倫理的淪喪——《金瓶梅》所反映的時代及社會意義〉一文中提出類似觀察，他指出：「西門慶『無根』，妻妾亦復如此，顯示在這年代裡家庭觀念的淡薄。」見王利器主編：《國際金瓶梅研究集刊》（第一集）（四川：成都出版社，1991年），頁85-100。

27 見黃霖編：《金瓶梅資料彙編》，頁86。

綉，品竹彈絲，又會一手琵琶。後王招宣死了，潘媽媽爭將出來，三十兩銀子轉賣與張大户家，與玉蓮同時進門。在大户家習學彈唱，金蓮學琵琶，玉蓮學箏。玉蓮亦年方二八，乃是樂户人家女子，生得白淨，小字玉蓮。這兩個同房歇臥。主家婆余氏初時甚是抬舉二人，不令上鍋，聊備灑掃，與他金銀首飾，妝束身子。後日不料白玉蓮死了，止落下金蓮一人。長成一十八歲，出落的臉襯桃花，不紅不白；眉彎新月，又細又彎。張大户每要收他，只怕主家婆利害，不得手。一日，主家婆鄰家赴席不在，大户暗把金蓮喚至房中，遂收用了。（頁10-11）

第二回敘述者敘及西門慶出身曰：

看官聽説：莫不這人無有家業的？原是清河縣一個破落户財主，就縣門前開著個生藥鋪。從小兒也是個好浮浪子弟，使得些好拳棒，又會賭博，雙陸象棋，拆白道字，無不通曉。近來發迹有錢，專在縣裡管些公事，與人把攬説事過錢，交通官吏。因此滿縣人都懼怕他。那人複姓西門，單名一個慶字，排行第一，人都叫他做西門大郎。近來發迹有錢，人都稱他做西門大官人。他父母雙亡，兄弟俱無，先頭渾家已早逝，身邊止有一女。新近又娶了清河左衛吴千户之女，填房爲繼室。房中也有四五個丫鬟婦女。又常與勾欄裡的李嬌兒打熱，今也娶在家裡。南街子又占著窠子卓二姐，名卓丢兒。包了些時，也娶來家居住。專一嫖風戲月，調占良人婦女，娶到家中，稍不中意，就令媒人賣了；一個月倒在媒人家去二十餘遍。人都不敢惹他。（頁31）

基本上，在儒學視野中，「父親」所代表的象徵意義，無疑與宗法倫理秩序的維繫密切相關。[28]由於潘金蓮和西門慶自幼失父，在致力追求個人生存機會和空間的成長過程中，可能因爲欠缺正確的綱紀教養，因而在「自我主張」的欲望追求中，無法時時通達禮義之旨，甚而導致發生越禮犯義的作爲。在「無父」的家庭背景中，《金瓶梅》寫定者刻意以潘金蓮和西門慶的「偷情」故事作爲開場，此一戲擬傳統才子佳人遇合的做法，除了凸顯兩人有違三綱五常的道德倫理規範的非禮作爲，甚且以潘金蓮和西門慶共謀殺害武大情節，指向儒家宗法倫理秩序處於失序的危機，這樣的情節建構顯然非同小可。

是以在「士衿才則德薄，女衒色則情放」的思想預設中，隨著潘金蓮和西門慶的原始欲望逐步發展，並不斷逾越禮義的道德原則時，則人欲與天理的矛盾和衝突，無不直接體現在兩人的反道德行動之上，一個變成「無德淫婦」，一個變成「無禮小人」。同時，當整個歷史文化語境，皆喪失道德意識實踐的理性認知時，則人性的異化與人際關係的功利結合，勢將因個人欲望的極度擴張而導致家國秩序陷於混亂，甚至走向毀滅之途，因而特別引人關注。對於《金瓶梅》而言，在家國宗法倫理失序的歷史語境中，如何能夠通過小說敘述重新思考「列君臣父子之禮，序夫婦長幼之別」的可能性？在家國同構的「演義」創作視野上，上述「無父」身家的敘事安排，不僅體現了寫定者的深刻歷史意識，同時也爲《金瓶梅》作爲「奇書」的歷史性提

28 楚愛華在〈西門慶父親隱退的文化寓意及深刻意涵〉一文中指出：在中國傳統文化中，父親作爲一種負載歷史傳承文化代碼具有正負雙重含義，一方面他作爲「守舊」和「傳統」的象徵以專制、封閉、僵化等與子輩相對立的負面價值出現；另一方面父親作爲宗法血緣制的家長還有增加家族凝聚力、親和力、延續力，監督防止子輩道德滑坡的正面意義。見氏著：《女性視野下的明清小說》（濟南：齊魯書社，2009年），頁11。秉持相同意見者，可參姚洪運：〈末世狂歡下的憂慮與絕望——《金瓶梅》父親缺席的敘事策略〉，《北華大學學報》第13卷第2期（2012年4月），頁72-74。

供了歷史闡釋空間，無疑有其特定的意識形態和象徵意義。

（二）「女子」：關於妾婦索家的表徵

在「唯女子與小人爲難養也」一句中，有關孔子對於「女子」的批判看法，如今不應從泛稱的角度指涉所有女性，同樣也不必特指某一具體女性，而理當將「女子」與孔子所重視的「淑女」形象進行對比，從中推斷其指稱意涵。《詩經・關雎》曰：

> 關關雎鳩，在河之洲。窈窕淑女，君子好逑。[29]

所謂「淑女」的意涵，〈毛詩序〉解釋曰：

> 〈關雎〉，后妃之德也。風之始也，所以風天下而正夫婦也，故用之鄉人焉，用之邦國焉。風，風也，教也。風以動之，教以化之。……是以〈關雎〉樂得淑女以配君子，愛在進賢，不淫其色。哀窈窕，思賢才，而無傷善之心焉，是〈關雎〉之義也。[30]

倘據此判斷「女子」之所以難養的原因，顯然與女子衒色情放、好色不仁的淫行作爲有關。從歷史的觀點來看，女色禍國情節所在多有。正如《金瓶梅》第一回敘述者解釋開篇引詞所言「撞著虞姬、戚氏，豪傑都休」時曰：

> 詩人評此二君，評到個去處，説劉、項者，固當世之英雄，不

29〔漢〕毛公傳、鄭元箋，〔唐〕孔穎達等正義：《毛詩注疏》，〔清〕阮元審定，盧宣旬校：《十三經注疏》（臺北：藝文印書館，2001年），頁20。

30〔漢〕毛公傳、鄭元箋，〔唐〕孔穎達等正義：《毛詩注疏》，〔清〕阮元審定，盧宣旬校：《十三經注疏》，頁12-19。

> 免爲二婦人以屈其志氣。雖然，妻之視妾，名分雖殊，而戚氏之禍，尤慘于虞姬。然則妾婦之道，以色事其丈夫，而欲保全首領於牖下，難矣。觀此二君，豈不是「撞着虞姬、戚氏，豪傑都休」？（頁3）

相對於「淑女」，妾婦動輒以其美色屈人志氣，致使男子「戀色迷花不肯休」，甚而亡身喪命、散家誤國，實有違婦德，不足道也。

《金瓶梅》之命名係以書中潘金蓮、李瓶兒和龐春梅三位女性人物名字構成，顯見寫定者有意藉敘事形塑不同女子形象。以西門慶爲中心，西門慶身邊除了六位妻妾：吳月娘、李嬌兒、孟玉樓、孫月娥、潘金蓮和李瓶兒，其他尚有春梅、宋惠蓮、王六兒、如意兒、賁四嫂、林太太、家中使女和青樓女子等等。除卻吳月娘之外，圍繞在諸色女子的形象書寫上，大抵不離「偷情」或者「以色許身」，多從負面認知形塑其「水性楊花」之態，難見「淑女」典範。

在「妾婦索家」的命題上，《金瓶梅》寫定者從「偷情」的視角，在潘金蓮、李瓶兒和龐春梅三人身上各自演繹一種女性形象，從敘事的通比中清楚可見其貶抑評價之思。

首先，關於潘金蓮形象的形塑，敘述者敘及出身寒微，雖然「風流伶俐，諸般都好」，但「爲頭一件，好偷漢子」，「若遇風流清子弟，等閑雲雨便偷期。」因此，即便嫁與武大爲妻，卻是「嬌嬈偏逞秀儀容」，意圖勾引武松；「包藏淫行蕩春心」，爲與西門慶偷情，不惜鴆殺武大。之後，潘金蓮幾經波折嫁入西門慶家，往往「好寵弄心機」，一旦遭受冷落，便與他人爭氣，言語造謠。第十八回敘及西門慶聽信潘金蓮挑撥之語，因而與吳月娘使氣時，敘述者評論曰：

> 看官聽說：自古讒言罔行，雖君臣、父子、夫婦、昆弟之間，猶不能免，況朋友乎？饒吴月娘恁般賢淑的婦人，居於正

室，西門慶聽金蓮衽席睥睨之間言，卒致於反目，其他可不慎哉！（頁250）

最令人不解的是，潘金蓮不因嫁入西門家，便安分守身，反倒歪斯胡纏，不顧綱常禮數，先後與琴童、陳經濟暗中偷情。心中好色無仁，毫無婦道可言。敘述者曾就第十二回潘金蓮與琴童偷情一事評論曰：

一個不顧綱常貴賤，一個那分上下高低。一個色膽歪邪，管甚丈夫利害；一個淫心蕩漾，從他律犯明條。一個氣喑眼瞪，好似牛吼柳影；一個言嬌語澀，渾如鶯囀花間。一個耳畔訴雨意雲情，一個枕邊說山盟海誓。百花園內，翻爲快活排場；主母房中，變作行樂世界。霎時一滴驢精髓，傾在金蓮玉體中。（頁156-157）

此一罔顧道德綱常的非禮作爲，並不因爲姦情被識破而收斂，反倒愈來愈變本加厲，無時或止。由於潘金蓮爲人，在家「恃寵而驕，顛寒作熱，鎮日夜不得個寧靜。性極多疑，專一聽籬察壁，尋些頭腦厮鬧。」以致宋惠蓮含羞自縊、官哥兒唬死、李瓶兒病亡，皆與潘金蓮息息相關。第五十九回敘述者評論官哥兒被潘金蓮房內雪獅子撲咬而驚死時曰：

看官聽說：常言道，花枝葉下猶藏刺，人心怎保不懷毒？這潘金蓮平日見李瓶兒從有了官哥兒，西門慶百依百隨，要一奉十，每日爭妍競寵，心中常懷嫉妒不平之氣。今日故行此陰謀之事，馴養此貓，必欲唬死其子，使李瓶兒寵衰，教西門慶復親于己。就如昔日屠岸賈養神獒，害趙盾丞相一般。（頁923）

然而，官哥兒死亡之後，潘金蓮並未放下嫉妒之心，仍然每日抖擻精神，竟日指桑罵槐，百般稱快，李瓶兒因著成日暗氣暗惱。但爲了家庭和諧，李瓶兒也只能背地裡暗自流淚，因而漸漸心神恍亂，終致一場大病，最後也含恨撒手人寰。令人髮指的是，即使面對人命關天，潘金蓮卻因好妒而只顧搬弄是非，一心邀寵，逐日造成西門氏家反宅亂，無日安寧。到頭來，西門慶貪欲得病，竟在潘金蓮欲火燒身、淫心蕩意的性事求索中斷送性命。西門父子皆死於潘金蓮之手，宗族存續無以爲繼，由此可見潘金蓮以女色坑陷愚夫的可怕。第七十九回敘述者評論西門慶貪淫好色時曰：

> 花面金剛，玉體魔王，綺羅織就豺狼。法場斗帳，獄牢牙床。柳眉刀，星眼劍，絳唇槍。口美舌香，蛇蝎心腸，共他者無不遭殃！纖塵入水，片雪投湯。秦楚強，吳越壯，爲他亡。早知色是傷人劍，殺盡世人人不防！（頁1378）

可恨的是，西門慶臨終之前猶念及潘金蓮，多有不捨，特別交代吳月娘多所包容。但西門慶死後，潘金蓮卻無一日不與陳經濟嘲戲，不僅在孝堂廂房偷情，甚且暗約月夜偷期，與春梅共事陳經濟，「把昔日西門慶枕邊風月，一旦盡賦予情郎身上」。直到吳月娘識破姦情，委託王婆售利發賣，打發出去。最終因武松回到清河，殺嫂祭兄，潘金蓮才青春喪命，歸於黃泉，結束爲惡多端的一生。由此可見，潘金蓮好寵善妒，行事貪歡求愛，內心毫無道德觀念，是以女子難養，可謂莫此爲甚。

其次，關於李瓶兒形象的形塑，敘述者敘及出身，原爲東京蔡太師女婿梁中書之妾，因李逵殺害全家，梁中書與夫人各自逃生，李瓶兒則走上東京投親。後來由花太監使媒說親，嫁給花子虛爲正室。然而，花子虛終日在院中請婊子，整三五夜不歸家。由於西門慶與花子虛爲結義兄弟，曾在故莊見過李瓶兒，因此留心已久。在西門慶安心設計下，李瓶兒與西門慶隔牆密約偷情，花子虛則因家產官司，最後因氣喪身。第十四回敘述者評論曰：

> 看官聽說：大抵只是婦人更變，不與男子漢一心，隨你咬折釘子般剛毅之夫，也難防測其暗地之事。自古男治外而女治內，往往男子之名，都被婦人壞了者爲何？皆由御之不得其道故也。要之，在乎夫唱婦隨，容德相感，緣分相投，男慕乎女，女慕乎男，庶可以保其無咎。稍有微嫌，輒顯厭惡。若似花子虛終日落魄嫖風，謾無紀律，而欲其內人不生他意，豈可得乎！（頁192）

自花子虛死亡之後，李瓶兒送姦赴會，一心要嫁西門慶。惟因吳月娘告誡，潘金蓮使計，加上西門慶因兵科給事上本參劾楊戩等人而受到牽連，日逐憂悶不已，「把娶李瓶兒的勾當丟在九霄雲外」。於是李瓶兒因蔣竹山趁虛而入，轉而招之入門爲贅。最後，李瓶兒因一心思念西門慶，決定忍辱再嫁，後來因情感西門慶，備受疼愛，從此守身安分，如同「正經夫妻」一般。尤其李瓶兒生下貴子官哥兒，加上西門慶升官爲金吾衛副千戶，更是受到寵愛，常在房中宿歇，因而引發潘金蓮「常懷嫉妒之心，每蓄不平之意」，逐日挑撥是非。縱使李瓶兒成日抱兒希寵，但因潘金蓮爭寵鬥氣，只能「忍氣吞聲，敢怒不敢言」，最終面臨喪子之痛，因暗氣而惹病。第六十二回敘及李瓶兒臨終前夢見花子虛索命，在床與西門慶的一番心語：

> 那李瓶兒雙手摟抱着西門慶脖子，嗚嗚咽咽悲哭，半日哭不出聲，説道：「我的哥哥，奴承望和你并頭相守，誰知奴家今日死去也！趁奴不閉眼，我和你説幾句話兒。你家事大，孤身無

靠，又沒幫手，凡事斟酌，休要一冲性兒。大娘等，你也少要虧了他的。他身上不方便，早晚替你生下個根絆兒，庶不散了你家事。你又居着個官，今後也少要往那裡去吃酒，早些兒來家，你家事要緊。比不的有奴在，還早晚勸你。奴若死了，誰肯只顧的苦口說你？」西門慶聽了，如刀剜心肝相似，哭道：「我的姐姐，你所言我知道，你休挂慮我了。我西門慶那世裡絕緣短倖，今世裡與你夫妻不到頭。疼殺我也！天殺我也！」（頁994-995）

相對於潘金蓮屍橫刀下，李瓶兒雖然因「獲罪於天」，未能壽終正寢，但在西門慶家三年光景，皆與人爲善，始終以仁義相待，加以生下官哥兒，而受到寵愛。爲此，西門慶在李瓶兒死後，爲之費心備辦喪禮，不僅畫影傳神，甚至還不顧正室夫人吳月娘在世，執意在題旌寫上「詔封錦衣西門恭人李氏柩」十一字。其後，李瓶兒幾度夢訴幽情，每每勸諫西門慶「休貪夜飲，早早回家」，體現出身爲正經妾婦的本分。往後，西門慶年年前往寺廟煉度薦亡，思念之情形於言表。當然，綜觀李瓶兒一生，由於生前送姦赴會，罔顧夫妻之情，未能貞節自守，甚而於花子虛死後未能守寡，兩度改嫁。日後李瓶兒固然有從良之心，卻不足以掩蓋先前所犯背夫過錯，失貞作爲仍體現女子難養之一端。

再次，關於龐春梅形象的形塑，敘述者敘及龐春梅原是大娘子房裡使著的丫頭，潘金蓮下嫁後入房內與秋菊一同服侍，後經潘金蓮同意後被西門慶收用。第十回曰：

到次日，果然婦人往後邊孟玉樓房中坐了。西門慶叫春梅到房中，春點杏桃紅綻蕊，風欺楊柳綠翻腰，收用了這妮子。婦人自此一力抬舉他起來，不令他上鍋抹竈，只叫他在房中鋪床疊被、遞茶水。衣服首飾，揀心愛的與他，纏的兩隻脚小小的。原來春梅比秋菊不同，性聰慧，喜謔浪，善應對，生的有幾分顏色，西門慶甚是寵他。秋菊爲人濁蠢，不任事體，婦人打的是他。（頁135）

春梅原與秋菊同是丫頭，在西門慶收用之後，從此命運大不相同。尤其在潘金蓮私僕受辱後，龐春梅爲之辯解，此後兩人同盟，情同母女，彼此合作互謀其利。雖然秋菊同爲婢妾，卻是動輒得咎，屢遭打罵，處境堪憐。尤其在西門慶死後，春梅驚見潘金蓮與陳經濟在畫樓偷情，更爲遮蓋此事，順依潘金蓮要求而共事。兩人背著秋菊，打成一家，逐日與陳經濟暗約偷期。直到吳月娘識破姦情，先是請薛嫂子領賣春梅，後請王婆售價潘金蓮，兩人一起被驅逐離開西門家。其後，龐春梅嫁與周守備爲妾，又生貴子並冊正爲夫人。雖然春梅貴爲小夫人，但始終念舊，不忘潘金蓮的母子之情，因此在潘金蓮被殺託夢時，仍然委付張勝、李安二人殮屍埋葬；此外，春梅固然已嫁周守備，卻是「一向心牽掛陳經濟在外，不得相會」，又「因思想陳經濟不知流落何處，歸到府中，終日只是臥床不起，心下沒好氣」，私下委請張勝、李安二人尋找下落。最後，在尋得陳經濟後，便將之安頓在周守御府用事，兩人暗地偷情。後來，陳經濟因故爲張勝所殺，春梅又因周守備出征，晚夕難禁獨眠孤枕，欲火中燒。先誘李安不得，後誘老家人周忠次子周義，只瞞過周統制一人不知。隨後周統制忠義爲國，出身未捷，不幸戰死沙場。而龐春梅與家人周仁發喪載靈柩歸清河縣後，卻與周義朝來暮往，淫欲無度。第一百回敘述者曰：

這春梅在內頤養之餘，淫情愈盛，常留周義在香閣中，鎮日不出。朝來暮往，淫欲無度，生出骨蒸癆病症。逐日吃藥，減了飲食，消了精神，體瘦如柴，而貪淫不已。一日，過了他生辰，到六月伏暑天氣，早晨晏起。不料他摟着周義在床上，一泄之後，鼻口皆出涼氣，淫津流下一窪窪，就嗚呼哀哉，死在周義身上，亡年二十九歲。（頁1685）

至此讀者不難看出，龐春梅離開西門一家，即使有幸貴爲夫人，但在潘金蓮、陳經濟死亡之後，卻仍然執迷不悟，最後因貪欲而死，令人匪夷所思。由於一味縱欲貪歡，不知悔改，如此又顯現女子難養之另一端。

相對於小說中其他好色貪淫的女性大都具有歷史文化中普遍存在的「女禍」形象，[31]《金瓶梅》寫定者對於吳月娘形象的形塑，主要敘及其容貌端莊，儀容閑雅，基本上是從賢妻良母的角度給予肯定評價的。第二十九回敘及吳神仙貴賤相人，一一對吳月娘、李嬌兒、孟玉樓、潘金蓮、李瓶兒和孫雪娥等眾人相命。對於吳月娘善於持家有所肯定：

神仙見月娘出來，連忙道了稽首，也不敢坐，在傍邊觀相，「請娘子尊容轉正。」那吳月娘把面容朝看廳外。神仙端詳了一回，說：「娘子面如滿月，家道興隆；唇若紅蓮，衣食豐足。山根不斷，必得貴夫而生子；聲響神清，必益夫而發福。請出手來。」月娘從袖口中，露出十指春葱來。神仙道：「乾姜之手，女人必善持家；照人之鬢，坤道定須秀氣。這幾樁好處。還有些不足之處，休道貧道直說。」西門慶道：「仙長但說無妨。」神仙道：「淚堂黑痣，若無宿疾必刑夫；眼下皴紋，亦主六親若冰炭。

31 王小健：〈「女禍」現象的文化學分析〉，《大連大學學報》第28卷第5期（2007年10月），頁11-15。

女人端正好容儀，緩步輕如出水龜。行不動塵言有節，無肩定作貴人妻。」（頁413-414）

由此可見，吳月娘的形塑乃是寫定者有意戲擬「淑女」印象而來。由於吳月娘身爲西門慶正室，以貞節自守，加以信佛唸經，多積善根，時時祈求齊家和諧，妻妾俱合歡樂。在西門慶家中，除了妻妾之外，西門慶常以其家主身分與奴僕、家人之婦苟且私狎。由於「西門貪色失尊卑」，致使「群妾爭妍竟莫疑」，西門慶一家日後因之「紊亂上下，妾弄奸欺，敗壞風俗，殆不可制。」吳月娘身爲西門氏家正室，對於維持家庭和諧一事多所費心。然而，因爲潘金蓮懷妒爭寵，每每出現讒言罔行，不僅使得吳月娘與西門慶之間多有誤會，而且妻妾常有鬥氣情節。面對誤會，吳月娘往往選擇忍氣呑聲。第二十一回敘及西門慶發現吳月娘發願祈子，兩人因而得以冰釋誤會：

話說西門慶從院中歸家，已一更天氣。到家門首，小廝叫開門，下馬，踏著那亂瓊碎玉，到於後邊儀門首。只儀門半掩半開，院內悄無人聲。西門慶口中不言，心內暗道：「此必有蹺蹊！」於是潛身立於儀門內粉壁前，悄悄試聽覷。只見小玉出來穿廊下放桌兒。原來吳月娘自從西門慶與他反目不說話以來，每月吃齋三次，逢七焚香拜斗，夜杳祝禱穹蒼，保佑夫主早早回心，齊理家事，早生一子，以爲終身之計。西門慶還不知。只見丫鬟小玉放畢香桌兒，少頃，月娘整衣出房，向天井內滿爐炷了香，望空深深禮拜，祝道：「妾身吳氏，作配西門。奈因夫主留戀煙花，中年無子。妾等妻妾六人，俱無所出，缺少墳前拜掃之人；妾夙夜憂心，恐無所托。是以瞞着兒夫，發心每逢七夜於星月之下，祝贊三光，要祈保佑兒夫，早早回心。棄却繁華，齊心家事。不拘妾等六人之中，早見嗣息，以爲終身之計，乃妾之素願也！」正是：

私出房櫳夜氣清，滿庭香霧月微明。拜天盡訴衷腸事，那怕傍人隔院聽。

這西門慶不聽便罷，聽了月娘這一篇言語，口中不言，心內暗道：「原來我一向錯惱了他。原來他一片心都爲我好，倒還是正經夫妻。」一面從粉壁前扠步走來，抱住月娘。月娘恰燒畢了香，不防是他大雪裡走來，倒唬一跳，就往屋裡走。被西門慶雙關抱住，說道：「我的姐姐！我西門慶死不曉的，你一片心都是爲我好。一向錯見了，丟冷了你的心，到今悔之晚矣！」月娘道：「大雪裡，你錯走了門兒了，敢不是這屋裡！你也就差了，我是那不賢良的淫婦，和你有甚情節？那討爲你好來？你平白又來理我怎的？咱兩個永世千年休要見面！」那西門慶把月娘一手拖進房來。燈前看見他家常穿著：大紅潞紬對衿襖兒，軟黃裙子；頭上戴著貂鼠臥兔兒，金滿池嬌分心。越顯出他粉妝玉琢銀盆臉，蟬髻鴉鬟楚岫雲。那西門慶如何不愛？（頁289-290）

第五十七回敘及西門慶新得官哥，發願要做好事，向吳月娘講述道長老募緣，捐修永福寺及開疏之事，吳月娘藉機勸告西門慶：

只見那吳月娘，畢竟是個正經的人，不慌不忙，不思不想，說下幾句話兒，倒是西門慶頂門上針。正是：妻賢每致雞鳴警，款語常聞藥石言。畢竟那說話怎麼講？月娘說道：「哥，你天大的造化，生下孩兒！你又發起善念，廣結良緣，豈不是俺一家兒的福分？只是那善念頭怕他不多，那惡念頭怕他不盡。哥，你日後那沒來由沒正經、養婆兒沒搭煞、貪

財好色的事體，少幹幾樁兒也好。攢下些陰功，與那小的子也好。」（頁881-882）

正因吳月娘常保善念，平日好善看經，齋僧布施，一心維護宗法倫理。因此，西門慶亡故之後，仍然守著家私，秉持四德三從、三賢九烈的守貞之心，如此才能讓私邪空色久違於心，盡其守寡本分。通比潘金蓮、李瓶兒、龐春梅及其他妾婦、僕婦等女性，吳月娘所演繹的「淑女」形象，顯然具有維護宗法倫理的積極意義。因此，西門慶死後，歷經家毀、戰亂，卻仍得以立命存身，最後壽年七十歲，善終而亡，正顯示寫定者有意形塑其不同一般妾婦的正面形象意涵。

（三）「小人」：關於小人亂國的表徵

從先秦以降，「小人」和「君子」往往是一組對舉的詞語概念，兩者的區分，既可以是地位方面的，亦可以是道德方面的。但實際觀之，兩者的區分主要還是在道德層面和行事原則之上。如《論語・子路》論及「君子」曰：

> 君子易事而難說也。說之不以道，不說也；及其使人也，器之。小人難事而易說也。說之雖不以道，說也；及其使人也，求備焉。[32]

至於應該如何理解「小人」的含義，或可借「君子之道」予以區辨，《論語・公冶長》曰：

---

32 〔魏〕何晏等注，〔宋〕邢昺疏：《論語注疏》，見〔清〕阮元審定，盧宣旬校：《十三經注疏》，頁119。

有君子之道四焉：其行己也恭，其事上也敬，其養民也惠，其使民也義。[33]

倘據此判斷「小人」之所以難養的原因，顯然與小人行事多「懷惠」與「喻於利」有關聯，大不同於君子之行。

在《金瓶梅》中，寫定者係以西門慶一家盛衰建構敘事，從而在大小權力往來中擴及人情、官場和朝政的描寫。以西門慶爲中心，下有應伯爵等幫閒兄弟、家中伙計、廝僕，上有東京蔡京、楊戩、王黻、高俅等佞臣，以及諸多官吏。在人際往來之間，往往以「利」爲先。整體而言，《金瓶梅》寫定者對於男子形象的形塑，可以說少見「君子」典範。

在《金瓶梅》中，寫定者對於「小人亂國」的道德批判，可由第十七回中所抄錄東京文書邸報之記載窺其思想：

兵科給事中宇文虛中等一本，懇乞宸斷，亟誅誤國權奸，以振本兵，以消虜患事。臣聞夷狄之禍，自古有之。周之玁狁，漢之匈奴，唐之突厥，迨及五代而契丹浸強，又我　皇宋建國，大遼縱橫中國者已非一日。然未聞內無夷狄，而外萌夷狄之患者。諺云：霜降而堂鐘鳴，雨下而柱礎潤。以類感類，必然之理。譬猶病夫在此，腹心之疾已久，元氣內消，風邪外入，四肢百骸，無非受病，雖盧、扁莫之能救，焉能久乎？今天下之勢，正猶病夫尫羸之極矣。君，猶元首也；輔臣，猶腹心也；百官，猶四肢也。　陛下端拱於九重之上，百官庶政各盡職于下，元氣內充，榮衛外扞，則虜患何由而至哉！今招夷

33 〔魏〕何晏等注，〔宋〕邢昺疏：《論語注疏》，見〔清〕阮元審定，盧宣旬校：《十三經注疏》，頁44。

虜之患者，莫如崇政殿大學士蔡京者：本以儉邪奸險之資，濟以寡廉鮮恥之行，讒諂面諛，上不能輔君當道，贊元理化；下不能宣德布政，保愛元元。徒以利祿自資，希寵固位，樹黨懷奸，蒙蔽欺君，中傷善類；忠士為之解體，四海為之寒心。聯翩朱紫，萃聚一門。邇者河湟失議，主議伐遼；內割三郡，郭藥師之叛，燕山失陷；卒致金虜背盟，憑陵中夏。此皆誤國之大者，皆由京之不職也。王黼貪庸無賴，行比俳優。蒙京汲引，薦居政府，未幾謬掌本兵，惟事慕位苟安，終無一籌可展。迺者張達殁於太原，為之張皇失措。今虜之犯內地，則又挈妻子南下，為自全之計。其誤國之罪，可勝誅戮？楊戩本以紈袴膏梁，叨承祖蔭，憑藉寵靈，典司兵柄，濫膺閫外。大奸似忠，怯懦無比。此三臣者，皆朋黨固結，內外蒙蔽，為陛下腹心之蠹者也。數年以來，招災致異，喪本傷元，役重賦煩，生民離散。盜賊猖獗，夷虜犯順。天下之膏腴已盡，國家之紀綱廢弛。雖擢髮不足以數京等之罪也。臣等待罪該科，備員諫職，徒以目擊奸臣誤國而不為　皇上陳之，則上辜君父之恩，下負平生所學。伏乞　宸斷，將京等一干黨惡人犯，或下廷尉，以示薄罰；或置極典，以彰顯戮；或照例枷號；或投之荒裔，以禦魑魅。庶天意可回，人心暢快。國法已正，虜患自消。天下幸甚！臣民幸甚！奉

聖旨：蔡京姑留輔政。王黼、楊戩著拿送三法司，會問明白來說。欽此欽遵！

續：該三法司會問過，并黨惡人犯王黼、楊戩，本兵不職，縱虜深入，荼毒生民，損兵折將，失陷內地，律應處斬。手下壞事家人、書辦官掾、親黨：董升、盧虎、楊盛、龐宣、韓宗仁、陳洪、黃玉、賈廉、劉成、趙弘道等，查出有名人犯，俱問擬枷號一個月，滿日發邊衛充軍。（頁230-232）

由引文可知，兵科給事宇文虛中與蔡京、王黻、楊戩之間的對立，正是「君子」與「小人」的強烈對比。在《金瓶梅》中，蔡京一家權傾一時，滿朝文武官員無不尋求攀附，其聲勢富貴之狀，簡直是「除卻萬年天子貴，只有當朝宰相尊。」因此，如第十八回敘及西門慶派來保、來旺前往東京打點曰：

> 那高安承應下了，同來保出了府門，叫了來旺，帶着禮物，轉過龍德街，逕到天漢橋李邦彥門首。正值邦彥朝散纔來家，穿大紅縐紗袍，腰繫玉帶，送出一位公卿上轎而去。回到廳上，門吏稟報說：「學士蔡大爺差管家來見。」先叫高安進去，說了回話。然後喚來保、來旺進見，跪在廳臺下。高安就在傍邊遞了蔡攸封緘，并禮物揭帖。來保下邊就把禮物呈上。邦彥看了說道：「你蔡大爺分上，又是你楊老爺親，我怎麼好受此禮物？況你楊爺，昨日聖心回動，已沒事。但只是手下之人，科道參語甚重，一定問發幾個。」即令堂候官取過昨日科中送的那幾個名字與他瞧，上寫着：
>
> > 王黼名下書辦官董昇，家人王廉，班頭黃玉；楊戩名下壞事書辦官盧虎，幹辦楊盛，府椽韓宗仁、趙弘道，班頭劉成，親黨陳洪、西門慶、胡四等；皆鷹犬之徒，狐假虎威之輩。揆置本官，倚勢害人；貪殘無比，積弊如山，小民蹙額，市肆為之騷然！乞敕下法司，將一干人犯，或投之荒裔，以禦魑魅；或置之典刑，以正國法；不可一日使之留于世也！
>
> 來保等見了，慌的只顧磕頭，告道：「小人就是西門慶家人，望老爺開天地之心，超生性命則個！」高安又替他跪稟一次。邦彥見五百兩金銀只買一個名字，如何不做分上？即令左右抬書案過來，取筆將文卷上西門慶名字改作「賈慶」；一面

> 收上禮物去。邦彥打發來保等出來，就拿回帖回蔡學士，賞了高安、來保、來旺一封五十兩銀子。（頁241-242）

在《金瓶梅》中，相對於眾家女子因貪戀西門慶而以色許身，西門慶籠絡東京蔡太師暨經營官場人情，不遺餘力，兩者如出一轍。其中西門慶不斷透過金錢、禮物賄賂以求消災解厄，並積極謀求各種權力，因而一路從破落戶，升爲清河縣提刑所副千戶、正千戶，最後晉升山東等處提刑所理刑，甚且得以引奏朝儀，正式成爲統治階層的一員。其後，更藉由各種非法方式取得販鹽、納蠟、買賣官府古器等經商權力，由此牟取暴利，家業可謂盛極一時，成爲清河一縣豪霸。

從歷史興亡的觀點來說，正是佞臣當道，導致朝綱衰蔽，聖聰不彰。左丞相、崇政殿大學士兼吏部尚書、太師、魯國公蔡京，隱匿扭曲梁山泊好漢討伐奸臣、替天行道之事，爲天子製造太平假象。第七十一回敘及文武百官、九卿四相朝賀天子，蔡京進上表章曰：

> 萬歲，萬歲，萬萬歲！臣等誠惶誠恐，稽首頓首：恭惟皇上御極二十禩以來，海宇清寧，天下豐稔。上天降鑒，禎祥疊見：日重輪，星重輝，海重瀾，聖上握乾符，永享萬年之正統；天保定，地保寧，人保安，皇圖膺寶曆，益增永壽之無疆。三邊永息于兵戈，萬國來朝于天闕。銀岳排空，玉京挺秀。寶籙膺頒于昊闕，絳霄深聳于乾宮。臣等何幸，欣逢盛世，交際明良，永效華封之祝，常沾日月之光。不勝瞻天仰聖、激切屏營之至。謹獻頌以聞。（頁1170）

在如此一片歌功頌德的表章文字中，天子何能掌握天下百姓之苦。相對於蔡京的作爲，諸如兵科給事宇文虛中、御史曾孝序、太學國子生陳東等清官可以說如同麟毛鳳角般罕有，不惟因佞臣當道，無所施爲，甚且往往遭到小人陷害，處境堪憂。因此，即便以維護公義之姿上書彈劾，最終亦可能無濟於事。無可諱言，天子寵信佞臣的後果，便是導致宋朝國祚命運的發展一步步走向毀滅之途，簡直不堪聞問。第一百回敘述者敘及大金人馬搶過東昌府，來到清河地界，戰亂場景頗爲淒慘：

> 只見官吏逃亡，城門晝閉，人民逃竄，父子流亡。但見煙生四野，日蔽黃沙。封豕長蛇，互相吞并；龍爭虎鬭，各自爭強。皂幟紅旗，布滿郊野。男啼女哭，萬户驚惶。番軍虜將，一似蟻聚蜂屯；短劍長槍，好似森林密竹。一處處死屍骸骨，橫三豎四；一攢攢折刀斷劍，七斷八截。個個攜男抱女，家家閉户關門。十室九空，不顯鄉村城郭；獐奔鼠竄，那存禮樂衣冠。正是得多少宮人紅袖泣，王子白衣行。（頁1688）

由此可見，《金瓶梅》寫定者不論是以「微言」或「大義」的書法原則爲之，整體話語構成對於「小人亂國」一事的觀察和批判，便是通過「清官」與「奸臣」的強烈對比而來，可以說體現了個人極其深刻的歷史觀照和歷史意識，可謂饒富意義。

面對明代中晚期的世變歷史語境，《金瓶梅》的時空體創造，呈現的是一個道德觀念和倫理規範失序的世界。《金瓶梅》寫定者對於傳統宗法社會結構失序現象的反思，乃充分反映在家庭生活、社會生活、政治生活互爲一體的世情書寫之上。正如欣欣子在〈《金瓶梅》序〉所言：

> 竊謂蘭陵笑笑生作《金瓶梅傳》，寄意於時俗，蓋有謂也。……吾友笑笑生爲此，爰罄平日所蘊者，著斯傳，凡一百

回，其中語句新奇，膾炙人口，無非明人倫、戒淫奔、分淑慝、化善惡，知盛衰消長之機，取報應輪回之事，如在目前；始終如脉絡貫通，如萬絲迎風而不亂也，使觀者庶幾可以一哂而忘憂也。（「金瓶梅詞話序跋」，頁1）

在「女子」和「小人」的形塑上，寫定者不斷重複聚焦於人物之「惡行」，一而再、再而三地凸顯其行事欠缺道德意識的實踐性。在個人欲望的驅使下，「德」與「行」不能獲得統一，因而促使諸多失禮非善的作爲不斷發生，不僅造成家庭倫理失序，同時也造成國家政治失序。是以《金瓶梅》敘事生成聚焦於「妾婦索家」與「小人亂國」之上，不爲無因。至於傳統道德倫理及其規範如何能夠實現？顯然《金瓶梅》寫定者認爲必須回歸「人倫日用」的場域之中，尋求「淑女」之道和「君子」之道的理想性實踐，方能實現聖人之道，永保天下太平。

四、結語

面對歷史與現實生活的召喚，《金瓶梅》寫定者爲了深入考察人物際遇盛衰和家國歷史興亡問題的發生緣由，並不僅僅只是滿足於複製歷史事實或生活事實而已，而是根據個人的歷史意識，各自通過「演義」的創造，積極回應自身所處歷史文化語境的變化景況。在「演義」的話語實踐中，寫定者無不在虛實互滲的話語構成中寄寓了特定的歷史意識，因而表現爲「詮釋其外在世界變遷及其自身變遷的心靈活動」，藉著這個心靈活動，得以「瞭解自己的特質以及自己在外在世界變化中的位置及方向。」[34]最終，在敘事話語的「比喻」創

34 胡智昌：《歷史知識與社會變遷》（臺北：聯經出版事業公司，1988年），頁20。

造中，《金瓶梅》寫定者通過「演義」的創作，爲廣大讀者提供了特殊的意義生產和政治想像的空間。

《金瓶梅》的重要價值，在於寫定者對生活的新發現，使得小說藝術結構的中心產生轉移，並轉化於藝術形式的新創造，整體話語構成體現出強烈的歷史性和藝術性。在俗雅交融的敘事創造中，體現出雙重閱讀效果：一方面「通俗」，滿足大眾讀者從「情色」角度了解世情；另一方面則「講史」，提供文人讀者從「治國」角度反思歷史。且觀第七十一回開篇引詩曰：

> 暫時罷鼓膝間琴，閑把遺編閱古今。
> 常嘆賢君務勤儉，深悲庸主事荒淫。
> 致平端自親賢哲，稔亂無非近佞臣。
> 說破興亡多少事，高山流水有知音。（頁1155）

在「講史」的基礎上，《金瓶梅》所體現的創作意圖和敘事動機，可以說與孔子作《春秋》所奠立的史學精神和政治理念具有一脈相承的聯繫關係。正如同孔子生當春秋末世，禮崩樂壞，有感於「世衰道微，邪說暴行有作」，因此爲了「撥亂世反之正」，追求王道之治，於是據魯國舊史以作《春秋》。劉勰《文心雕龍・史傳第十六》曰：

> 昔者夫子閔王道之缺，傷斯文之墜，靜居以歎鳳，臨衢而泣麟；於是就太師以正雅、頌，因魯史以修春秋。舉得失以表黜陟，徵存亡以標勸戒；褒見一字，貴逾軒冕；貶在片言，誅深斧鉞。[35]

---

35 〔南朝宋〕劉勰著，周振甫注：《文心雕龍注釋》（臺北：里仁書局，2001年），頁293。

對於《金瓶梅》的敘事創造而言，雖然並非「據史演義」，但在重寫素材的策略運作中，《金瓶梅》所具有的比喻意義的成分，可以說與《春秋》的「經世」思想有所聯繫。當《金瓶梅》寫定者出於特定的敘事目的而進行「演義」時，對於歷史或現實語境的深刻關注，便展現在「世變」的歷史背景的認識和選擇之上，並且在開篇之初，即賦予話語本身以一股濃厚的感時憂國的歷史意識。

事實上，面對個人欲望高張，行事逾越禮義之旨，因而造成三綱五常紊亂的時代社會現象，《金瓶梅》寫定者有心「寄意於時俗」，乃見其歷史意識。如此看來，寫定者選擇面向「人倫日用」建構敘事，無乃體現出一種還原現象本質的深度思考。在此，我大抵同意孟昭璉的觀察：

> 很清楚，作者由於對「時俗」產生了「憂鬱」，只好以寫書來「撥遣」他對社會、人生的憂慮。他何以憂慮？現實社會的「人倫」、「淫奔」、「淑慝」、「善惡」等道德秩序方面的問題引起了他的不安。於是他要用西門慶的種種惡行警醒世人，使大家知「禍因惡積，福緣善慶」，「樂極生悲」的道理。似乎很矛盾：一方面，正如上文所言，作者以驚世駭俗的露骨性描寫宣洩人欲，猛烈衝擊了宋明理學的禁欲主義；另一方面，作者卻又對道德的淪喪感到「憂鬱」，力圖正「人倫」，戒「淫奔」。……他的部分創作目的是爲了維護正常的倫理秩序。[36]

顯然，此一做法無非從寫定者本人生活時代的角度，構設一種歷史話

36 參孟昭璉：〈《金瓶梅》對中國小說思想的變革〉，見杜維沫、劉輝編：《金瓶梅研究集》（濟南：齊魯書社，1988年），頁131。

語的眞實。由於女子不能守家，臣子不能治國，以致家庭失和、天下動亂，因此寫定者借小說敘述對於「妾婦索家，小人亂國」進行批判，乃意有所圖。正如劉中光歸納《金瓶梅》的主題時所言：

> 《金瓶梅》的主題（或曰主旨、大旨、立意、主要議題等）有兩個，一是生活道德的教化主題，一是刺時罵世的政治性主題（即忠奸主題）。這兩個主題分別以開篇的四隱詞、四貪詞爲起始（四隱詞針對國家政治的黑暗窳敗，四貪詞針對西門及其家庭生活的污穢腐臭），延伸而形成兩條並行的大綱，而圍繞西門所展開的社會人事百端，即是聯結兩條大綱的脈絡細目。兩個主題名爲二途，實爲一意，國爲家之放大，家爲國之縮影，國既破亡，家亦敗落，互相映託，意義寓焉。[37]

在我看來，《金瓶梅》以家國相互映託的書寫進行寓言建構，最終目的無非意在重建「君君，臣臣，父父，子子」的宗法倫理，進一步提出以「德」爲本的修身之道，實現修齊治平的政治理想。經過上述分析可知，在政治寓言編述過程中，《金瓶梅》寫定者聚焦於「妾婦索家」和「小人亂國」互文隱喻的書寫之上，對於人物欲望的追求及其違法亂紀的失禮作爲進行描寫和批判，也就不爲無因了。在儒學視野中，我深深以爲，《金瓶梅》寫定者依循「唯女子與小人爲難養也，近之則不遜，遠之則怨」的意識形態敷演敘事，乃有意在「導淫宣欲」的反命題的編寫策略主導下，從反向角度提出內在的道德良知的籲求，並從中寄託「撥亂世反之正」的政治期望。於此，讀者應當在善讀之中有所體會，方能眞正理解寫定者的編寫用意。

---

[37] 劉中光：〈《金瓶梅》人物考論〉，見葉桂桐等著，聊城《水滸》、《金瓶梅》研究學會編：《《金瓶梅》作者之謎》（銀川：寧夏人民出版社，1988年），頁149。

第六章

吾未見好德如好色者也

——《金瓶梅》的情色書寫與道德反思

一、問題的提出

由元入明歷經朝代更替之後，明代前期統治者爲結束長期因混亂、分裂的政治局面所導致之倫理綱常失序現象，乃欽定「程朱理學」爲官方哲學和倫理教義，以八股科舉取士，極力倡導尊儒讀經，主張禁欲主義，藉此重整倫理綱常和道德名教，以行思想的統治和控制。因此，明代前期主要是程朱理學昌盛的時代。但自明代中後期開始，在商業經濟的快速發展和政治統治力量鬆動的影響下，整體歷史文化語境因爲陸王心學的興起而產生極大變化。由於市民階層的不斷擴大，加以陸王心學高揚主體精神的主張普遍發展，「百姓日用即道」的學說思想，逐漸影響及於當時人們的生活方式和價值觀念。個性解放思潮的發生和發展，一反官方意識形態主張「存天理，滅人欲」的程朱理學思想體系，「天理」與「人欲」對立的既定價值觀念，此時無疑面臨極大的挑戰。

由於陸王心學的啓發，加以商業經濟日益發達，「好貨」、「好色」的社會風氣和思想觀念盛行，文人知識分子對於「百姓日用即道」的「人倫物理」的關注和主張，促使整個社會文化產生了從「心」到「身」的全面解放。李贄在《焚書・答鄧明府》即云：「如好貨，如好色，如勤學，如進取，如多積金寶，如多買田宅爲子孫謀，博求風水爲兒孫福蔭，凡世間一切治生產業等事，皆其所共好而共習，共知而共言者，是眞邇言也。」[1]是以，在肯定人欲追求的思想風尚興起後，主張「無私則無心」的縱欲思潮和享樂主義也隨之蓬勃發展，這使得傳統儒學價值體系所重視的道德規範和倫理觀念受到強烈的衝擊，處於一個急遽轉換階段。[2]尤其到了晚明時期，不論是

1 〔明〕李贄：《焚書》（臺北：河洛圖書出版社，1974年），頁36。

2 夏咸淳：《晚明世風與文風》（北京：中國社會科學出版社，1994年），頁23。

對於「欲」的肯定或對「私」的主張，更已成為文人知識分子普遍關注的課題。[3]這樣的情況，不僅反映在現實生活領域的轉變之上，同時也影響了文學領域的創作趨向。《金瓶梅》正是在這樣的歷史文化語境中產出，自然對於歷史和現實的變化有所關注和回應。以今觀之，《金瓶梅》因為「情色」而引發「誨淫」的爭議，無疑是歷代論者討論時所特別關注的問題。本文的提問，即針對《金瓶梅》採取「不刪鄭衛」的修辭策略所衍生的諸多「好色」問題而來，試圖從前人研究的基礎上進一步探討寫定者的創作意圖和歷史關懷。

在傳統儒學視野中，對於「色」的認知和存在價值，先秦之時已有討論。如《孟子・告子上》曰：「食、色，性也。」[4]這裡主要強調「色」為人的生存本能之一。又如《禮記・禮運》曰：「飲食男女，人之大欲存焉；死亡貧苦，人之大惡存焉。故欲、惡者，心之大端也。」[5]從人心好惡的角度來說，「色」被視為人所樂於追求的對象。是以，關於「好色」的問題，既可視為一種內在欲望的本能需求，同時也是創造理想生活的重要追求對象，本質上並無善、惡之別。然而，一旦人過度追求時，便可能引發各種生命危機和道德問題，變得一發不可控制，甚而造成家國政體的崩解。從「演義」的觀點來說，《金瓶梅》對於「情色」議題的關注，不免讓人聯想到《論語・子罕》和《論語・衛靈公》中皆有記載孔子之言：

3 （日）溝口雄三著，索介然、龔穎譯：《中國前近代思想的演變》（北京：中華書局，1997年），頁27。

4 〔漢〕趙岐注、〔宋〕孫奭疏：《孟子注疏》，見〔清〕阮元審定，盧宣旬校：《十三經注疏》（臺北：藝文印書館，2001年），頁193。

5 〔漢〕鄭元注、〔唐〕孔穎達疏：《禮記注疏》，見〔清〕阮元審定，盧宣旬校：《十三經注疏》（臺北：藝文印書館，2001年），頁431。

吾未見好德如好色者也。[6]

孔子一生周遊列國宣傳政治理念，見聞衛國國君「好色」而不「好德」因而引發此番深切感嘆。國家存亡，繫乎明君賢臣，孔子之憂可想而知。[7]究實而論，在「侈靡相尚」、「人欲放蕩」的歷史文化語境中，《金瓶梅》並非只是通過小說敘述成爲一種時代回聲而已，而是以重寫《水滸傳》的方式揭露被個性解放思潮和縱欲主義所掩蓋的重要時代課題。《金瓶梅》寫定者對於時人「好色」風尙的深描（deep describe），與孔子之嘆，當有異曲同工的政治關懷。

明代中晚期以來世風大爲轉變，其中儒家思想的新變化受到極大關注，尤其文人知識分子身處其中，整體士風精神的轉向，向來是學者極爲重視的學術課題。[8]基本上，《金瓶梅》寫定者身處明代中晚期歷史文化語境中，亦必然有其相應的習俗、見識和觀念。一般來說，作家在創作時可能受到特定價值體系的束縛，因而禁錮了創作之

6 〔魏〕何晏等注，〔宋〕邢昺疏：《論語注疏》，見〔清〕阮元審定，盧宣旬校：《十三經注疏》（臺北：藝文印書館，2001年），頁80、頁139。

7 關於「德」與「色」的解讀，大抵可以從兩個方面論之：第一、德指的是賢德之人，色指的是美色之人。《史記・孔子世家》記載曰：「居衛月餘，靈公與夫人同車，宦者雍渠參乘出，使孔爲次乘，招搖市過之。孔子曰：吾未見好德如好色者也。於是醜之。」見〔漢〕司馬遷撰，（日）瀧川龜太郎著：《史記會注考證》（臺北：洪氏出版社，1983年），頁752。由此可見，孔子以德自喻，以色喻衛靈公夫人南子，對於衛靈公好色而不好德一事，頗有感慨之意。二、德指的是道德，色指的是美色。《論語・述而》記載孔子之言曰：「德之不修，學之不講，聞義不能使，不善不能改，是吾憂也。」〔魏〕何晏等注，〔宋〕邢昺疏：《論語注疏》，見〔清〕阮元審定，盧宣旬校：《十三經注疏》，頁60。據此而言，當世不重視德性修持，乃是孔子憂心之事。本文綜合兩種觀點立論，原因在於明代中晚期歷史文化語境中縱欲主義盛行，君主好色而遠離賢人，世人好色而輕忽德性修持，儒家講求修齊治平的政治理想，恐將難有實現的一日。

8 余英時：《士與中國文化》（上海：人民出版社，2003年），頁525。

際的思想觀念，使其創作成果顯得矯揉做作。[9]而事實上，上述問題的確可以從明代中後期大量出現的艷情小說獲得印證。[10]不過究其實，《金瓶梅》的創作表現，卻不盡然如此。在《金瓶梅》研究的學術史中，最富爭議性的問題，無非在於小說中大量「情色」文字的存在價值及其意義。尤其當「女性」與「情色」書寫在小說敘述中產生緊密交涉時，則無疑更使得《金瓶梅》的文化身分變得複雜難辨，褒貶評價不一。因此，究竟應該如何看待《金瓶梅》中的女性和情色書寫問題，便成為研究者無法迴避的重要課題。

雖然《金瓶梅》只是體現了小說創作作為歷史文化現象的一部分，但實際可見的是，寫定者刻意在超越世俗之上的戲擬敘述中，對於女性和西門慶家庭生活所延伸而來的世情進行鉅細靡遺地批判，深切表明個人對於家國政體為何會走向衰亡境地的關懷和反思。就《金瓶梅》的經世寓言建構及其歷史闡釋而言，「女性」和「情色」書寫本身實際上便具有不可忽視的修辭功能和意義指涉，讀者不應等閒視之。本章的寫作目的，即試圖回歸儒學視野之中，進一步闡論《金瓶梅》如何在「好色」問題展開一場德色辯證及其所提供的道德反思觀點。

---

9 鄭振鐸論及《金瓶梅》作者的創作動機時有類似看法：「在這淫蕩的『世紀末』的社會裡，《金瓶梅》的作者，如何會自拔呢？隨心而出，隨筆而寫；他又怎會有什麼道德利害的觀念在著呢？大抵他自己也當是一位變態的性欲的患者罷，所以是那麼著力的在寫那些『穢事』。」見〈談《金瓶梅詞話》〉一文，見盛源、北嬰選編：《名家解讀《金瓶梅》》（濟南：山東人民出版社，1998年），頁22。

10 鄭振鐸在〈談《金瓶梅詞話》〉一文中指出：「人是逃不出環境的支配的；已腐敗了的放縱的社會裡很難保持得了一個『獨善其身』的人物。《金瓶梅》的作者是生活在不斷的產生出《金主亮荒淫》、《如意君傳》、《繡榻野史》等等『穢書』的時代的。」見盛源、北嬰選編：《名家解讀《金瓶梅》》，頁22。

二、好色：情色書寫的時代表徵

基本上，《金瓶梅》的刊刻出版，直可視爲一個歷史文化事件。在明代中晚期歷史文化語境中，體現出某種形塑歷史現實的能動力量。《金瓶梅》寫定者對於「情色」議題的關注，必然與當時時代風尚緊密相連。正如沈德符《萬曆野獲編》所云：

> 國朝士風之敝，浸淫於正統，而糜潰於成化。當王振勢張，太師英國公張輔輩尚膝行白事，而不免身膏草野。至憲宗朝萬安居外，萬妃居內，士習遂大壞。萬以媚藥進御，御史倪進賢又以藥進萬，至都御史李實、給事中張善，俱獻房中祕方，得從廢籍復官。以諫諍風紀之臣，爭談穢媟，一時風尚可知矣。[11]

由此可知，明代自正統以降，士風因追求享樂而出現士習的變化現象。此後，在追求縱情逸樂的社會風俗中，「好色」欲望更體現爲一種生活方式，深植於各階層社會文化現象之中。[12]無可諱言，明代中後期以來享樂之風上行下效，對於士人的精神風貌、價值取向和人生理想而言，無不產生了巨大的影響。此中值得注意的是，因爲政治環境和社會經濟形態的變化，通俗文學也應時而興，其中大量通俗小說爲刺激讀者閱讀需求，於是在小說敘述中置入多少不等的色情內容，

11 〔明〕沈德符：《萬曆野獲編》（北京：中華書局，1980年）卷二一〈士人無賴〉，頁541。

12 參劉達臨：《中國古代性文化》（銀川：寧夏人民出版社，1993年），頁696-870。胡衍南：《飲食情色金瓶梅》（臺北：里仁書局，2004年）。

而色情文學更是透過通俗文學而大肆流傳，蔚爲創作風潮。[13]且不論道德問題，當時最能反映晚明縱欲思潮和風氣者，非盛行於世的艷情小說莫屬，而《金瓶梅》同樣也是此一時代風尚影響下的產物。[14]

然而，面對艷情小說與《金瓶梅》的互文關係，我們究竟應該如何理解《金瓶梅》的情色書寫問題？關於此一問題，或可從欣欣子〈金瓶梅詞話序〉中展開思考。欣欣子曰：

> 〈關雎〉之作，樂而不淫，哀而不傷。富與貴，人之所慕也，鮮有不至于淫者；哀與怨，人之所惡也，鮮有不至于傷者。吾嘗觀前代騷人，如盧景暉之《剪燈新話》，元微之之《鶯鶯傳》，趙君弼之《效顰集》，羅貫中之《水滸傳》，丘瓊山之《鍾情麗集》，盧梅湖之《懷春雅集》，周靜軒之《秉燭清談》，其後《如意傳》、《于湖記》，其間語句文確，讀者往往不能暢懷，不至終篇而掩棄之矣。此一傳者，雖市井之常談，閨房之碎語，使三尺童子聞之，如飫天漿而拔鯨牙，洞洞然易曉。雖不比古之集理趣，文墨綽有可觀。其他關係世道風化，懲戒善惡，滌慮洗心，不無小補。（「金瓶梅詞話序跋」，頁2）

---

13 由於明末性生活之泛濫和性觀念之開放，風月事業迅速發展，因而促使艷情小說大量產生。丁峰山指出：「眾多縱身欲海之人豐富多彩的親身實踐以及對性快感的追求和遐想，爲性愛小說的產生提供了眞切堅實的生活基礎和活潑生動的素材，也爲性愛小說的流通和銷售開闢了廣闊的市場前景。旺盛的閱讀需求使這類小說被接二連三地炮製出來，即使大多數作品均爲簡單複製，毫無思想認識價值及藝術欣賞價值，可性本身就是無止境的重複，只能在熟悉得不能再熟悉的重複中體味那永遠重複的新鮮。」見氏著：《明清性愛小說論稿》（臺北：大安出版社，2007年），頁50。

14 吳存存：《明清社會性愛風氣》（北京：人民文學出版社，2000年），頁90-113。

這段序言內容大抵提供了四個重要的思考面向：一、從「情色」議題的關注來說，在《金瓶梅》問世之前，前代小說創作早已多有關注男女情事的情況。其中情色誘惑的原型情節，一直在不同時代文學作品的移用中置換變形，顯現出不同時代作家對於情色議題的普遍關注；二、從小說史的角度來說，序言中所提及的小說作品，大都是以文言或半文言的語體創作而成，一般讀者往往在閱讀過程中不能暢懷，常有半途而廢的情形，因而可能難於眞正了解作品寓意。時至《金瓶梅》問世，寫定者選擇以「通俗」語言進行創作，無疑有利於讀者深入理解小說內容；三、從題材內容的選擇來說，在關注情色議題的前提下，《金瓶梅》以市井常談、閨房碎語爲書寫對象，使得小說內容曉暢明白，同樣有利於讀者參照日常生活見聞進行閱讀，了明其義；四、從世道風化來說，充分肯定《金瓶梅》的教化價值。顯而易見，《金瓶梅》在晚明人文主義思潮嬗變的語境下問世，並有意聚焦於「情色」議題之上，除了呼應了這一股不可抑遏的思想潮流趨勢，更在舊文類基礎之上開創新局，造就新文類的誕生。[15]

明代中後期以來，「情色」作爲表徵歷史文化語境中各種歷史力量、社會能量以及權力關係的複雜糾葛的符號，可以說大量體現在不同文學藝術創作場域之中，尤以艷情小說爲然。[16]如果說晚明世風時

---

15 在此或可借俄國形式主義學者維・什克洛夫斯基（Victor Shklovsky）的觀點說明《金瓶梅》創作的美學意義：「藝術作品是在與其他作品聯想的背景上，並通過這種聯想而被感受的。藝術作品的形式決定於它與該作品之前已存在過的形式之間的關係。藝術作品的材料必定特別被強調、被突出。不單是戲擬作品，而是任何一部藝術作品都是爲某一樣品的類比和對立而創作的。新形式的出現並非爲了表現新的內容，而是爲了替代已失去藝術性的舊形式。」見氏著，劉宗次譯：《散文理論》（*Theory of Prose*）（南昌：百花文藝出版社，1994年），頁31。

16 關於明代中後期艷情小說創作與發展的具體情形，可參李明軍：《禁忌與放縱——明清艷情小說文化研究》（濟南：齊魯書社，2005年）。張廷興：《中國古代艷情小說史》（北京：中央編譯出版社，2008年）。

尙既是如此，那麼我們也就不必刻意迴避面對《金瓶梅》的情色書寫問題，而是應該深入探討作品意義。正如陳翠英所言：

> 《金瓶梅》中有關「性」的議題，向來是該書備受矚目的批評焦點之一。作者由「情色」（見第一回）的角度切入；全書的結構安排，亦以性描寫爲中心著力點。作品一方面諄諄教誨讀者以色爲戒，一方面又不吝筆墨地以淫詞穢筆渲染情節，因而難杜後世責其「誨淫」之說，由此引發的爭議性論題，也爲後代讀者提供了不同解讀觀點的角力場。[17]

事實上，《金瓶梅》寫定者通過小說敘述以揭示「情色」作爲時代表徵的文化事實，當有其回應歷史的積極性和合理性。[18]因此，爲求能深入發掘《金瓶梅》創作的時代意義和文化價値，自然必須先就其

---

17 陳翠英：《世情小說之價值觀探論——以婚姻爲定位的考察》（臺北：國立臺灣大學出版委員會，1996年），頁79。

18 晚近有學者意圖重新對《金瓶梅》進行定位，特別重視小說中的色情書寫現象，並據以提出「色情小說」、「性小說」的說法。基本上，《金瓶梅》被定位爲「色情小說」的說法，早見於（荷）高羅佩（Robert Hans van Gulik）著，李零、郭曉惠等譯：《中國古代房內考——中國古代的性與社會》（*Sexual Life in Ancient China*）（上海：上海人民出版社，1990年），頁382。後來有學者承襲之一觀點加以伸說，參杜貴晨：〈關於「偉大的色情小說《金瓶梅》」——從高羅佩如是說談起〉，《明清小說研究》2009年第1期，頁133-149。丁夏：〈感性與理性的衝突——《金瓶梅》「風情故事」的內在矛盾〉，《清華大學學報》（哲學社會科學版）第14卷第1期（1999年3月），頁30-34。或者直接就小說文本的性描寫現象做出界定，參周鈞韜：〈《金瓶梅》是一部性小說——兼論《金瓶梅》對晚明社會縱欲風氣的全方位揭示〉，《內江師範學院學報》第27卷第7期（2012年7月），頁6-11。基本上，情色現象在《金瓶梅》中的確是一明確客觀存在的事實，但若僅僅著眼於色情或性的元素界定《金瓶梅》是色情小說或性小說，似乎又可能因爲略於世情或人情之探討而偏離了作品觀照歷史現實的深層寓意。

「好色」現象進行全面客觀的了解，[19]以便深入了解其情色敘事模式的深刻意義。[20]以下即就所見現象提出說明和分析：

第一，在《金瓶梅》中，有關「房中之事」的敘寫，諸多語言表現往往出現備極形容的情形，在敘述者津津樂道的表述中提供了讀者無限遐想的空間。如在第四回講述西門慶與潘金蓮同枕共歡、初嘗偷情滋味的情形，敘述者如此形容曰：

> 交頸鴛鴦戲水，并頭鸞鳳穿花。喜孜孜連理枝生，美甘甘同心帶結。一個將朱唇緊貼，一個把粉臉斜偎。羅襪高挑，肩膊上露兩彎新月；金釵斜墜，枕頭邊堆一朵烏雲。誓海盟山，搏弄得千般旖旎。羞雲怯雨，揉搓的萬種妖嬈。恰恰鶯聲，不離耳畔；津津甜唾，笑吐舌尖。楊柳腰，脉脉春濃；櫻桃口，微微氣喘。星眼朦朧，細細汗流香玉顆；酥胸蕩漾，涓涓露滴牡丹心。直饒匹配眷姻諧，真個偷情滋味美！（頁54）

在欲望的本能表現上，敘述者以詩化語言描寫性愛活動，在在凸顯了男女性事的美妙。當然，對照《金瓶梅》一書的道德語境，如此敘寫便可能消解了小說情節發展中層出不窮偷情事件所涉及的道德問題。

更進一步來說，在《金瓶梅》中，情色事件或場景的敘寫，除了通過直觀書寫的方式來表現之外，又往往通過各種「欲的凝視」[21]

19 有關《金瓶梅》一書所涉大量風月書寫問題，從回目設計便可一窺端倪。相關討論可參張國風：《金瓶梅描繪的世俗人間》（北京：書目文獻出版社，1992年），頁1-11。

20 孫超、李桂奎：〈論《金瓶梅》的情色敘事模式〉，《四川師範大學學報》（社會科學版）第37卷第5期（2010年9月），頁79-85。

21 陳建華：〈欲的凝視：《金瓶梅詞話》的敘述方法、視覺與性別〉，見王瑷玲、胡曉真主編：《經典轉化與明清敘事文學》（臺北：聯經出版事業股份有限公司，2009年），頁101。

的視覺敘寫呈現在讀者面前。其中偷窺行爲的反覆敘寫，便表明了情色無所不在、迷惑人心的普遍生活事實。尤堪注意者，當此一偷窺行爲發生在常民百姓身上，或可視爲人之常情，無可厚非。但有意味的是，爲彰顯情色的誘惑力量，《金瓶梅》寫定者刻意將宗教修行人士作爲嘲諷對象，從中凸顯宗教教義講求禁欲的主張，此時已然失去應有的規範，意圖藉此提出批判看法。如第八回敘及西門慶請報恩寺和尚在家做水陸，超度武大升天，預計晚夕除靈。敘述者曰：

> 那衆和尚見了武大這個老婆，一個個都昏迷了佛性禪心，一個個都關不住心猿意馬，都七顛八倒，酥成一塊。但見：
>
> 班首輕狂，念佛號不知顛倒；維那昏亂，誦經言豈顧高低。燒香行者，推倒花瓶；秉燭頭陀，錯拿香盒。宣盟表白，大宋國稱做大唐；懺罪闍黎，武大郎念爲大父。長老心忙，打鼓錯拿徒弟手；沙彌心蕩，磬槌打破老僧頭。從前苦行一時休，萬個金剛降不住。（頁111-112）

原本一場嚴肅的齋戒法會，在潘金蓮出現時，頓時化作一場偷窺鬧劇。其後在吹打法事時，眾和尚竟隔牆偷聽潘金蓮與西門慶交媾淫聲，不亦樂乎，甚至不覺「手之舞之，足之蹈之」，最後笑成一塊。對於和尚不守清規的嘲諷，到了第八十九回敘及吳月娘於清明節領著寡婦們和家人上墳，誤入永福寺時再度上演。當時長老營請吳月娘等施主菩薩隨喜，敘述者對於長老模樣有一番反諷式敘寫：

> 一個青旋旋光頭新剃，把麝香松子勻搽；一領黃烘烘直裰初縫，使沉速旃檀濃染。山根鞋履，是福州染到深青；九縷絲縧，係西地買來真紫。那和尚光溜溜一雙賊眼，單睃趁施主嬌

> 娘；這禿廝美甘甘滿口甜言，專說誘喪家少婦。淫情動處，草庵中去覓尼姑；色膽發時，方丈內來尋行者。仰觀神女思同寢，每見嫦娥要媾歡。（頁1521）

此外，第六十八回敘述者對於尼僧姑子亦有嚴厲的批判：

> 看官聽說：似這樣緇流之輩，最不該招惹他。臉雖是尼姑臉，心同淫婦心。只是他六根未淨，本性欠明，戒行全無，廉耻已喪。假以慈悲爲主，一味利欲是貪；不管墮業輪迴，一味眼下快樂。哄了些小門閨怨女，念了些大户動情妻；前門接施主檀那，後門丢胎卵濕化；姻緣成好事，到此會佳期。（頁1096）

顯然，在前後情節對比中，《金瓶梅》寫定者有意在小說述中，以嘲諷的語氣凸顯宗教修行者不能抵抗「好色」欲望，勢必對個人修養產生根本性的破壞，導致諸多「忘德」的行徑出現。因此在第八回中，對於和尚壞教貪淫的作爲，敘述者即不假辭色發表一番嚴厲的評論曰：

> 看官聽說，世上有德行的高僧，坐懷不亂的少。古人有云：一個字便是「僧」，二個字便是「和尚」，三個字是個「鬼樂官」，四個字是「色中餓鬼」。蘇東坡又云：不禿不毒，不毒不禿；轉毒轉禿，轉禿轉毒。此一篇議論，專說這爲僧戒行。住着這高堂大厦、佛殿僧房，吃着那十方檀越錢糧，又不耕種，一日三餐，又無甚事縈心，只專在這色慾上留心。（頁112）

從表面上看來，有關爲武大燒靈的超度法會的敘寫，原本是用以批判西門慶和潘金蓮這一對姦夫淫婦而設置的；但在敘述過程中，整個敘述焦點卻突轉至報恩寺和尚之上。其中最引人矚目的，便是對於「色中餓鬼」的議論，可以說「就是專門對這種典型人物的僞善、貪婪、愚蠢，尤其是淫蕩好色進行諷刺鞭撻的」[22]。不過耐人尋味的是，在「看官聽說」的議論中，雖然敘述者對於和尚不守清規戒律的作爲，已有義正詞嚴地嘲諷。但隨後在「和尚竊壁聽淫聲」的滑稽行徑的大肆敘寫中，意趣橫生的語言卻又完全掩蓋了燒靈之事的本貌。如此一來，上述帶有高度娛樂效果的情色書寫，便可能在鬧劇展演的過程中消解了讀者在道德認知方面的疑慮，因而讓敘述者的曖昧態度在此變得十分弔詭。而事實上，這樣的情形在「迎春女窺隙偷光」、「玉簫觀風賽月房」、「金蓮竊聽藏春塢」、「琴童潛聽燕鶯歡」、「應伯爵山洞戲春嬌」等等偷窺之事的敘寫上，亦所在多有。[23]關於這個現象的存在，或許我們可以做出如此解釋，在《金瓶梅》中一系列「偷窺」事件的安排，無不說明了一個生活事實：即在人性私心的好奇欲求驅使下，好色欲望不斷誘使人們逾越了禮法的規範，各種性意識、性行爲或性結果的表述，形成一股難以壓抑和防範的欲望洪流，普遍流溢於小說世界和明代中晚期的歷史文化語境之中。[24]

---

22 （美）浦安迪（Andrew H. Plaks）著，沈亨壽譯：《明代小說四大奇書》（*The Four Masterworks of the Ming Novel*：*Ssu ta ch'I-shu*）（北京：生活．讀書．新知三聯書店，2006年），頁112。

23 關於《金瓶梅》中普遍存在的偷窺與竊聽現象的分析，可參史小軍：〈論《金瓶梅》中的偷窺與偷聽〉，見陳益源主編：《2012臺灣金瓶梅國際學術研討會論文集》（臺北：里仁書局，2013年），頁149-165。

24 田秉鍔在〈金瓶梅性描寫思辯〉一文中指出：「《金瓶梅》正是借助性行爲、性意識描寫，使中國小說對『社會人』的表現脫卻了理學的僞飾而回復到『自然人』的本相，進而揭示了人的本能屬性對人的社會組合的影響。即：性意識、性行爲、性結果，作爲人們社會關係的原始結合因，第一次被長篇小說掃描下來。」見張國星編：《中國古代小說中的性描寫》（天津：百花文藝出版社，1993年），頁230。

第二，在《金瓶梅》中，爲彰顯情色的誘惑效果，有關男女雲雨的性愛活動往往被比喻爲一場「戰鬥」或「戰爭」，進而在詩化語言的敷演中，將男女戰鬥行爲昇華爲一種美學，更讓性愛場景敘寫見其意趣。如第十三回敘及李瓶兒與西門慶偷情：「戰良久，被翻紅浪，靈犀一點透酥胸；鬪多時，帳搖銀鉤，眉黛兩彎垂玉臉。那正是三次親唇情越厚，一酥痲體與人偷。」又第二十九回敘及潘金蓮爲從李瓶兒處重奪西門慶寵愛，費心安排同浴蘭湯，共效魚水之歡：「你死我活更無休，千戰千贏心膽戰；口口聲聲叫殺人，氣氣昂昂情不厭。古古今今廣鬧爭，不似這番水裡戰。」第三十七回敘及西門慶包占王六兒，一場雲雨如同男將女帥的激烈戰鬥：「硫黃元帥，盔歪甲散走無門；銀甲將軍，守住老營還要命。正是：愁雲托上九重天，一派敗兵連地滾。」而這一場男女情色交戰，在第七十八回西門慶兩戰林太太時，儼然達到極致狀態。敘述者曰：

> 酒酣之際，兩個共入裡間房內，掀開綉帳，關上窗户。丫鬟輕剔銀釭，佳人忙掩朱户，男子則解衣就寢，婦人即洗腳上床。枕設寶花，被翻紅浪。原來西門慶家中磨槍備劍，帶了淫器包兒來，安心要鏖戰這婆娘，早把胡僧藥用酒吃在腹中，那話上使着雙托子。在被窩中，架起婦人兩股。縱麈柄入牝中，舉腰展力，那一陣掀騰鼓擣，其聲猶若數鰍行泥淖中相似，連聲響亮。婦人在下，沒口叫達達如流水。正是：照海旌幢秋色裡，擊天鼙鼓月明中。有長詞一篇，道這場交戰，但見：
>
> 錦屏前迷魂陣擺，綉幃下攝魄旗開。迷魂陣上，閃出一員酒金剛、色魔王：頭戴肉紅盔、錦兜鍪，身穿烏油甲、絳紅袍，纏觔絛、魚皮帶、沒縫靴，使一柄黑纓槍，帶

的是虎眼鞭、皮包頭流星槌、沒毯箭，跨一疋捲毛凹眼渾紅馬，打一面覆雨翻雲大帥旗。攝魄旗下，擁一個粉骷髏、花狐狸：頭戴雙鳳翹、珠絡索，身穿素羅衫、翠裙腰、白練襠、凌波襪、鮫綃帶、鳳頭鞋，使一條隔天鞭、話絮刀、不得箭、泪偷錘、容瘦鐧、粉面撾、羅幃棒，騎一疋百媚千嬌玉面毯，打一柄倒鳳顛鸞遮日傘。須臾，這陣上撲鼕鼕鼓震春雷，那陣上鬧挨挨麝蘭靉靆；這陣上暖溶溶被翻紅浪，那陣上刷剌剌帳控銀鉤。被翻紅浪精神健，帳控銀鉤情意乖。這一個急展展二十四解任徘徊，那一個忽剌剌一十八滾難挣扎。一個是慣使的紅錦套索鴛鴦扣，一個是好耍的拐子流星鷄心槌。一個火忿忿桶子槍，恨不的扎夠三千下；一個顫巍巍肉傍牌，巴不得揭夠五十回。這一個善貫甲披袍戰，那一個能奪精吸髓華。一個戰馬叭蹋蹋踏翻歌舞地，一個征人軟濃濃塞滿密林崖。一個醜搊搜剛硬形骸，一個俊嬌嬈杏臉桃腮。一個施展他久戰熬場法，一個賣弄他鶯聲燕語諧。一個鬭良久，汗浸浸釵橫鬢亂；一個戰多時，喘吁吁枕欹裀歪。頃刻間，只見這內襠縣乞炮打成堆，個個皆腫眉𧖴眼；霎時下，則望那莎草場被槍扎倒底，人人肉綻皮開。正是：愁雲托上九重天，一派敗兵沿地滾；幾番鏖戰貪淫婦，不似今番這一遭。

當下西門慶就在這婆娘心口與陰户，燒了兩炷香，許下明日家中擺酒，使人請他同三官兒娘子去看燈耍子。這婦人一段身心已被他拴縛定了，於是滿口應承都去。這西門慶滿心歡喜，起來與他留連痛飲，至二更時分，把馬從後門牽出，作別方回家去。（頁1346-1347）

以上從交戰觀點賦寫性愛場景，在一來一往的互動過程之中，既誇飾其激情，又鋪寫其美意，頗有美化之思。在某種程度上，這種充滿誘惑力的情色語言表現，提供了讀者閱讀時的刺激快感，卻也因此在極大程度上消解了讀者對於西門慶與眾女子之間不倫偷情的道德批判。關於此一矛盾的問題，或如王德威所言，《金瓶梅》寫定者在小說中實際扮演了兩種角色：一方面是社會尺度的代言人，一方面又是社會現象的偷窺者。[25]如此一來，對於情色的高度興趣，往往使得敘述者評論所標舉的「崇德戒色」的價值判準，因爲過度美化敘述男女性愛活動，而體現出欣賞、傾慕的曖昧態度，從而解構小說敘述批判現實的嚴肅意義。也因爲如此，容易造成讀者對於《金瓶梅》的誤讀乃至誤解。

第三，在《金瓶梅》中，由於男女性愛活動被比喻爲一場戰事，因此男性如何通過性能力和性愛遊戲馴化女性，便構成小說敘述的關注焦點。今可見者，小說中諸多性愛場景的描寫，大多數是以西門慶爲中心而展開的，並且充滿了以男性爲權力中心的性別政治意涵。根據張竹坡的統計，西門慶色心所淫的女性人數有二十位（不包含男風、何千戶娘子藍氏和王三官娘子黃氏），而眾女性往往在爭寵好色中，甘於淪爲西門慶主宰的性愛遊戲中的玩物。如第二十七回敘述者講述「潘金蓮醉鬧葡萄架」，西門慶與潘金蓮交歡，把潘金蓮「兩條腳帶解下來，拴其雙足，吊在兩邊葡萄架上」，玩弄投壺遊戲。之後，西門慶又只顧與龐春梅吃酒，完全不理會潘金蓮，甚且睡了一個時辰。此一帶有強烈馴化意味的性愛遊戲，無寧顯其驚心動魄。[26]敘

---

25 王德威：《想像中國的方法》（北京：三聯書店，1998年），頁89。

26 丁乃非曾經針對「潘金蓮醉鬧葡萄架」一節意涵進行女性主義分析，認爲這場性愛遊戲是西門慶有意對潘金蓮侵犯李瓶兒以及挑戰自己所進行的矯正式處罰。見氏著，蔡秀枝、奚修君合譯：〈鞦韆．腳帶．紅睡鞋〉，《中外文學》第22卷第6期（1993年11月），頁26-54。

述者曰：

睜開眼醒來，看見婦人還吊在架下，兩隻白生生腿兒，蹺在兩邊，興不可遏。……婦人則目瞑氣息，微有聲嘶，舌尖冰冷，四肢不收，軃然於衽席之上矣。西門慶慌了，急解其縛，向牝中摳出硫黃圈并勉鈴來。硫黃圈已折做兩截。於是把婦人扶坐。半日，星眸驚閃，甦省過來，因向西門慶作嬌泣聲，說道：「我的達達，你今日怎的這般大惡？險不喪了奴之性命。今後再不可這般所為，不是耍處。我如今頭目森森然，莫知所之矣！」（頁392-393）

在此，以潘金蓮爲代表的眾女性，爲能得到西門慶寵幸，往往以犧牲自我身體爲代價來誘惑西門慶，一方面滿足個人好色私欲，一方面則用以換取個人的家庭地位和生存空間。因此，對於西門慶的非分要求，女性只能順服其意，任由玩弄。第三十八回敘及西門慶與王六兒偷情時，大量使用多種淫器輔助性事，女性成爲性遊戲下的實驗性玩物：

婦人早已床炕上鋪的厚厚的被褥，被裡薰的噴鼻香。西門慶見婦人好風月，一徑要打動他，家中袖了一個錦包兒來，打開裡面，銀托子、相思套、硫黃圈、藥煮的白綾帶子、懸玉環、封臍膏、勉鈴，一弄兒淫器。……因叫婦人小名：「王六兒，我的兒！你達不知心裡怎的，只好這一樁兒。不想今日遇你，正可我之意。我和你明日生死難開。」婦人道：「達達，只怕後來耍的絮煩了，把奴不理怎了？」西門慶道：「相交下來。纔見我不是這樣人。」說話之間，兩個幹夠一頓飯時。西門慶令婦人，沒高低淫聲浪語叫着纔過，婦人在下，一面用手舉股承受其精，樂極情濃，一泄如注。已而拽出那話來，帶着圈子，婦人還替他吮咂淨了。兩個方纔并頭交股而臥。正是：一般滋味美，好耍後庭花。（頁558-559）

無可諱言，女性甘做西門慶實驗各種性愛行爲的對象，並非眞情所致，而是意有所圖。此外，第七十八回敘述者講述西門慶在性愛過程中，要求在如意兒身上「燒香」，以留下情疤，更顯示了以男性爲中心的占有慾：

西門慶見丫鬟都不在屋裡，在炕上斜靠著背，扯開白綾吊的絨褲子，露出那話來，帶著銀托子，教他用口吮咂。……咂弄夠一頓飯時，西門慶道：「我兒，我心裡要在你身上燒柱香兒。」老婆道：「隨爹你揀著燒柱香兒。」西門慶令他關上房門，把裙子脫了，上炕來仰臥在枕上，底下穿着新做的大紅潞紬褲兒，褪下一隻褲腿來。西門慶袖內還有燒林氏剩下的三個燒酒浸的香馬兒，撇去他抹胸兒，一個坐在他心口內，一個坐在他小肚兒底下，一個安在他毯蓋子上，用安息香一齊點著。……須臾，那香燒到肉跟前，婦人蹙眉齧齒，忍其疼痛，口裡顫聲柔語，哼成一塊，沒口子叫：「達達，爹爹，罷了，我了，……好難忍也！」（頁1352）

同樣燒香情形，其實也出現在潘金蓮、王六兒和林太太身上，女性被男性宰制的處境，可謂十分明顯。事實上，其他變態的性愛遊戲亦普遍存在於小說敘事進程之中，在在顯現出男尊女卑的性別政治觀點，顯然已不足爲訓。在男性欲望凝視下，《金瓶梅》對於各種好色欲望和性愛遊戲的反覆展演，無乃構成了情色表述的重心，足以引逗人心。但值得注意的是，在男性中心視角和語言的主導下，這些凸顯女性「好色」的情色書寫，並非基於同情女性的立場而發聲；嚴格來說，其最終目的無不在於從男性馴化觀點批判女子不守「妾婦之道」，而非出於人道方面的關懷。如第七十二回敘述者評論曰：

> 看官聽說：大抵妾婦之道，蠱惑其夫，無所不至。雖屈身忍辱，殆不為恥。若夫正室之妻，光明正大，豈肯為此！（頁1186）

嚴格來說，《金瓶梅》對於西門慶以其性能力與女性偷情，雖然偶有譴責違亂綱常之語，卻也多有誇飾書寫的情形，反倒是對於女性不守妾婦之道的行為多所鄙薄和批判。[27]兩相對比之下，清楚可見《金瓶梅》寫定者是立足於儒家父權宗法制度的視野編創小說，意在藉此重振儒家倫理綱常。

面對明代中後期縱情聲色享樂的社會文化現象，歷來論者大多視《金瓶梅》的情色書寫及其人欲表現，即是個性解放思潮下的文學和文化產物。如魯迅考察所云：

> 故就文辭與意象以觀《金瓶梅》，則不外描寫世情，盡其情偽，又緣衰世，萬事不綱，爰發苦言，每極峻急，然亦時涉隱曲，猥黷者多。後或略其他文，專注此點，因予惡謚，謂之

27 曹萌對此則認為《金瓶梅》中的女性性欲的書寫，其實含有情為性先，以及對於女性作為「人」的肯定作用。見氏著：〈《金瓶梅》張揚色情的傾向及其主要原因〉，《徐州教育學院學報》第18卷第1期（2003年3月），頁31-36。此一看法，與本文設論觀點不同，可互相參看。

「淫書」；而在當時，實亦時尚。[28]

由此可知，在回應時代現象和生活風尚的前提下，《金瓶梅》寫定者爲了刺激和滿足讀者的觀賞之欲，便持續地在情節發展過程中敘述各種性愛活動。雖然《金瓶梅》繼承了前代作品對於情色議題的關注，並與同時代艷情小說形成互文關係；但無論在審美行爲或敘事形式的創造上，《金瓶梅》的主題設計和美學表現，實際上與盛行於世的《如意君傳》等專事宣淫導欲、重視性愛場景描寫的艷情小說，都不應該簡單等同論之。

三、好色婦女：「女禍」原型的移用

基本上，《金瓶梅》寫定者對於明代中後期以來人們貪淫戀色的社會文化現象有所關注，藉情色書寫以直探問題本質，頗有洞見之明。《金瓶梅》以「情色」作爲敘事創造的重要命題，不僅清楚地反映了明代中後期以來講究美食、華服、淫聲、麗色的物質追求現象，同時也顯示了「人欲」突破「天理」限制，獲得高度發展的情形。[29]當《金瓶梅》寫定者採取自然而寫實的筆法揭露隱藏於日常生活背後的情色事件時，正清楚反映情色無所不在的事實，乃是小說敘述視角和敘述動力的重要來源。[30]誠如欣欣子在〈金瓶梅詞話序〉所云：

譬如房中之事，人皆好之，人非堯舜聖賢，鮮不爲所耽。富

28 魯迅：《魯迅小說史論文集——中國小說史略及其他》（臺北：里仁書局，1992年），頁164-165。

29 參齊浚：《持守與嬗變——明清社會思潮與人情小說研究》（濟南：齊魯書社，2008年）〈第二章 正視人欲〉，頁50-70。

30 王彪：〈作爲敘述視角與敘述動力的性描寫——《金瓶梅》性描寫的敘事功能及審美評價〉，《社會科學戰線》1994年2期，頁212-219。

貴善良，人皆惡之，是以搖動人心，蕩其素志。觀其高堂大廈，雲窗霧閣，何深沉也；金屏綉褥，何美麗也；鬢雲斜軃，香酥滿胸，何嬋娟也；雄鳳雌凰迭舞，何殷勤也；錦衣玉食，何侈費也；佳人才子嘲風咏月，何綢繆也；雞舌含香，唾圓流玉，何溢度也；一雙玉腕綰復綰，兩隻金蓮顛倒顛，何猛浪也。（「金瓶梅詞話序跋」，頁2）

因此，以男女之事爲代表的欲望，都是日常生活的一部分，或好或惡，個人態度各有不同。從「演義」的觀點來說，《金瓶梅》寫定者著意重寫潘金蓮與西門慶的偷情故事，事實上乃有意標舉「情色」議題，爲整部小說情節發展奠定主題框架和思想基調。第一回敘述者曰：

如今這一本書，乃虎中美女，後引出一個風情故事來。一個好色的婦女，因與個破落户相通，日日追歡，朝朝迷戀。後不免屍橫刀下，命染黃泉，永不得着綺穿羅，再不能施朱傅粉。靜而思之，着甚來由！況這婦人他死有甚事？貪他的，斷送了堂堂六尺之軀；愛他的，丟了潑天鬬產業。驚動了東平府，大鬧了清河縣。端的不知誰家婦女？誰的妻小？後日乞何人占用？死於何人之手？（頁3-4）

顯而易見，《金瓶梅》於敘事開展之初，即將「好色婦女」與「破落戶」之間所引發的「風情故事」本身，預設爲承擔歷史闡釋的重要情節事件。正如樂蘅軍所言：

潘金蓮故事轉生於金瓶梅後，就全書動作聯結的完整上看，

> 也可以說是天衣無縫；尤其西門慶、潘金蓮這天造地設的人物，簡直就是金瓶梅創作的靈機；這個故事描寫男女情慾的恣肆，更替金瓶梅作了「開宗明義」。[31]

如此一來，通過潘金蓮故事的演繹，便有力地將《金瓶梅》一書所要表達的事物預先表現出來，爲讀者奠定了一個不同以往的閱讀印象。此外，就重構歷史和現實的意識形態表現而言，通過此一預先文本化的方式，[32]寫定者得以在發展後續情節主題和人物時，著意於北宋末年的「世變」語境中，將潘金蓮的生命史與西門慶的家庭興衰發展相互綰合，可以說又提供了讀者從好色問題中關注歷史現實的可能性，並深入反思家國興亡之道。

基本上，「情色」作爲《金瓶梅》寫定者所關注的重要時代議題，乃是眾所周知的事實；不過，《金瓶梅》因情色書寫而被判爲「淫書」、「穢書」的評論觀點是否合宜？不同讀者的認知結果，必然會對小說題旨的推論產生影響。[33]倘若想要解決這個歧義問題，惟

31 樂蘅軍：《古典小說散論》（臺北：大安出版社，2004年），頁114。

32 （美）弗雷德里克・詹姆遜（Fredric R. Jameson）著，王逢振譯：《政治無意識——作爲社會象徵行爲的敘事》（*The Political Unconscious: Narrative as a Socially Symbolic Act*）（北京：中國社會科學出版社，1999年），頁70。

33 基本上，情色書寫的必要性何在？無疑是研究《金瓶梅》時必須正視的課題。但歷來論者對於應否刪除《金瓶梅詞話》中誨淫文字的爭論，事涉道德與文學的複雜糾葛問題，至今並未取得共識。王祥雲在〈《金瓶梅詞話》中性愛描寫的文化闡釋〉一文提到性愛描寫所體現的二律背反問題時指出：「笑笑生在這樣的文化氛圍中進行創作，以儒家倫理觀進行道德說教，顯然是出於正統觀念文化的需要；作者按照生活的本來面目再現生活，作品本身又是世情小說，以家庭爲背景來反映社會現實，實難繞開性愛描寫，這就構成了二律背反，以儒家的道德觀念對性愛進行懲戒和勸勉，以寫實手法對性愛進行渲染；以譴責的態度進行說教，以翔實的筆觸進行描述。這就出現一種必然：一方面使人看到儒家道德說教的虛僞，一方面使人又看到晚明社會風氣的黑暗和淫靡。」見《南都學壇》（人文社會科學版）第25卷第4期（2005年7月），頁64。

有回歸小說文本之中，才能得到相應的答案。

《金瓶梅》一書實際展開潘金蓮與西門慶偷情故事的敘述之前，即已有意先將潘金蓮的形象進行定調，爲讀者建立起「好色婦女」的初始印象。第一回敘述者曰：

> 原來金蓮自從嫁武大，見他一味老實，人物猥衰，甚是憎嫌，常與他合氣。抱怨大户：「普天世界斷生了男子，何故將奴嫁與這樣個貨？每日牽着不走，打着倒腿的，只是一味咮酒。着緊處卻是錐扎也不動。奴端的那世裡晦氣，卻嫁了他！是好苦也！」（頁12）

顯然，潘金蓮固然出身卑微，但卻相當具有主見，毫不掩藏自我情感。自從下嫁武大以後，便時常抱怨自己遇人不淑。甚至因爲不甘寂寞，時與左右街坊的奸詐浮浪子弟勾搭，沾風惹草，從不避諱。在此，敘述者毫不掩飾地爲她風流伶俐的形象下一鮮明而聳動的註解：爲頭的一件，「好偷漢子」。究實而言，此一女性形象的塑造，頗與《如意君傳》、〈刎頸鴛鴦會〉等作品具有緊密的互文關係，足供相互參照。

在《金瓶梅》中，潘金蓮之美，可從武松初見時的反應中清楚得知：「武松見婦人十分妖嬈，只把頭來低著。」《金瓶梅》以潘金蓮勾搭武松作爲敘事開展的鋪墊，正試圖在視覺化場景描寫中，向讀者凸顯潘金蓮的「好色」行爲。第一回敘及潘金蓮初見武松身材凜凜，相貌堂堂，因而「嬌嬈偏逞秀儀容」、「私心便欲成歡會」。時值十一月天氣，瑞雪紛飛，潘金蓮卻酥胸微露，勸酒簇火，不斷誘惑武松，直望武松動情。潘金蓮與武松一起吃早飯，連篩了三四杯酒飲過之後，「烘動春心，欲心如火，只把閑話來說」，直到武松已有八九分焦燥之心。敘述者曰：

這婦人也不看武松焦躁，便丟下火箸，却篩一盞酒來，自呷了一口，剩下大半盞酒，看着武松道：「你若有心，吃我這半杯兒殘酒。」乞武松劈手奪過來，潑在地下。說道：「嫂嫂，不要恁的不識羞耻！」把手只一推，爭些兒把婦人推了一跤。武松睜起眼來說道：「武二是個頂天立地的噙齒戴髮的男子漢，不是那等敗壞風俗傷人倫的豬狗！嫂嫂休要這般不識羞耻，爲此等的勾當。倘有些風吹草動，我武二眼裡認的是嫂嫂，拳頭却不認的是嫂嫂！再來休要如此所爲。」婦人吃他幾句，搶的通紅了面皮，便叫迎兒收拾了碟盞家伙。（頁19）

毫無疑問，武松並不爲潘金蓮美色所惑。在此一調情細節敘述之後，敘述者評論潘金蓮的淫心作爲時曰：「潑賤諜心太不良，貪淫無恥壞綱常。席間尚且求雲雨，反被都頭罵一場。」在某種意義上，雖然儒家英雄主義早已無用武之地，但無可諱言，在這一場叔嫂互動的敘寫中，《金瓶梅》寫定者實際上表達了對於儒家兄弟孝悌倫理維護和反省的重視，仍將之視爲回應明代中晚期歷史語境變化的重要時代課題。爲能彰顯此一問題的迫切性，因此特別通過小說敘述方式來加以處理武松如何拒絕潘金蓮以女色誘惑的決心。

相對於武松謹守禮法規範，潘金蓮與西門慶因色而互相誘惑，則凸顯了人欲本能的追求，往往逾越傳統道德規範，引發各種隨之而來的倫理危機。具體來看，潘金蓮作爲「好色婦女」，時常「賣俏逞花容」。第二回敘及三月春光明媚，一日潘金蓮正拿著叉竿放簾子，不想被一陣風將叉竿颩倒，打中偶遇近來發跡有錢的西門慶時，於是牽動後續偷情行爲的發展。敘述者曰：

一日，也是合當有事，却有一個人從簾子下走過來。自古沒巧不成話，姻緣合當湊着：婦人正手裡拿着叉竿放簾子，忽被一陣風將叉竿刮倒，婦人手擎不牢，不端不正，却打在那人頭巾上。婦人便慌忙陪笑。把眼看那人，也有二十五、六年紀，生的十分博浪：頭上戴着纓子帽兒，金鈴瓏簪兒，金井玉欄杆圈兒，長腰身穿綠羅褶兒；腳下細結底陳橋鞋兒，清水布襪兒；腿上勒著兩扇玄色挑絲護膝兒；手裡搖著灑金川扇兒。越顯出張生般龐兒，潘安的貌兒，——可意的人兒，風風流流從簾子下丟與奴個眼色兒！這個人被叉杆打在頭上，便立住了脚。待要發作時，回過臉來看，却不想是個美貌妖嬈的婦人。但見他：黑鬒鬒賽鴉翎的鬢兒，翠彎彎的新月的眉兒，清泠泠杏子眼兒，香噴噴櫻桃口兒，直隆隆瓊瑤鼻兒，粉濃濃紅艷腮兒，嬌滴滴銀盆臉兒，輕嬝嬝花朵身兒，玉纖纖葱枝手兒，一捻捻楊柳腰兒，軟濃濃白麪臍肚兒，窄多多尖趫脚兒，肉奶奶胸兒，白生生腿兒。更有一件緊揪揪、紅縐縐、白鮮鮮、黑裀裀，正不知是甚麼東西！（頁29）

一場偶遇，讓西門慶著迷於潘金蓮這「人見了魂飛魄散，賣弄殺偏俏的冤家」，使得「那一雙積年招花惹草、慣細風情的賊眼，不離這婦人身上」，從此爲色所迷。細觀這段敘述內容，小說「從一開始即凸現視覺活動及其與心理的密切聯繫」，對於「西門慶和潘金蓮這一對主角的塑造來說，有不可忽視的重要性」，其根本原因在於小說情節設計展現了兩人在色欲方面的「本色」。[34]回歸文本來看，敘述者以不同於《水滸傳》的敘述方式，精心描繪潘金蓮與西門慶一見鍾情的場景，讀者從中應該不難發現一個耐人尋味的情景，即關於「簾子

[34] 陳建華：〈欲的凝視：《金瓶梅詞話》的敘述方法、視覺與性別〉，見王瓊玲、胡曉眞主編：《經典轉化與明清敘事文學》，頁101。

掉下來」的細節描寫，可謂在極大程度上暗諷了潘金蓮與西門慶兩人「寡廉鮮恥」的好色行為。如此敘事安排，使得一場僞才子佳人遇合充滿反諷意味，具有高度的諷喻性。

從上述潘金蓮與武松、西門慶兩人相遇情節的對比敘寫中可知，「女色」作為個人內心欲望的表徵媒介，對於男性而言，事實上具有不可遏制的誘惑力。尤其當潘金蓮刻意被形塑為「淫婦」時，「紅顏禍水」[35]的原型意象深植於往後情節發展中，並逐步顛覆男性中心歷史文化精心謀畫的宗法制度和人倫禮法，因而引發種種不可預期的危機。可想而知，《金瓶梅》寫定者策畫敘事之深謀遠慮，早存於心中丘壑。如第八回敘及西門慶貪娶孟玉樓，惹得潘金蓮永夜長盼西門慶。西門慶壽辰隔日，王婆街口相遇告知，待兩人見面時潘金蓮隨即質問西門慶負心。敘述者曰：

> 西門慶搖着扇兒進來，帶酒半酣，進入房來，與婦人唱喏。婦人還了萬福，說道：「大官人，貴人稀見面！怎的把奴來丟了一向，不來傍個影兒？家中新娘子陪伴，如膠似漆，那裡想起奴家來！還說大官人不變心哩！」西門慶道：「你休聽人胡說，那討甚麼新娘子來？只因小女出嫁，忙了幾日，不曾得閑工夫來看你。就是這般話。」婦人道：「你還哄我哩！你若不是憐新棄舊，再不外邊另有別人，你指着旺跳身子說個誓，我方信你。」那西門慶道：「我若負了你情意，生碗來大疔瘡，害三五年黃病，扁擔大蛆螬口袋。」婦人道：「賊負心的，扁擔大蛆螬口袋，管你甚事？」一手向他頭上把帽兒撮下來，望地下只一丟。慌的王婆地下拾起來，見一頂新纓子瓦

35 有關中國古典文學中的「紅顏禍水」原型意象的討論，可參康正果：《重審風月鑑——性與中國古典文學》（瀋陽：遼寧教育出版社，1998年），頁42-88。

楞帽兒，替他放在桌上，說道：「大娘子只怪老身不去請大官人，來就是這般的！還不與他帶上，看篩了風。」婦人道：「那怕負心強人陰寒死了，奴也不疼他！」一面向他頭上拔下一根簪兒，拿在手裡觀看，却是一點油金簪兒，上面鈒著兩溜子字兒：「金勒馬嘶芳草地，玉樓人醉杏花天。」却是孟玉樓帶來的。婦人猜做那個唱的與他的，奪了放在袖子裡不與他。……婦人因見手中拿着一根紅骨細灑金、金釘鉸川扇兒，取過來迎亮處只一照。原來婦人久慣知風月中事，見扇兒多是牙咬的碎眼兒，就疑是那個妙人與他的扇子。不由分說，兩把折了。（頁107-108）

在這一場潘金蓮質疑西門慶變心的玩謔式戲碼中，強烈展現了潘金蓮的占有慾和妒心。值得注意的是，在「撮帽」、「奪簪」、「折扇」等一連串舉動方面，表面上看似潘金蓮向深愛男人的撒嬌求愛之舉；但從《金瓶梅》的結構布局設計來看，我們卻可以如此推論：即寫定者在此以象徵性的手法預演了潘金蓮無視於傳統父權宗法以及男女分際規範的種種作為，最終導致西門慶「斷送六尺之軀」，「丟了潑天闕產業」。第二十九回敘及吳神仙為西門慶一家人相命時，其實就對於潘金蓮的好淫作為做出一番概括陳述：

此位娘子，髮濃鬢重，兼斜視以多淫；臉媚眉彎，身不搖而自顫。面上黑痣，必主刑夫；人中短促，終須壽夭。

舉止輕浮惟好淫，眼如點漆壞人倫。月下星前長不足，雖居大厦少安心。（頁415）

此番預示，明顯預告了潘金蓮日後必將毀壞人倫、不安於室的作為。整體而言，情色事件被置於預先設計的主題框架之中展演，小說敘述乃有意從爲人熟知的觀念和修辭中刻意揭露的「女禍之思」，[36]不斷通過各種干預評論，預告西門慶迷戀潘金蓮的作爲終將招致禍患的結局，進而形塑一種道德批判的框架，貫穿小說文本始終。

從「演義」的觀點論之，《金瓶梅》寫定者對於潘金蓮「背夫常與外人偷」、「賣俏迎奸」的淫蕩春心表現即多有微辭非議，並從男性的視角強調美色的危險性。[37]如第四回開篇詩曰：

> 酒色多能誤國邦，由來美色喪忠良。
> 紂因妲己宗祀失，吳爲西施社稷亡。
> 自愛青春行樂處，豈知紅粉笑中槍。
> 西門貪戀金蓮色，內失家麋外趕獐。（頁53）

這樣的評價思維，在本質上完全凸顯出小說敘述背後所存在的以男性本位爲主的性別意識形態。[38]《金瓶梅》寫定者有意在西門慶與潘金

36 周中明：《金瓶梅藝術論》（臺北：里仁書局，2001年），頁442-444。另可參陳翠英：《世情小說之價值觀探論——以婚姻爲定位的考察》，頁96-101。

37 孫述宇指出，《金瓶梅》與淫書作者虛僞地勸善懲惡的不同，乃在於作者的寫作態度誠懇。然而，勸善說理之爲《金瓶梅》的缺點，乃作者心中存了先入的成見所致。潘金蓮被寫成害人的淫婦的原因，正在於作者心存成見。見氏著：《金瓶梅的藝術》（臺北：時報文化出版事業有限公司，1985年），頁2。

38 馮文樓從女性性別定位的角度指出：「在《金瓶梅》研究中，我們一般都認定這是一部寫實主義的小說，因爲它眞實地展現了『身體』突圍之後的表演與狂歡，這並無大錯。但往往被我們忽略了的是，在這一身體敘事的背後，實則隱藏著一種男性中心主義的敘事立場和文化視角，它既表現在對女性『性別』的道德歸罪上，也表現在對女性『性徵』的文化改造上，從而使小說的『寫實』含有了『非寫實』的成分。其中內含的等式是：『女性』=『欲望』，『女色』=『情色』。在這種非本眞的顯現中，所謂『客觀化』=『男性化』。」見氏著：《四大奇書的文本文化學闡釋》（北京：中國社會科學出版社，2004年），頁322-323。

蓮偷情事件的擴大敘述中，通過帶有男性中心視角的各種評論話語，表達「勿為女色所惑」的勸懲警戒之意。且不論這樣評價所隱含的性別偏見，[39]在「情色」議題的主導下，寫定者對於男性因女性情色誘惑而導致「個人亡身喪命」以及「家國社稷崩毀」的情形，無疑給予了極大的關注。平心而論，在道德匱乏的時空中，《金瓶梅》所提供的道德想像，是以西門慶如何面對情色誘惑為標誌而展開敘述，卻是無庸置疑的。其中關於西門慶縱欲死亡的預告設計，將成為引導讀者在因果聯繫中始終關注西門慶及其家庭興衰發展的依據，因而使得小說本身體現為一種印證預告的敘事模式。理所當然，讀者在閱讀過程中，便不得不跳脫充滿理想主義的英雄俠義世界，回歸自身所處社會現實之中細加審視好色文化現象所潛伏的諸多道德倫理失序的問題。

四、妾婦之道：「經夫婦」的倫理想像

《金瓶梅》突破了講史和神魔的題材框架，成為小說史上第一部

39 陳翠英立足於女性主義觀點，對於此一以男性為本位，站在衛護男性同胞的立場提出批判，認為其中充滿盲點。她指出：「女色禍人禍國，是相沿已久的觀念。作者顯然也承繼了這個傳統，將禍源指向女色，就潘金蓮誤己禍人的一生為論說的起點。隱含對女性的貶抑，有集體無意識的傳承，亦有扣合人物生命歷程的論說。全書始終貫串這個論點。作者議論，充斥在各回回前詞、或所用的詩詞文字中。著重在女性對男性（豪傑、西門慶）的破壞力，女性被定位在以色媚人的角色，因此男子的身家性命產業，皆與女子相關。至於男子在兩性互動中的主體性、以及因此而來所必須擔當的責任，則往往被避開消融掉了。」見氏著：《世情小說之價值觀探論——以婚姻為定位的考察》，頁97。

直接取材於現實，並以「家庭」的生活史爲題材的長篇通俗小說。[40] 以今觀之，《金瓶梅》脫胎於《水滸傳》中潘金蓮和西門慶偷情故事一節，首先彰顯的是男性面對「情色」誘惑的問題，再者特別關注的是，因男性過度追求情色引發而來的「家庭」敗散的問題。究實來看，《金瓶梅》寫定者有意從「夫婦」關係的變化中，進一步揭露傳統家庭倫理所面臨的挑戰，提供讀者反省儒家宗法秩序重建的問題。

在中國傳統文化中，五倫是由儒家所建構價值體系和世界秩序，是否能夠具體落實於制度運作和生活實踐之上，乃是政治理想能否實現的重要基礎。《孟子・滕文公上》曰：

40 關於《金瓶梅》的類型劃分問題，邇來論者相當重視明清小說中題材圍繞家庭而創作的事實，提出「家庭小說」的概念。齊裕焜指出：「《金瓶梅》、《醒世姻緣傳》、《歧路燈》等，以家庭生活爲題材，著重描寫家庭內部的矛盾和紛爭，可以稱爲家庭小說。它們大多不涉及戀愛問題而是寫家庭內部問題，用以反映世態人情，暴露黑暗和醜惡是作品的主要傾向。」見氏著：《中國古代小說演變史》（蘭州：敦煌文藝出版社，1999年），頁366。此外，針對魯迅《中國小說史略》的論述意見，論者據以別闢「家庭小說」類型概念，凸顯小說以「家庭」中心的文化內涵。杜貴晨指出：「《金瓶梅》爲『家庭小說』，其實是上引魯迅的諸論述中自然引申出的結論。其所謂『著此一家，罵盡諸色』、『寫他一家事跡』的特點，已經包含了《金瓶梅》是家庭題材小說的全部理由。換句話說，『家庭小說』的概念乃是魯迅『人情』、『世情』小說概念合乎邏輯的發展，是魯迅論述中話到唇邊未曾說明的創造。」見氏著：〈《金瓶梅》爲「家庭小說」簡論——一個關於明清小說分類的個案分析〉，《河北大學學報》（哲學社會科學版）2001年第4期，頁25。關於「家庭家族小說」概念的闡述，可另參梁曉萍：〈明清家族小說界說及其類型特徵〉，《浙江社會科學》2004年第3期，頁199-203。王建科：〈明清長篇家族小說及其敘事模式〉，《陝西師範大學學報》（哲學社會科學版）第32卷第1期（2003年1月），頁25-31。王建科：《元明家庭家族敘事文學研究》（北京：中國社會科學出版社，2004年）。

父子有親，君臣有義，夫婦有別，長幼有序，朋友有信。[41]

而其中「夫婦」人倫的和諧運作，更是維繫道德秩序和鞏固家國政體的關鍵因素。如《周易‧序卦第十》曰：

有天地，然後有萬物；有萬物，然後有男女；有男女，然後有夫婦；有夫婦，然後有父子；有父子，然後有君臣；有君臣，然後有上下；有上下，然後禮義有所錯。[42]

由於夫婦之道，乃人倫之始；因此要想實現君子之道和治平理想，必然需要重視「夫婦」關係的經營。《中庸》曰：

君子之道，造端乎夫婦；及其至也，察乎天地。[43]

又〈毛詩序〉曰：

經夫婦，成孝敬，厚人倫，美教化，移風俗。[44]

直到清代李顒《四書反身錄》卷二《中庸》曰：

41〔漢〕趙岐注、〔宋〕孫奭疏：《孟子注疏》，見〔清〕阮元審定，盧宣旬校：《十三經注疏》（臺北：藝文印書館，2001年），頁98。

42〔魏〕王弼、韓康伯注，〔唐〕孔穎達等正義：《周易注疏》，見〔清〕阮元審定，盧宣旬校：《十三經注疏》（臺北：藝文印書館，2001年），頁187-188。

43〔漢〕鄭元注，〔唐〕孔穎達疏：《禮記注疏》，見〔清〕阮元審定，盧宣旬校：《十三經注疏》（臺北：藝文印書館，2001年），頁882。

44〔漢〕毛公傳、鄭元箋，〔唐〕孔穎達等正義：《毛詩注疏》，見〔清〕阮元審定，盧宣旬校：《十三經注疏》（臺北：藝文印書館，2001年），頁15。

夫妻相敬如賓，則夫妻盡道，處夫妻而能盡道，則處父子、兄弟、君臣、上下，斯能盡道。[45]

由此可見，從先秦以至清代，夫婦關係始終與家國政體的安定和政治理想的實現息息相關，備受知識分子的關注。儒家學說所設計的一套深層穩定的政治秩序結構，無疑是構築在三綱五常的價值維度能否實現的基礎之上。因此，在英雄與神魔充斥的時代裡，《金瓶梅》關注於「家庭」命運興衰的變化，乃有其回應晚明歷史語境中儒家政治秩序面臨一系列困境的特殊性和超越性視野，頗有深刻先見之明。

在儒家政治倫理的理論建構和實際操作中，國家之本在於家庭，家庭之本在於夫婦。對於儒家倫理綱常的維護而言，「經夫婦」的人倫命題的提出，乃與家國宗法制度是否能夠和諧運作密切相關。班昭《女誡・夫婦第二》曰：

夫婦之道，參配陰陽，通達神明。信天地之弘義，人倫之大節也。是以《禮》貴男女之際，《詩》著〈關雎〉之義。由斯言之，不可不重也。夫不賢，則無以御婦；婦不賢，則無以事夫。夫不御婦，則威儀廢缺；婦不事夫，則義理墮闕。方斯二事，其用一也。[46]

到了明代，男女夫婦爲天下之大經的人倫觀念仍然受到帝王的高度重視。明成祖在〈古今列女傳原序〉曰：

45 〔清〕李顒：《四書反身錄》（臺北：國立編譯館，1992年），頁11。

46 〔漢〕班昭：《女誡》，見文懷沙主編：《四部文明：秦漢文明卷》（陝西：陝西人民出版社，2007年），頁229。

朕聞惟天下至誠，爲能經倫天下之大經，立天下之大本，知天地之化育。大經者，五品之人倫也，大哉經綸之道乎，而以人倫爲本。人之大倫有五，而男女夫婦爲先，有夫婦而後有父子，有父子而後有君臣，妃匹之際，生民之始，萬福之原，經訓之作，皆載之首篇，聖帝明王相傳之要道，豈有加於此哉。……上自后妃，下逮士庶人之妻，惓惓忠愛之意，欲以感悟，其君其意亦美矣。[47]

此一說法雖然體現男尊女卑的性別意識，但仍著眼於夫婦合和相配，乃是天地人倫之正道。然而在《金瓶梅》中，這樣的觀念卻因潘金蓮等「好色婦女」的諸種不倫作爲，使得儒家世界所建構的夫婦關係受到了極大的顛覆和挑戰。如果說夫婦之本在於「妾婦」，那麼《金瓶梅》對於「妾婦之道」不彰問題的提出，便有其積極意義。[48]關於這個問題，大體上可以從「夫爲妻綱」、「女子貞節」和「妾婦妒忌」三個方面的具象化敘述中一探究竟：

（一）夫為妻綱

在「夫爲妻綱」方面，《金瓶梅》寫定者主要由通過「夫綱不彰」的現象書寫反映傳統儒家宗法父權秩序的傾覆問題。中國傳統儒

47 〔明〕解縉等撰：《古今列女傳》，見鄭曉霞、林佳鬱編：《列女傳彙編》第9冊〈古今列女傳原序〉（北京：北京圖書出版社，2007年），頁475-477。

48 趙興勤就「家反宅亂」主題分析《金瓶梅》對家庭範式的顛覆問題，特就蘭陵笑笑生對家庭倫理的認同與思考提出家反宅亂現象產生的原因：（一）治家不察，主家不正；（二）尊卑失序，倫常紊亂；（三）夫綱不立，婦道不修；（四）帷薄不清，內外無別；（五）長舌亂家，婢妾僭越；（六）貪酷暴虐，節孝有虧；（七）結交匪類，奢侈破家；（八）不讀詩書，不知禮義。見氏著：《理學思潮與世情小說》（北京：文物出版社，2010年），頁294-301。其中所提觀察，與本文設論部分觀點一致，可供參照。

家十分重視的「夫婦」人倫綱常，強調「夫者，妻之天也」。對於婦人的教育，以三從四德進行規範。這樣的言語表述，雖然充滿父權中心意識，但不可否認，卻是維繫儒家世界秩序的重要表徵。《禮記·郊特牲第十一》曰：

> 男帥女，女從男，夫婦之義由此始也。婦人，從人者也，幼從父兄，嫁從夫，夫死從子。[49]

班昭《女誡·婦行第四》曰：

> 清閒貞靜，守節整齊，行己有恥，動靜有法，是謂婦德。擇辭而說，不道惡語，時然後言，不厭於人，是謂婦言。盥浣塵穢，服飾鮮潔，沐浴以時，身不垢辱，是謂婦容。專心紡績，不好戲笑，潔齊酒食，以奉賓客，是謂婦功。[50]

如今，在明代中晚期的歷史文化語境中，傳統儒家思想學說所主張的妾婦之道，卻因男女私欲的張揚追求，逐漸失去了應有的倫理規範作用，進而導致人性良知和道德意識解體的危機。

從《金瓶梅》一書結構的預先設計情形來說，《金瓶梅》寫定者利用潘金蓮和西門慶偷情行爲的重寫以製造話題。其中偷情事件本身展示了兩人如何在個人欲望的驅使下，不斷逾越父權宗法制度規範下的夫婦人倫關係，進而導致了各種家庭危機接踵而來。尤堪注意者，一場「鴆殺武大」行動的謀畫和執行，完全表明了夫婦倫理不彰、家

49〔漢〕鄭元注，〔唐〕孔穎達疏：《禮記注疏》，見〔清〕阮元審定，盧宣旬校：《十三經注疏》，頁506。

50〔漢〕班昭：《女誡》，見文懷沙主編：《四部文明：秦漢文明卷》，頁230。

庭觀念解體的事實，格外顯得意味深長。第五回敘及潘金蓮與西門慶偷情，武大捉姦不成，反被西門慶踢傷。當晚潘金蓮假意救治，卻使計殺害武大。敘述者曰：

> 那婦人先把砒霜傾在盞內，却舀一碗白湯來，把到樓上，……左手扶起武大，右手便把藥來灌。武大呷了一口，說道：「大嫂，這藥好難吃！」婦人道：「只要他醫治病好，管甚麼難吃易吃。」武大再呷第二口時，被這婆娘就勢只一灌，一盞藥都灌下喉嚨去了。那婦人便放倒武大，慌忙跳下床來。武大哎了一聲，說道：「大嫂，吃下這藥去，肚裡倒疼起來。苦呀！苦呀！倒當不得了！」這婦人便去脚後扯過兩床被來，沒頭沒臉只顧蓋。武大叫道：「我也氣悶！」那婦人道：「太醫吩咐，教我與你發些汗，便好得快。」武大要再說時，這婦人怕他掙扎，便跳上床來，騎在武大身上，把手緊緊地按住被角，那裡肯放些鬆寬。……那武大當時哎了兩聲，喘息了一回，腸胃迸斷，嗚呼哀哉，身體動不得了。（頁70-71）

由上述引文可見，潘金蓮在個人情欲追求的動機驅使下，竟依王婆之計鴆殺武大。這一場殺夫行動，可以說徹底顛覆了妾婦應該遵守「夫爲妻綱」、重視「三從四德」的宗法倫理綱常，簡直令人怵目驚心。在此，淫婦好色失節一事，對於家庭倫理秩序的破壞程度可想而知。

在《金瓶梅》中，眾女性中堅守「夫爲妻綱」者，非吳月娘莫屬。其他如潘金蓮、李瓶兒、龐春梅等妾婦，都因爲個人情欲萌動，不再遵從「以順爲正者，妾婦之道也」的倫理觀念，因而使得「夫爲妻綱」的人倫關係面臨傾覆的危機，對於父權宗法制度可謂造成強烈的衝擊。關於此點，我們可從第六回〈西門慶買囑何九　王婆打酒遇大雨〉敘及潘金蓮與西門慶在武大靈前偷情的敘寫中一窺眞相：

那婦人歸到家中，樓上去設個靈牌，上寫：「亡夫武大郎之靈」。靈床子前點一盞琉璃燈，裡面貼些經幡、錢紙、金銀錠之類。那日却和西門慶做一處。打發王婆家去，二人在樓上任意縱橫取樂。不比先前在王婆茶坊裡，只是偷雞盜狗之歡。如今武大已死，家中無人，兩個恣情肆意，停眠整宿。初時西門慶恐鄰舍瞧破，先到王婆那邊坐一回；今武大死後，帶着跟隨小廝，徑從婦人家後門而入。自此和婦人情沾肺腑，意密如膠，常時三五夜不曾歸去，把家中大小丟的七顛八倒，都不喜歡。原來這女色坑陷得人，有成時必有敗！（頁78）

潘金蓮好色的問題，不因嫁入西門慶一家後就有所收斂，反倒是在「私僕」於琴童之後，更意圖勾搭陳經濟，「但只畏懼西門慶，不敢下手。」。由於「私欲」的過度追求，使得潘金蓮在「自我主張」的行動中往往不顧「天理」和「人倫」，爲所欲爲。傳統儒學所講究的婦德實踐，在潘金蓮身上根本無從發揮。正如某年冬天雪夜，吳月娘同眾姊妹陪西門慶擲骰猜枚行令，潘金蓮擲出令語：「鮑老兒，臨老入花叢，壞了三綱五常，問他個非奸做賊拿」（頁304），「淫婦」形象昭然若揭。因此，第八十回敘及西門慶縱欲身亡之後，潘金蓮終於得以脫離西門慶的控制，肆無忌憚地與陳經濟勾搭偷情，至此完全無視於三綱五常的倫理規範，大行「亂倫」之事。敘述者曰：

原來陳經濟自從西門慶死後，無一日不和潘金蓮兩個嘲戲。或在靈前溜眼，帳子後調笑。至是趕人散一亂，眾堂客都往後邊去了，小廝們都收家活，這金蓮趕眼錯捏了經濟一把，說

> 道：「我兒，你娘今日可成就了你罷！趁大姐在後邊，咱要就往你屋裡去罷。」經濟聽了，巴不的一聲，先往屋裡開門去了。婦人黑影裡抽身鑽入他房內，更不答話，解開裙子，仰臥在炕上，雙鳧飛肩，教陳經濟奸耍。正是：色膽如天怕甚事，鴛幃雲雨百年情。……霎時雲雨了畢，婦人恐怕人來，連忙出房，往後邊去了。（頁1401）

由此可知，在前後相似情節戲碼的對比敘述中，《金瓶梅》寫定者正是有意通過「武大死亡」和「西門慶死亡」爲代價的荒謬結局設計，凸顯潘金蓮貪淫無德的淫婦形象。同時，也以此表述晚明時期儒家世界面臨道德秩序失範和倫理觀念解體的歷史文化事實。藉由潘金蓮、李瓶兒、龐春梅三位女性的形塑，深入演繹女性不顧夫婦人倫所導致的道德危機和人倫失序問題。而事實上，有關武大郎、西門慶、花子虛和周守備等人死亡的安排，在某種意義上，不僅凸顯出欲望與道德之爭的嚴肅意義，而且也對於父權宗法價值體系的失落表達深切的憂慮，期能以此召喚讀者思考其中不可忽視的家庭倫理解體的問題。

（二）女子貞節

在「女子貞節」方面，《金瓶梅》主要從女子貞節失守反映女誡失範、妾道不彰的問題。如前所言，中國傳統社會是以男性爲中心而建立的，具有強烈的父權意識。儒家學說所強調的夫婦關係，更是以婦女貞節規範的實踐爲重要前提。《禮記・郊特牲》曰：

> 信，婦德也。壹與之齊，終身不改，故夫死不嫁。[51]

---

51 〔漢〕鄭元注，〔唐〕孔穎達疏：《禮記注疏》，見〔清〕阮元審定，盧宣旬校：《十三經注疏》，頁506。

班昭《女誡・專心第五》曰：

夫有再娶之義，婦無二適之文。[52]

此外，根據文獻資料，明代統治階層對於貞節婦女的旌表始終不遺餘力。明太祖洪武元年即頒訂詔令曰：

凡孝子順孫，義夫節婦，志行卓異者，有司正官舉名，監察御史按察司體覈，轉達上司，旌表門閭。又令：民間寡婦，三十以前，亡夫守制，五十以後，不改節者，旌表門閭，除免本家差役。[53]

由此可知，從列女典範建立到女誡閨範的形塑，此一詔令的頒訂對於婦女貞節觀的論述影響可謂極爲深遠。[54]其中有關寡婦能否改嫁問題，格外受到文人知識分子的重視。關於這個問題，在《金瓶梅》中可以說備受寫定者關注並著意透過小說敘述加以表現。

在中國傳統社會中，一夫多妻制的建立，體現出男尊女卑的權力關係，有其客觀的思想和價值。因此在《金瓶梅》中，西門慶一家體現爲一夫多妻的現象乃屬正常，不足爲奇。尤堪注意的是，從西門慶所迎娶對象中可見，孟玉樓、潘金蓮和李瓶兒三人卻具有寡婦身分，

---

52 〔漢〕班昭：《女誡》，見文懷沙主編：《四部文明：秦漢文明卷》，頁230。

53 〔明〕申時行等：《大明會典》（臺北：新文豐出版公司，1976年）卷79〈旌表〉，頁1254。

54 鄭培凱：〈天地正義僅見於婦女：明清的情色意識與貞淫問題〉，見鮑家麟編：《中國婦女史論集》（三）（臺北：稻香出版社，1993年），頁97-120。又氏著：〈天地正義僅見於婦女：明清的情色意識與貞淫問題（續完）〉見鮑家麟編：《中國婦女史論集》（四）（臺北：稻香出版社，1995年），頁253-272。

且都是以「改嫁」之身進入西門慶一家。表面上，三人之改嫁，肇因於西門慶好色、貪財，因而用計強娶三人；但更進一步來看，三人不守妾婦之道，失貞再嫁。其改嫁行爲，明顯與儒家思想學說所建立的宗法觀念與夫婦人倫之規範有所違背，同時也與明代盛行於世的嚴格化貞節觀念大有衝突。[55]基本上，《金瓶梅》對於寡婦再嫁問題的敘寫，固然帶有強烈的父權偏見，但實際上卻正凸顯了明代中晚期的歷史語境中普遍存在的社會問題，對於家國體制的運作所造成的諸多不良影響，難以估計其可能帶來的破壞力量。

大體而言，有關女子改嫁現象的書寫，乃是對於明代中後期以來社會現象的眞實反映，《金瓶梅》正是通過小說敘述表達了對於女子貞節問題的關注。然而，當「尙貞」問題被包覆在情色書寫之下時，便往往容易顯得隱而不彰。但不論如何，對於「經夫婦」的倫理想像方面，《金瓶梅》寫定者仍然有意圍繞在寡婦改嫁一事所引發的「貞節」問題展開辯證。第十八回敘及西門慶因李瓶兒招贅蔣竹山，回家時因酒使氣，醉踢潘金蓮兩腳。吳月娘爲此質問玳安緣由。敘述者曰：

> 玳安道：「娘休打，待小的實說了罷。爹今日和應二叔們，都在院裡吴家吃酒，散的早，出來在東街口上，撞見馮媽媽，說花二娘等爹不去，嫁了大街住的蔣太醫了。爹一路上惱的了不的。」月娘道：「信那沒廉耻的歪淫婦，浪着嫁了漢子，來家拿人煞氣！」玳安道：「二娘沒嫁蔣太醫，把他倒踏門招進去了。如今二娘與了他本錢，開了好不興的大藥鋪。我來家告

---

55 費絲言：《由典範到規範：從明代貞節烈女的辨識與流傳看貞節觀念的嚴格化》（臺北：國立臺灣大學出版中心，1998年）。又可參（美）盧葦菁（Lu Weijing）著，秦立彥譯：《矢志不渝：明清時期的貞女現象》（*True to her world: The Faithful Maiden Cult in Late Imperial China*）（南京：江蘇人民出版社，2010年）〈第1章 道德英雄主義與崇尙極端：明朝（1368-1644）〉，頁21-50。

爹說，爹還不信。」孟玉樓道：「論起來，男子漢死了多少時兒，服也還未滿，就嫁人，使不得的。」月娘道：「如今年程，論的甚麼使的使不的。漢子孝服未滿，浪着嫁人的，纔一個兒？淫婦成日和漢子酒裡眠酒裡臥底人，他原守的甚麼貞節！」看官聽說：月娘這一句話，一棒打着兩個人。孟玉樓與潘金蓮都是再醮嫁人，孝服都不曾滿。聽了此言，未免各人懷著慚愧歸房，不在話下。（頁245）

顯然地，吳月娘作爲西門慶的正室，嚴守婦道，堅持遵從「正經夫妻」的倫理原則。吳月娘反對西門慶迎娶李瓶兒的主要原因，正在於李瓶兒不守貞節的問題。有關女子貞節的辯證問題，不僅成爲西門慶一家妾婦們閒談時的話柄，更是《金瓶梅》寫定者在小說敘述中所提出的重要倫理議題。具體言之，《金瓶梅》寫定者通過寡婦再嫁的形象化敘寫，藉正室吳月娘之口表達批判看法。

此外，從孟玉樓、潘金蓮和李瓶兒三人先後嫁入西門慶一家時的鬧劇場景敘寫中，亦可一窺其中的諷諭思想。如第七回敘及孟玉樓改嫁時，母舅張四和楊姑娘爭鬧不休：

薛嫂兒見他二人嚷打一團，領率西門慶家小廝伴當，并發來衆軍牢趕入，鬧裡七手八腳，將婦人床帳、裝奩、箱籠，搬的搬，抬的抬，一陣風都搬去了。（頁97）

又第九回敘及潘金蓮和西門慶共謀鴆殺武大，恐武松歸來報仇，乃在王婆獻計下急嫁西門慶：

話說西門慶與潘金蓮燒了武大靈，換了一身艷色衣服，晚夕安排了一席酒，請王婆來作辭。就把迎兒交付與王婆養活，吩

> 咐等武二回來，只說大娘子度日不過，他娘教他前去，嫁了外京客人去了。婦人箱籠，早先一日都打發過西門慶家去，剩下些破桌、壞凳、舊衣裳，都與了王婆。西門慶又將一兩銀子相謝。到次日，一頂轎子，四個燈籠，王婆送親，玳安跟轎，把婦人抬到家中來。（頁115）

又第十九回敘及李瓶兒一心下嫁西門慶，央求玳安轉達心意，西門慶交代玳安揀日抬了賊賤淫婦來家：

> 次日，雇了五六副扛，整抬運四、五日。西門慶也不對吳月娘說，都堆在新蓋的玩花樓上。擇了八月二十日，一頂大轎，一疋緞子紅，四對燈籠，派定玳安、平安、畫童、來興四個跟轎，約後晌時分，方娶婦人過門。（頁264-265）

在《金瓶梅》中，孟玉樓、潘金蓮和李瓶兒各自改嫁的動機和目的，並非完全一致；但從西門慶慌亂迎娶三人時的荒謬情景中可知，《金瓶梅》寫定者對於「貞婦」形象的想像性建構，正是以帶有強烈反諷的情節建構和人物形象塑造來表達其評價觀念。通過吳月娘與孟玉樓、潘金蓮和李瓶兒三人形象的對比敘述，正是有意藉此對於女子失節問題方面進行了揭露和批判。至於在「形象迭用」[56]的互文形塑中，宋惠蓮、王六兒和林太太以不同妻子身分與西門慶偷情，雖非寡婦改嫁，卻也在不同場域中反映出女子失節不貞的問題。由類似形象的反覆處理中，我們不難判斷，女子好色不貞的重複書寫，並非基於對女性情欲萌動的同情式理解，而是充分體現出寫定者心目中的「尚

[56] 有關「形象迭用」的藝術手法表現之分析，參（美）浦安迪（Andrew H. Plaks）著，沈亨壽譯：《明代小說四大奇書》，頁77。

貞」思想觀念，有其特定的主題意向。

在《金瓶梅》的生活世界中，女子失節不能守貞的代表人物，非潘金蓮莫屬。在潘金蓮的形象塑造方面，「好色無廉」的本性始終如一。西門慶在世之時，潘金蓮不擇手段地希寵市愛，但卻始終不改貪淫好色的欲望。爲滿足個人欲心，私下暗自與廝僕、女婿互有往來，全然不顧身分和倫理綱常。在西門慶死亡之後，潘金蓮更是變本加厲地夥同龐春梅與陳經濟偷情，弄得全家大小皆知。第八十五回敘及吳月娘識破姦情，尋機數落潘金蓮曰：

> 六姐，今後再休這般沒廉耻！你我如今是寡婦，比不的有漢子。香噴噴在家裡，臭烘烘在外頭，盆兒罐兒都有耳朵。你有要沒緊和這小厮纏甚麼？教奴才們背地排說的磣死了！常言道：「男兒沒性，寸鐵無鋼；女人無性，爛如麻糖。其身正，不令而行；其身不正，雖令不行。你有長進、正條，肯教奴才排說你？在我跟前說了幾遍，我不信，今日親眼看見，說不的了！我今日說過，要你自家立志，替漢子爭氣。像我進香去，兩番三次，被強人擄掠逼勒，若是不正氣的，也來不到家了。」金蓮吃月娘數說，羞的臉上紅一塊白一塊，口裡說一千個沒有，只說：「我在樓上燒香，陳姐夫自去那邊尋衣裳，誰和他說甚話來？」當下月娘亂了一回，歸後邊去了。（頁1462-1463）

吳月娘嚴守妾婦之道，義正詞嚴地斥責潘金蓮的不倫作爲，乃是對於「夫爲妻綱」、「妻爲妾綱」的具體實踐和維護。第八十八回敘述者引詩單道月娘修善施僧好處曰：

> 守寡看經歲月深，私邪空色久違心。

奴身好似天邊月，不許浮雲半點侵。（頁1511）

相對於吳月娘自嫁入西門慶一家之後即以守貞自許，《金瓶梅》對於潘金蓮無視父權宗法的敘寫，除了說明其人性扭曲的本質表現之外，實際上更有意立足於男性視角之上，深入展演西門慶如何因爲「貪戀野花」而導致家庭面臨「破業傾家」的危機，藉以提出嚴肅的警告。只因爲好色欲望的無盡徵逐，往往可能導致男女分際和夫婦關係的鬆動，並爲世俗社會和國家政體帶來難以估量的破壞性影響。而事實上，從家庭傾敗的角度來說，西門慶之死適足以印證寫定者對於儒家父權宗法秩序面臨崩解的疑慮。

（三）妾婦妒忌

在「妾婦妒忌」方面，主要反映西門慶一家妻妾因爭寵而懷妒怨人的問題，其中尤以潘金蓮爲甚，多方引發家反宅亂的危機。關於妾婦妒忌的來源問題，關鍵大體肇因於於男子好色無節，導致女人因深感失寵的危機出現而產生妒忌行爲。《毛詩正義》曰：

> 女有美色，男子悅之，故經傳之文通謂女人爲色。淫者過也，過其度量謂之爲淫。男過愛女謂淫女色，女過求寵是自淫其色。[57]

《毛詩正義》又曰：

> 婦德無厭，志不可滿，凡有情欲，莫不妬忌。[58]

---

57 〔漢〕毛公傳、鄭元箋，〔唐〕孔穎達等正義：《毛詩注疏》，〔清〕阮元審定，盧宣旬校：《十三經注疏》2，頁20。

58 〔漢〕毛公傳、鄭元箋，〔唐〕孔穎達等正義：《毛詩注疏》，〔清〕阮元審定，盧宣旬校：《十三經注疏》2，頁20。

明代謝肇淛《五雜組》曰：

> 凡婦人、女子之性無一佳者，妒也，吝也，拗也，懶也，拙也，愚也，酷也，易怒也，多疑也，輕信也，瑣屑也，忌諱也，好鬼也，溺愛也，而其中妒爲最甚。故婦人一不妒，足以掩百拙。[59]

從男尊女卑的性別關係來說，爲能馴化妾婦妒忌之心，傳統儒學思想對於婦德的教化要求，乃將妒忌視爲惡德，列爲女性「七出」條例之一，藉以規範女子的敬順觀念。無可諱言，這樣的女誡觀念和倫理綱常，當然是爲一夫多妻的家庭制度而設計的，具有強烈的父權中心思維。只不過到了明代中後期，由於歷史文化語境產生重大變化，男性「好色」問題致使女性妒風問題盛行於世，乃成爲當時社會女性生存情境中的重要表徵，引發文人知識分子的關注。關於此一現象的存在情形，實多見於文人筆記或載籍之中，並非僅是個別案例而已。[60]

在「經夫婦」的倫理想像上，《金瓶梅》寫定者對於女子妒忌的形象化演繹，基本上是圍繞在潘金蓮身上而加以敷演的。在西門慶一家中，孟玉樓和李瓶兒改嫁之後，以吳月娘正室爲尊，大體安於妾婦之道，行事循規蹈矩。唯獨潘金蓮不守敬順之禮義，本性善妒好鬥，以致西門慶家庭時現紛爭，逐日不得安寧。以今觀之，有關潘金蓮妒忌的惡德表現，主要反映在「見漢子偏聽己，于是以爲得志。每日斗擻著精神，裝飾打扮，希寵市愛」的作爲之上。其中因妒鬥氣的兇殘手段表現，我認爲在宋惠蓮之死和官哥兒之死的情節安排中，最能凸

59 〔明〕謝肇淛：《五雜組》（上海：上海書店出版社，2009年）〈卷之八・人部四〉，頁148。

60 趙秀麗：〈明代妒婦研究〉，《武漢大學學報》（人文科學版）第65卷第3期（2012年5月），頁90-96。

顯婦德不彰問題的本質。

首先，《金瓶梅》寫定者對於潘金蓮妒忌的描寫，乃有意通過宋惠蓮和潘金蓮的對比敘述來加以表現。第二十二回敘及西門慶設計私淫來旺婦宋惠蓮。宋惠蓮是「嘲漢子的班頭，壞家風的領袖」，與潘金蓮形象可謂如出一轍，西門慶睃在眼裡，安心早晚要調戲她。一日西門慶回家與宋惠蓮撞了滿懷，兩人約會已定在藏春塢山子洞偷情。自此以後，西門慶背地與宋惠蓮衣服、汗巾、首飾、香茶之類，使得宋惠蓮的打扮和行爲比往日大爲不同。有關西門慶貪色私淫僕人媳婦一事，敘述者發表了一番嚴厲的評論曰：

> 看官聽說：凡家主，切不可與奴僕并家人之婦苟且私狎，久後必紊亂上下，竊弄奸欺，敗壞風俗，殆不可制！有詩爲證：
>
> 西門貪色失尊卑，群妾爭妍竟莫疑。何事月娘欺不在，暗通僕婦亂倫彝！（頁313）

由此可知，這是針對西門慶背著吳月娘與家中僕婦偷情的批判，顯示此一行爲對於「正經夫妻」體制和主僕尊卑關係可能造成非同小可的影響。

不過，此一情節安排的重點並不僅止於此。由於宋惠蓮與西門慶偷情之後，「越發在人前花哨起來，常與眾人打牙犯嘴，全無忌憚」。毫無疑問，這樣一個淫蕩、貪婪和輕佻的女性，初看來與潘金蓮不相上下，但在潘金蓮竊聽藏春塢後，宋惠蓮的命運發展似乎爲之改觀。第二十三回敘及某日在藏春塢中，西門慶端詳宋惠蓮的小腳，提及自己曾暗拿潘金蓮的鞋子試穿，還要套著自己的鞋穿，要求西門慶買與雙鞋面兒。潘金蓮在外聽了，暗罵「奴才淫婦」。聽夠多時之後：

只聽老婆問西門慶説：「你家第五的秋胡戲，你娶他來家多少時了？是女兒招的，是後婚兒來的？」西門慶道：「也是回頭人兒。」老婆道：「嗔道恁久慣老成，原來也是個意中人兒，露水夫妻！」這金蓮不聽便罷，聽了氣的在外兩隻胳膊都軟了，半日移脚不動，説道：「若教這奴才淫婦在裡面，把俺們都吃他撑下去了！」待要那時就聲張罵起來，又恐怕西門慶性子不好，逞了淫婦的臉；待要含忍了他，恐怕他明日不認。「罷罷！留下個記兒，使他知道，到明日我和他答話。」於是走到角門首，拔下頭上一根銀簪兒，把門倒銷了，懊恨歸房宿歇，一宿晚景題過。（頁326-327）

之後，宋惠蓮被潘金蓮視破他機關，每日只是把小意兒貼戀。不過宋惠蓮因爲受寵，不以爲意，甚且越發猖狂起來，「把家中大小都看不到眼裡，逐日與玉樓、金蓮、李瓶兒、西門大姐、春梅在一起玩耍」。期間，陳經濟元夜戲惠蓮，來旺醉謗西門慶和誓殺潘金蓮，惹得怒氣橫生。但最後觸動潘金蓮忌恨之心，乃在於西門慶意娶宋惠蓮。第二十六回敘及潘金蓮的反應曰：

潘金蓮不聽便罷，聽了忿氣滿懷無處着，雙腮紅上更添紅。説道：「真個由他，我就不信了！今日與你説好話：我若教賊奴才淫婦與西門慶做了第七個老婆，我不是喇嘴説，就把『潘』字掉過來哩！」玉樓道：「漢子沒正條，大的又不管，咱們能走不能飛，到的那些兒？」金蓮道：「你也忒不長俊，要這命做甚麼？活一百歲殺肉吃？他若不依，我拼着這命，擯兑在他手裡，也不差甚麼！」玉樓笑道：「我是小膽兒，不敢惹他，看你有本事和他纏！」（頁368）

於是潘金蓮向西門慶挑撥離間，爲來旺羅織罪名，因而遞解原籍徐州。雖然宋惠蓮專情事主，但從未想過要謀害親夫，因此宋惠蓮得知西門慶的詭計之後，對於自己背棄丈夫一事深感過意不去，竟含羞懸梁自縊。在現實上，宋惠蓮因偷情而引發「家反宅亂」的爭鬥問題，的確有違主僕倫常和妾婦之道，應該受到譴責。只不過，宋惠蓮被西門慶以強姦要是實，無非順服於西門慶的淫威，藉此謀利，實際上未必無視於來旺是「我的人」的存在事實。之後，因故與孫雪娥鬥氣，宋惠蓮因忍氣不過，第二度自縊身亡，最後只落得西門慶一句：「他自箇拙婦，原來沒福。」宋惠蓮之死，正符應第二十三回敘述者引詩預告：

> 金蓮恃寵弄心機，宋氏怙容犯主闈。
> 晨牝不圖今蓄禍，他日遭愆竟莫追。（頁331）

不論宋惠蓮自縊身死的舉動，是否體現「貞節之心」？但在形象迭用的塑造中，只要將宋惠蓮悔恨害夫與潘金蓮藥鴆親夫一事進行對比，則可見其深意。[61] 潘金蓮生性妒忌兇殘，遠非如宋惠蓮一般愚蠢無知者所能相提並論。宋惠蓮之死，可以說體現妾婦嫉妒之一端。

---

[61] 參（美）浦安迪（Andrew H. Plaks）從形象迭用觀點分析宋惠蓮、潘金蓮乃至李瓶兒三人的互文表現時指出：「與此同時，惠蓮常常引以自豪的另一迷人之點是她那眩眼的白皙皮膚，這使她與金蓮有聯繫之外，在形象上與李瓶兒也連在一起了。當我們考慮到惠蓮事件是小說中第三件主要的通姦案時，這一表面上的矛盾就具有更大的意義了。這一案件與潘金蓮案和李瓶兒案分別成爲開頭的兩個10回單元的中心部分。惠蓮在身分上是個奴婢，似乎顯得把她的事件渲染過分了，但事實是，這樣處理就突出了這一共同的基本問題：與西門慶通姦的這三個女人都是直接或間接促使她們各自丈夫慘死的罪魁禍首，而且隨著時間的推移，這三個女人也都自食其果，因她們行動不端而死於非命。」見氏著，沈亨壽譯：《明代小說四大奇書》，頁87。

其次，《金瓶梅》寫定者對於潘金蓮妒忌的描寫，更有意通過潘金蓮共李瓶兒鬥氣，謀殺西門慶之子官哥兒的敘述來加以表現。第二十七回敘及潘金蓮於翡翠軒潛聽西門慶和李瓶兒私語：

> 只聽見西門慶向李瓶兒道：「我的心肝，你達不愛別的，愛你好個白屁股兒，今日儘着你達受用。」良久，又聽的李瓶兒低聲叫道：「親達達，你省可的搧罷，奴身上不方便！我前番乞你弄重了些，把奴的小肚子疼起來，這兩日纔好些兒。」西門慶因問：「你怎的身上不方便？」李瓶兒道：「不瞞你說，奴身中已懷臨月孕，望你將就些兒。」西門慶聽言滿心歡喜，說道：「我的心肝，你怎不早說？既然如此，你爹胡亂耍耍罷。」於是樂極情濃，怡然感之，兩手抱定其股，一泄如注。婦人在下，弓股承受其精。良久，只聞的西門慶氣喘吁吁，婦人鶯鶯聲軟，都被金蓮在外聽了個不亦樂乎。（頁385）

在中國傳統宗法制度中，妻妾是否擁有「子嗣」，與家庭地位消長與否可謂息息相關。[62] 自從潘金蓮得知李瓶兒懷孕之後，即不時語中帶話，暗中較勁，更使意盡心與西門慶淫樂無度，玩弄各種性愛遊戲。如此做法，除了爲爭得西門慶的寵愛之外，最重要者仍在於期望能夠儘早懷孕，爲自己爭取穩固的家庭地位。然而事與願違，潘金蓮自嘲是「母雞不下蛋」，「見李瓶兒待養孩子，心中未免有幾分氣」，因此不時撥弄是非，言語之中暗指官哥兒是出於蔣竹山血統。而後，等到「聽見生下孩子來了，合家歡喜，亂成一塊，越發怒氣生，走去

62 葛兆光：《中國思想史》（第一卷）（上海：復旦大學出版社，2001年），頁24。

了房裏，自閉門戶，向床上哭去了」。自此，潘金蓮因爲「李瓶兒生了孩子，見西門慶常在他房宿歇，于是常懷嫉妒之心，每蓄不平之意」。第三十八回敘及潘金蓮雪夜弄琵琶，痴心等待西門慶進房。可天不從人願，西門慶卻是與李瓶兒共吃葡萄酒，度過一夜歡愉時光。敘述者曰：

> 潘金蓮在那邊屋裡冷清清，獨自一個兒坐在床上，懷抱着琵琶，桌上燈昏燭暗。待要睡了，又恐怕西門慶一時來；待要不睡，又是那眊困，又是寒冷。不免除去冠兒，亂挽烏雲，把帳兒放下半邊來，擁衾而坐。（頁564）

當時潘金蓮從春梅處得知西門慶在李瓶兒房裡喝酒，「聽了如同心上戳上幾把刀子一般，罵了幾句負心賊，由不得撲簌簌眼中流下淚來。」兩相對比之下，無子的潘金蓮懷妒在心，對於李瓶兒生子一事懷有強烈恨意，終日忿怒在心。第五十七回敘及西門慶和吳月娘一同前往李瓶兒房裡看官哥兒，西門慶歡喜期許孩子長大後「還掙個天官」，好生奉養老人家。潘金蓮在外邊聽見，更是一頭著惱。敘述者曰：

> 正說着，不想那潘金蓮正在外邊聽見，不覺的怒從心上起，就罵道：「沒廉耻弄虛脾的臭娼根，偏你會養兒子哩！也不曾經過三個黃梅四個夏至，又不曾長成十五六歲，出幼過關、上學堂讀書，還是水的泡，與閻羅王合養在這裡的，怎見的就做官？就封贈那老夫人？我那怪賊囚根子，沒廉耻的貨，怎地就見的要他做個文官，不要像你？」（頁877）

這一嘮嘮叨叨、喃喃洞洞的妒恨心思，已然預伏後日一場殺機。日後，潘金蓮除了繼續牢籠西門慶、勾搭陳經濟之外，便不斷借機使性譏諷李瓶兒，咒罵西門慶偏心，甚且安心設計唬嚇官哥兒。直到某日，潘金蓮房中養活的一隻白獅子貓兒跳出唬死官哥兒，這才一解潘金蓮的恨意。第五十九回敘述者藉此評論曰：

> 看官聽說：常言道，花枝葉下猶藏刺，人心怎保不懷毒？這潘金蓮平日見李瓶兒從有了官哥兒，西門慶百依百隨，要一奉十，每日爭妍競寵，心中常懷嫉妒不平之氣。今日故行此陰謀之事，馴養此貓，必欲唬死其子，使李瓶兒寵衰，教西門慶復親于己。就如昔日屠岸賈養神獒，害趙盾丞相一般。（頁923）

由此可知，潘金蓮對於李瓶兒懷孕受寵一事深懷妒忌，最後謀畫養貓唬死官哥兒，在在顯現其「虎中美女」的殘惡心性，行徑令人髮指。且不論官哥兒拜「吳道官」所賦道名「吳應元」，實有「無姻緣」的隱喻內涵，乃寫定者有意借此嘲諷西門慶此一時加官晉爵、彼一時終究成空的結局。對於西門慶的家族命脈延續而言，潘金蓮因個人妒忌而傷害家族子嗣一事，顯現出對於傳統儒家宗法秩序和人倫關係的破壞，可謂莫此爲甚。第六十二回敘及李瓶兒臨終之前悄悄向吳月娘哭泣說道：

> 娘到明日生下哥兒好生看養着，與他爹做個根蒂兒，休要似奴心粗，吃人暗算了！（頁990-991）

李瓶兒至死方悟，爲時已晚。無可諱言，妻妾爭寵，暗妒隱嫉之事時有所見。而事實上，西門慶一家妻妾之間相互傾軋的問題，早在潘金蓮嫁入西門氏家時便已預伏危機。敘述者曰：「這婦人一娶過門來，西門慶家中大小多不喜歡。看官聽說，世上婦人眼裏火的極多，隨你甚賢慧婦人，男子漢娶小，說不嗔，及到其間，見漢子往他房裏同床共枕，歡樂去了，雖故性而好殺，也有幾分臉酸心歹。」但如潘金蓮如此充滿機心之妾婦者，因好色無德而不時引發「家反宅亂」的無窮禍患，其行徑簡直令人駭然不已。[63]

自明代中晚期以來，「情色之迷」的現象普遍存在於社會之中，進而導致傳統儒家價值體系中的道德規範和倫理觀念崩解，因而引發《金瓶梅》寫定者對於「家國之禍」的高度重視和積極反思。《金瓶梅》始終關注個人、家庭、社會和國家的變化，寫定者有意對男女分際和夫婦關係潛心觀察，從而在情節建構中更聚焦於家庭宗法觀念和人倫關係的變化之上，其目的乃試圖展現出晚明時期儒家世界秩序所面臨的巨大危機。而其中有關「經夫婦」的情節建構和倫理想像，儼然成爲《金瓶梅》的敘事中心，足以提供讀者參與重構儒家綱常和道德反思的機會。以上所論數端，正可見《金瓶梅》一書所體現的歷史闡釋意圖，深刻反映出儒學視野下的政治關懷。

五、德色辯證：「殺嫂祭兄」的道德反思

在明代中後期以來的縱欲主義影響和制約下，《金瓶梅》重視男女情欲的展演，並不代表它只是一部「導淫宣欲」的色情文學作品。

---

63 黃霖在〈晚明女性主體意識的萌動及其悲劇命運〉一文中則以同情理解的眼光重新看待潘金蓮走上「淫婦」之路的原因：「所謂『淫婦』，這裡是指婚後的女性違背了社會普遍承認的道德規範，不忠於自己的丈夫或性行爲過度。在潘金蓮身上的具體表現，主要是：一、偷情；二、『霸攔漢子』。而當進一步追究潘金蓮爲什麼要如此背離客觀社會的普遍道德而要走上『淫婦』的道路、甚至走向犯罪的深淵時，我們就會發現：她在情欲的驅動下，多少萌生了一種自我獨立的意識。在某種意義上也可以說，這正是她在尋找自我、主宰自己的結果。」見王瓊玲主編：《明清文學與思想中之主體意識與社會》（臺北：中央研究院中國文哲研究所，2005年），頁255-256。

尤其在晚明歷史文化語境中，關於夫婦關係、家庭倫理和宗法制度因個人私欲的過度追求而受到衝擊，顯然是一個必須被特別關注的時代課題，頗有其不可忽視的時代意義。正如欣欣子在〈金瓶梅詞話序〉所言：

> 吾友笑笑生爲此，爰罄平日所蘊者，著斯傳，凡一百回。其中語句新奇，膾炙人口。無非明人倫、戒淫奔、分淑慝、化善惡，知盛衰消長之機，取報應輪回之事，如在目前；始終如脉絡貫通，如萬絲迎風而不亂也，使觀者庶幾可以一哂而忘憂也。（「金瓶梅詞話序跋」，頁1）

基本上，《金瓶梅》寫定者通過重寫素材方式以構築男性公共話語的價值體系，以及在情色書寫上提供各種性愛場景，其主要目的並不在於「導淫宣欲」，而是借情色以表述歷史，寄寓世戒勸懲之意。因此，性愛場景的敘寫乃是必要的修辭手段。在解讀《金瓶梅》的編創意圖和主題寓意時，如何評估《金瓶梅》重寫《水滸傳》的修辭策略，顯然是一個不可忽視的課題。

從前文關於「經夫婦」問題的討論中可見，《金瓶梅》寫定者對於「女子」是否謹守「妾婦之道」尤爲重視。且觀第十四回敘述者針對男性沉迷於「女色」之中終致召禍的情形，便有一番評論：

> 看官聽説：大抵只是婦人更變，不與男子漢一心，隨你咬折釘子般剛毅之夫，也難防測其暗地之事。自古男治外而女治內，往往男子之名，都被婦人壞了者爲何？皆由御之不得其道故也。要之，在乎夫唱婦隨，容德相感，緣分相投，男慕乎女，女慕乎男，庶可以保其無咎。稍有微嫌，輒顯厭惡。若似

花子虛終日落魄嫖風，謾無紀律，而欲其內人不生他意，豈可得乎！（頁192）

這段文字具有一體兩面的勸誡意涵，一則針對男子未能正位乎外，終日在外嫖風，以致不察家中暗地變化問題；一則自然是對女性未能正位乎內，遵守妾婦之道，以致心生他意，敗德毀家。無可諱言，在男尊女卑的儒家綱常視野中，有關女子不守貞節的各種情色事件的敘述，在在凸顯了傳統家庭倫理秩序的運作，因爲「婦人變更」問題而遭受前所未有的挑戰的事實。那麼在「經夫婦」的倫理想像之中，《金瓶梅》寫定者究竟要如何利用小說敘述來解決「婦人變更」所帶來的各種儒家世界秩序和道德解體危機，無疑將是小說發展主題和塑造人物時所必須面對的一個重要問題。

基本上，《金瓶梅》寫定者在題材選擇方面展現了一種前無古人的獨到眼光，而小說敘述對於經夫婦問題的處理方式，更是說明了寫定者高度的自覺意識以及自我省察的可能性，這對於我們理解《金瓶梅》的道德想像的性質和深度而言，顯然具有關鍵性的意義。以今觀之，《金瓶梅》對於潘金蓮和西門慶偷情故事的演繹，實際上已偏離了《水滸傳》原有的敘述線索，使得故事性質產生了極大的變化，乃是無庸置疑的。[64]《金瓶梅》寫定者依據主題設計的需要，通過重寫方式進行原始素材的修飾，因而將《水滸傳》中用以鋪襯英雄事蹟的情節，轉化爲表現常人家庭生活形態的故事基礎。最終目的，無不在於彰顯情欲所具有的毀滅性特質。在此，我十分同意楊義的看法：

《金瓶梅》的「情慾與死亡」，從基本傾向而言，是內在的、佔有主導位置的，因而是《水滸傳》同類母題的一個反命

64 周中明：《金瓶梅藝術論》（臺北：里仁出版社，2001年），頁22-23。

> 題。即便是它所承襲的「武松殺嫂」情節，《金瓶梅》渲染了潘金蓮鴆夫的情慾目的部分，重構、拆裝和推遲武松復仇部分，在情節位置上使前者更爲重要，更符合該書的基本情調和內在精神。甚至可以說，《金瓶梅》從文學傳統中觸發的最初靈感，是潘金蓮以死神開路的淫蕩，而不是武松借死神來完成的義勇。[65]

而此一轉變，乃有意構築於「好色婦人」無廉行爲的觀察之上，從中表述「好色」欲望如何引發各種關於人性與道德的衝突，又如何導致倫理綱常失序、個體生命危機和家國政體衰敗。不過，如何實現「經夫婦」的人生理念，顯然不能不與其後「武松殺嫂祭兄」的復仇行動的實現與否有所關聯。

在《水滸傳》中，武松以正義英雄的形象爲兄報仇，乃與替天行道的快意恩仇不脫關係，自始至終都貫注著一種高亢的報復精神，顯得慷慨激烈。但是這一場替兄復仇的行動，卻在《金瓶梅》的重寫敘述中，寫定者卻不惜先予荒謬的破壞。樂蘅軍對此有深刻的觀察：

> 似乎，作者認爲在西門慶式的猥瑣世界裏不容水滸闊大豪壯的人物生存；甚至也不用中世史詩化的英雄來和他的現實小人物作對比，以爲那是無從來作對比的。所以武松乃被扭曲而喪失了完整的典型個性。和在水滸中相反，武松來到金瓶梅以後，又成爲描寫西門慶、潘金蓮人生的象徵運用。他被利用爲毀滅「虛妄人生」的現實力量，他也表徵著某種因果律下冥冥然的「天譴」；而另外一方面，報復的行動雖然仍保留著，但

---

65 楊義：〈《金瓶梅》：世情書與怪才奇書的雙重品格〉，《中國古典小說十二講》（香港：三聯書店〔香港〕有限公司，2006年），頁119。

武松卻失去了他早先的那一點高亢精神，而委蛇於現實了。[66]

顯然地，在《金瓶梅》主題表達的需求上，關於武松復仇行動的重新安排，有其不得不爲的題旨動機。[67]從實際情形來看，自武松充配孟州道之後，《金瓶梅》寫定者在進一步發展人物和主題時，對於情欲的關注，儼然取代武松殺嫂祭兄的復仇行動。復仇行動是否能夠實現？何時能夠實現？頓時成爲一種情節隱而不彰的懸念，從此潛伏於西門慶家庭日常生活的時空背景之後時，讀者如何看待此一情節設計的用意，無疑顯得耐人尋味。

究實來看，《金瓶梅》重寫「殺嫂祭兄」的情節，刻意讓武松復仇行動延宕數年之後才得以實現，其實可以說預設了一個「德色辯證」的主題框架。在情色充斥的社會中，武松固然不再是「替天行道」的水滸英雄，但是卻轉而扮演了維護儒家世界秩序和道德倫理的象徵人物，復仇能否實現，對於批判和導正社會風俗而言無疑具有重要的象徵意義。在維護儒家世界秩序的前提下，有關武松復仇行動的重寫，乃是《金瓶梅》寫定者有意從中提出德色辯證的宏大命題的媒介。關於這個命題的陳述，大體上可以從三個方面進行反思：

首先，關於官場文化的批判。《金瓶梅》第十回敘及武松因誤殺皂隸李外傳而被送往官府接受審判。先是西門慶賄賂上下吏典，落入冤獄。其後，解送東平府，府尹陳文昭原是「正直清廉民父母，賢良

66 樂蘅軍：《古典小說散論》，頁127。

67 周中明論及《金瓶梅》對武松形象的改塑表現時指出：「《金瓶梅》的主題思想不是爲了歌頌水滸英雄，而是要揭露社會現實的腐朽、黑暗，因此它對人物形象塑造不是要使它理想化、神奇化，而是要力求使它現實化、平凡化，爲揭露社會現實的作品主旨服務。拿對武松形象的改塑來說，它不只是作了某些字句的修改，更重要的是在作品總的創作傾向和創作道路上作出了一系列新的開拓。」見氏著：《金瓶梅藝術論》，頁22-23。

方正號青天」，武松冤案因而可能得以解決。但因是蔡太師門生，受到拔擢升爲東平府府尹，加上楊提督在朝勢力強大。即便有意秉公斷案，最終仍在「人情兩盡」的前提下，徇情枉法，縱放了西門慶。最後判武松刺配孟州道。當武松在公人押解下準備離開清河縣時，敘述者敘寫了兩個充滿強烈對比的場景。其一是關於武松往孟州大道而行之前的情景：

> 陳文昭從牢中取出武松來，當堂讀了朝廷明降，開了長枷，免不得脊杖四十，取一具七斤半鐵葉團頭枷釘了，臉上刺了兩行金字，迭配孟州牢城。其餘發落已完，當堂府尹押行公文，差兩個防送公人，領了武松解赴孟州交割。當日武松與兩個公人，出離東平府，來到本縣家中，將家活都變賣了，打發那兩個公人路上盤費，安撫左鄰姚二郎看管迎兒：「倘遇朝廷恩典，赦放還家，恩有重報，不敢有忘。」那街坊鄰舍，上户人家，見武二是個有義的漢子，不幸遭此刑，平昔與武二好的都資助他銀兩，也有送酒食錢米的。武二到下處，問土兵要出行李包裹來，即日離了清河縣上路，迤邐往孟州大道而行。（頁131）

其二是關於西門慶一家大肆歡慶的情景：

> 且說西門慶打聽他上路去了，一塊石頭方落地，心中如去了痞一般，十分自在。於是家中吩咐家人來旺、來保、來興兒，收拾打掃後花園芙蓉亭乾淨，鋪設圍屏，懸起錦障，安排酒席齊整，叫了一起樂人吹彈歌舞。請大娘子吴月娘、第二李嬌兒、第三孟玉樓、第四孫雪娥、第五潘金蓮，合家歡喜飲酒。家人媳婦、丫鬟使女，兩邊侍奉。（頁131-132）

兩相比對之下，明眼讀者不難看到一個令人義憤填膺的生活事實：即武松一心為兄報仇，卻因誤殺皂隸李外傳而被判以充配服刑，此時潘金蓮與西門慶因賄賂官府，竟能逍遙法外。第九回中敘述者不免感慨一番：

> 英雄雪恨被刑纏，天公何事黑漫漫？
> 九泉乾死食毒客，深閨笑殺一金蓮。（頁125）

在此一道德匱乏的時代語境中，「天理」儼然失去了應有的規範作用。在官府的私心操弄之下，昔日的英雄如今落難為冤囚，所謂「清官」和「正義」遁形無蹤，更是難以眞正實現。當武松刺配孟州道之後，「小人」西門慶和「淫婦」潘金蓮繼續縱欲享樂，而武松替兄報仇的行動，竟從此潛隱於社會現實之下，在很長一段時間之內不再為人們所關注。此後，讀者所見的是無所不在的各種情色事件充斥於敘事進程之中，並成為《金瓶梅》敘事發展人物和主題的核心內容。

其次，是關於世道不彰的感慨。當《金瓶梅》寫定者以不同於其他小說的敘述方式重新觀照歷史與現實，最終目的除了陳述特定歷史和社會生活的眞實狀態之外，更在於利用敘述揭露傳統儒家核心價值觀念和秩序面臨解體所導致的危機及其根本原因。關於這個問題，小說敘述主要是從普羅大眾對待潘金蓮和西門慶偷情事件的評價態度來加以表現的。如第十五回敘及時値正月十五，西門慶一家婦人笑賞玩月樓，吳月娘因樓下人亂，和李嬌兒歸席吃酒。惟有潘金蓮、孟玉樓同兩個唱的，只顧搭伏著樓窗子，望下觀看。招蜂引蝶的作為，惹得樓下看燈之人，仰望上瞧。內中有幾個浮浪子弟因為好奇，直指著談論眾女子出身。其中一人走過來告眾人：

> 便道：「只我認的，你們都猜不着。你把他當唱的，把後面那兩個放到那裡？我告說吧，這兩個婦人也不是小可人家的，他是閻羅大王的妻，五道將軍的妾，是咱縣門前開生藥鋪、放官吏債西門大官人的婦女！你惹他怎的？想必跟他大娘子來這裡看燈。這個穿綠遍地金比甲的，我不認的。那穿大紅遍地金比甲兒，上帶着翠面花兒的，倒好似賣炊餅武大郎的娘子。大郎因爲在王婆茶房內捉奸，被大官人踢中了死了，把他娶在家裡做了妾。後次他小叔武松東京回來告狀，誤打死了皂隸李外傳，被大官人墊發充軍去了。如今一二年不見，出落的這等標致了。」正說着，只見一個多口過來說道：「你們沒要緊，指說他怎的？咱們散開罷。」樓上吳月娘見樓下人圍的多了，叫了金蓮、玉樓歸席坐下，聽着兩個粉頭彈唱燈詞飲酒。（頁204-205）

在這一看似無關緊要的街談巷語中，我們不難發現敘述者借某一浮浪弟子之講說見聞，一方面凸顯了武松發配充軍之苦，另一方面則表現了潘金蓮享受世俗生活之樂。然而重點在於，眾人皆知潘金蓮與西門慶偷情、武大冤死之事，卻在言談之間只是流露出對潘金蓮「落的這等標致」的模樣感到興趣。又第二十五回敘及來旺得知宋惠蓮與西門慶通姦，於是醉謗西門慶。敘述者曰：

> 一日，來旺兒吃醉了，和一般家人小廝在前邊恨罵西門慶，說怎的我不在家，耍了我老婆。使玉簫丫頭拿一疋藍緞子到房裡啜他，把他吊在花園裡奸耍。後來怎的停眠整宿，潘金蓮怎做窩主：「由他，只休要撞到我手裡。我教他白刀子進去，紅刀子出來。好不好，把潘家那淫婦也殺了，我也只是個死。你看

我說出米做的出來！潘家那淫婦，想着他在家擺死了他頭漢子武大，他小叔武松回來告狀。多虧了誰，替他上東京打點，把武松墊發充軍去了？今日兩腳踏住平川路，落得他受用，還挑撥我的老婆養漢。我的仇恨，與他結的有天來大！常言道，一不做，二不休，到跟前再說話。破着一命剮，便把皇帝打！」（頁351）

由此可見，潘金蓮鴆殺親夫之事，來旺心知肚明。然而因爲事不關己，便可視若無睹，繼續安於替西門慶做事。直到西門慶與宋蕙蓮偷情，孫雪娥暗洩蝶蜂之情與來旺得知，惹得來旺酒發之後，暗自恨罵不已。正因爲發生如此切己之事，才使得原本潛伏於日常世俗生活之中的陳年舊事，因爲來旺醉言重新浮上檯面。饒富意味的是，來旺私己與孫雪娥曖昧來往，眾人皆知兩人有首尾，來旺耍了西門慶妻妾卻像是理所當然。無可諱言，西門慶一家倫理綱常敗壞，上下皆然。世道之不彰，由此可見端倪。

至於街坊百姓眞正敢於對西門慶一家所做所爲發表暢快議論，則遲至西門慶死亡之後，孟玉樓改嫁李衙內當日才出現。第九十一回敘述者曰：

滿街上人看見說：此是西門大官人第三娘子，嫁了知縣相公兒子衙內，今日吉日良時，娶過門。也有說好，也有說歹的。說好者道：「當初西門大官人怎的爲人做人，今日死了，止是他大娘子守寡正大。有兒子，房中攪不過這許多人來，都教各人前進來，甚有張主！」有那說歹的，街談巷議，指戳說道：「此是西門慶家第三個小老婆，如今嫁人了！當初這廝在日，專一違天害理，貪財好色，奸騙人家妻子。今日死了，老婆帶的東西，嫁人的嫁人，拐帶的拐帶，養漢的養漢，做賊的做賊，都野鷄毛兒零撏了。常言三十年遠報，而今眼下就報了！」旁人都如此發這等暢快言語。（頁1552）

由於世道不彰，世俗百姓往往重視個人私利，不論道德禮法。因此在自求多福的前提下，世俗百姓只能私下議論西門慶的是非，乃人之常情。如此一來，眾所期待的正義能否眞正獲得伸張，實際上在明哲保身的思想制約下，早已變得無關緊要。最後只有在西門慶死後，世俗百姓才能一解畏懼權勢之心，肆意議論西門一家的功過是非。

再者，是關於人倫重建的籲求。基本上，《金瓶梅》是以西門慶家庭生活史爲中心建構敘事，實際上完全可以置所襲《水滸傳》之原始素材於不顧，自由發揮故事內容。然而就其保留潘金蓮與西門慶偷情故事而言，實際上有意凸顯潘金蓮作爲女子，卻因好色而不守妾婦之道，違亂儒家倫理綱常，從中表達「紅顏禍水」之見。因此從一開始，武松不受潘金蓮的淫色誘惑，斷然拒絕與潘金蓮調情，此一「非禮勿動」的作爲，不僅維護了武大與武松的「兄弟」人倫關係，而且對於維護武大與潘金蓮之間的「夫婦」人倫關係來說也非常重要，不言可喻。然而潘金蓮與西門慶共謀鴆殺武大，除了摧毀了夫婦人倫關係之外，同時也顚覆了儒家父權宗法制度，最終必然得通過某種想像的辦法來加以解決。是以，《金瓶梅》在重寫《水滸傳》原始素材之時，著意將武松替兄復仇一事加以細緻地改造，無不體現寫定者對於重振儒家倫理綱常的深切關懷。然而究其實，在漫長的敘事進程中，武大沉冤難於昭雪；而武松又因誤殺皀隸充配孟州道，被迫流離他鄉，最後是否能夠替兄復仇，無疑爲讀者構築了一個懸而未決的道德想像課題。事實上如前所論，由於官方私相授受與世道人情不彰，復仇之事隨之逐漸埋沒於生活實相背後，再也無人聞問。此一情節安排，在某種意義上，隱含著對於儒家人倫重建籲求的潛在焦慮。[68]可想而之，這種道德焦慮，只有復仇行動成功實現時，才能完全解除。

嚴格來說，《金瓶梅》寫定者秉持父權中心立場建構敘事，因此早在潘金蓮與西門慶偷情故事開始之初，敘述者即多從女禍觀點對男性貪戀女色一事提出諄諄告誡，乃是理所當然之事。正因為如此，在西門慶和潘金蓮兩人的死亡結局設計方面，寫定者因應主題表達需要便有不同思考：

首先，就西門慶死亡來看，當初西門慶之所以能夠逃脫武松復仇之手，自然是寫定者基於儒家父權宗法失序問題的關注而有心安排的結果。主要目的在於轉向以西門慶家庭生活為中心進行情節建構，並從家國同構角度發展敘事內容，由此進行歷史闡釋。是以，西門慶之死亡並非武松復仇所致，而是平日貪欲過度而得病。最終因潘金蓮無視於先前西門慶精血猛瀉，身體病兆已現，仍然一心縱欲而無節，才導致西門慶一命嗚呼。敘述者為此提出一番訓誡曰：

> 看官聽說：一己精神有限，天下色欲無窮。又曰：嗜慾深者，其天機淺。西門慶只知貪淫樂色，更不知油枯燈盡，髓竭人亡。原來這女色坑陷得人有成時必有敗。（頁1378）

顯而易見，寫定者是從「女色坑人」的角度評論西門慶之死。揆其看法，正是西門慶貪戀潘金蓮，不待武松復仇，便「斷送了堂堂六尺之軀」，甚至「丟了潑天關產業」，一切頓時成空，顯然也是罪有應得。當然，西門慶形象塑造的用意，在於用以隱喻儒家父權秩序面臨自我崩解危機的現象。從儒家父權宗法的角度來說，西門慶並非死於

---

68 參孟昭璉：〈《金瓶梅》對中國小說思想的變革〉，見杜維沫、劉輝編：《金瓶梅研究集》（濟南：齊魯書社，1988年），頁131。

武松之手，基本上表明了寫定者維護父權價值體系及其尊嚴的包容態度，實情猶可原，顯然不能簡單論之。

其次，就潘金蓮死亡而言。不論如何，「武松殺嫂祭兄」一事的寓意，當是《金瓶梅》寫定者重寫原始素材之際所著意關注之事，對於全書主題設計而言，有其不得不為之思考。正如第九回篇首詩的預示：

> 色膽如天不自由，情深意密兩綢繆。
> 只思當日同歡愛，豈想蕭墻有後憂。
> 只貪快樂恣悠游，英雄壯士報冤仇。
> 天公自有安排處，勝負輸贏卒未休！（頁115）

由此可見，基於天理實現的期望，報仇之事勢在必行。只不過在現實上，武松刺配孟州道之後，替兄復仇之事被迫延宕。直到太子立東宮，放郊天大赦，才得以回到清河縣遂行其事，其間歷時六年之久。但武松復仇的意念和行動，並未因時間漫漫便就此消逝，只待時機予以完成。因此武松回到清河縣，打聽西門慶已死，潘金蓮在王婆家早晚嫁人。由於舊仇在心，武松一心待時機成熟。最後假意使計要娶潘金蓮，最後在質問中毫不猶豫地殺死了潘金蓮，以祭武大在天之靈。第八十七回敘及武松殺嫂時剖胸、割頭的駭人場景曰：

> 說時遲，那時快，把刀子去婦人白馥馥心窩內只一剜，剜了個血窟窿，那鮮血就邈出來。那婦人就星眸半閃，兩隻脚只顧登踏。武松口噙著刀子，雙手去斡開他胸脯，撲忔的一聲，把心肝五臟生扯下來，血瀝瀝供養在靈前。後方一刀割下頭來，血流滿地。迎兒小女在旁看見，唬的只掩了臉。武松這漢子端

的好狠也！可憐這婦人，正是三寸氣在千般用，一日無常萬事休！（頁1498）

至此武松總算報仇雪恨，了結心中一樁心事，最終投十字坡張青夫婦，做了頭陀，上梁山爲盜去了。在某種意義上，潘金蓮因爲心中眷戀武松，最終仍爲自己的「好色」、不守「妾婦之道」而付出了生命的代價，不免令人唏噓。[69]

從武松景陽崗打虎、初遇潘金蓮到最後殺害「虎中美女」潘金蓮替兄報仇，我們可以清楚看到，前後情節序列的設計，無疑蘊含著寫定者對於重建儒家世界秩序和人倫關係的內在籲求。武松所代表的正義力量和道德想像，除了表現在武松「不是那等敗壞風俗的豬狗」之外，其實更通過武松殺嫂祭兄的復仇行動的重新敘寫，體現了出除惡務盡的道德實踐。在《金瓶梅》中，對於潘金蓮和西門慶兩人死亡時間的延宕及其結局方式的不同設計，在在顯示了寫定者有意轉化創作視野，力圖藉由不同的觀照視角和敘述形式的安排，以之重新建構歷史與現實的意圖。因此，對於潘金蓮這種「好色婦女」所施予的懲戒，正是《金瓶梅》寫定者有意在以「德色辯證」爲主導的敘事結構中，表達了對於人倫關係重建的深切籲求和期待，可謂用心良苦。

六、結語

基本上，新的生活事實的出現，將迫使人們對於以往的全部歷史做一番新的審視和研究。晚明時期世風丕變，《金瓶梅》寫定者可能

69 孫述宇對此提出一番獨特的見解：「西門慶是要死的，但他是很自然、很合乎邏輯、蠢蠢的死在自己屋裏。潘金蓮也要死的，而且作者還依著水滸，讓武松來殺她，但她之所以落入武松手裏，一方面固然是命運的捉弄，另一方面也是由於她的情慾最後還勝過了她的機智。這樣的結局比原來的深刻得太多了。」見氏著：《金瓶梅的藝術》，頁8。

從不同角度綜合自身的經歷見聞和想像，並且將各種歷史語境中的各種聲音、意見和觀點納入敘述的形式，由此構造出一個虛實相間、錯綜複雜的精神世界和生活現實。嚴格來說，《金瓶梅》尋求重建儒家倫理價值體系及其話語實踐的可能性，寫定者乃有意識將視角聚焦於特定家庭生活之中，從中揭露世情變化中的各種生活問題。從這個意義上說，它也參與了對現實世界的建構。

對於《金瓶梅》而言，在情色書寫的表現上，寫定者既要彰顯世俗生活實相，卻又要主張道德倫理綱常，因此在表達自己的意識和關注時，必要對於「演義」敘事模式的傳統慣例進行適應和調整。如此一來，一不小心便使得敘述本身常常出現某種道德曖昧的情況。這種不自覺中表露出來的道德意識混亂情形，往往使得敘述本身陷入某種反諷式的弔詭。正如陳建華考察《金瓶梅》的敘述方式時所見：

> 一方面強烈希望讀者能理解這部精心結構和苦心箴勸，仍扮演傳統說書人的角色，另一方面要在情色描寫上出奇制勝，在敘述中避免過多的道德干涉而妨礙閱讀興趣。[70]

從現實的意義來說，無論是權威的敘述者，還是從文本到現實的轉化機制，其話語表現方式對於構造和維繫傳統儒家社會的象徵秩序都是必不可少的。這樣一種小說敘述處理的方式，可以說展現了寫定者高度的自覺意識，以及自我省察的可能性，對於我們理解《金瓶梅》道德反思的性質和深度具有關鍵性的意義。但弔詭的是，在「好德」與「好色」的對立和矛盾上，小說敘述可以說構成儒學思想困境和道德秩序失範的象徵性表現。在「議論之『德』如何敵得過描寫之

---

70 陳建華：〈欲的凝視：《金瓶梅詞話》的敘述方法、視覺與性別〉，見王瑷玲、胡曉眞主編：《經典轉化與明清敘事文學》，頁107。

『色』」[71]的情節設計中，小說敘述所體現的語言修辭和人性辯證，是否能夠提供有識讀者據以進行道德反思的對象和空間，無疑是一個饒富意味的問題。

從小說史的角度來說，《三國志演義》等長篇通俗演義大體上在通俗文化的基礎上進一步借鑑歷史編纂的觀念創作而成。因此歷來編寫者在創作過程中，往往必須在官方意識形態和通俗文化需求之間進行主題表達方面的斡旋協商，一方面既要符應官方統治者的認可，另一方面又要滿足讀者閱讀的要求，以便作品能受到廣大讀者的普遍關注。以今觀之，如果說《金瓶梅》意在描述人們因好色而陷於道德失範狀態，藉以陳述傳統儒家倫理和語言在維持俗世社會秩序方面的失敗；那麼在諸多情色書寫之中，不由自主地對性愛活動進行誇大敘寫時，就可能因此消解了道德說教性的正當性。如此一來，小說敘述本身將爲讀者帶來德色辯證問題，更有待讀者拋開情色書寫的迷惑，在細讀小說文本的過程中進一步釐清和解讀。

[71] 李建中：《瓶中審醜——金瓶梅「色」之批判》（臺北：文史哲出版社，1992年），頁21。

第七章

克己復禮爲仁

——《金瓶梅》的政教思維與生命反思

一、問題的提出

明代中後期以來，隨著商業經濟的發展，整個歷史文化語境受到陸王心學興起和通俗文化思潮盛行的影響，傳統以程朱理學爲代表的官方哲學不再主導儒學價值體系，因而普遍瀰漫著「人情以放蕩爲快，世風以侈靡相高」的縱欲思潮，頗有上行下效、風行草偃之勢。尤其晚明以降歷史和社會受到諸多因素影響，正處於思想文化領域發生一系列轉變的階段，導致傳統儒家世界的價值體系和既有道德倫理秩序受到衝擊，進而必須面臨轉型乃至解體的危機。其中最受人矚目的，便是性愛風氣的盛行。[1]在《金瓶梅》接受史上，最富爭議的論題無非在於小說中所存在的諸多「不刪鄭衛」的誨淫書寫現象。在某種意義上，《金瓶梅》直面「情色」書寫，深刻體現人性縱欲所帶來的宗法觀念解體問題，以及隨之衍生而來的各種心理與道德的危機。《金瓶梅》的問世，既是晚明縱欲主義思潮影響下的眞實描述和見證，同時也可視爲在儒學價值體系轉型過程中，人們必須藉之反思明代中晚期世變成因的時代課題。[2]

---

1 參吳存存：《明清社會性愛風氣》（北京：人民文學出版社，2000年），頁59-113。

2 張兵在〈論《金瓶梅》研究中的「封建說」？〉一文中反駁周中明所提「封建說」時指出：「縱觀《金瓶梅詞話》，『勸戒』的議論確實不少，但在具體的描寫中，卻又對人生的欲望的描寫展現得栩栩如生。這說明處於新舊思想交替時期的蘭陵笑笑生，一方面在努力追求表現一種新的思想觀念，另一方面卻又在舊的傳統文化發展的軌道上前行，難免會留下傳統的烙印。表現在小說中的這種『兩重性』，正是他主觀世界的這種矛盾的反映。若我們再進一步探索，就會發現作者在全書沒有反對表現人生欲望的藝術描寫，其議論充其量也只是限制在認爲文學作品不能過分地放縱對人生欲望的描寫這一思想框架內，這也就證明了他的種種軟弱無力的說教，作者是在當時的歷史條件下，爲避免統治階級的迫害和爭取讀者所不得不採取的一種『保護色』。」見中國金瓶梅學會編：《金瓶梅研究》（第二輯）（南京：江蘇古籍出版社，1991年），頁119。基本上，張兵所言與本書實際設論觀點雖然不相一致，但也不失爲一種解讀看法，在此可供對照參考。

在《金瓶梅》的世界中，由於儒學價值體系的貶值，世俗生活中充斥「功利」思想，因此寫定者往往必須在小說中透過敘述者議論的強烈干預，積極召喚讀者從各個道德事件中反思儒家倫理實踐的必要性。雖然直到小說結尾，傳統儒學思想最終似乎還是無法通過人物自覺實踐而建立一套明確的理想行爲規範；但在情節發展過程的各種語境化描摹中，《金瓶梅》寫定者針對人性欲望所引發的道德解體和生命危機問題的反覆書寫，仍然在極大程度上提供了讀者進行自我覺察和自我批判的機會。正如第七十九回篇首詩所言：

> 仁者難逢思有常，閑居慎勿恃無傷。
> 爭先徑路機關惡，退後語言滋味長。
> 爽口物多終作病，快心事過必爲殃。
> 與其病後能求藥，不若病前能預防。（頁1369）

從這個意義上來說，《金瓶梅》寫定者以入世姿態，力圖重新反思建構生活世界秩序的可能性，乃與傳統文人習受儒家倫理核心價值的信仰密切相關。從「演義」的觀點來說，《金瓶梅》對於個人、家庭和國家三位一體的關注，乃體現出深切的政治期望和生命反思。至於如何能夠成爲一位「仁者」，無疑必須回歸自我生命進行反省，一切不假他求。這不免讓人聯想到《論語・顏淵》記載孔子所提示的基本原則：

> 顏淵問仁。子曰：「克己復禮爲仁。一日克己復禮，天下歸仁焉。爲仁由己，而由人乎哉？」顏淵曰：「請問其目。」子曰：「非禮勿視，非禮勿聽，非禮勿言，非禮勿動。」顏淵

曰：「回雖不敏，請事斯語矣。」[3]

在儒家經世的政教思維中，個體生命與家國命運的聯繫如此密切，長久以來早已形成了「家國同構」一體的政治關懷。因此，家國盛興往往與個體生命的修養息息相關。一旦個體生命無法控制私欲追求，便極可能導致毀家滅國的結局發生，不可不審慎待之。

從前面幾個章節討論下來清楚可見，《金瓶梅》寫定者以小說敘述回應晚明歷史文化語境變化的最大貢獻，即在洞察時世和人情的深度描述和細膩筆法中，充分展現出人物貪淫好色的縱欲行爲所引發的各種道德危機問題。此時，傳統儒家世界所講求的三綱五常規範，儼然已無法明確維繫個人行爲、家庭關係和國家政體的正常運作，致使各種倫理關係必須倚賴利益的協商或暴力的掠奪，方能維持表象的和諧狀態。尤其當所有的人都關注於個人私欲的追求時，有關群體關係和家國體制的維護，便顯得無關緊要。面對家國政體失序，《金瓶梅》的問世，直可視爲法制和道德淪喪的「輓歌」。[4]因此，從「天下歸仁」的角度來說，每一個體如何能夠做到「克己復禮」的工夫，無疑是寫定者回應明代中晚期世變語境時所必須面對的當務之急。本章寫作的目的，正試圖從「家國同構」的角度，進一步闡論《金瓶梅》在「不刪鄭衛」的誨淫書寫中所寄寓的政治期望和生命反思。

---

3 〔魏〕何晏等注，〔宋〕邢昺疏：《論語注疏》，見〔清〕阮元審定，盧宣旬校：《十三經注疏》（臺北：藝文印書館，2001年），頁159。

4 韓春萌：〈一曲法制與道德淪喪的挽歌——《金瓶梅》的主題與文化意蘊再探〉，《江西教育學院學報》（社會科學）第29卷第4期（2008年8月），頁70-75+80。

二、不刪鄭衛：儒家視野下的政教思維

從小說史的角度來說，《金瓶梅》寫定者顯然並不打算重蹈《三國志演義》、《水滸傳》的歷史演義徑路，反倒是著意借情色書寫尋求正史之外的歷史闡釋空間。閑齋老人〈《儒林外史》序〉曰：

> 古今稗官野史，不下數百千種，而《三國志》、《西遊記》、《水滸傳》及《金瓶梅演義》，世稱「四大奇書」，人人樂得而觀之，余竊有疑焉。稗官爲史之支流，善讀稗官者，可進於史，故其爲書，亦必善善惡惡，俾讀者有所觀感戒懼，而風俗人心，庶以維持不壞也……嗚呼！其未見《儒林外史》一書乎？[5]

且不論閑齋老人因揄揚《儒林外史》而質疑「四大奇書」的評價是否合宜；究實而論，在「男女情色」和「家國政治」相互交涉的對應場域之中，《金瓶梅》寫定者試圖針對明代中後期以來的縱情貪歡現象展開一場前所未見的「通俗演義」，從中寄寓個人的時代關懷和價值論述，因而得以創造出一部受到讀者矚目的「奇書」。以今觀之，《金瓶梅》之所以採取「不刪鄭衛」的書寫策略，並非只是趨附流俗的庸俗修辭，而是在現象的深描中揭露時代弊端。若要了解其編寫用意，無疑必須與中國正統文治文化中的「政教意識」進行參照解讀，方能客觀理解其歷史闡釋意圖。

（一）風雅正變：儒家政治詩學傳統的接受

中國文學政治觀的歷史形成，有其深厚的文化基礎。在中國古代

5　〔清〕閑齋老人：〈儒林外史序〉，見黃霖、韓同文選注：《中國歷代小說論著選》（上）（南昌：江西人民出版社，2000年），頁467。

文治文化傳統的發展脈絡中，文學與政治往往在互爲參照下共同表述歷史現實，可謂促成了文學政治觀的形成。[6]具體而言，從「以樂觀政」，一直到以「教化」說、「史鑒」說論述文學的政治功能，皆是遵從此一思想基點而來。在先秦時代，《禮記·樂記第十九》即已從「樂爲政象」的角度論述樂與政之關係，其言云：

> 凡音者，生人心者也。情動於中，故形於聲；聲成文，謂之音。是故治世之音安以樂，其政和；亂世之音怨以怒，其政乖；亡國之音哀以思，其民困。聲音之道，與政通矣。[7]

所謂「政和、政乖、民困」顯示的是世代治亂情形，而音樂之正變表現亦具體反映了王政興衰、政教得失的特殊政治倫理隱喻。時至漢代，詩道正變之說的提出，更進一步將文學與政治秩序的變化進行聯結考察。正變之說，始見於〈毛詩序〉論及「六義」之旨時所云：

> 至于王道衰，禮義廢，政教失，國異政，家殊俗，而變風變雅作矣。國史明乎得失之跡，傷人倫之廢，哀刑政之苛，吟詠情性，以風其上。達於事變而懷其舊俗者也。故變風發乎情，止乎禮義。發乎情，民之性也；止乎禮義，先王之澤也。[8]

---

6 參覃召文、劉晟：《中國文學的政治情結》（廣州：廣東人民出版社，2006年），頁1-189。

7 〔漢〕鄭元注，〔唐〕孔穎達等正義：《禮記注疏》，見〔清〕阮元審定，盧宣旬校：《十三經注疏》（臺北：藝文印書館，2001年），頁663。

8 〔漢〕毛公傳、鄭元箋，〔唐〕孔穎達等正義：《毛詩注疏》，〔清〕阮元審定，盧宣旬校：《十三經注疏》（臺北：藝文印書館，2001年），頁16-17。

由此可見，正變觀念的提出，蘊含著文學與社會現實關係的理論觀察，亦蘊含著文學興替取決於社會現實變化的一個經典命題，對於中國文學批評史及其觀念具有重要的影響作用。

基本上，「風雅正變」的觀念對於中國傳統政教功用文學觀的發展具有深刻的影響，諸如先秦兩漢時期的「言志說」、「美刺說」，魏晉六朝的「經國治世說」，唐宋時期的「補世適用說」，皆在不同層面對文學政教價值觀的理論發展有所深化，並且也可以清楚地看到政教功用作爲評判文學價值的基本原則。[9]從文學史的角度來說，由於「質文代變」之故，到了明清時期，以「教化爲先」的通俗文化思潮觀念的興起，連帶地，通俗小說、戲曲伴隨商業經濟帶動的消費文化市場繁榮而蓬勃發展，因而得以蔚爲各種樣式的流行文學。嚴格來說，通俗文學創作品質良莠不齊，其中除了有些創作是以射利爲目的，有識作家大體上主張創作本身意在「移風易俗」、「勸善懲惡」，強調作品具有「六經國史之輔」的政教功能。在通俗文化思潮的推動下，通俗文學創作十分重視「寓教於樂」的文化價值，諸多論述觀點的提出，甚至超越了傳統文體觀念的限制，因而受到諸多明代中後期文人知識分子的重視，如李贄在《焚書・童心說》一文中從文學新變的觀念肯定通俗文學之文體價值時云：

> 詩何必古選，文何必先秦。降而爲六朝，變而爲近體；又變而爲傳奇，變而爲院本，爲雜劇，爲《西廂曲》，爲《水滸傳》，爲今之舉子業，皆古今至文，不可得而時勢先後論也。[10]

---

9 參吳建民：〈政教功用文學觀的理論傳統〉，《忻州師範學院學報》第19卷第1期（2003年2月），頁11-14。

10 〔明〕李贄：《焚書》（臺北：河洛圖書出版社，1974年），頁98。

而事實上，在通俗小說發展的過程中，由於有識文人在文學觀念及其價值選擇方面產生積極轉變，因此通過不同方式強化通俗小說的文體意識，並重視通俗小說的寫作意圖和主題寓意的表現，從而提升通俗小說的文化品位。

晚明以來，「奇書」作爲明清時期文人知識分子品評各類著作的重要標準，顯現其中已有特定美學標準。《金瓶梅》作爲「四大奇書」之一，被置於品評之列，更說明其文學價值已爲文人知識分子所重視，直可與中國傳統文化中的雅文學並置。關於《金瓶梅》的文學價值，在廿公〈跋〉中便有一番揄揚：

> 《金瓶梅》，傳爲世廟時一鉅公寓言，蓋有所刺也。然曲盡人間醜態，其亦先師不刪鄭、衛之旨乎？中間處處埋伏因果，作者亦大慈悲矣。今後流行此書，功德無量矣。不知者竟目爲淫書，不惟不知作者之旨，并亦冤却流行者之心矣！特爲白之。（「金瓶梅詞話序跋」，頁3）[11]

且不論《金瓶梅》是否眞爲針對某一鉅公所寫的「寓言」？同時也不論廿公是否刻意美化《金瓶梅》的「淫書」之貌？今可見者，廿公採取「先師不刪鄭衛之旨」的正變觀，高度評價《金瓶梅》情色書寫現象所隱含的政教意識，無疑正面肯定了小說創作的文學價值和文化意義。不可否認，《金瓶梅》作爲一種獨特的文化產物，固以通俗演義的小說話語形態問世，卻在政教思維的話語實踐上，被晚明以來諸多文人知識分子視爲「逸典」之作，直可將之視爲具有歷史闡釋意向的

[11] 有關所引本段〈跋〉文的斷句方式，其一爲「《金瓶梅》，傳爲世廟時一鉅公寓言，蓋有所刺也。」另一種斷句方式爲「《金瓶梅傳》，爲世廟時一鉅公寓言，蓋有所刺也。」

「寓言」。

（二）情色為禍：輔史教化的勸懲意圖

在「世變」的歷史圖景再現中，《金瓶梅》寫定者對於人物際遇盛衰和家國歷史興亡的理解，主要反映在對於「人」的關注之上。更進一步來說，寫定者特別重視在遵循時間順序發展的情節邏輯中，揭示特定人物的內在欲望及其作爲如何深刻反映出歷史和現實的興亡盛衰之「理」，進而在各種不同情境的對比敘述中，體現出中國傳統史家所秉持的「善善惡惡，賢賢賤不肖」的著述意識。[12] 在「主題先行」的預述性敘事框架建置過程中，《金瓶梅》的敘事創造確立了對於歷史與現實的高度關注，其中實際上隱伏著「垂變以顯常，述事以求理」的類推思維。因此，在「總成一篇」的有機結構基礎之上，寫定者十分重視如何通過「編年合傳」的情節建構以探求「世變」的成因。關於《金瓶梅》的歷史書寫及其解釋，寫定者往往便將事實判

---

12 馬理從晚明文人放誕和徬徨的角度提出解讀看法：「與其說晚明文人是新興商人階級或市民的代言人、啓蒙者，無寧說他們是封建倫理道德的破壞者；與其說其具有強烈的反叛精神，不如說其心態蘊含著更多的自我褻瀆和自虐成分。將其所『立』與所『破』相比較，破壞大於建樹，虛無主義思想濃重於新的價值觀念。」見氏著：〈世紀末的困惑——論《金瓶梅》與晚明文人的價值失落〉，《重慶師院學報哲社版》1998年第1期，頁30。此外，鍾錫南則從晚明社會文學思潮轉型的角度提出解讀看法：「《金瓶梅》正視人欲，尊重人的個性需求，並以大量筆墨毫不掩飾地再現形形色色人物追求財色的方式，體現出作者對人生欲望的多層次的思考，其進步歷史意義是不言而喻的。當然，在充分肯定《金瓶梅》作者探討人生進步意義的同時，也應明確指出其不足的一面，即由於沒有找到滿足人類欲望實現的現實途徑，於是不得不求助於宗教作爲最後解決的方式，如張竹坡所說的：『起以玉皇廟，終以永福寺』，最終使人的需求的實現建立在自慰自欺的虛幻基礎上，這正是作者的時代思想局限所致。」見氏著：〈晚明社會文學轉型與《金瓶梅》對傳統題材的突破〉，《湖南師範大學社會科學學報》第35卷第1期（2006年1月），頁93-98。上述兩者的看法，都有其言之成理之處，但與本文設論觀點互有差異，謹此提供參考。

斷與道德判斷結合於敘事過程之中，以此構成「演義」的基礎。此一做法，無乃構成了奇書敘事創造背後的基本敘述意圖，對於《金瓶梅》敘事邏輯的確立和情節序列的安排而言，實際上具有不可忽視的影響。

在《水滸傳》中，關於潘金蓮和西門慶的偷情故事只不過是浪漫英雄故事中的一小段插曲，情節編排的主要目的在於映襯武松的勇武形象。但在《金瓶梅》中，潘金蓮和西門慶形象的相對強化，乃是透過「偷情事件」的擴充敘述而積極展開，造就了不同於歷史演義、英雄傳奇和神魔幻怪的新型小說。當「情色」議題被推向小說世界中心時，這種顛覆性的敘事思維勢必會引起文人讀者對於《金瓶梅》創作價值的某種疑慮。如同袁中道在〈遊居杮錄〉一文中所提到的：

> 往晤董太史思白，共說諸小說之佳者。思白曰：「近有一小說，名《金瓶梅》，極佳。」予私識之。後從中郎眞州，見此書之半，大約模寫兒女情態具備，乃從《水滸傳》潘金蓮演出一支。……此書誨淫，有名教之思者，何必務爲新奇，以驚愚而蠹俗乎？[13]

從「此書誨淫，有名教之思者」的評論中，可知《金瓶梅》在話語表現上存在著極大的內在矛盾，容易引起讀者在閱讀偏誤中產生誤解。事實上，長久以來，人們對於《金瓶梅》的主題寓意究竟如何解釋多所爭論，而其關鍵正在於小說敘述中所存在的諸多「不刪鄭衛」的情色書寫現象。而其中有關「理」、「欲」之間關係，究竟應該如何客

[13] 見黃霖編：《金瓶梅資料彙編》，頁229。

觀看待，對於論者而言著實是一道難題。[14]不過從前面幾個章節的討論脈絡中清楚可見，我認爲《金瓶梅》作爲歷史闡釋的一種轉義話語表現，寫定者正是刻意從反面事例證明自身的合法性，嚴格來說並不存在「導淫宣欲」的問題。

基本上，《金瓶梅》一書從開端即標舉情色爲禍的主題，乃有意藉由潘金蓮與西門慶偷情故事的展演，從中凸顯世俗生活中人性墮落與道德失序狀態。此外，提供人們反思個體在情色徵逐過程時，如何導致個人生命和家庭關係陷入重重危機當中，甚而影響及於國家政體的運作。正如第六回開篇引詩曰：

> 可怪狂夫戀野花，因貪淫色受波喳。
> 亡身喪命皆因此，破業傾家總爲他。
> 半晌風流有何益，一般滋味不須誇。
> 一朝禍起蕭墻內，虧殺王婆先做牙。（頁75）

《金瓶梅》寫定者之所以採取重寫策略敷演故事，乃有意通過情色書寫的修辭策略標誌儒學價值體系的巨大變革和轉型。整體而言，這種做法不僅深化了《金瓶梅》的形式意味，同時亦充分展現出寫定者對於歷史與現實的獨到觀照能力。因此，《金瓶梅》寫定者以「務爲新奇以驚愚而蠹俗」的題材內容和寫作形式建構敘事，使得小說敘述採取「情色書寫」的取喻式方式再現特定歷史現實，使得晚明歷史既可以說是處於文本之內，同時也處於文本之外，無疑使得「歷史的文本性」和「文本的歷史性」充分交融於「借宋寫明」的話語實踐之中，展現出對明代中晚期世變語境的高度關懷。

---

[14] 葛永海：〈《金瓶梅》：「理」和「欲」的對峙與兩難〉，《臨沂師範學院學報》第23卷第3期（2001年6月），頁36-41。

《金瓶梅》情色書寫所體現的歷史性含義，可以說是特定的歷史、文化、社會、政治、體制、階級的產物，這是無庸置疑的。只是應當如何正確看待《金瓶梅》的情色書寫問題，以及情色文字於《金瓶梅》話語構成的影響，不免牽涉到小說文本所體現的社會規約、文化成規和表述方式。如欣欣子〈金瓶梅詞話序〉云：

> 竊謂蘭陵笑笑生作《金瓶梅傳》，寄意於時俗，蓋有謂也。……其中未免語涉俚俗，氣含脂粉。余則曰：不然。〈關雎〉之作，樂而不淫，哀而不傷。富與貴，人之所慕也，鮮有不至于淫者。哀與怨，人之所惡也，鮮有不至于傷者。……此一傳者，雖市井之常談，閨房之碎語，使三尺童子聞之，如飫天漿而拔鯨牙，洞洞然易曉。雖不比古之集理趣，文墨綽有可觀。其他關係世道風化，懲戒善惡，滌慮洗心，不無小補。[15]

就《金瓶梅》創作情形而言，全書最重要的成就即在於突出地將敘述焦點置於「偷情事件」的發展過程之上，進而將歷史整體性的觀察與現實生活本質的思考相結合。如此一來，整體敘事話語轉而著重寫實，不僅強調人物行動和生活事件的聯繫關係，更充分展示了促使人物行動變化及其結局的歷史文化因素。從「寄意於時俗，蓋有謂也」的說法來看，《金瓶梅》通過情色書寫以進行歷史闡釋的用心，頗獲欣欣子的認同，並認爲有助端正世道風化。

明代中後期好色風尚盛行，《金瓶梅》的情色書寫既可說是對歷史現實面貌的一種積極反映，亦可視爲小說話語構成的特殊修辭手段。從重建儒家名教的角度來說，《金瓶梅》圍繞在西門慶家庭生活

---

[15] 見黃霖編：《金瓶梅資料彙編》，頁1-2。

建構敘事，寫定者通過各種情色事件的書寫，層層揭露傳統儒家人倫綱常和意識形態遭受挑戰和顛覆的文化事實，便可能極大程度上體現了回應明代中晚期世變語境的特定歷史意識。謝肇淛在〈金瓶梅跋〉一文中即以「稗官之上乘」贊論云：

> 《金瓶梅》一書，不著作者名代。……書凡數百萬言，爲卷二十，始末不過數年事耳。其中朝野之政務，官私之晉接，閨闥之媟語，市里之猥談，與夫勢交利合之態，心輸背笑之局，桑中濮上之期，尊罍枕席之語，駔驓之機械意智，粉黛之自媚爭妍，狎客之從諛逢迎，奴佁之稽唇淬語，窮極境象，駥意快心。譬之範工摶泥，妍媸老少，人鬼萬殊，不徒肖其貌，且并其神傳之。信稗官之上乘，爐錘之妙手也。[16]

在上引〈跋〉文中，謝肇淛從「溱洧之音，聖人不刪」的觀點審視《金瓶梅》，對於小說文本中「猥瑣淫媟」的情色書寫現象，基本上採取正面包容的評論態度。究實而言，《金瓶梅》寫定者回應歷史方式，採取的是「直書不隱」的筆法，直刺明代中晚期世變中好色現象和縱欲風尚，因而得與儒家不刪鄭衛的「刺淫」詩學傳統產生相當程度的聯繫。

自《金瓶梅》以傳抄方式問世之後，便受到有識文人的強烈關注和評論。尤其論者對於《金瓶梅》所隱含的政治諷諭及其歷史闡釋

16 見黃霖編：《金瓶梅資料彙編》，頁3-4。

問題特別感到興趣，甚至給予極高的評價。[17]儘管《金瓶梅》的誨淫問題頗讓讀者有所忌憚，但不可否認的是，《金瓶梅》寫定者立足於「情色爲禍」的歷史觀點之上，從互文聯繫關係集中描寫個人、家庭和國家三位一體的命運興敗情形。在「借宋寫明」的敘事策略運用

[17] 魏子雲曾經就《金瓶梅》是一部政治諷喻小說提出看法：「我想，凡是讀了《金瓶梅》（詞話）的人，如略加思索，都會感於它是一部有所刺的作品，非有所美也。它刺些什麼？我們當然要從作品中去尋找隱喻。讀過三百篇的人，應該了解詩序之所謂『美』、『刺』何所在？蓋『刺』者，則隱喻乎字裡行間也。那麼，當我們發現到《金瓶梅》（詞話）第一回中的入話，劉邦寵戚夫人有廢嫡立庶的故事，亦楔不入西門慶的身家興衰，自然會去聯想到欣欣子說的蘭陵笑笑生作『金瓶梅傳』的『有謂』於『時俗』的『寄意』。又怎能不聯想到當時萬曆皇帝的寵鄭貴妃，鬧出來的遲遲不能立儲君的事件？當我們讀到了『花石綱』的描寫，又怎能不想到明神宗於萬曆廿四年實施的礦稅惡政。這豈不是極明顯的『寄意於時俗』乎！……」見氏著：〈金瓶梅的政治諷喻〉，《中華文藝》第21卷第1期（1981年3月），頁78-86。黃霖對於此一見解表示有條件的贊同，並在〈論《金瓶梅詞話》的政治性〉一文中進行補充，指出萬曆十七年大理寺左評事雒于仁曾經上陳四箴疏，直接規勸皇帝戒除酒色財氣四病。此外萬曆皇帝嗜耽情色，以致釀成爭建儲的政治漩渦。因此《金瓶梅》對四貪的批判，特別是對貪戀情色的鞭撻，是有的放矢，有所寓意的。見氏著：《金瓶梅考論》（瀋陽：遼寧人民出版社，1989年），頁38-51。文後附錄前引魏子雲一文，行文略有修改，頁52-57。魯歌、馬征在〈談《金瓶梅》對萬曆帝寵妃鄭貴妃的影射〉呼應魏子雲和黃霖的說法，見吉林大學中國文化研究所編：《金瓶梅藝術世界》（長春：吉林大學出版社，1991年），頁182-193。不過持反對意見者，亦大有人在，如鄭培凱：〈酒色財氣與《金瓶梅詞話》的開頭——兼評《金瓶梅》研究的「索隱派」〉一文認爲四貪詞是元明以來通俗文學傳統中的套語表現，不應過度解讀其政治影射意味。見《中外文學》第12卷第4期（1983年9月），頁42-69。劉輝在〈也談《金瓶梅》的成書和「隱喻」——與魏子雲先生商榷〉對於此一見解則提出異議，認爲立論矛盾，不能自圓其說。見吉林大學中國文化研究所編：《金瓶梅藝術世界》，頁111-121。又可參劉輝：《金瓶梅論集》（臺北：貫雅文化事業有限公司，1992年），頁121-137。本書從政治諷喻角度談《金瓶梅》一書的歷史闡釋問題，並不主張從索隱角度爲之，而是從寫定者的歷史意識及其政治關懷的意識形態表現立論，特此說明。

下，情色書寫不僅再現歷史和時代問題的重要選擇，家國同構的歷史思維亦必然有其相應的價值判斷和意識形態內涵。[18]如果我們能從「風雅正變」的角度，審慎客觀地看待情色書寫作爲時代文化表徵的政教意涵，[19]或許才不致斷然視之爲「淫書」、「穢書」，從而誤解了《金瓶梅》寫定者的著述意圖和思想原旨。[20]

三、病體隱喻：己／家／國一體的觀照

基本上，《金瓶梅》中有關政治理想的實踐，主要是從充滿諷諭思想的角度進行反向建構，大不同於《三國志演義》、《水滸傳》

18 梁曉萍指出：「《金瓶梅》的家族敘事無意中奠定了明清家族小說文化內涵的『大傳統』，即反映國家本位的主流意識形態，表現出濃郁的家國意識。」見氏著：《明清家族小說的文化與敘事》（天津：南開大學出版社，2008年），頁115。

19 張進德在〈略論《金瓶梅詞話》的教化傾向〉一文中指出：「從歷代文人對小說教化功用的強調看出，他們多把小說創作與儒家的忠孝節義等倫理道德的宣揚聯繫起來，始終與封建文人的修齊治平糾纏不清，從而把小說創作的主旨鎖定在儒家詩教的框框之內，使小說服務於封建統治階級的意識形態。而《金瓶梅》則將這種教化傳統移植到世情小說領域。把世俗社會的道德意識、市井細民的價值標準納入視野，從而爲小說更進一步貼近生活開闢了新的畛域。指引小說朝著社會化、人生化、平民化的方向發展，至今已形成一種優秀的創作傳統。從這個角度說，《金瓶梅》所表現出來的世俗教化意識在引導小說創作日益貼近生活方面，起到了不可低估的積極作用。」見《明清小說研究》2005年第4期，頁222。

20 關於《金瓶梅》是否爲「淫書」之爭論的發展情形，可參劉輝：〈《金瓶梅》的歷史命運與現實評價——之一：非淫書辨〉，見氏著：《金瓶梅論集》，頁299-318。胡衍南：〈《金瓶梅》非淫書辨〉，《淡江中文學報》2003年第9期，頁169-192。胡衍南：《金瓶梅到紅樓夢——明清長篇世情小說研究》（臺北：里仁出版社，2009年），頁47-81。

和《西遊記》等其他奇書。[21]從「情色」的角度來說，由於「房中之事，人皆好之，人皆惡之。人非堯舜，鮮不爲所耽」，《金瓶梅》寫定者在小說敘述中便常常不經意顯現出自我認知的內在矛盾。一方面，在「好色」的語境中，小說敘述極力展示「食、色，性也」的自然本能和欲望，引人遐思；但另一方面，又立足於男性中心視角，批判情色誘惑所隱藏的生命危機。如此一來，使得《金瓶梅》所寄寓的道德思維和價值判斷，在許多方面充滿了內在的矛盾，有時不免令人感到一種價值混淆狀態的存在。但即使如此，不可否認的是，潘金蓮被形塑爲「好色婦女」的時代表徵，整體形象塑造可謂完全展現出挑戰和顛覆傳統儒家人倫秩序和道德規範的強大破壞力。

從「演義」的觀點來說，《金瓶梅》通過對「情色」的關注，正有意在「男女情色」和「家國政治」的對應關係中探究歷史文化語境變化下的「人欲」本質，並在貪色好淫的人欲書寫中進行「家國寓言」的建構，可以說爲明清兩代通俗小說開創了可資參考的「家庭小說模式」[22]。當我們論及《金瓶梅》的深刻之處，不得不承認寫定

---

[21] 寧宗一在探討《金瓶梅》的美學意蘊時，特別從非道德化典型觀念指出其創作突破表：「《金瓶梅》的出現，衝破了傳統道德倫理對作家典型觀念的束縛。小說的主人公不再是叱咤風雲的英雄豪傑、帝王將相，作品不再歌頌他們馬革裹屍、忠勇報國或路見不平、拔刀相助的高尙品德和英勇行爲，而是對那些在新的歷史條件下出現的非道德化人物更感興趣，以滿腔的熱情表現他們背叛傳統道德的邪惡行爲，深入挖掘其骯髒、醜惡的靈魂。這種變化，無疑標誌著小說典型觀念的一次突破。」見寧宗一、羅德榮主編：《《金瓶梅》對小說美學的貢獻》（天津：天津社會科學院出版社，1992年），頁102-103。

[22] 段江麗從「家庭小說」的角度討論《金瓶梅》所建立的創作模式，認爲包含四個方面的參照座標：第一，以瑣碎的筆墨描寫日常生活；第二，以一個家庭爲主線，串聯許多家庭的故事；第三，關注家庭家族的整體命運；第四，以「家庭」爲中心，輻射到社會諸多方面，甚至直接與朝廷關聯，構成「家庭-社會-國家」三位一體的內在意義模式。見氏著：《禮法與人情——明清家庭小說的家庭主題研究》（北京：中華書局，2006年），頁28-42。

者選擇深入日常生活之中考察世情變化並從中汲取素材，可以說在極大程度上通過西門慶貪戀潘金蓮以致自取滅亡一事，爲讀者揭露了世俗社會中被個人私欲所掩蓋的道德困境和生命危機。如果說西門慶形象塑造被賦予儒家父權宗法體制崩解的象徵意涵，那麼以西門慶「貪欲得病」的隱喻思維爲中心，延伸而出對於家庭人倫關係和國家政治秩序解體問題的展演，無疑是《金瓶梅》寫定者通過小說敘述所極力表現的寫作命題，可謂別具深意。以下將從「病體」隱喻的角度分析《金瓶梅》在己／家／國三位一體的現實觀照中，如何寄寓個人的歷史意識和政治期望。

（一）個人

從「情色」的角度來說，西門慶自一開始出場，即以「那一雙積年招花惹草、慣戲風情的賊眼」，四處游獵好色婦女，潘金蓮、孟玉樓、李瓶兒、宋惠蓮、王六兒、如意兒、林太太皆在西門慶目不轉睛的注視中安心設計到手。除此之外，不忌男風，並與家中奴僕妻女多行違亂綱常之事。西門慶一生縱意奢淫，其「淫人妻子」的好色欲望，隨著各種性器使用和胡僧藥的輔助而愈加強烈，顯得深壑難塡，永無止盡。然而正當三十三歲盛年之際，竟出現了病體之兆。根據小說敘述可見，西門慶自從「兩戰林太太」之後，身體已出現腰腿疼的情況。西門慶卻不以爲意，甚至讓如意兒擠人乳配吃任醫官所開延壽丹。即使身體日趨衰敗，西門慶並未因此收斂貪色縱欲之事，反倒是變本加厲的遂行雲雨之事，致使「形骸骨節熔」。

綜觀西門慶的情色生命史，惟二未能眞正滿足者，除了王三官娘子黃氏之外，當屬於何千戶藍氏最令西門慶傾心。第七十八回敘及一日西門慶在家中請各官堂客飲酒，悄悄於簾後偷眼瞧看何千戶娘子藍氏。敘述者曰：

西門慶悄悄在西廂房放下簾來偷瞧，見這藍氏年紀不上二十歲，生的長挑身材，打扮的如粉妝玉琢，頭上珠翠堆滿，鳳翹雙插，身穿大紅通袖五彩妝花四獸麒麟袍兒，繫着金鑲碧玉帶，下襯着花錦藍裙，兩邊禁步叮㖩，麝蘭香噴。……這西門慶不見則已，一見魂飛天外，魄喪九霄，未曾體交，精魄先失。少頃，月娘等迎接進入後堂，相見敘禮已畢，請西門慶拜見。西門慶得不的這一聲，連忙整衣冠行禮。恍若瓊林玉樹臨凡，神女巫山降下，躬身施禮，心搖目蕩，不能禁止。（頁1365-1366）

即使病體已現，西門慶必須倚靠服藥維持身體精神，但與王六兒做在一處之時，心中只想著何千戶藍氏，欲情如火。由此可知，西門慶昧於女色坑人，「但知爭名奪利，縱意奢淫，殊不知天道惡盈，鬼錄來追，死限臨頭」。最終西門慶的欲望未能得到滿足，無疑可視爲是他人生結局的最大嘲諷。

在《金瓶梅》中，西門慶所經歷的多數性愛活動，總是在「一瀉如注」的歡愉和滿足中結束，[23]因而沉溺其中而不返。揆其西門慶走向死亡之途的關鍵原因，除了不知自我節制之外，最重要的還是在於好色婦女潘金蓮需索無度的好色行爲之上。第七十九回敘及潘金蓮「欲火燒身，淫心蕩意」，因此亂使和尚藥助性，使得酒醉踉蹌歸家後的西門慶僅存的體力遭到摧毀殆盡。敘述者曰：

---

[23] 康正果討論《金瓶梅》中的性描寫時，注意到西門慶十分仰賴淫器和胡僧藥助性的淫虐行爲，並指出：「另一個引人注目的程式是，絕大多數性描寫都以所謂『一瀉如注』的射精作爲終結，它正好與房中書的告誡形成了強烈的對比。……小說從首回的開場詩提出警告，直到這一警告在第七十九回應驗，其中的每一個性描寫細節實際上都構成了具現西門慶走向死亡之門的過程。」見氏著：《重審風月鑒》（瀋陽：遼寧教育出版社，1998年），頁232。

這婦人取過燒酒壺來，斟了一鍾酒，自己吃了一丸，還剩下三丸，恐怕力不效，千不合萬不合，拿燒酒都送到西門慶口內。醉了的人，曉的甚麼，合着眼只顧吃下去。那消一盞熱茶時，藥力發作起來，婦人將白綾帶子拴在根上，那話躍然而起……。婦人一連丟了兩次，西門慶只是不泄，龜頭越發脹的色若紫肝，橫筋皆現，猶如火熱。……又勒勾約一頓飯時，那管中之精，猛然一股邈將出來，猶水銀之瀉筒中相似，忙用口接，咽不及，只顧流將起來。初時還是精液，往後盡是血水出來，再無個收救。西門慶已昏迷過去，四肢不收。婦人也慌了，急取紅棗與他吃下去。精盡繼之以血，血盡出其冷氣而已，良久方止。（頁1377-1378）

從如此令人怵目驚心的細節描寫中可想而知，此時的西門慶早已埋藏病入膏肓之兆。隨後幾日來，西門慶的身子虛飄，更呈現出心腎不交的脫陽之狀。吳月娘爲了西門慶，病急投醫，胡亂延請胡太醫、何老人兒子何春泉爲其看病醫治，誰知胡太醫之藥，「吃下去如石沉大海一般，反溺不出來」，何春泉之藥，「越發弄得虛陽舉發，麈柄如鐵，晝夜不倒。」庸醫治人，不得其道，反倒讓西門慶陷入一往不復的境地。惟不可思議的是，潘金蓮當晚竟「不知好歹，還騎在他上邊，倒澆燭掇弄，死而復蘇者數次。」最後，又在服用劉橘齋兩帖藥之後，竟腎囊脹破流血，龜頭生出疳瘡、流黃水不止，不覺昏迷過去，吃藥不效，因而導致一命嗚呼。

《金瓶梅》寫定者從「縱欲」的角度著重關注於西門慶在「酒」、「色」、「財」、「氣」四泉並湧的行爲表現時，則其中影響西門一家興亡盛衰的關鍵因素，無非在於「情色」欲望的漫無節制之上。關於西門慶之死亡，早在《金瓶梅》第二十九回即已通過吳神仙相命對於西門慶運限做出預告：

官人休怪我說，但八字中不宜陰水太多，後到甲子運中，常在陰人之上；又是多了年流星打攪，又把個壬午日沖破了，不出六六之年，主有嘔血流膿之災，骨瘦形衰之病。（頁412）

然而，當時西門慶廣得妻財，衣祿無虧，加以得知近日必定加官，兼生貴子，全然不將相法玄機置於心上。貪淫好色的結果，便是驗證吳神仙之斷語。正當西門慶因酒色過度，形容消減，病體懨懨，躺在臥榻之上時。吳神仙再度出現爲之診斷脈息，隨即斷言已是病在膏肓，難以療治。爲此，第七十九回敘述者有詩八句評論曰：

醉飽行房戀女娥，精神血脉暗消磨。
遺精溺血流白濁，燈盡油乾腎水枯。
當時只恨歡娛少，今日翻爲疾病多。
玉山自倒非人力，縱是盧醫怎奈何！（頁1387）

無須諱言，西門慶之貪欲得病因而導致最終死亡，乃肇因於個人無法克制好色欲望所致，因此縱然一生命中注定「發財發福」，卻也「難保壽源」。說穿了，一切皆是咎由自取，天理如此，連神仙也難救。

在《金瓶梅》中，好色人物的死亡多與縱欲有關，而且多數是以非正常的方式結束生命。此一反覆書寫所表達歷史觀照，顯示了寫定者並非假書寫以宣淫。陳翠英對此有深刻的觀察：

如果說《金瓶梅》反映了一個病態的社會，那也是時代的共運，而非作者個人的異端。在觸目可及一片淫風的氛圍中，笑笑生於現實取材，更重要的是，他能穿透色相，從鼓漲的人欲中，看到了毀滅的因子及潛在的警訊，體認到沉淪在欲望的深

> 淵中，生命有被吞噬的危險。他思考到人生的終極問題，欲望催化人性中潛在的惡質，縱情肆意之後，卻也同時飲下致命的酖藥。一部《金瓶梅》，展開遼闊的人性畫卷，說出聲色貨利種種欲望糾結後，在生命中的份量，以及它對人生的導向，它對生命所幅射出的破壞力量。[24]

在情色議題的觀照下，西門慶所代表的父權宗法體制和家庭倫理關係，因為貪淫好色的徵逐問題而面臨毀滅危機，連帶地也使得處心積慮經營的財富和官位隨著死亡而瓦解殆盡。因為縱欲式享樂所帶來的耗損結局，無疑可以說是對西門慶人生的一大嘲諷，也是《金瓶梅》的深刻警策之處。

（二）家庭

西門慶「專一飄風戲月，調占良人婦女，娶到家中，稍不中意，就令媒人賣了。」最後，娶得一妻五妾。《金瓶梅》寫定者對於西門慶所娶一妻五妾之評價，基本上以吳月娘為尊，將李嬌兒、孟玉樓、孫雪娥、潘金蓮和李瓶兒五人以「五鬼」總稱。第二十九回敘及吳神仙為西門慶相命批流年曰：

> 目今流年，至多日逢破敗、五鬼在家吵鬧，些小氣惱，不足為灾，都被喜氣神臨門冲散了。（頁412）

顯而易見，吳月娘雖為塡房繼室，但仍是西門慶明媒正娶的宜家淑女，其他人或因拘攔打熱，或因陪嫁戴髻、或因西門慶好色貪財，

---

24 陳翠英：《世情小說之價值觀探論——以婚姻為定位的考察》（臺北：國立臺灣大學出版委員會，1996年），頁91。

才一一騙娶在家中。由於西門慶平日行事「好色無仁」，「浪蕩貪淫」，全然無視綱常禮教，因此「上樑不正下樑歪」，一家歪斯胡纏，往往不顧道德禮法。因此吳月娘位居正室之位，對於西門一家的重要性便不言可喻。

從「齊家」的觀點來說，吳月娘始終遵從婦德，並常常善意勸誡西門慶凡事應以家庭爲重，不要多行不義之事。第十六回敘及西門慶謀財計娶李瓶兒，吳月娘即予以嚴詞勸誡曰：

> 你不好娶他休。他頭一件，孝服不滿；第二件，你當初和他男子漢相交；第三件，你又和他老婆有連手，買了他房子，收著他寄放的許多東西。常言：機兒不快梭兒快。我聞得人說，他家房族中花大，是個刁徒潑皮的人。倘或一時有些聲口，倒沒的惹虱子頭上撓。奴說的是好話，趙錢孫李，你依不依——隨你。（頁220）

嚴格來說，這番勸誡並非出於道德考量，而完全是以西門慶處世的優先利益爲重。同樣面對此事，潘金蓮則是妒心滿懷，幾分臉酸心歹。甚至趁機向西門慶胡進讒言，導致西門慶與吳月娘尙氣，錯把忠言當惡言。不過即使吳月娘因阻攔西門慶迎娶李瓶兒一事，被罵做「不賢良的淫婦」，但是心中所存夫婦人倫關係的認知，大體一如吳大舅勸解時所言：「自古痴人畏婦，賢女畏夫。三從四德，乃婦道之常。」第二十一回敘及吳月娘夜間暗中祝禱祈子一事，敘述者曰：

> 原來吳月娘自從西門慶與他反目不說話以來，每月吃齋三次，逢七焚香拜斗，夜杳祝禱穹蒼，保佑夫主早早回心，齊理家事，早生一子，以爲終身之計。西門慶還不知。只見丫

> 鬟小玉放畢香桌兒，少頃，月娘整衣出房，向天井內滿爐炷了香，望空深深禮拜，祝道：「妾身吴氏，作配西門。奈因夫主留戀煙花，中年無子。妾等妻妾六人，俱無所出，缺少墳前拜掃之人；妾夙夜憂心，恐無所托。是以瞞著兒夫，發心每逢七夜於星月之下，祝贊三光，要祈保佑兒夫，早早回心，棄却繁華，齊心家事。不拘妾等六人之中，早見嗣息，以爲終身之計，乃妾之素願也！」（頁289-290）

由此可見，吳月娘祈願「保佑夫主早早回心，齊理家事，早生一子，以爲終身之計」，完全立足於興家旺族的宗法意識之上，善盡爲妻之道。而事實上，吳月娘縱使一開始並不贊成西門慶迎娶李瓶兒歸家，但李瓶兒進入西門一家，吳月娘爲維持夫妻關係和妻妾之間俱合歡樂，往往對於許多誤會忍氣吞聲，不多理會。因此當李瓶兒懷臨月孕之時，吳月娘以包容心態等待孩子降生。但心懷妒忌的潘金蓮，終日希寵善妒，竊弄奸欺，違亂三綱五常，全不以興家爲念。第三十回敘及潘金蓮面對李瓶兒生子一事怒氣横生，敘述者曰：

> 西門慶慌的連忙洗手，天地祖先位下滿爐降香，告許一百二十分清醮，要祈子母平安，臨盆有慶，坐草無虞。這潘金蓮聽見生下孩子來了，合家歡喜亂成一塊，越發怒氣生，走去了房裡，自閉門户，向床上哭去了。（頁432）

西門一家因爲官哥兒出生，在加官晉爵中，家業益發興盛。可是潘金蓮終日咒罵西門慶賊強人，並屢屢出言毒咒，甚至安心設計殺害官哥兒，最終引發一連串家庭危機。且不論西門慶妻妾以何種身分、方式進入西門一家，大體上都還能安分行事。相對於此，眾妻妾中，唯獨潘金蓮貪淫無度，時懷奪寵之心，一路都是以破壞三綱五常的「女禍」形象現身於西門家庭之中。潘金蓮作爲「五鬼」之首，無乃西門一家的最大禍源，日常生活之中處處埋伏危機，難於揣度其心機。

相對於潘金蓮「常懷嫉妒之心，每蓄不平之意」，吳月娘心心所念者在於如何維護家業，永保興順。第五十七回敘及李瓶兒生子，西門慶平日原是一個潵漫好使錢的漢子，又是新得官哥，心下十分歡喜，也要幹些好事，保佑孩兒。對於東京募緣的長老募修永福寺一事頗爲心動，因此有個捨財助建的念頭。當時吳月娘正經地對西門慶說下幾句警語，惟西門慶卻未放在心上，更有一番說詞：

> 月娘說道：「哥，你天大的造化，生下孩兒！你又發起善念，廣結良緣，豈不是俺一家兒的福分？只是那善念頭怕他不多，那惡念頭怕他不盡。哥，你日後那沒來由沒正經、養婆兒沒搭煞、貪財好色的事體，少幹幾樁兒也好。攢下些陰功，與那小的子也好。」（頁882）

在此，吳月娘無疑是以作爲維護儒家宗法倫理秩序的正面形象而被加以塑造的。然而西門慶卻對吳月娘的勸解不以爲意，反倒強詞奪理，不顧道德禮法：

> 西門慶笑道：「你的醋話兒又來了。却不道天地尚有陰陽，男女自然配合。今生偷情的、苟合的，都是前生分定，姻緣簿上註名，今生了還。難道是生刺刺胡搿亂扯歪斯纏做的？咱聞那佛祖西天，也止不過要黃金鋪地；陰司十殿，也要些楮鏹營求。咱只消盡這家私廣爲善事，就使強奸了嫦娥，和奸了織女，拐了許飛瓊，盜了西王母的女兒，也不減我潑天富貴！」月娘笑道：「笑哥狗吃熱屎，原道是個香甜的！生血掉

在牙兒內，怎生改得？」（頁882）

在「齊家」的意義上，吳月娘勸誡西門慶少幹些貪財好色的事體，實有其遠識之見。但令人感到遺憾的是，西門慶一生「貪財不顧綱常壞，好色全忘義理虧」，不僅對於情色的追求無日或止；甚且身居公門，卻不斷以財富夤緣朝廷奸臣，多行非法勾當。其中因積財埋伏禍胎，因好色而有嘔血流膿之災，骨懈形衰之病。嗜欲之深，讓西門慶難於正視自我身體已是疾病纏身的眞相。

由於西門慶不守細行，致使貪欲得病。吳神仙為西門慶演禽星後，再爲吳月娘圓夢時指出，西門一家面臨夫君有厄、孝服臨身、姐妹一時失散、夫妻指日分離。吳月娘爲此憂心不已。第七十九回敘及西門慶臨死之前囑咐懷孕在身、悲慟大哭的吳月娘，帶領一家妻妾「守家」，休要失散。有〈駐馬聽〉爲證曰：

> 賢妻休悲，我有衷情告你知：妻，你腹中是男是女，養下來看大成人，守我的家私。三賢九烈要貞心，一妻四妾攜帶着住。彼此光輝光輝，我死在九泉之下口眼皆閉！（頁1389）

吳月娘聽了亦回答道：

> 多謝兒夫，遺後良言教導奴。夫，我本女流之輩，四德三從，與你那樣夫妻。平生作事不模糊，守貞肯把夫名污？生死同途同途，一鞍一馬不須吩咐！（頁1389）

過兩日，吳月娘痴心指望西門慶還好，卻因天數造定，西門慶三十三歲而去。臨終之時，固有上述遺言。可惜事與願違，雖然西門慶死亡之後，吳月娘貞節自守，辛苦營家，善盡爲妻之責；但潘金蓮、龐春梅與陳經濟偷情，李嬌兒、孟玉樓、龐春梅一一改嫁、孫雪娥遭來旺盜拐，一家妻妾做鳥獸散，無法齊聚一家。此外，從「陳經濟竊玉偷香，李嬌兒盜財歸院」、「韓道國拐財倚勢，湯來保欺主背恩」、「潘金蓮月夜偷期，陳經濟畫樓雙美」等等不顧道德倫理、危亂禮法之事不絕如縷發生，西門一家簡直在一夕之間盛極而衰，最終面臨散伙解體的命運，令人不勝唏嘘。如此看來，西門慶臨死之前所交代的「齊家」遺言，不免充滿諷刺意味。

西門慶一家曾經盛極一時，但實際上也因西門慶識見未通，所以導致危機四伏。站在維護儒家世界秩序的立場上，以西門慶爲中心所代表的父權宗法制度，因爲西門慶在人欲無節的盲目追求中耗盡體力，終而面臨瓦解的命運。顯然，這裡所涉及的問題不僅僅關乎西門慶個人死亡而已，同時也關乎一個家庭存續的問題。對此，第七十九回中，敘述者即對於西門慶因縱欲而即將身亡一事有所批判：

> 次第月明圓，容易彩雲散，樂極生悲，否極泰來，自然之理。西門慶但知爭名奪利，縱意奢淫，殊不知天道惡盈，鬼錄未追，死限臨頭。（頁1367）

如此一來，倘將西門慶的「前行」與「後語」相互對照後，則讀者不難看出《金瓶梅》情節建構本身所寄寓的諷諭之思。從「經世」的觀點來說，當《金瓶梅》寫定者有意在家國同構的話語轉義中傳達「齊家」乃「治國」之本時，則西門一家之衰敗，便在以此喻彼的隱喻修辭中預示北宋國祚即將面臨毀亡的事實，可謂充滿了警示教化意味。

（三）國家

綜觀《金瓶梅》可見，寫定者主要以西門慶發跡變泰的生命史作爲考察對象，一則注重個人與家庭生活的鬥爭；一則注重社會與政治環境的弊病，從而探討人性、人欲與世情發展的聯繫關係，尤其對於儒家世界秩序和人倫關係變化的洞察，極其深刻。[25]但值得注意的是，西門慶一家與北宋國祚興敗在情節發展上的互文關係設計，十分耐人尋味。第十七回敘及西門慶的親家因朝中王尚書、楊老爺被科道官參論倒了，女兒、女婿帶著許多廂籠床帳家活來家，西門慶趕緊派人抄錄東京文書邸報，以了解實情。邸報記載兵科給事宇文虛中所擬參本，乃以病夫形容國家身處危難之形容：

> 兵科給事中宇文虛中等一本，懇乞宸斷，亟誅誤國權奸，以振本兵，以消虜患事。臣聞夷狄之禍，自古有之。周之玁狁，漢之匈奴，唐之突厥，迨及五代而契丹浸強，又我　皇宋建國，大遼縱橫中國者已非一日。然未聞內無夷狄，而外萌夷狄之患者。諺云：霜降而堂鐘鳴，雨下而柱礎潤。以類感類，必然之理。譬猶病夫在此，腹心之疾已久，元氣內消，風邪外入，四肢百骸，無非受病，雖盧、扁莫之能救，焉能久乎？今天下之勢，正猶病夫尫羸之極矣。君，猶元首也；輔臣，猶腹心也；百官，猶四肢也。　陛下端拱於九重之上，百官庶政各盡職于下。元氣內充，榮衛外扞，則虜患何由而至哉！（頁230-231）

由此可見，北虜犯邊，北宋國家局勢正處於危急存亡之秋，「天下之勢，正猶病夫尫羸之極矣」。然而因爲朝廷之上六賊當道，國家猶如一介病夫，令忠臣感到十分憂慮。然而在此一亂世時空背景中，《金

---

25 梁曉萍從家國同構的文化寓言角度指出：「西門慶一家的家反宅亂、尊卑紊亂也正是與當時紀綱不振的朝廷互爲表裏的。作品雖然沒有用更多的筆墨去直寫朝政，但卻通過西門慶財勢的拓展揭示了衰世的種種徵象。」見氏著：《明清家族小說的文化與敘事》，頁114。

瓶梅》之創作，意不在於表現群臣保家衛國的忠心行動，而是以西門慶家庭爲敘事中心，著意暴露其貪戀財色的縱欲行徑。

具體而言，西門慶一班小人傾心於財色徵逐之上，心心念念的是如何能夠與太師蔡京等各級官員搭上關係，從中謀取個人的政治利益和權力。國家興敗之事，完全不在西門慶關心之列。事實上，自西門慶發跡有錢之後，即不斷以個人財富作爲社交資本交通官吏，以便與統治官僚階層能建立私相授受的聯繫管道，遂行個人私欲。[26]第三十回敘及西門慶派來保、吳主管前往東京送禮給蔡京：

> 翟謙先稟知太師，太師然後令來保、吳主管進見，跪於階下。翟謙先把壽禮揭帖，呈遞與太師觀看。來保、吳主管各捧獻禮物。但見：
>
> > 黃烘烘金壺玉盞，白晃晃揀銀仙人，良工制造費工夫，巧匠鑽鑿人罕見；錦綉蟒衣，五彩奪目；南京紵緞，金碧交輝；湯羊美酒，盡貼封皮；異菓時新，高堆盤榼。
>
> 太師如何不喜？便道：「這禮物決不好受的，你還將回去。」於是慌了來保等，在下叩頭說道：「小的主人西門慶沒甚孝順，些小微物，進獻老爺賞人便了。」太師道：「既是如此，令左右收了。」傍邊左右祗應人等，把禮物盡行收下去。太師又道：「前日那滄州客人王四等之事，我已差人下書與你巡撫侯爺說了，可見了分上不曾？」來保道：「蒙老爺天恩，書到，衆鹽客都牌提到鹽運司，與了勘合，都放出來了。」太師因向來保說道：「禮物我故收了。累次承你主人費心，無物可伸，如何是好？你主人身上可有甚官役？」來保

26 參高桂惠：〈《金瓶梅》「禮物」書寫初探〉，見陳益源主編：《2012臺灣金瓶梅國際學術研討會論文集》（臺北：里仁書局，2013年），頁91-98。

道：「小人的主人一介鄉民，有何官役！」太師道：「既無官役，昨日朝廷欽賜了我幾張空名告身劄付，我安你主人在你那山東提刑所做個理刑副千户，頂補千户賀金的員缺，好不好？」來保慌的叩頭謝道：「蒙老爺莫大之恩，小的家主舉家粉首碎身，莫能報答。」於是喚堂候官抬書案過來，即時僉押了一道空名告身劄付，把西門慶名字填注上面，列銜「金吾衛衣左所副千户、山東等處提刑所理刑。」（頁426-427）

顯然，西門慶的確透過送禮達到了既定的目的，進而得以「引奏朝儀」、「面君謝恩」。西門一家之勢飛黃騰達，簡直令人莫名所以。第六十九回敘述者透過文嫂之口向林太太如此描述西門氏一家的榮光盛景曰：

縣門前西門大老爹，如今現在提刑院做掌刑千户，家中放官吏債，開四五處鋪面：緞子鋪、生藥鋪、紬絹鋪、絨綫鋪，外邊江湖又走標船，揚州興販鹽引，東平府上納香蠟，夥計主管約有數十。東京蔡太師是他乾爺，朱太尉是他衛主，翟管家是他親家。巡撫、巡按都與他相交，知府、知縣是不消説。家中田連阡陌，米爛陳倉；赤的是金，白的是銀，圓的是珠，光的是寶。（頁1119-1120）

如此可見，蔡京可以接受西門慶所送壽禮，蔡京又將官職私自當做回禮安予西門慶，意味著當道奸臣為滿足個人私欲，已然違亂國家政體朝綱，因而導致國力掏空的情形。傳統儒家講求聖君賢相、忠臣義士的政治理想，如今已不復可見。[27]無可諱言，佞臣亂法，可謂莫此為甚。

---

[27] 周中明：《金瓶梅藝術論》（臺北：里仁書局，2001年），頁44。

以今觀之，《金瓶梅》寫定者對於歷史現實的深刻觀照，由一人延及一家，由一家延及一國，主要通過西門慶夤權攀貴的行動敘寫，將之與朝廷讒佞奸臣結黨營私的作爲加以聯結。第三十回敘述者對於「亂世」的評論時所云：

> 看官聽說：那時徽宗，天下失政，奸臣當道，讒佞盈朝。高、楊、童、蔡四個奸黨，在朝中賣官鬻獄，賄賂公行，懸秤升官，指方補價。夤緣鑽刺者，驟升美任，賢能廉直者，經歲不除。以致風俗頹敗，贓官污吏，遍滿天下。役煩賦重，民窮盜起，天下騷然。不因奸佞居臺輔，合是中原血染人！（頁427）

《金瓶梅》寫定者在以「情色」爲主要符號概念的書寫中，無不意圖通過敘事轉向揭露個人的欲望和貪念如何成爲朝政腐敗根源的歷史事實。在西門慶的生命史中，如果說潘金蓮、李瓶兒、宋蕙蓮、王六兒、林太太、如意兒等女性以「情色」獻身，不顧人倫綱常，只爲鞏固家庭中的生存地位；那麼西門慶便是以「財貨」貢獻朝廷當道之佞臣，不惜費金交結，只爲獲取相應的政治地位和權力。當我們將西門慶與妻妾們各自在特定場域中追求「地位」的問題方面進行一番對比，則不難清楚看見兩者之間所具有的同構關係。[28]究實而言，不論是潘金蓮或西門慶，同爲達成個人貪欲的目的，不惜違亂儒家價值體系中的道德規範和倫理觀念，無疑都造成了「家」、「國」體制的極度紛亂，甚至瀕臨毀滅之境。在「家國同構」的政治寓言建構中，

---

28 參（美）韓南（Patrick D. Hanan）著，包振南譯：〈中國小說的里程碑〉，見包振南、寇曉偉、張小影編選：《《金瓶梅》及其他》（長春：吉林文史出版社，1991年），頁1-13。

「情色」與「財富」構成一種互爲隱喻的意象，便有其特定的意指內涵。

《金瓶梅》寫定者試圖從結黨營私的角度揭露家國政體面臨混亂敗亡的根本原因，從「賣官鬻獄，賄賂公行，懸秤升官，指方補價」的評論中，無不揭露了整體話語構成後設的政治批評意圖。第七十回敘及各級官吏準備禮物前往太尉朱勔府上庭參。堂上樂聲響動，俳優演唱一套〔正宮・端正好〕：

> 享富貴，受皇恩；起寒賤，居高位。秉權衡威振京畿，惟君恃寵把君王媚，全不想存仁義。（頁1152）

對於朱勔身爲「輦下權豪第一」，卻「假旨令八位大臣拱手，巧辭使九重天子點頭」，致使「江南淮北盡災殃，國庫民財皆匱竭」。如此作爲，曲文之中已暗藏批判之思。値得注意的是，西門慶作爲地方武官，卻也處心積慮地位列送禮官吏之一，力求藉此夤緣富貴權臣。對於「小人亂國」一事，敘述者心中不免有一番沉痛的感慨：

> 權奸誤國禍機深，開國承家戒小人。
> 六賊深誅何足道，奈何二聖遠蒙塵。（頁1154）

事實上，此一政治批評意圖更是在第七十一回敘及北宋徽宗祀畢南郊回來，升崇政大殿，以及接受百官朝賀，敘述者便以反諷敘述方式對於徽宗皇帝的荒愚有所評論：

> 這帝皇果生得堯眉舜目，禹背湯肩。若說這個官家，才俊過人：口賡詩韻，目數群羊；善寫墨君竹，能揮薛稷書；通三教

之書，曉九流之典。朝歡暮樂，依稀似劍閣孟蜀王；愛色貪杯，彷彿如金陵陳後主。從十八歲登基即位，二十五年倒改了五遭年號：先改建中靖國，後改崇寧，改大觀，改政和，改重和，改宣和。（頁1169）

表面上看來，北宋末年「海宇清寧，天下豐稔」；然而在朱勔等官員專擅掌握之下，諸多官位卻以私相授受行之。聖聰屢屢遭受蒙蔽，致使朝綱不振。因此，「兩淮、兩浙、山東、山西、河南、河北、關東、關西、福建、廣南、四川等處刑獄千戶章隆等二十六員，例該考察，已更升補。」其中在繳換劄付時，亦包括西門慶在內，由此顯見吏治混亂不明。那麼，更不用說當時山東宋江、淮西王慶、河北田虎、江南方臘四大寇四方蜂起，轟州劫縣，甚至僭稱王號。惟有「宋江替天行道，專報不平，殺天下贓官污吏、豪惡刁民。」整體而言，《金瓶梅》圍繞西門慶一生的情節建構，正如浦安迪（Andrew H. Plaks）考察所見：

當故事繼續向前發展，西門慶與朝政的瓜葛就愈纏愈緊了。……到了本書前半部與後半部之間，就愈來愈清楚了，這位原本無足輕重的小人物卻在仕途上飛黃騰達，取得與現實不成比例的進展——達到與他騰空上升的荒淫程度相並行的地步。他的淫亂活動愈演愈烈之際，他與宮廷的瓜葛也越來越深。[29]

---

29 （美）浦安迪（Andrew H. Plaks）著，沈亨壽譯：《明代小說四大奇書》（*The Four Masterworks of the Ming Novel*：*Ssu ta ch'I-shu*）（北京：生活・讀書・新知三聯書店，2006年），頁137-138。

在此一亂世背景之中，凡有關西門慶在酒、色、財、氣的欲望書寫，在某種意義上都足以投射並擴及至家國興亡歷史的關注。在家國同構的寓言思維主導下，整體話語構顯現出特定的政治關懷。

《金瓶梅》寫定者對於因各種人欲之貪的惡性膨脹造成政治綱紀廢弛、人倫道德喪亡的事實陳述，實則預示了對於整個家國命運可能因此而走向毀滅之道的深刻觀察。《禮記・大學第四十二》曰：

> 一家仁，一國興仁；一家讓，一國興讓，一人貪戾，一國作亂；其機如此。[30]

從西門慶貪戾到奸臣擅政，北宋國祚走向滅亡，不爲無因。而此一有關歷史盛衰興亡之隱喻書寫中，無疑更在西門慶死亡結局的埋藏伏筆，並且在隨後情節中以西門一家走向衰敗的歷程與大宋國祚的命運發展進行綰合，在情節建構上形成了密不可分的互文關係。第九十九回敘述者曰：

> 不料東京朝中徽宗天子，見大金人馬犯邊，搶至腹內地方，聲息十分緊急。天子慌了，與大臣計議，差官往北國講和，情願每年輸納歲幣金銀彩帛數百萬。一面傳位與太子登基，改宣和七年爲靖康元年，宣帝號爲欽宗。皇帝在位，徽宗自稱太上道君皇帝，退居龍德宮。（頁1670）

最終，第一百回敘及「北國大金皇帝滅了遼國，又見東京欽宗皇帝登基，集大勢番兵，分兩路寇亂中原。」卻說「大金人馬，搶過東昌府

30〔漢〕鄭元注，〔唐〕孔穎達等正義：《禮記注疏》，見〔清〕阮元審定，盧宣旬校：《十三經注疏》，頁986。

來，看看到清河縣地界。只見官吏逃亡，城門晝閉，人民逃竄，父子流亡。」那時，西門慶家中僅剩吳月娘和一些家人一起逃難，往投濟南府雲離守，一來那裡避兵，二來與孝哥完就其親事去。一路上，只見人人慌亂，個個驚駭不已。關於此一江山改易的歷史情勢的敘述，足見寫定者在亡國一事上所體現的政治關懷，同時也在家國同構的嘲諷中賦予濃厚的政治批評意味。正如芮效衛（David Tod Roy）的深刻觀察指出：

> 《金瓶梅》的深層結構是由個人、家庭、國家的內部機體間一整套精心設計的類比所組成的。我曾在另一處這樣說過：「《金瓶梅》的一個重要的主題思想是要告訴人們：倘使一個人的軀體精力不是妥善使用，而是經常消耗在過度的房事上……其結果必然是那人的夭亡。國家的財源勢將枯竭，那就必然導致國家的崩潰和滅亡。」若是看不到這個即小見大的道理並經常牢記在心，《金瓶梅》中許多細節描寫的微言妙旨對那些粗心的讀者就會變得毫無意義了。[31]

就《金瓶梅》結局設置的政治意涵而論，寫定者在歷史話語的建構和闡釋的意義上，的確有意在個人、家庭和國家三位一體的取喻書寫中，通過政治寓言的創造以寄寓特殊的政治倫理隱喻。

在講史理念的承衍中，「通俗取義」作爲《金瓶梅》寫定者創作的核心概念，不僅僅只是滿足於對過去事件的複製或還原，而是提供對現實狀況的認識以及對未來的期望，使得奇書敘事具有不可忽視的

---

31 （美）芮效衛（David Tod Roy）：〈湯顯祖創作《金瓶梅》考〉，見徐朔方編選，沈亨壽等譯：《《金瓶梅》西方論文集》（上海：上海古籍出版社，1987年），頁101-102。

意識形態內涵。海登·懷特（Hayden White）指出：

> 歷史敘事不僅僅是關於過去事件和過程的模式，同時也是隱喻性敘述，表明這些事件和過程與我們約定俗成的敘事類型是相似的，這個敘事類型通常用來賦予生活中的事件以文化意義。從純粹形式的方面看，歷史敘事不僅是對其中所述事件的再生產，也是指導我們在文學傳統中尋求那些事件結構之語像的一個複雜的符號系統。[32]

在道德淪喪、價值混淆的年代裡，《金瓶梅》固然已難將政治理想寄託於英雄人物出世，創造新的歷史情勢；但是西門慶家庭史發展所體現的「盛衰消長之機」，以及對於「一家興仁」、「一家興讓」的道德良知籲求，卻已充分在「世運代謝」的敘寫中，提供了批判現實政治和社會生活的參照標準。

四、克己復禮：無私欲之蔽的生命反思

明代中後期以來，商品經濟的高度發展與政治綱常的異常腐敗，可以說並存於當時歷史文化語境之中，形成一個充滿各種矛盾和衝突的時代環境。其中個人的感官欲求，充分展現在酒、色、財、氣的貪求之上，縱情享樂成了人們普遍追求的生活方式，因而無視禮法綱常，導致崇奢極靡、亂紀陵夷的情形蔚爲時尚。此時，傳統的道德倫理價值體系已無從規範人心，廢壞極矣。由於政治、社會和文化環境之變化所帶來的倫理綱常失序、社會階層結構解體和文化價值觀念變

32 （美）海登·懷特（Hayden White）：〈作爲文學仿製品的歷史文本〉，見氏著，陳永國、張萬娟譯：《後現代歷史敘事學》（北京：中國社會科學出版社，2003年），頁181。

異和轉型現象，理學核心價值也正經歷一場轉換。在「好貨」、「好色」的縱欲思潮中，《金瓶梅》寫定者將潘金蓮和西門慶偷情事件置於惡棍、奸商和貪官集於一身的西門慶的發跡變泰生命史中，可以說由此投射歷史現實現狀，隱含了特殊的政治倫理隱喻。

值此之時，陸王心學興起，向來被視爲具有振衰起弊，穩定政治社會秩序之功。尤其陽明心學在反求諸心的「正心」原則上，始終強調「格物」與「良知」同一，主張秉持「良知」以進行道德實踐。王守仁試圖通過心學學說之推廣以改變士風與學風，其所強調的政治道德實踐，在「心即理」、「心外無理」的思想基礎上，既肯定「人欲」的合理性存在，又十分著重通過「存理去欲」的途徑修習「克己」的工夫。「天理」之所在，則取決「天地之心」所具有的「良知」，而「無私欲之蔽」。王守仁在《傳習錄上》便指出：

> 人若眞實切己用功不已，則於此心天理之精微日見一日，私欲之細微亦日見一日。[33]

因此，陽明心學在理想道德人格的創造上，更從「天命之性」說明人人皆可入聖。他在《傳習錄中》說道：

> 夫良知即是道，良知之在人心，不但聖賢，雖常人亦無不如此。若無有物欲牽蔽，但循著良知發用流行將去，即無不是道。[34]

---

33 〔明〕王陽明撰，吳光、錢明、董平、姚延福編校：《王陽明全集》（上）（上海：古籍出版社，1992年）卷一《語錄一》，頁23。

34 〔明〕王陽明撰，吳光、錢明、董平、姚延福編校：《王陽明全集》（上）卷二《語錄二》，頁78。

此外，在成聖體道的追求中，王守仁主要是將道德意識、倫理觀念和政治見解融合爲一，認爲通過克己工夫得以重建倫理道德意識，從而在自我修養中重建社會倫理道德規範，最終在「明德」中達於「至善」的境界。王守仁在〈大學問〉中便說：

> 至善者，明德、親民之極則也。天命之性，粹然至善，其靈昭不昧者，此其至善之發見，是乃明德之本體，而即所謂良知也。[35]

由此可見，陽明心學對於「至善」之理想建構，取決於「良知」的主體認識和把握之上，所謂「吾心之良知即所謂天理」，乃成了個體主體意識和獨立人格得以張揚的依據。如何避免爲「物欲牽蔽」，致使不能「循得良知」，便需要學習從「克己」工夫入手。因此，倘人人皆能去欲、明德以致良知，「將好色、好貨、好名等私欲逐一追究搜尋出來，定要拔去病根，永不復起」，[36]則「天地萬物一體」的政治理想之實現，無疑具有其特定的現實性價值。

面對晚明以來歷史文化語境的巨大變化，《金瓶梅》寫定者試圖通過現實生活圖景之建構，積極探索「天理」制約下之歷史道德秩序，基本上乃是從宋明理學之「格物致知」的哲學邏輯中展開自我印證的理悟過程。《金瓶梅》寫定者在回應晚明社會文化重視「好貨」、「好色」思想的歷史現實時，早在敘事正式開始之前，即先從「四季詞」建構一種「且優游，且隨分，且開懷」的閒適人生觀，並以酒、色、財、氣「四貪詞」彰顯人心私欲之蔽，從中提出勸誡之

[35] 〔明〕王陽明撰，吳光、錢明、董平、姚延福編校：《王陽明全集》（中）卷二十六《續編一》，頁1067。

[36] 〔明〕王陽明撰，吳光、錢明、董平、姚延福編校：《王陽明全集》（上）卷一《語錄一・傳習錄上》，頁13。

道。整部小說敘述極力圍繞情色書寫而寄寓的生命反思，正是有感於晚明世變時期的新興思想潮流，對於人心世道的急速變化產生極爲深刻的影響。關於此一思想觀念的具體表現，正可從《金瓶梅》寫定者所發出的「四貪詞」警戒之旨中獲得印證，特別是在論「色」時云：

> 休愛綠髩美朱顏，少貪紅粉翠花鈿。損身害命多嬌態，傾國傾城色更鮮。　莫戀此，養丹田。人能寡欲壽長年。從今罷却閑風月，紙帳梅花獨自眠。（「金瓶梅詞話題詞」，頁2）

在格物致知的意義上，《金瓶梅》寫定者對於情色議題的深刻關注，正可能深刻地反映出一個事實，即通過創作以進行「自我觀」——「克己」與「復禮」的深層辯證，並從「寡欲」中達到養生長壽的目的。在「克去人欲，以明天理」的思想文化背景中問世，《金瓶梅》之創作、傳抄、刊刻、出版乃至普遍流行，當有其不可忽視的政教意識和文化意義，讀者應該對此一歷史意識和思想意向有所區辨。[37]

《金瓶梅》的話語構成，乃是以「個人」、「家庭」乃至「國

---

37 黃毅指出：「在《金瓶梅》中，既無兼濟天下的政治理想，也無做道德聖人的追求，有的只是如實地描寫金錢意識對道德觀念的衝擊、人欲對禁欲的反叛和群體意識在自我意識中的淡化。其認知的基本點是重視個體，肯定人欲。這種對人生的思考，應當視爲當時整個時代進步思潮的有機組成部分，它與西方文藝復興時期反對中世紀禁欲主義文化思潮一樣，表明了人類對自身認知的自覺與飛躍。《金瓶梅》中所表現的進步思想，與晚明興起的人文思潮一同開啓了中國近代思想發展的方向。」見氏著：〈從「四貪詞」與正文的矛盾看《金瓶梅》中的時代意識〉，《河北師範學院學報》（哲學社會科學版）第24卷第3期（2001年7月），頁102。大體而言，這樣的看法主要是從突破禁欲的角度揄揚《金瓶梅》對於物質生活追求所展現的時代新意識，因而認爲四貪詞與正文敘事內容的思想表現有所衝突。但究實而論，當論者過度強調《金瓶梅》突破天理和肯定人欲時，或許也就偏離了寫定者前置四貪詞乃至四季詞以規範小說文本背後的人生思想基調的用意。

家」之命運的興敗盛衰情形作爲考察歷史運行的參照觀點，進而在「格物致知」以「窮理」的過程之中傳達對歷史現實的省思。此外，在探索天理與歷史的關係中，《金瓶梅》寫定者試圖通過小說敘述表達文以明道／載道的根本法則。因此透過西門慶、潘金蓮等人物命運的書寫，藉以暴露人物貪欲的不堪下場，可以說既是對歷史現實的眞實反映，又可以說是對歷史現實的深刻省察。正如第八十一回開篇詩曰：

> 萬事從天莫強尋，天公報應自分明。
> 貪淫縱意奸人婦，背主侵財被不仁。
> 莫道身亡人弄鬼，由來勢敗僕忘恩。
> 堪嘆西門成甚業，贏得奸徒富半生。（頁1411）

西門慶死後，應伯爵隨即視同陌路，做出許多不義之事。之後，「韓道國拐財倚勢」，「湯來保欺主背恩」。西門慶一生作爲最終化做一場空無。又第八十八回開篇詩曰：

> 上臨之以天鑒，下察之以地祇；
> 明有王法相制，暗有鬼神相隨。
> 忠直可存於心，喜怒戒之在氣；
> 爲不節而亡家，因不廉而失位。
> 勸君自警平生，可嘆可驚可畏！（頁1501）

這是從武松殺嫂祭兄的角度提出，主要針對潘金蓮死後託夢情節的敘寫而來。顯然，「縱欲而死」所具有的警示意味，無乃表達出對於人性之貪的最大嘲諷。在某種意義上，這樣的思想傳達了如何克除「私欲」以達成對於「良知」的根本追求，[38]直可與晚明思潮中的「克己復禮」思想有所聯繫，[39]可謂意義深刻。

基本上，我認爲《金瓶梅》創作的深刻之處，就在於寫定者選擇直面晚明世變歷史現象，既以寫實手法揭露時代社會變化中所存在的諸多問題；同時又秉持講史的意識形態對於問題本身提出批判，在家國同構的情節建構中引發讀者的反省。《金瓶梅》寫定者將原有的復仇故事原型經過置換變形以後，使得整體敘事創造從忠義英雄的浪漫形塑轉化爲男女情色的寫實敘述。西門慶作爲傳統父權宗法秩序的象徵形象，正是寫定者有意從己／家／國三位一體的互文手法統攝其一生命運書寫。第二十九回據吳神仙相命所言，西門慶一生乃「非貴即榮之造」：

> 一生盛旺，快樂安然，發福遷官，主生貴子。爲人一生耿直，幹事無二，喜則和氣春風，怒則迅雷烈火。一生多得妻財，不少紗帽戴。臨死有二子送老。（頁412）

而事實上，正當西門慶因官哥兒出生彌月，兼得自己加官進祿，於是開宴請喜酒之時，卻在隨後連續幾回中通過敘述者干預的評論，暗諷西門慶一生終將成空，由此傳達「浮生有如一夢」的感嘆。第三十回開篇詩曰：

38 張艷萍：〈試論王陽明「良知」論對《金瓶梅》的影響〉，《重慶工商大學學報》（社會科學版·雙月刊）第20卷第5期（2003年10月），頁107-111。

39 龔鵬程考察晚明思潮時指出「克己復禮」乃是晚明思想史發展的重要路向。見氏著：《晚明思潮》（北京：商務印書館，2005年），頁20-34。另《金瓶梅》與晚明的克己復禮思想的聯繫討論，可參李建武、李冬山：〈《金瓶梅》人性觀與明代中後期「克己復禮」思想無關嗎？〉，《江淮論壇》2006年第6期，頁168-174。

得失榮枯總是閑，機關用盡也徒然！
人心不足蛇吞象，世事到頭螳捕蟬。
無藥可延卿相壽，有錢難買子孫賢。
家常守分隨緣過，便是逍遙自在仙。（頁423）

第三十一回開篇詞曰：

家富自然身貴，逢人必讓居先。貧寒敢仰上官憐？彼此都看錢面。　婚嫁專尋勢要，通財邀結豪英。不知興廢在心田，只靠眼前知見。（頁437）

第三十二回開篇詩曰：

常言富者貴之基，財旺生官眾所知。
延攬宦途陪邀引，夤緣權要入遷推。
姻連黨惡人皆懼，勢倚豪強孰敢欺！
好把炎炎思寂寂，豈容人力敵天時。（頁455）

第三十三回開篇詩曰：

人生雖未有前知，富貴功名豈力爲。
枉將財帛爲根蒂，豈容人力敵天時。
世俗炎涼空過眼，塵氛離合漫忘機。
君子行藏須用舍，不開眉笑待何如。（頁469）

基本上，《金瓶梅》寫定者在重寫素材的過程當中，早已不再關注英雄傳奇事蹟，而是將情色事件置於「亂世」的歷史背景之中，從中展開一場「世情」演義。正如陳翠英考察所見：

> 西門慶在財色所表現的高度追求，與其權力欲望亦密切相關，二者乃是互相糾結鼓蕩，所有父權的淫威，在西門慶身上作了最完整的演出。攀結富貴，聚歛財富，財力權力的陡漲，也保障情場征戰無往不利，欲深谿壑，就此陷入永無止境的追逐中。[40]

然而應該注意的是，《金瓶梅》寫定者鋪寫西門慶一生，卻意在表達一種生命觀點，即從「貪色」到「貪財」的人欲追求，最終總是難以超越「天理」所限定的命定框架，其中「人力不敵天時」的判斷，不免隱含「天道循環」的後設命題，進而主導了《金瓶梅》的話語構成。嚴格來說，這場欲望徵逐，最終在西門慶死亡結局（不論是在形體方面或精神方面）的安排中宣告結束。在「生平造化皆由命」的思想觀念主導下，西門慶因貪花而於盛年之際死亡，如此做法無不凸顯出「人欲」無從改變「天理」的既定事實，同時也毫不遮掩地對於西門慶陷入私欲之蔽的作爲表達強烈的「反諷」意識。[41]

嚴格來說，《金瓶梅》寫定者並不反對人欲的追求，然而當人在追求欲望實現的過程當中，踰越了禮法或天理時，便應該加以克制，否則將爲身家帶來不可預期的傷害。[42]究實來看，《金瓶梅》的敘事

---

40 陳翠英：《世情小說之價值觀探論——以婚姻爲定位的考察》，頁114。

41 高小康認爲西門慶命運的盛衰，不是被道德秩序及善惡循環的天道所左右，而是由他個人的行爲方式、個人的性格發展所決定。換句話說，西門慶故事背後的世界秩序不是恆定的、客觀的道德秩序，而是以個人的行動爲中心的動力秩序——是性格以及行動的力量，而不是客觀的善惡報應、盛衰消長之機決定著人物的命運。見氏著：《中國古代敘事觀念與意識形態》（北京：北京大學出版社，2005年），頁49。

42 李漢舉：〈欲海迷失的批判——《金瓶梅》的審美選擇與文化反思〉，《東岳論叢》第22卷第5期（2001年9月），頁121-124。

創造，便以天道循環的後設命題作爲思想綱領，處處於情節發展中埋伏「情理」變化之機。《金瓶梅》寫定者對於「天理」之探索，大體上即以此視爲理解歷史走向的基本規律和變化法則的認知依歸，體現出對人心世道變化的深層觀照。正如第二十三開篇詞曰：

> 行動不思天理，施爲怎合成規！徇情縱意任奸欺，仗勢慢人尊己。　出則錦衣駿馬，歸時越女吳姬。休將金玉作根基，但恐莫逃興廢。（頁319）

又第六十二回開篇詩曰：

> 行藏虛實自家知，禍福因由更問誰？
> 善惡到頭終有報，只爭來早與來遲！
> 閑中點檢平生事，靜裡思量日所爲：
> 常把一心行正道，自然天理不相虧。（頁977）

事實上，在考察《金瓶梅》敘事格局創造的理性過程中，我始終認爲小說話語構成背後始終存在著一種定向的思維圖式，亦即寫定者無不以潛隱在「天道循環」和「人事際遇」之間的「天命」、「天理」、「天道」思想作爲敘事秩序建立的「主導」（dominant），由此展現廣大世情之中各種情理事體，以便從中寄寓勸懲之道。第九十三回開篇詩曰：

> 誰道人生運不通，吉凶禍福并肩行。
> 只因風月將身陷，未許人心直似針。
> 自課官途無枉屈，豈知天道不昭明。
> 早知成敗皆由命，信步而行暗黑中。（頁1577）

準此而言，《金瓶梅》對天道循環的後設命題進行重寫或重構時，無乃在人物命運的寫實觀照中，藉「報應輪迴之事」將「天命」與「人生」合而爲一。更進一步來說，寫定者通過西門慶一家人物行動所負載的道德實踐問題的書寫，無不希望由此建置小說文本內在的儒家人倫秩序和道德規範的理想內涵，從而揭示被現實壓抑的政治無意識（political unconscious）。[43]正如欣欣子在〈金瓶梅詞話序〉評論寫作原旨時所云：

> 無非明人倫、戒淫奔、分淑慝、化善惡，知盛衰消長之機，取報應輪回之事，如在目前；始終如脉絡貫通，如萬絲迎風而不亂也，使觀者庶幾可以一哂而忘憂也。（「金瓶梅詞話序跋」，頁1）

是以，在貼近現實生活的語言表述中，《金瓶梅》寫定者不斷通過敘事干預提示「知命」的重要性，並以此作爲小說敘述主導的意識形態素。

如果說《金瓶梅》對於「人欲」的檢視，強調「道德意識」之省察；那麼對於「天理」的探求，則無不重視「天道循環」之制約。[44]正如欣欣子在〈金瓶梅詞話序〉進一步云：

> 至于淫人妻子，妻子淫人，禍因惡積，福緣善慶，種種皆不出循環之機。故天有春夏秋冬，人有悲歡離合，莫怪其然也。

---

43 （美）弗雷德里克·詹姆遜（Fredric R. Jameson）著，陳永國譯：《政治無意識——作爲社會象徵行爲的敘事》（*The Political Unconscious:Narrative as a Socially Symbolic Act*）（北京：中國社會科學出版社，1999年），頁24。

44 董雁：〈人欲的敞開與人性的思考——《金瓶梅》情欲主題解讀〉，《陝西師範大學繼續教育學報》（西安）第21卷第2期（2004年6月），頁71-74。

合天時者，遠則子孫悠久，近則安享終身；逆天時者，身名罹喪，禍不旋踵。人之處世，雖不出乎世運代謝，然不經凶禍，不蒙耻辱者，亦幸矣。（「金瓶梅詞話序跋」，頁2）

由於《金瓶梅》中的主要人物大多在行動中不能去得「人欲」，因此在好色、好利、好名等「意之不正」的私欲的遮蔽下，無法識得天理，最終都導致「以私害公」，因而招致諸多潛藏之可能禍患，這樣的敘事思維，可謂始終貫串於敘事進程之中，並以因果報應的框架加以統攝。據此而論，《金瓶梅》寫定者從反諷立場進行敘事建構，積極營造「天理」與「人欲」的衝突結構，其目的無非在於凸顯人欲無節所可能帶來的影響，往往超乎人物本身所能預期的結果。在此我同意浦安迪考察明代四大奇書時所指出的現象：

明代四大奇書的通比，使我們看到，眾多的關鍵情節都表現出一種因動心而失高或失控的傾向，這種傾向可以名之爲「亂」。……這個問題體現在四大奇書主人公身上的一種特殊形式，就是一面有個人或集體欲望要求滿足，另一面有外部環境套上去的侷限，兩者之間經常演出種種衝突場面。很多情況下，這表現爲一種類似自由意志和宿命論拘束之間的抵觸。[45]

由於人物受「貪欲」影響，失去應有的節制，致使個人「良知」泯滅，違亂綱常，最終走向毀滅之途。因此，如何實踐「克己」的修身行動，藉由「良知」的涵養達到掃除「私欲」的修心工夫，進而實現「天下歸仁」的政治理想，無乃《金瓶梅》的主題寓意寄託之所在。

---

45 （美）浦安迪（Andrew H. Plaks）講演：《中國敘事學》（*Chinese Narrative*）（北京：北京大學出版社，1998年），頁182-185。

總的來說，在西門慶死亡之後，《金瓶梅》寫定者在後續敘事進程中，著重爲其他人物的最終命運設置具因果報應的倫理結局，其中「天命」之思，相對成爲《金瓶梅》寫定者建構敘事話語以及解決道德困境的重要思想基礎，便深刻體現出天道循環的深層文化思維。第一百回敘述者在結尾詩云：

> 閑閱遺書思惘然，誰知天道有循環。
> 西門豪橫難存嗣，經濟顛狂定被殲。
> 樓月善良終有壽，瓶梅淫佚早歸泉。
> 可怪金蓮遭惡報，遺臭千年作話傳！（頁1695-1696）

當《金瓶梅》寫定者試圖藉由敘事以反諷人物內在的欲望形式時，可以說從中寄寓了一種精神革命和文學革命的歷史意識。整體話語構成體現的眞實性特徵和主體精神，無疑在個人欲望的逐一消解中，通過「克己復禮」思想的主導，賦予了話語構成以特定的政治倫理隱喻，深刻展示出寫定者對歷史現實的高度觀照。整體而言，在轉義的話語創造中，《金瓶梅》寫定者並不是以崇尚現世享樂的姿態著書，[46]而是在政治理想的反向式建構中，深切體現出追求長治久安的政治期望，並在微言大義的曲筆中賦予奇書敘事以隱含的救世意涵。[47]

五、結語

就《金瓶梅》的自然寫實風格來說，[48]如果說小說敘事本身只是

---

46 周中明：〈評《金瓶梅》「崇尚現世享樂」說〉，《安徽大學學報》（哲學社會科學版）1998年第5期，頁91-98。

47 周中明：《金瓶梅藝術論》，頁69。

48 關於《金瓶梅》一書所具有的寫實主義成分的討論，可參章培恆：〈明清小說的發展與寫實主義〉，見李豐楙主編：《文學、文化與世變——第三屆國際漢學會議論文集》（臺北：中央研究院中國文哲研究所，2002年），頁273-301。

在通過記錄西門慶一家的市井家庭百姓的日常生活瑣事，並試圖以此呈現一種生活觀念，最終不過是社會人情和風俗材料的累積與印證而已，根本上缺乏了認識晚明歷史文化、社會生活乃至群體生命的深層結構因素。[49]然而，《金瓶梅》之能成爲「奇書」，亦正如孫述宇所指出的：

> 金瓶梅裏充滿了瑣事，而竟然又能吸引讀者，是有原因的。……作者能寫家常事的一個更深的原因，是他的異常的生命力，這生命力表現爲對世界與人生的無限興趣，使他覺得生活很值得寫。[50]

正因爲如此，《金瓶梅》寫定者並不只是寫了一般人的飲食起居、情色欲求和人際交往的平凡生活現象，而是在敘事過程中，企圖藉情色書寫此一具衝擊性的文體策略，藉以營造技巧的陌生感和閱讀的新奇感，將傳統文化規範所掩蓋的事件眞相加以揭露出來，使得讀者得以

49 基本上，《金瓶梅》作爲回應晚明歷史語境的文化產物，必然會涉及到諸多新思潮、新意識、新物質等新興議題的書寫；但不可否認的是，寫定者以儒家爲本位的創作意識，仍然是以修齊治平的政治期望爲主導建構敘事話語，因此在以「家庭」爲中心的表述中，不可避免地仍帶有家國同構的傳統價值觀念，深切表達個人的歷史觀照和政治批評。及巨濤在〈論《金瓶梅》中西門氏家族社會〉一文中針對西門氏家族社會之模式的結構意義提出看法，有其一定參考價值。他指出：「從西門氏家族社會之模式的構造到解體，《金瓶梅》標示出如下幾個層次的主體意識的流程：對傳統社會圖式的超越→對新興社會圖式的棄置；對封建秩序的叛逆→對血緣根基的皈依；對新意識的愉悅表現→對舊理念的沉重因襲。應該看到，當《金瓶梅》的創作者還不能爲筆下的世界設計出全新的天地時，也只能把自己的感受力和創造力納入舊理念、舊規範的侷限之中。」見杜維沫、劉輝編：《金瓶梅研究集》（濟南：齊魯書社，1988年），頁154。

50 孫述宇：《金瓶梅的藝術》（臺北：時報文化出版事業有限公司，1985年），頁9。

深入社會文化的深層結構，思考特定歷史語境中某些耐人尋味的文化事實。

基本上，在《金瓶梅》中，寫定者所提出的政治期望，當如第三十一回「西門慶開宴吃喜酒」時聽曲所示：

> 法正天心順，官清民自安。妻賢夫禍少，子孝父心寬。（頁450）

然而令人感到遺憾的是，《金瓶梅》的敘事審美形態，最終卻是以人物走向「自我毀滅」爲導向，通過潘金蓮與西門慶偷情事件及其死亡結局的設置，在反向式情節建構中充分達到對於儒家世界秩序解體的深刻反省。因此在主題先行的預述性敘事框架建置中，「天命人受」之思維圖式，無疑扮演著情節建構的主導動因，從中爲讀者提供可資參照的法則啓示。宋克夫即指出：

> 作爲價值觀念變革時期人們對新的價值體系的渴望和對傳統價值體系的參照，《金瓶梅》的作者一方面眞實地描寫人情物欲對「天理」、「綱常」的衝決，同時又希望以「天理」、「綱常」來拯救那個人欲橫流的社會；一方面客觀地描寫了現實社會中輪迴報應之類宗教思想的荒謬和虛妄，同時又希望以這種輪迴報應思想警戒人生；一方面以放情縱欲的享樂來達到生命價值的確認，同時又希望以生命意識喚起人類對情欲的節制。[51]

---

51 宋克夫：《宋明理學與章回小說》（武昌：武漢大學出版社，1995年），頁167。另亦可見宋克夫、韓曉著：《心學與文學論稿——明代嘉靖萬曆時期文學概觀》（北京：中國社會科學出版社，2002年），頁316。

準此而言，筆者以爲《金瓶梅》寫定者編創的眞正作意不在於導淫宣欲，而是將「天」與「人」、「命」與「遇」的交會作爲一種故事性思維程式，並將勸善懲惡之思落實在小說人物生命歷程的模擬嘲諷（parody）過程中。

對於《金瓶梅》的話語構成而言，在小說人物形體消亡的結局設計中，無不深刻傳達出對於「克己」以「復禮」的道德價值體系的重建意圖，期待回歸一種近於「清心寡欲」的自然隱逸生活形態。[52]關於此一理想精神家園的建構，其實早在《金瓶梅》敘事開啓之初，寫定者即在篇首引詞中有所表達：

> 淨掃塵埃，惜取蒼苔，任門前紅葉鋪階。也堪圖畫，還也奇哉。有數株松，數竿竹，數枝梅。　花木栽培，取次教開，明朝事天自安排。知他富貴幾時來。且優游，且隨分，且開懷。（「金瓶梅詞話題詞」，頁1）

毫無疑問，《金瓶梅》寫定者對於人物命運的深層觀照，除了有意從中表達出對天命本身的質疑和信仰之外，在格物致知的探索過程中，更試圖從中尋找安頓自我心靈的精神家園。因此在敘事進程中，對於如何通過西門慶一家人物行動的失敗和死亡進行告誡的反覆書寫，無不在於提示個人重視「克己」和「復禮」工夫，以期召喚個人「良知」，在道德實踐中創造出「至善」的理想生活境界。

總的來說，面對明代中後期以來人欲張揚的歷史文化語境，《金瓶梅》寫定者之所以從開篇即提出「戒四貪」的見解，無疑深切地反映了個人對於「齊家」和「治國」的雙重政治籲求，同時也賦予了

---

52 陳東有：〈《金瓶梅》道德說教中的哲學命題〉，《南昌大學學報》第32卷第3期（2001年7月），頁111-118。

奇書敘事以深刻的歷史闡釋意涵和特殊的政治倫理隱喻。整部《金瓶梅》在反向式情節建構中所寄寓的政治期望，乃符應於《大學》所言：

> 大學之道，在明明德，在親民，在止於至善。……古之欲明明德於天下者，先治其國；欲治其國者，先齊其家；欲齊其家者，先脩其身；欲脩其身者，先正其心；欲正其心者，先誠其意；欲誠其意者，先致其知；致知在格物。……自天子以至於庶人，壹是皆以脩身爲本。[53]

此一以「修身」爲本的德化思維內容，便構成《金瓶梅》敘事創造背後的「潛文本」（subtext）。[54]至此，我們可以清楚看到，《金瓶梅》寫定者之所以將女性置於敘事中心，並以情色書寫作爲修辭策略，最終目的不在於宣淫導欲，滿足男性的情色欲望，而是試圖藉此喚醒人們對於明代中後期以來世變成因的關注，進而在家國同構的政治寓言創造中，反思政治理想重建的可能性。整體來說，小說敘述在「四季詞」和「四貪詞」的理想人生願望背後，仍然傳達了寫定者對於心中政治烏托邦實現的深切盼望。

---

53 〔漢〕鄭元注，〔唐〕孔穎達疏：《禮記注疏》，見〔清〕阮元審定，盧宣旬校：《十三經注疏》，頁983。

54 （美）浦安迪（Andrew H. Plaks）在〈《金瓶梅》非「集體創作」〉一文中針對《金瓶梅》非淫書的觀點進行分析，並指出有一層思想是隱含在結構照應和反諷修辭中的更深的明末文人抱負。該文曰：「我以爲《金瓶梅》一書反映了明末文人以儒爲主的三教思想，那就是當時所有讀書人從小吸收，由背誦『四書』得出來的基本人生觀，而這一思想框架是環繞著修身修心的核心觀念。從這個角度來看，整部灑灑洋洋的《金瓶梅》可以視爲一大篇翻案文章，也可以說是一大幅反諷味道的修身圖。」見中國金瓶梅學會編：《金瓶梅研究》（第二輯）（南京：江蘇古籍出版社，1991年），頁88-89。浦氏所提「修身」觀點與本文設論具有某種程度的一致性，頗爲值得參考。

第八章

三寸氣在千般用，一日無常萬事休

——《金瓶梅》的尊生意識

一、問題的提出

明代中葉以降，因商業經濟的發展和縱欲思潮的興起，整個歷史語境隨之發生巨大的思想變化，並造成「人情以放蕩為快，世俗以侈靡相高」[1]的時代社會風氣盛行。《金瓶梅》在此一歷史語境中問世，無疑具有相當深刻的文化意義。以今觀之，《金瓶梅》的題材係由《水滸傳》中「西門慶與潘金蓮偷情」和「武松殺嫂」的故事情節加以演化而來。[2]自明清以迄今，歷來論者對於如何理解《金瓶梅》的創作屬性問題一事，[3]無不十分重視《金瓶梅》寫定者如何從《水滸傳》的原始情節素材汲取創作資源以編創敘事的創作表現，以便由此展開各種議題討論的可能評估和評價。[4]是以，在長期歷史演變發展中，造就了「金學」的多元研究成果。[5]

《金瓶梅》寫定者重寫素材的寫作命意為何？[6]實則攸關小說創

---

1 〔明〕張瀚：《松窗夢語》（北京：中華書局，2008年）卷七〈風俗紀〉，頁139。

2 （美）浦安迪（Andrew H. Plaks）論及明代四大奇書作為「文人小說」典範時指出：「這些小說與它們的原始素材之間不是一種直接的承襲關係，而是現成材料經過一番有意識的改造。因而仿用各種通俗敘事文體慣例的修辭手法應該看作是經過作者文藝構思的組成部分。」見氏著：《明代小說四大奇書》（*The Four Masterworks of the Ming Novel: Ssu ta ch'I-shu*）（北京：生活·讀書·新知三聯書店，2006年），頁100。

3 歷來對於《金瓶梅》創作屬性的爭辯，主要體現在兩大議題之上：其一，《金瓶梅》究竟是淫書或是非淫書；其二，《金瓶梅》究竟是通俗小說或是文人小說。

4 參李梁淑：《金瓶梅詮評史》（臺北：臺灣學生書局，2014年）。

5 參吳敢：《金瓶梅研究史》（鄭州：中州古籍出版社，2015年）。

6 關於「重寫」的概念，（荷蘭）杜威·弗克馬（Douwe Fokkema）指出：「所謂重寫（rewriting）並不是什麼新時尚。它與一種技巧有關，這就是複述與變更。它複述早期的某個傳統典型或者主題（故事），那都是以前的作家們處理過的題材，只不過其中也暗含著某些變化的因素——比如刪削，添加，變更——這是使得新文本之為獨立的創作，並區別於『前文本』（pretext）或『潛文本』（hypotext）的保證。重寫一般比潛文本的複製要複雜一點，任何重寫都必須在主題上具有創造性。」見氏著，范智紅譯：〈中國與歐洲傳統中的重寫方式〉，《文學評論》1999年第6期（1999年12月），頁144。本文對於《金瓶梅》寫定者重寫《水滸傳》素材的作法，其概念源出於此。

作屬性的定位問題，特別引人思索。今觀《金瓶梅》一書，序篇即首揭酒、色、財、氣「四貪詞」，可見寫定者有意將四貪欲望作爲小說敘事生成的關鍵命題。至於寫定者如何敷演成篇敘事？且觀《金瓶梅》第一回所言：

> 說話的，如今只愛說這「情」、「色」二字做甚？故士矜才則德薄，女衒色則情放。若乃持盈慎滿，則爲端士淑女，豈有殺身之禍？今古皆然，貴賤一般。如今這一本書，乃虎中美女，後引出一個風情故事來。一個好色的婦女，因與個破落户相通，日日追歡，朝朝迷戀。後不免屍横刀下，命染黄泉，永不得着綺穿羅，再不能施朱傅粉。静而思之，着甚來由！況這婦人他死有甚事？貪他的，斷送了堂堂六尺之軀；愛他的，丢了潑天關産業。驚動了東平府，大鬧了清河縣。端的不知誰家婦女？誰的妻小？後日乞何人占用？死于何人之手？（頁3-4）

此一開篇作法，表面上看似輕描淡寫，而事實上卻暗藏深意。[7]具體而言，在此一番帶有預告性質的言語表述中，寫定者立足在「德／色」辯證的問題視域之上，爲一個充滿了道德爭議的風情故事提出了兩個核心的寫作命題：其一，《金瓶梅》寫定者選擇《水滸傳》中西門慶和潘金蓮的偷情事件作爲重寫的對象，首先著眼的是「情色」議題的可寫性，以此呼應小說序篇所置「四貪詞」的欲望表徵。其二，故事內容圍繞於西門慶和潘金蓮兩人因貪戀「情色」，最終導致縱欲

7　（美）浦安迪（Andrew H. Plaks）有言：「小說開場白在人倫道德問題上一些似乎是輕描淡寫的陳詞濫調，當讀者通讀小說之後，通過虛構境界，會最終領悟到埋藏在深層裡的意義。」見氏著，沈亨壽譯：《明代小說四大奇書》，頁63。筆者對於此一看法表示贊同。

身亡與招惹殺身之禍，以此揭示個體生命價值的實踐問題。本文以爲，《金瓶梅》寫定者利用西門慶、潘金蓮生命際遇變化的陳述，進行各種道德度量和價值判斷，並用以傳達深刻的個人的人生體驗和生存之思，無疑是一個值得深入探討的研究課題。[8]

《金瓶梅》寫定者以重寫方式編述西門慶與潘金蓮偷情故事時，表面上雖以「情色」書寫爲中心建構敘事，但在「寄意於時俗」的動機主導下，其實亦廣泛關注世風、人情處於急遽變化狀態的歷史事實，因而得以「著此一家，即罵盡諸色」[9]，造就出一部史無前例的世情書。關於此一寫作表現，前人研究多有闡論，自毋庸贅言。至於本文所關注者，則在於小說敘述以西門慶和潘金蓮兩人的死亡結局印證入話預告時，其評論皆是以「三寸氣在千般用，一日無常萬事休」（頁1391；頁1498）予以總結，可謂饒富意味。如今看來，此一評價之言，一方面固然不無嘲諷兩人縱欲失德之意，寓有懲戒之心；但另一方面，卻也表達了《金瓶梅》寫定者對於個體生命存續的珍視與眷戀，存有感慨之意。若是回到珍惜生命的意義上來說，《金瓶梅》寫定者編創「通俗演義」[10]的寫作關懷，可謂展現了對於「人身難得」

8 在某種意義上，《金瓶梅》寫定者以西門慶與潘金蓮的生命歷程爲中心敷演故事，其敘事表現，正如（美）浦安迪（Andrew H. Plaks）論及「敘事文」本質時所言：「敘事文側重於表現時間流中人生經驗，或者說側重在時間流中展現人生的履歷。任何敘事文，都要告訴讀者，某一事件從某一點開始，經過一道規定的時間流程，而到某一點結束。因此，我們可以把它看成是一個充滿動態的過程，亦即人生許多經驗的一段一段的拼接。雖然人生經驗的本質和意義歸納在敘事文的體式當中，但敘事文並不直接去描繪人生的本質，而以『傳』（transmission）事爲主要目標，告訴讀者某一事件如何在時間中流過，從而展現它的起迄和轉折。」（美）浦安迪（Andrew H. Plaks）講演：《中國敘事學》（北京：北京大學出版社，1998年），頁6-7。

9 魯迅：《魯迅小說史論文集——中國小說史略及其他》（臺北：里仁書局，1992年），頁162。

10 有關《金瓶梅》作爲「通俗演義」之作的討論，可參李志宏：《演義：明代四大奇書敘事研究》（臺北：五南圖書出版股份有限公司，2019年）。

的特定觀照和反思，同時也反映了個人的「尊生意識」。

在中國傳統文化中，儒家諱言死亡之事，影響所及，人們亦多抱持「未知生，焉知死」[11]、「死生有命，富貴在天」[12]的不論態度；但《金瓶梅》寫定者卻毫不迴避對生死的關切，並屢屢在小說敘述中以人物死亡事件作為告誡讀者的道德媒介。[13]正如孫述宇的洞見指出：「寫死亡是《金瓶梅》的特色。一般人道聽塗說，以為這本書的特色是床笫閒事，不知床笫是晚明文學的家常，死亡才是《金瓶》作者獨特關心的事。」[14]那麼，《金瓶梅》寫定者在生死關切方面究竟體現出何種尊生意識呢？經初步考察，其中反映在三個議題層面之上：

其一，通過西門慶、潘金蓮等人的死亡敘事安排，表達了愛惜身體、尊重生命的生命觀照，並在情節發展中表達對「命」的關注。

其二，《金瓶梅》寫定者對於「命」的觀想和思考，大體不脫「人命天定」的宿命思維；但其實亦強調人並不應只是被動接受天命對於個人生命的制約，而是必須在正視天命存在的同時，也應該重視養生、修身之道，並遵從天道、天理所規範的道德原則行事，才能在知天命中建構理想生命型態。

其三，相對於西門慶、潘金蓮等人因為縱欲導致生命不斷耗損，終致各種非正命死亡結局的發生，《金瓶梅》寫定者對於吳月娘修身養性而善終的敘寫，可以說更進一步從立命選擇的角度強調存心養性

---

11 〔魏〕何晏等注，〔宋〕邢昺疏：《論語注疏・先進第十一》，見〔清〕阮元審定，盧宣旬校：《十三經注疏》（臺北：藝文印書館，2001年），頁97。

12 〔魏〕何晏等注，〔宋〕邢昺疏：《論語注疏・顏淵第十二》，見〔清〕阮元審定，盧宣旬校：《十三經注疏》（臺北：藝文印書館，2001年），頁106。

13 賀根民：〈死亡：鑄造世情傑構《金瓶梅》的文化基點〉，《重慶三峽學院學報》第34卷（174期）（2018年第2期），頁57-64。

14 孫述宇：《金瓶梅的藝術》（臺北：時報文化出版公司，1985年），頁69。

的重要性。

本文以爲，上述問題實際上涉及到《金瓶梅》寫定者有意藉由小說人物的死亡書寫，表達對於「命」的積極思考。[15]緣此，我們必須重新思考的是，《金瓶梅》作爲一個道德文本，寫定者針對西門慶和潘金蓮在日常生活中因徵逐欲望而引發的生命危機進行問題化的展演，一方面如何在客觀事件陳述中提出可供讀者反省的人生問題，另一方面又如何在主觀評論中鎔鑄自我的生命體驗和生存反思。對於上述問題的重新考察，或得以讓讀者從不同側面理解《金瓶梅》的創作思想表現。

那麼，若要深入掌握和理解《金瓶梅》的尊生意識，究竟應該如何著手進行呢？本文以爲，除了在情節發展過程中解讀死亡敘事本身之外，其實最核心課題當屬於掌握敘述者的聲音。借浦安迪的觀點來說：「我們翻開某一篇敘事文學時，常常會感到至少有兩種不同的聲音存在，一種是事件本身的聲音，另一種是講述者的聲音，也叫『敘述人的口吻』。敘述人的『口吻』有時要比事件本身更爲重要。」[16]。其關鍵原因主要在於，《金瓶梅》寫定者編創通俗演義

---

15 在中國思想史上，「命」是一個相當複雜的哲學命題，也是構成中國心性論的重要內容。本文所論之「命」，主要指的是「天命」，是在一種較爲寬泛的意義上來使用的；但實際論述時，從天與人的互動關係分析《金瓶梅》小說敘述所體現的「命」觀，仍不免會與個體生命（life）和命運（fate）的概念產生一定的交涉關係。在前人研究成果中，已有論及《金瓶梅》的天命觀念者，諸如王啓忠：〈《金瓶梅》對於天命觀念的承襲〉，《齊魯學刊》1992年第2期（1992年3月），頁33-36。劉孝嚴：〈《金瓶梅》天命鬼魂、輪迴報應觀念與儒佛道思想〉，《東北師大學報》（哲學社會科學版）總第188期（2000年第6期），頁69-74。總體來看，相關研究大體上只是概括提出《金瓶梅》中存在著「命定」的消極思想，但忽略了針對小說敘述的寫作命意進行較爲深入的聯繫論述，略爲可惜。本文之作，希望能在前人研究基礎之上，深化此一論題的討論。

16 （美）浦安迪（Andrew H. Plaks）講演：《中國敘事學》，頁14。

時，其重要任務是必須爲小說敘述建立起一套道德價值判準。因此，在客觀事件陳述中，如何通過各種敘述干預評論的表述，爲讀者提供明確的閱讀指導觀點，無疑是相當重要的。以今觀之，在《金瓶梅》中，每一回開端前皆有篇首判文，行文之中亦有以「看官聽說」評論事件發展和人物作爲的文字，皆可視爲敘述者聲音的思想展演。[17]更進一步來說，這些敘述者聲音的存在，不僅爲小說敘述建立起問題視域和道德價值判準，而且或多或少透露了寫定者對於尋求安身立命之道的深切反省，應該予以重視。[18]是以，吾人對於《金瓶梅》的寫作命意展開討論時，實不能輕忽上述敘述者聲音在故事發展邏輯方面所

17 參（日）寺村政男：〈《金瓶梅詞話》中的作者介入文——「看官聽說」考〉，見黃霖、王國安編著：《日本研究《金瓶梅》論文集》（濟南：齊魯書社，1989年），頁244-261。

18 趙興勤指出：「寫《金瓶梅詞話》者，又當受到他一定哲學思想的薰陶。這仍應結合插詩（詞）來談。在《三國演義》、《水滸傳》、《西遊記》諸長篇小說中，插詞多用來描寫人物外貌及山川風景、地理形勢、戰爭場面等，與正文內容往往聯繫緊密，單純作議論的不多。而《金瓶梅詞話》中插詩，卻主要用來抒發議論，不少段落與正文所寫故事了不相關，純粹爲作者抒懷寄意而設置，或談性說理，講倫常，述因果，敘說立身之旨，點撥處世之道，帶有甚濃的理性色彩。」見氏著：《理學思潮與世情小說》（北京：文物出版社，2010年），頁277。當然，也有學者對此表示不同看法，如夏志清指出：「從作者引用詞曲與改寫故事的癖好來看（這裡我必須提到韓南的文章，他詳盡地討論了其他類型的文章），他似乎是一位頗爲任性的作家，他把自己的小聰明看得同創造力一樣重，甚或有過之。他雖富有寫現實小說的才情，卻仍要玩弄他的小聰明，熱衷於借用其他種種爲人喜聞樂見的東西，以便在一群特殊讀者面前賣弄，使它們對他的這種聰明智巧拍好稱妙。不過，即使是在明代，中國小說讀者主要的還只是對故事感興趣，到崇禎時（1628-1643），那些被精心插進小說中的小令和散套已被認爲不過是一種妨礙，所以在所謂『小說本』《金瓶梅》中，這些見於『詞話本』的小令、散套以及其他形式的詩都被刪除或剪裁，這種小說本不久就在一般讀者的贊同聲中取代了詞話本，到清代就成爲標準版本了。」見氏著：《中國古典小說導論》（合肥：安徽文藝出版社，1994年），頁186-187。

展示的預敘功能和指意作用。具體來說，對於《金瓶梅》作意的揭示而言，這些敘述者聲音的存在，實際上具有相當重要的修辭考量和制約作用，應該加以正視。[19]

在中國傳統文化中，有關「命」的思考、建構和辯證，自先秦開始即成爲哲學範疇的重要命題。對於「命」的認識和論述，無不反映出中國傳統文化對於理解「天人關係」的深刻籲求。誠如楊義所指出的，「在中國人的時間標示順序中，總體先於部分，體現了他們對時間整體性的重視，他們以時間整體性呼應著天地之道，並以天地之道賦予部分以意義。」[20]是以，先哲在「時間」的整體性布局中，往往利用「人事」際遇變化的敘述，深入表達對於「天人之道」的思考和探索，使之成爲鑑照人性和人生命運的重要思想依據。如此一來，在「敘事」的表現形態上，總是體現出對於「時間」的思考和特殊體驗，進而衍生一種命運觀念，以及對於個體生命存續問題的高度關注。基本上，這樣的敘事作法，不僅對於中國敘事傳統的影響極爲深遠，而且在中國古代小說中亦多有反映。[21]在具體的敘事表現方面，往往體現爲「中國的小說家以時間整體觀爲精神起點，進行宏觀的大

---

19 有關敘述聲音所具有的修辭考量和制約作用的觀點，可參（美）韋恩C.布斯（Wayne C. Booth）著，華明等譯：《小說修辭學》（北京：北京大學出版社，1987年），頁191。基本上，《金瓶梅》寫定者對於西門慶和潘金蓮的風情故事展開歷史想像和時命思考時，事件本身的敷演自然構成了一種歷史敘述聲音，而另一種聲音，則反映在各種敘述干預的評論之中，展現出一種帶有強烈議論性質的價值判斷。表面上看來，在事件發展進程中出現的各種敘述干預，或許並不存在多少高明之見，但究實而論，這些議論對於《金瓶梅》故事的道德判斷、寫作命意和主題寓意的展演等等，卻具有不可忽視的主導和制約作用。若爲強調《金瓶梅》作爲「奇書」的超常思想和作法，便以此爲因襲宋元以降話本編創的世俗化套語和贅言，恐不利於掌握小說創作的眞正作意。

20 楊義：《中國敘事學》（北京：人民出版社，1997年），頁122。

21 參劉宗艷、王光利：〈命運觀視域下的中國古典小說〉，《求索》2013年10期（2013年10月），頁140-142。

跨度的時間操作，從天地變化和歷史盛衰的漫長形成中寄寓著包舉大端的宇宙哲學和歷史哲學。」[22]若據此考察《金瓶梅》一書，當可清楚看見，《金瓶梅》寫定者對於西門慶、潘金蓮等小說人物的命運發展軌跡的觀照頗感興趣；更重要的是，意圖通過西門慶和潘金蓮的死亡書寫來印證個體生命與「命」的關聯，使得小說敘述本身蘊含著尋找理想安身立命之道的尊生思考。

緣於上述認識，本文擬從「命」的視角，積極考察小說情節建構方式和敘述干預評論的思想表述，藉以深入探論《金瓶梅》寫定者重寫西門慶和潘金蓮偷情故事時所展現的一套尊生意識，期望能立足於不同於「世情書」的問題向度，務實地解讀和分析小說的思想表現，藉以凸顯《金瓶梅》的創作價值。

二、人身難得：與時偕行中的生命觀照

基本上，《金瓶梅》之作承襲《水滸傳》而來，但在重寫之時，寫定者並不單純只是以「女禍」觀點來敷演虎中美女故事而已。自第一回開場起，小說敘述即通過預述性敘事框架的建置，爲讀者提供了關於故事本質的總體性印象和評價看法，除了試圖將寫作命題聚焦於「人欲之私」之上，同時亦通過格物致知的窮理工夫，積極探求恢復人心內在良知的可能方法。在往後情節發展中，《金瓶梅》寫定者極力敷演西門慶和潘金蓮偷情的風情故事，從潘金蓮色誘武松，一直到西門慶和潘金蓮接受王婆之計鴆殺武大郎，將人欲之私做了細節化的展演。隨後在時間發展脈絡中，更以大量「視覺化」的敘述，將眾人徵逐四貪欲望的日常生活現象不斷推到讀者面前，召喚讀者深度凝視

---

22 （美）浦安迪（Andrew H. Plaks）講演：《中國敘事學》，頁130-131。

欲望本質。[23]特別值得一提的是，「欲」作爲晚明日常生活美學觀念的本原，其實普遍反映在晚明時期的哲學論述、文學創作和日常生活之中。[24]《金瓶梅》寫定者對於「私」的高度關注，可謂積極回應了晚明世變歷史語境的寫作籲求，甚至使小說成爲揭示傳統儒學思想體系發生「座標轉位」[25]後的眞實景況的重要指標作品。正如黃衛總所言：「考察《金瓶梅》對於私人欲望的關注的一種有效方法是討論其與《水滸傳》的關聯。《金瓶梅》是由《水滸傳》中的一段插曲演繹而來的。因而細緻觀察這一故事素材如何被《金瓶梅》的作者所改編和重寫當可幫助我們辨析出由關注於『公』的小說向矚目於『私』的小說轉變的軌跡。」[26]無可諱言，《金瓶梅》寫定者正是在超常出奇的歷史意識主導下，爲小說敘述創造出諸多「人性」與「道德」衝突的問題情境和對話空間，由此開拓通俗演義編創的獨特思想視野。

至於《金瓶梅》寫定者爲何選擇如此一個具有道德爭議的偷情故事進行重寫呢？本文以爲，其重要的理由，自然是看中了西門慶和潘金蓮因貪戀情色而招致殺身之禍的人生際遇變化，藉此對於「人身難得」的議題進行前所未有的深度描述。爲了召喚讀者深入認識此一思想命題，《金瓶梅》寫定者在小說敘述中，即屢屢透過各種干預評

23 參陳建華：〈欲的凝視：《金瓶梅詞話》的敘述方法、視覺與性別〉，收於王璦玲、胡曉眞主編：《經典轉化與明清敘事文學》（臺北：聯經出版公司，2009年），頁97-128。

24 參曾婷婷：〈「欲」：晚明日常生活美學觀念的本原〉，《西北師大學報》（社會科學版）第50卷第3期（2013年5月），頁7-13。

25 晚明儒家思想發生「座標轉位」的情形，使得「私」與「欲」的問題受到極大的關注。相關討論，參（日）溝口雄三著，索介然、龔穎譯，《中國前近代思想的演變》（北京：中華書局，1997年）。

26 （美）黃衛總著，張運爽譯：《中華帝國晚期的欲望與小說敘述》（Desire and Fiction Narrative in Late Imperial China）（南京：江蘇人民出版社，2010年），頁78-79。

論，針對西門慶和潘金蓮兩人生命所潛伏的危機提出警語。如第三回敘述者講述西門慶央王婆，一心要會潘金蓮一面的情節時，篇首詩即評曰：

> 色不迷人人自迷，迷他端的受他虧：精神耗散容顏淺，骨髓焦枯氣力微。犯著奸情家易散，染成色病藥難醫。古來飽暖生閑事，禍到頭來總不知。（頁39）

其後，對於西門慶貪戀野花一事，更以「半晌風流有何益，一般滋味不須誇」（頁123），提出嚴正的批判和告誡。只不過西門慶一生始終注重的是現世的享樂和利益，根本無視於自我生命興廢的問題。其處世姿態，正如第三十一回篇首詞所述：

> 家富自然身貴，逢人必讓居先。貧寒敢仰上官憐？彼此都看錢面。　婚嫁專尋勢要，通財邀結豪英。不知興廢在心田，只靠眼前知見。（頁437）

事實上，上述逐利、附勢之風的盛行，乃明代中葉以降人欲縱橫的普遍世情生活現象的眞實反映，並非偶然形成之事。《金瓶梅》之作，正見其弊端之所在。在現時性敘事進程中，小說敘述對於西門慶和潘金蓮終日沉浸於「朝歡暮樂年年事，豈肯潛心任始終」（頁605）的享樂生命形態做出各種細節化的展演，無不是爲了凸顯兩人無視於經營自我生命的重要性，才使得個人生命因縱欲的失德作爲而受到天理的嚴厲制裁。

回顧西門慶的一生，可見西門慶一路上因各種機緣而發跡變泰，享盡榮華富貴，著實令人稱羨；然而在日常生活之中，西門慶對於「命」的認知和經營一概不論，行事「但知爭名奪利，縱意奢淫，殊不知天道惡盈，鬼錄來追，死限臨頭。」（頁1367）最後才導致被女色所坑殺，何其哀哉。且觀第七十九回評論西門慶貪欲得病曰：

> 看官聽説：一己精神有限，天下色欲無窮。又曰：嗜慾深者，其天機淺。西門慶只知貪淫樂色，更不知油枯燈盡，髓竭人亡。原來這女色坑陷得人有成時必有敗。（頁1378）

此外，第八十七回敘及武松殺死潘金蓮後，其實敘述干預評論中亦寓有一番複雜的感慨：

> 手到處青春喪命，刀落時紅粉亡身。七魄悠悠，已赴森羅殿上；三魂渺渺，應歸枉死城中。星眸緊閉，直挺挺屍橫光地下；銀牙半咬，血淋淋頭在一邊離。好似初春大雪壓折金線柳，臘月狂風吹折玉梅花。這婦人嬌媚不知歸何處，芳魂今夜落誰家？（頁1498-1499）

在現實中，我們的確可以清楚看見，西門慶和潘金蓮對於自我欲望的徵逐，一路隨著時間的演進而變本加厲，不斷地逾越應有的道德分際和倫理規範，根本毫無節制的觀念。最終，死亡結局的發生，便顯得理所當然。深入綜觀《金瓶梅》一書，即可清楚看見，死亡敘事出現的十分頻繁，在冷熱交替的敘述中，可謂爲整個故事鎔鑄了一股炎涼色彩。正如賀根民所言：「《金瓶梅》中的欲望男女大多在英年就走完生命的旅途，像27歲自縊的宋蕙蓮、27歲血崩致死的李瓶兒、33歲縱欲身亡的西門慶、29歲色癆致死的龐春梅，潘金蓮、陳經濟屍橫刀下的年齡分別在31歲、27歲，武大、花子虛、孫雪娥、西門大姐諸人亦都是盛年夭亡，且多死於非命。蘭陵笑笑生似乎非常在意《金瓶梅》男女非正常死亡的年齡，這就側面傳遞世情奇書的悲涼底色。」[27]在這些死亡敘事的建構中，《金瓶梅》寫定者固然高舉道德旗幟加以敘述，積極傳達恢復人倫秩序的道德期望；但其實又不免爲眾多青春生命的消逝感到惋惜，從中表達了對個體生命存續的珍視。因此，在珍惜生命的意義上，有關「三寸氣在千般用，一日無常萬事休」（頁1391；頁1498）的評論，便有其不可忽視的尊生意識寄存其中。

基本上，《金瓶梅》寫定者當初之所以選擇重寫此一偷情故事以編創通俗演義，其主要目的，除了揭示晚明時期追求人欲解放的歷史現實之外，其實更有意藉著各種死亡敘事的建構，表達了對於人身保存的高度重視。更進一步來說，通過眾多小說人物的死亡書寫，亦不斷提醒世俗讀者應該從中理解「命」的先驗存在本質，並進而體會到生命價值實踐的重要性。以今觀之，《金瓶梅》作爲敘事之體，整個故事繫年時間，從政和元年（1112年）開始，到建炎元年（1127年）爲止，共十六年。在時間表現形態上，採取的是「年-月-日」的標記，屬於以年繫事的編年體敘述方式。在「以年爲經，以事爲緯」[28]的情節編排中，《金瓶梅》小說敘述一方面體現了「擬史」敘述的史傳意識，另一方面則是反映了一種帳簿式的敘事觀念。[29]特別值得注意的是，在如此漫長的時間跨度中，《金瓶梅》寫定者對於「耳目之內，日用起居」的日常生活世界進行深度描述，究竟如何展開一場場個體生命存續的反思，無疑是深入探究《金瓶梅》敘事表現時必須掌

---

27 賀根民：〈死亡：鑄造世情傑構《金瓶梅》的文化基點〉，《重慶三峽學院學報》，頁58。

28 〔唐〕劉知幾論及編年體長處時有言：「繫日月而爲，列歲時以相續，中國外夷，同年共世，莫不備載其事，形於目前。理盡一言，語無重出。此其所以爲長也。」見氏著：《史通・二體》（臺北：華世出版社，1981年），頁35。

29 關於「帳簿」敘述的相關討論，可參黃霖、李桂奎、韓曉、鄧百意：《中國古代小說敘事三維論》（上海：上海書店出版社，2009年）〈第四章 頭緒、次序與時間統籌〉，頁61-83。

握的一個重要問題向度。

今且回到《金瓶梅》的具體敘事表現上進行考察，清楚可見小說敘述對於「命」的展演，大體上在與時偕行的情節編排中，主要是以「相命」和「果報」作爲修辭策略來加以表現的：

首先，就相命而言。自先秦以來，「命相」之論不絕如縷，寄寓了人們對於理解生命之本的根本籲求。《劉子新論》卷五《命相》第二十五有言曰：「命者，生之本也；相者，助命而成者也。命則有命，命不形於形；相則有相，而形於形。有命必有相，有相必有命。同稟於天，相須而成也。人之命相賢愚貴賤、修短吉凶，制氣結胎之時……相命既定，則鬼神不能移，聖賢回也。向者或見肌骨，或見聲色，賢愚貴賤修短吉凶皆有表診。……今人不知命之有限，而妄覬於多貪，命在於貧賤，而穿鑿求富貴；命在於短析，而臨危求長壽。皆惑之甚也。」[30] 倘據此考察《金瓶梅》的敘事表現，清楚可見寫定者正是通過「相命」的形式，爲小說敘述本身建置了一個情節框架，對於人物未來生命結局做出各種預告，以作爲日後見證人物命運興廢的依據。[31] 而最終目的，自然在於凸顯「命」的預設性和必然性意義。[32] 在《金瓶梅》中，第二十九回中即敘及吳神仙應西門慶之請爲全家人一一相命。吳神仙先觀西門慶貴造之後曰：

---

30 〔北齊〕劉晝撰，江建俊校注：《新編劉子新論》（臺北：五南圖書出版公司，2001年）卷五《命相》第二十五，頁257。

31 參吳光正：〈《金瓶梅詞話》的宗教描寫與作者的藝術構思〉，《武漢大學學報》（人文科學版）第62卷第4期（2009年7月），頁439-444。

32 基本上，「相命」並非《金瓶梅》專屬敘事技巧，多見於古代小說之中。關於「相命」在中國古代小說的融通與應用的討論，可參萬晴川：《命相・占卜・讖應與中國古代小說研究》（北京：中國文聯出版社，2000年）。但必須強調的是，「相命」作爲《金瓶梅》小說敘事建構的修辭表現，雖非一種獨創作法，但在人倫識鑑與命運暗示方面，卻具有其不可忽視的敘事功能。

官人貴造，依貧道所講，元命貴旺，八字清奇，非貴則榮之造。但戊土傷官，生在七八月，身忒旺了。幸得壬午日干，子中有癸水，水火相濟，乃成大器。丙子時，丙合辛生，後來定掌威權之職。一生盛旺，快樂安然，發福遷官，主生貴子。爲人一生耿直，幹事無二。喜則和氣春風，怒則迅雷烈火。一生多得妻財，不少紗帽戴。臨死有二子送老。……西門慶問道：「我後來運限何如，有灾沒有？」神仙道：「官人休怪我説，但八字中不宜陰水太多，後到甲子運中，常在陰人之上；只是多了年流星打攪，又把個壬午日冲破了，不出六六之年，主有嘔血流膿之災，骨瘦形衰之病。」（頁412）

此次相命，吳神仙就西門慶的好處和不足之處皆一一告知，敘述者予以評論曰：「承漿地閣要豐隆，準乃財星居正中。生平造化皆由命，相法玄機定不容。」（頁413）特別強調的是相命背後的命定觀念。然而眾人雖以吳神仙爲神相，但對於吳神仙所批個人之「命」的具體內容，卻顯得不以爲意，甚至有所質疑。尤其西門慶自相命之後，對於「不出六六之年，主有嘔血流膿之災，骨瘦形衰之病」的說辭毫不關心，仍一意孤行，窮其一生荒淫貪婪，處心積慮的徼逐四貪欲望，所有行事作爲完全展現出無視「天命」的狂妄之氣。早在李瓶兒生下官哥兒之後，西門慶隨後加官晉爵，吳月娘曾苦心勸說西門慶發行善念，廣結良緣。但遺憾的是，西門慶因發跡變泰，正值人生巔峰，可完全沒有將自我修養考慮在心。由於西門慶一向只在乎吳神仙相命之言中的好處，因此終其一生，只是一味追求及時行樂，從未慮及縱欲無度之後可能招致身體毀滅的後果。第七十九回敘及吳月娘在西門慶病入膏肓之際，趕緊召來吳神仙予以看治。吳神仙批命道：

白虎當頭攔路，喪門魁在生灾。神仙也無解，太歲也難推。造

物已定，神鬼莫移！（頁1388）

直到臨死之際，西門慶命中已無救星，死在眼前，才印證相命所言非爲空談。顯然，這一切都是天數造定。表面上看來，西門慶似乎順命而生，因此對於未來所必須面對死亡災厄了然於心，無所顧忌；而事實上，《金瓶梅》寫定者所要強調的是，人必須了解如何通過自我修養安頓自我生命，用以創造理想生命型態。但令人感到遺憾的是，即使吳神仙在先前批命中，早已明確對西門慶及其家人的未來人生和生命結局有所揭示；但不幸的是，西門慶無視於天命所在，最後因縱欲而精盡髓竭，導致臨死時還來不及準備棺材。倘相較於李瓶兒臨終時，西門慶傾心爲之備辦喪禮，而自己卻因縱欲享樂而倉促喪命，此一下場可謂諷刺之至。西門慶既已如此，潘金蓮當復如是。

其次，就果報而言。面對晚明世變歷史語境，《金瓶梅》寫定者深切認識到傳統儒學價值體系和社會生活秩序，正普遍受到極大的挑戰和考驗，於是聚焦於個人欲望追求與發跡變泰的商人家庭興衰的展演之上進行敘事建構。《金瓶梅》寫定者除了在小說敘述過程中承認天命所在之外，更在敘事結構安排中，積極融入佛教因果報應和道家善惡功過的思想內容，試圖由此積極證成天道、天理乃至天公的存在，並強調天道循環對於個人命運具有強大的主宰力量。[33]而這樣

---

33 雖然晚明時期儒學已無法有效規範人心和社會秩序，而必須藉由佛道思想論述來強化道德準則的重建工作，但《金瓶梅》寫定者在諸多事件的敘述干預中，大體還是透露了以儒學爲本位的道德考量。夏志清指出：「儘管作者把《金瓶梅》置於佛家因果報應的觀念之上，但他在自己現身說法時，與其說是佛家信徒，毋寧說是對宗教上苦修的必要性深爲惋惜的儒家信徒。」見氏著：《中國古典小說導論》，頁199。浦安迪亦指出：「這樣的罪孽與果報之說正反映了晚明時期盛極一時的佛教思想，特別是『功過格』以及小說正文中提到的『說因果、寶卷』這類慣常的宗教活動。然而，這樣一種不從玄學意義，而是基本上從倫理道德角度對佛學思想框架加以重新解釋，產生了這些觀點也不妨用儒學概念來進行闡釋的可能性。不管怎麼說，整個因果報應之說在此終於成爲與評論家們屢次引用的『天理』這一觀念難以區分的東西了。」見氏著：《明代小說四大奇書》，頁131-132。

的思想主張，其實屢屢出現在不同章回的敘述干預之上，如：「天公自有安排處，勝負輸贏卒未休！」（頁115）、「萬事從天莫強尋，天公報應自分明。」（頁1411）、「平生作善天加福，若是剛強定禍殃。」（頁1489）等等，皆是如此。毫無疑問，上述這些具有預告性質的評論，無非都針對人物生命變化的問題提出了警示，同時處處提醒讀者留意保有正確人生態度和作爲，以及強調建構理想生命形態的重要性。爲了更具體展示這樣一種因果輪迴和善惡有報的命運觀念，最後小說敘述通過「武松殺死潘金蓮」的復仇行動來加以證成，不爲無因。第八十七回敘述者評論武都頭殺嫂祭兄曰：

> 堪悼金蓮誠可憐，衣服脱去跪靈前。誰知武二持刀殺，只道西門綁腿頑。往事堪嗟一場夢，今身不值半文錢。世間一命還一命，報應分明在眼前。（頁1499）

在某種意義上，武松殺嫂祭兄乃是一種小說敘述中必然要實現的結果。原因在於，通過潘金蓮的死亡安排，一方面可以明確落實小說敘述背後所存在的一套因果輪迴報應的勸懲觀念，另一方面則藉此展現了重建傳統儒學道德原則和倫理秩序的願望。[34]

除此之外，《金瓶梅》寫定者對於「命」的觀想和思考，往往在小說敘述過程中，不斷通過敘述者干預評論的聲音來加以表現，大體體現出「人命天定」的思想觀念。如第十九回篇首詩所言：

[34] 關於潘金蓮死亡結局的設置，李志宏指出：「由於潘金蓮偷情失貞、殺夫失節的私欲作爲，明顯違反傳統儒家價值體系的道德觀念，這種違反公道的好色行爲，最終必須借助因果報應的框架予以抑制，才得以重建『名教』價值。」見氏著：《演義：明代四大奇書敘事研究》，頁450。

花開不擇貧家地，月照山河處處明。世間只有人心歹，百事還教天養人。痴聾瘖瘂家豪富，伶俐聰明卻受貧。年月日時該載定，筭來由命不由人。（頁253）[35]

這樣思想觀點，在與時偕行的時間脈絡發展中隨處可見，貫串全文始終，諸如：「命裡有時終須有，命裡無時莫強來」（頁188）、「貧窮富貴天之命，得失榮華隙裡塵」（頁271）、「自有自無休嘆息，家貧家富總由天」（頁723）、「年月日時該載定，筭來由命不由人」（頁974）、「雖然富貴皆由命，運去貧窮亦自由」（頁1559）、「早知成敗皆由命，信步而行暗黑中」（頁1577）等看法，始終伴隨著各種人事作爲和生存情境而有所表述。表面上看來，在歷史必然性中，時間終將印證個人難以逃脫天命宰制的事實，因此人似乎只能「聽天由命」，令人感到不勝唏噓。不過，若以尊生思考而論，《金瓶梅》寫定者意在提醒讀者，如何在人命天定之中，時時以保全人身爲念，由此積極建構自我的理想生命境界。於是，《金瓶梅》寫定者爲了凸顯西門慶和潘金蓮「不畏天命」的縱欲作爲，一方面著意在具「現時性」日常生活時間進程中，通過大量場景化和細節化的暴露性敘述，廣泛展演小說人物傾心追求現世享樂的欲望思維；另一方面又不斷利用預敘或預示的干預評論方式，持續向讀者預告西門慶和潘金蓮偷情的生命危機和命運結局，諸如：「那知後日蕭墻禍，血濺屛幃滿地紅」（頁25）、「古來飽暖生閑事，禍到頭來總不知」（頁39）、「西門貪戀金蓮色，內失家麋外趕獐」（頁53）皆是如此。第六回篇首詩對於西門慶與潘金蓮偷情結局更有一番明確預示曰：

[35] 此詩於《金瓶梅》第九十回篇首詩再度出現，文字略有差異。

> 可怪狂夫戀野花，因貪淫色受波喳，亡身喪命皆因此，破業傾家總爲他；半晌風流有何益，一般滋味不須誇。一朝禍起蕭墻內，虧殺王婆先做牙。（頁75）

此番評論爲兩人生命結局提供了明確的預告，不僅構成了情節發展背後的主導，同時也爲讀者提供了一個貼近於小說人物生命歷程的觀看視角。顯然地，在綿延性的時間脈絡中，西門慶和潘金蓮的心性在欲望徵逐當中發生異化，以致不斷逾越道德原則行事，最終面臨難以挽回或改變的生命危機，顯然可視爲小說敘述形式發生的重要思想依據。[36]

總的來說，在與時偕行的時間座標參照中，有關西門慶和潘金蓮的欲望、個性和行動的敘述，是《金瓶梅》敘事生成的主要核心情節。尤其在以相命和果報作爲修辭策略的象徵敘述中，《金瓶梅》寫定者通過兩人死亡敘事的建構，無乃傳達了人生背後存在著一種無可違抗的必然性命運，並以此強調人的機遇和氣數皆取決於「天命」的事實，體現出人命天定思想。[37]不過，應該強調的是，在《金瓶梅》

---

[36] 基本上，《金瓶梅》一書對於西門慶、潘金蓮的生命觀照，乃有意以某種命運觀爲思想依據來進行體察和詮釋，進而賦予小說敘述以特定的人生觀點。借樂蘅軍的觀點來說：「至於一篇作品之所以被賦予命運爲人生的觀察點，而不從意志上來頌揚人性，簡要說當然是因爲寫作者的人生觀使然。一個作者雖然並不一定像信奉宗教一樣的信仰命運的眞實，可是如果他以命運的觀點來看人間故事，那至少他是認爲：人的生存中有著非人自己所能掌握的因子，這些因子是人們禍福休咎的根由；而這引起他莫大的興趣，他認爲探討這些因子之所由起，以及它歸宿的意義，是寫述故事的使命所在，也是一個小說作者的責任，於是他就極可能採用命運的觀點來創造人物情節、來闡說故事的宗趣了。」見氏著：《意志與命運——中國古典小說世界觀綜論》（臺北：大安出版社，2003年），頁88。

[37] 在《金瓶梅》中，如第四十六回、第六十一回的卜卦，乃至第九十一回的批命，與「相命」具有相近功能。但在敘事表現上，相命對於小說情節編排的影響，遠甚於卜卦和批命。

中，西門慶和潘金蓮的死亡結局，在現實上並非只是一種歷史必然性的印證和體現而已，而是寫定者有意藉此對人生貴賤禍福、窮達壽夭進行命運觀照，由此提出一套安頓自我的觀念和方法，並建構心中的理想生命價值。[38]值得注意的是，《金瓶梅》寫定者基本上接受「人命天定」的觀念，特由相命和果報的修辭策略予以強調，毋庸置疑。但西門慶和潘金蓮對於吳神仙所測之命不置可否，一生專注於爭取潑天富貴和個人欲望，始終不肯通過自我修養經營理想生命型態，以致非命死亡，到頭來一切成空。顯然，這種無視於人身難得和不畏天命的生存姿態，實乃寫定者所不認同者。因此，若以「三寸氣在千般用，一日無常萬事休」的觀點重新理解死亡敘事本身，當可體會《金瓶梅》寫定者之所以編創通俗演義，主要目的並非以絕對化的道德標準批判小說人物貪欲作為，而是意在通過小說人物生命耗損及其死亡的情節編排設計，不斷凸顯眾多小說人物「不知命」所可能帶來的各種生命危機，進而表達了對於尊生問題的重視和反思。

三、知命意識：天人之辨中的尊生思考

先秦時期，有關「天命」的哲學問題，即受到普遍關注。《中庸》曰：「天命之謂性，率性之謂道，修道之謂教。道也者，不可須臾離也，可離非道也。是故君子戒慎乎其所不睹，恐懼乎其所不聞。莫見乎隱，莫顯乎微，故君子慎其獨也。」[39]先哲對於天命的理解和探討，往往都是基於人生問題的反省和人生理想的追求而展開論述，並強調人必須在天命的認知結果中，致力於自我修養。時至宋代，

---

38 類此研究看法，可參陳維昭：〈酒色財氣與安身立命——《金瓶梅詞話》的文化情結〉，《汕頭大學學報》（人文科學版）第7卷第3期（1991年第3期），頁15-21。

39 〔漢〕鄭元注、〔唐〕孔穎達等正義：《禮記注疏》，見〔清〕阮元審定，盧宣旬校：《十三經注疏》（臺北：藝文印書館，2001年），頁879。

理學的形成和發展，強調以恢復儒學爲依歸，對於「天人關係」議題特別重視，因而建立了以「天道」、「天理」爲核心的價值系統。尤其「存天理，滅人欲」作爲理學核心宗旨和理想道德境界，更是反映了先哲對於身心性命之學的深刻思考。朱熹《朱子語類》即曰：「《書》曰：『人心惟危，道心惟微，惟精惟一，允執厥中』，聖賢千言萬語，只是教人明天理，滅人欲。」[40]這樣的二元對立的觀念，一直延續到明代中葉陽明心學興起之時，仍然有所承襲和強調。王陽明《傳習錄上》中有云：「聖人述六經，只是要正人心，只是要存天理，去人欲。」[41]大體而言，先哲對於天人關係和身心性命議題的積極探索，可以說無不反映出對於個體修身以及「命」的本質問題的深度反思，[42]進而對晚明時期尊生論述的形成與發展，造成不可忽視的影響。

晚明時期，「尊生」論述盛行於世，[43]各種養生、修身之道的提出，無不希望能爲個人內在感性欲望找到理性節制的方法，並以此建構理想生命形態。「尊生」理念的發揚，可謂充分體現了人們對於自我生命價值實踐的重視。本文以爲，在此一歷史語境中，《金瓶梅》寫定者亦有意嘗試在小說敘述中提出個人所主張的養生、修生之道，並以成爲「仁者」爲終極目標。如第四十八回格言曰：

---

40 〔宋〕黎靖德編，王星賢點校：《朱子語類》（北京：中華書局，1988年）（一）卷十二，頁207。

41 〔明〕王守仁撰，吳光、錢明、董平、姚延福編校：《王陽明全集》（上）（上海：上海古籍出版社，2011年）卷一《語錄一．傳習錄上》，頁10。

42 參吳孟謙：〈晚明「身心性命」觀念的流行：一個思想史觀點的探討〉，《清華學報》新44卷第2期（2014年6月），頁215-253。

43 關於晚明「尊生」論述的形成及其實踐的相關論述，可參毛文芳：《晚明閒賞美學》（臺北：臺灣學生書局，2000年）。陳秀芬：《養生與修身——晚明文人的身體書寫與攝生技術》（臺北：稻香出版社，2010年）。

知危識險，終無羅網之門；譽善薦賢，自有安身之地。施恩布德，乃後代之榮昌；懷妬藏奸，爲終身之禍患。損人利己，終非遠大之圖；害衆成家，豈是長久之計？改名異體，皆因巧語而生；訟起傷財，蓋爲不仁之召。（頁705）

若據此而論，《金瓶梅》寫定者對於安身立命之道的思考和追求，基本上主張的是「不爭」的處世哲學。而這樣的處世哲學，其實早在第二十九回敘及吳神仙爲西門慶一家相命的情節時即有所表述曰：

百年秋月與春花，展放眉頭莫自嗟！吟幾首詩消世慮，酌二杯酒度韶華；閒敲棋子心情樂，悶撥瑤琴興趣賒：人事與時俱不管，且將詩酒作生涯。（頁407）

所謂「人事與時俱不管，且將詩酒作生涯」的理想人生追求，無非植基於順天安命的思考而來，實際上體現出一種「寡欲」的生命思維。嚴格來說，《金瓶梅》寫定者對於此一天人關係的理解和接受，並非僅僅是一種退守的人生觀的表現，而是必須視之爲因應晚明世變歷史語境時所提出的一種解決辦法和因應之道。爲了杜絕私欲對於生命的戕害，《金瓶梅》寫定者特別針對如何在日常生活之中明哲保身一事表達看法。第二十六回篇首詩即有提示曰：

閑居慎勿說無妨，纔說無妨便有妨。爭先徑路機關惡，退後語言滋味長；爽口物多終作疾，快心事過必爲殃！與其病後能求藥，不若病前能預防。（頁361）

第七十九回篇首詩再次提出警戒曰：

> 仁者難逢思有常，閑居慎勿恃無傷。爭先徑路機關惡，退後語言滋味長。爽口物多終作病，快心事過必爲殃。與其病後能求藥，不若病前能預防。（頁1369）

由此可以得知，《金瓶梅》寫定者對於立命問題的思考，主要是從「修身」的角度強調自我修養的必要性，強烈傳達出一種防患未然的預防意識。

《論語・堯曰》有言曰：「不知命，無以爲君子也。不知禮，無以立也。不知言，無以知人也。」[44]可見「知命」一事，對於成爲仁人君子而言具有相當重要的意義。[45]若據此審視《金瓶梅》一書，不禁讓人開始思考：寫定者究竟要如何藉著一個充滿道德爭議的偷情故事的重寫，深入表達對於「天命」的理解？又如何通過小說敘述展開一場又一場的命運觀照，並以天人關係之辨作爲敘事建構的後設思想命題？顯然要回答這些問題，都必須歸結到《金瓶梅》寫定者個人對於「知命」一事的理解之上。[46]今究其實際，重新歸納小說敘述的干

---

44 〔漢〕鄭元注、〔唐〕孔穎達等正義：《禮記注疏》，見〔清〕阮元審定，盧宣旬校：《十三經注疏》，頁180。

45 明代四大奇書寫定者編創通俗演義時十分重視此一思想命題，參李志宏：《演義：明代四大奇書敘事研究》〈第四章 知命：四大奇書的思想命題〉，頁219-262。

46 基本上，《金瓶梅》從「命」的視角對於命運與人生進行深入描繪，其中所傳達的人生觀和人生理念，主要承繼宋明話本而來，並沿用諸多套語。但即便如此，小說敘述本身仍以一種超然物外的議論方式，展現出一套知命意識。誠如樂蘅軍考察所見：「話本小說的敘事語調，是『說話人』（話本講述者）以一種論談誨世的口吻來講故事的，他們不但自負博學多聞，而且經常表現洞達人情，深悉禍福，有足夠『品評天下淺與深』的本領，因此他們有時便以講論的方式，直接將讀者帶引到省察命運的談話中。」見氏著：《意志與命運——中國古典小說世界觀綜論》，頁138。表面上看來，《金瓶梅》寫定者對於「命」的關懷和思考，並不見得能通過小說敘述提出何等高明的見解；但應該理解的是，寫定者基於個人的生命體驗，試圖在「唯利是圖」的功利世界中建構一套理想的生存之道，以及力求在情節編排中表達安身立命的看法，其言語表述仍然有其不可忽視的思想意義存在。

預評論內容，大抵可見其中呈現出三個方面的理性思考：

首先，關於天時與人力方面。基本上，「人命天定」的思想觀念的存在，直可視爲《金瓶梅》寫定者在「與時偕行」的時間歷程中所產生的人生體驗。正因爲「年月日時該載定，算來由命不由人」（頁253；頁1593）之故，在《金瓶梅》寫定者看來，人生瞬息萬變，人力無論如何作爲，終究是無法抵抗天時對於個人命數的主宰。如第三十二回篇首詩評曰：

> 常言富者貴之基，財旺生官衆所知。延攬宦途陪邀引，夤緣權要入遷推。姻連黨惡人皆懼，勢倚豪強孰敢欺！好把炎炎思寂寂，豈容人力敵天時。（頁455）

顯然，今日西門慶追求富貴功名，潘金蓮爭寵奪愛，眾人趨炎附勢，縱使逞力而爲，但來日一切終將成空，只是徒費心力而已。第九十三回篇首詩亦曰：「誰道人生運不通，吉凶禍福并肩行。只因風月將身陷，未許人心直似針。自課官途無枉屈，豈知天道不昭明。早知成敗皆由命，信步而行暗黑中。」（頁1577）由此可見，凡人生之吉凶禍福的兆應，乃天命之所在，便往往非人力所能改變。當「豈容人力敵天時」（頁455；頁469）的思想蔓延於小說情節發展過程之中時，無非提醒讀者必須了解到一件事，亦即世俗炎涼，人生如夢一場，因此，人必須知道合時而生、逆時而亡的常理。若能深切體會生命的損益之道，皆是天命所定，便不致於太過強求和算計而遭受無謂的禍害。無可諱言，此一思想表現，顯現了一種消極的宿命思維，但若從尊生的角度來說，或又可視爲追求養生之道的一種積極思考，不應簡單視之。

其次，關於天理與興廢方面。在《金瓶梅》中，西門慶因一時發跡變泰，往往倚勢作爲，行事不顧禮法綱常，致使西門一家上下也隨之紊亂箴規，家庭危機四處埋伏。在現實中，絕大多數的人，總是著眼於眼前的利益，縱欲追求，妄做非為，往往無視於天理的存在。有鑑於此，《金瓶梅》寫定者往往通過敘述干預評論，對於個人放意專逞私欲，卻不問禍福、果報與興廢之機，一再提出告誡之語。第二十三回敘及宋蕙蓮因爭寵而蓄禍，篇首詞評曰：

> 行動不思天理，施為怎合成規！徇情縱意任奸欺，仗勢慢人尊己。出則錦衣駿馬，歸時越女吳姬。休將金玉作根基，但恐莫逃興廢。（頁319）

果不其然，在「晨牝不圖今蓄禍，他日遭愆竟莫追」（頁331）的預告中，宋蕙蓮破壞閨門綱常的作為，最終迫使自己含羞自縊身死，亡年二十五歲。當然，西門一家上下紊亂綱常之事屢見，全因西門慶不思天理，行事恣意縱欲，仗勢欺人之故，致使妻妾爭寵、家反宅亂。不論家庭或個人的興廢之機，即已悄然埋藏其中。第三十四回敘及西門慶與夏提刑到衙門裡坐廳審案，把事攬訟，不顧綱常義理，篇首詩即評曰：「自恃官豪放意為，休將喜怒作公私。貪財不顧綱常壞，好色全忘義理虧。狎客盜名求勢利，狂奴乘飲弄奸欺。欲占後世興衰理，今日施為可類知。」（頁483）嚴格來說，對於天理的強調，源於理欲之辨。《金瓶梅》寫定者其實並不反對人欲的追求，但卻十分重視「克己」工夫的實踐，強調行事必須重視天理的存在。在諸如：「常把一心行正道，自然天理不相虧」（頁977）、「萬事從天莫強尋，天公報應自分明」（頁1411）的評論中，無不強調人之好惡，應當以天理為依歸，不能過度強求。否則一旦太過強求的話，其結果必然會因違背天道而遭到報應。由此可知，在尊生的前提之下，《金瓶梅》寫定者主張人必須正視天理之所在，並遵從道德原則行事，方不至於招致傷身損命的人生危機，導致一切成空。

再次，關於順命與閒適方面。在《金瓶梅》中，小說敘述對於天理、天時和天命的反覆強調，在在說明了「知命」的重要性。只可惜當人們傾心於私欲的追求時，往往掩蓋了對於自我生命的確切認識，更遑論積極建構理想生命型態。在發跡變泰與家反宅亂之間，西門慶及其家庭成員一味汲汲營營於自我利益的滿足，因而時時勾心鬥角，甚至在「知其不可爲而爲之」的作爲中導致非命死亡，此皆源於不知命所致。有鑑於此，在安身立命的思考上，《金瓶梅》寫定者通過敘述干預，提出了「閒適」的生存觀點。如西門慶自從娶了李瓶兒過門，見得兩三場橫財，家道營盛。潘金蓮見李瓶兒受寵，則處心積慮挑撥吳月娘和李瓶兒之間的情感，背地裡唆調吳月娘，與李瓶兒合氣。兩人心中算計，在《金瓶梅》寫定者看來都是徒勞而無功。第二十回篇首詩曰：

> 在世爲人保七旬，何勞日夜弄精神？世事到頭終有悔，浮華過眼恐非真。貧窮富貴天之命，得失榮華隙裡塵。不如且放開懷樂，莫使蒼然兩鬢侵。（頁271）[47]

《金瓶梅》寫定者所提出的處世之道，往往以人生如夢做解，於是特別強調人應該放下各種算計，追求閒適的理想人生。第三十回敘及來保押送生辰擔前往東京，以及西門慶生子喜加官，其篇首詩即曰：「得失榮枯總是閑，機關用盡也徒然！人心不足蛇吞象，世事到頭螳捕蟬。無藥可醫卿相壽，有錢難買子孫賢。家常守分隨緣過，便是逍遙自在仙。」（頁423）由此可知，所謂「易老韶華休浪度，掀天

47 第九十七回敘及龐春梅與陳經濟私通，春梅將陳經濟安排到周守備府中任事，兩人暗地交情，到頭來兩人還是以非命死亡，結束一生，篇首詩亦提出大同小異的看法。

富貴等雲空。」（頁201）由於人一旦縱欲，極可能因過貪而招致死亡，因此，人必須了解到順天應命的重要，切莫貪圖人欲之私，汲汲營營於財色。如此一來，才能獲得眞正閒適的人生，舉凡如「人事與時俱不管，且將詩酒作生涯」（頁407）、「莫入州衙與縣衙，勸君勤謹作生涯」（頁503）、「閑事與時俱不了，且將身入醉鄉游」（頁631）、「平生衣祿隨緣度，一日清閑一日仙」（頁723）皆清楚表明了《金瓶梅》寫定者通過小說敘述所亟欲表達的尊生思考，亦即一種順其自然、「樂天知命故不憂」的理想生命籲求。

整體而言，《金瓶梅》寫定者在知命意識的表現上，大體上採取居高臨下、超然世外的姿態評論人事，無不顯露出一種笑看人生的處世智慧。「知命」作爲貫串整部《金瓶梅》的後設思想命題，乃通過各種敘述干預評論，對「小人不畏天命」的行事作爲進行高度批判而有所表現的。對於《金瓶梅》而言，寫定者著意在「日逐一日」的自然時間進程中對於各種世情生活細節做出深度描述，儼然爲小說虛構世界製造出深入日常生活之中的時空幻覺，並爲敘述建構起一種「似眞」的現實感。[48]因此，在現時性時間進程中，小說敘述不斷展演西門慶、潘金蓮兩人貪財、好色的失德作爲，全面揭露整個小說世界正處於面臨道德規範失序和價值體系崩解的生活事實。在具體的敘事表現上，《金瓶梅》寫定者敘述一個典型官商家庭發跡變泰之後的盛衰變化情形，除了有意用以召喚讀者對於「知命」的問題展開深層思考之外，更重要的是，希望能由此積極尋求理想人生實現的可能性方法，可謂用心良苦。正如欣欣子〈《金瓶梅詞話》序〉所言：

---

48 這種「似眞感」的形成，可參徐岱之言：「清晰的刻度往往意味著人同世界的密切聯繫，因而常常具有一種強烈的現實感。反之則帶有某種虛幻性。所以，小說家對故事中時間刻度的強調，有助於提高作品的似眞性。」見氏著：《小說敘事學》（北京：中國社會科學出版社，1992年），頁254。

既其樂矣，然樂極必悲生：如離別之機將興，憔悴之容必見者，所不能免也；折梅逢驛使，尺素寄魚書，所不能無也。患難迫切之中，顛沛流離之頃，所不能脫也；陷命於刀劍，所不能逃也；陽有王法，幽有鬼神，所不能逭也。至于淫人妻子，妻子淫人，禍因惡積，福緣善慶，種種皆不出循環之機。（〈序〉，頁2）

顯而易見的是，在《金瓶梅》中，西門慶和潘金蓮受到「唯利是圖」的觀念影響，從來不肯眞正體認「天命」之所在，最終只能自食惡果。通過死亡敘事的重複性敘述，其主要目的乃在於讓讀者從中省察「天道」、「天理」對於生命的影響和制約，並提醒讀者必須認知到正確面對天命時應有的態度，才能避免人身招致毀滅的危機。

四、立命選擇：存心養性中的修身實踐

自明初以來，官方建立了以程朱理學爲核心的儒學思想價值體系。然而時至明代中葉，程朱理學受到極大的衝擊和挑戰，陽明心學興起以後，思想學說隨即蔚爲風潮。顧炎武《日知錄・朱子晚年定論》即記載曰：「蓋自弘治、正德之際，士厭常喜新，風氣之變已有所自來，而文成以絕世之姿，倡其新說，鼓動海內。嘉靖以後，從王氏而詆朱子者，始接踵於人間。」[49] 有關「存天理，去人欲」的理學命題，普遍成爲人們所熱衷討論的話題，並落實於身心性命的諸種議題的探究之上。此時，陽明心學的出現，無非鑒於當時人欲高張，導致時勢風俗產生巨大變異，令有識之士感到十分憂心。王陽明於〈答顧東橋書〉中曰：

---

49 〔清〕顧炎武：〈朱子晚年定論〉，見氏著，黃汝成集釋，欒保群等校點：《日知錄集釋》（上海：上海古籍出版社，2006年）卷十八，頁1065。

世之學者，如入百戲之場，讙謔跳踉，騁奇鬥巧，獻笑爭妍者，四面而競出，前瞻後盼，應接不遑，而耳目眩瞀，精神恍惑，日夜遨遊淹息其間，如病狂喪心之人，莫自知其家業之所歸。……嗚呼！士生斯世，而尚何以求聖人之學乎？士生斯世而欲以爲學者，不亦勞苦而繁難乎？不亦拘滯而險艱乎！嗚呼！可悲也已！所幸天理之在人心，終有所不可泯，而良知之明，萬古一日，則其聞吾「拔本塞源」之論，必有惻然而悲，戚然而痛，憤然而起，沛然若決江河而有所不可御者矣！非夫豪傑之士，無所待而興起者，吾誰與望乎？[50]

由此可知，當時士人學者普遍出現了沉溺於功利思想的墮落現象，王陽明爲此深感痛心又憐憫，因而提出「拔本塞源」之論，滿心期待「豪傑之士」出世，冀望能夠借其才能糾正時俗歪風。可以說，在這樣的歷史文化語境中，《金瓶梅》寫定者編創通俗演義的重要目的之一，當在於以「人事」際遇變化來解釋「天命」，爲讀者創造出一個足供反思人生理想建構的敘事空間，並在各種問題化敘述中寄寓安身立命的理想籲求。若就此而論，《金瓶梅》寫定者將寫作重心聚焦於「天理」與「人欲」相互對應的問題視域之上，無疑顯現出有其作爲豪傑之士所具有的洞見之明。

在現實上，明代中葉商業經濟蓬勃發展以後，四貪欲望對於人心、人性造成了巨大的侵蝕和扭曲。在如此時勢變化的影響下，不論個人、家國或歷史的命運，隨時都可能因個人私欲的追求而遭到顛覆，甚至走向毀滅之途。因此，面對如此歷史危機，《金瓶梅》寫定者從格物致知的立場編創通俗演義，乃深切期望在「戒四貪」的道德

50 〔明〕王守仁撰，吳光、錢明、董平、姚延福編校：《王陽明全集》（上），頁63-64。

敘述中表達勸懲人心的目的，達成對於恢復善良人心和掌握天理的深刻籲求。而這種道德觀念，其實與陽明心學所提出的「致良知」學說有所呼應。王陽明於〈答顧東橋書〉中曰：

> 吾心之良知即所謂天理也，致吾心良知之天理於事事物物，則事事物物皆得其理矣。致吾心之良知者，致知也，事事物物皆得其理者，格物也，是合心與理而爲一者也。[51]

至於如何實現「天理」？王陽明則曰：「此心無私無欲之蔽，即是天理。」[52]因此，要恢復良知，掌握天理，則必須「將好色、好貨、好名等私欲逐一追究，搜尋出來，定要拔去病根，永不復起，方始爲快。」[53]因此，據此考察《金瓶梅》一書，則清楚可見寫定者通過對人性、世情的刻意渲染和透視，極力展演眾多小說人物的私欲之蔽，正是爲了從中反思一套解決之道，不可不謂獨具歷史眼光和歷史意識。

《孟子‧盡心》曰：「莫非命也，順受其正。是故知命者，不立乎巖牆之下。盡其道而死者，正命也；桎梏而死者，非正命也。」[54]如前所言，在「綜其終始，稽其成敗興壞之紀」的編年敘述中，《金瓶梅》寫定者立足於客觀距離之外，已從一系列小說人物的「非正命」死亡敘述中表達探索人生命運的本質的意圖。若從「正命」與

---

51 〔明〕王守仁撰，吳光、錢明、董平、姚延福編校：《王陽明全集》（上），頁51。

52 〔明〕王守仁撰，吳光、錢明、董平、姚延福編校：《王陽明全集》（上），頁3。

53 〔明〕王守仁撰，吳光、錢明、董平、姚延福編校：《王陽明全集》（上），頁18。

54 〔漢〕趙岐注、〔宋〕孫奭疏：《孟子注疏》，見〔清〕阮元審定，盧宣旬校：《十三經注疏》（臺北：藝文印書館，2001年），頁229。

「非正命」的二元對立觀點考察《金瓶梅》一書，則可發現寫定者正有意從「知命」的角度，在小說敘述中建構一套安身立命的理想人生觀內涵。

那麼，《金瓶梅》寫定者對於如何經營理想生命一事，究竟提出了何種解決之道呢？綜觀《金瓶梅》一書可知，寫定者極力敷演西門慶和潘金蓮的死亡敘事，一方面證成小說人物「不畏天命」的悲劇結果，另一方面更隱含了對於「道之不行」的潛在憂慮。如第四十八回敘及御史曾孝序彈劾提刑官，西門慶受贓枉法具在參例，便有一番指控。邸報曰：

> 理刑副千户西門慶：本係市井棍徒，夤緣陞職，濫冒武功，菽麥不知，一丁不識。縱妻妾嬉游街巷，而帷薄爲之不清；攜樂婦而酣飲市樓，官箴爲之有玷。至於包養韓氏之婦，恣其歡淫，而行檢不修；受苗青夜賂之金，曲爲掩飾，而贓迹顯著。此二臣者，皆貪鄙不職，久乖清議，一刻不可居任者也。（頁714）

在《金瓶梅》中，西門慶一生追求發跡變泰，最終成爲集惡、貪、淫於一身的惡霸、商人與官僚，可謂劣跡昭彰。在西門慶發跡變泰的過程中，四貪問題正如「細針密線」般，與西門慶的生命歷程緊密交織在一起；同時，家反宅亂的問題，也隨著西門一家盛衰興廢的命運脈絡貫串於故事始終。然而，當西門慶縱欲身亡之後，人生一切終究成空。以今觀之，在具體的敘事表現上，小說敘述總是刻意通過各種不同的反諷方式將其罪過加以彙整，留待讀者自解。且觀第八十回敘及報恩寺朗僧官起棺之際念誦西門慶一生始末的偈文，話語之間可謂充滿嘲諷意味。偈文曰：

恭惟

故錦衣武略將軍西門大官人之靈：伏以人生在世，如電光易滅，石火難留。落花無返樹之期，逝水絕歸源之路。你畫堂綉閣，命盡有若風燈；極品高官，祿絕猶如作夢。黃金白玉，空為禍患之資；紅粉輕裘，總是塵勞之費。妻奴無百載之歡，黑暗有千重之苦。一朝枕上，命掩黃泉，空榜揚虛假之名，黃土埋不堅之骨。田園百頃，其終被兒女爭奪；綾錦千廂，死後無寸絲之分。風火散時無老少，溪山磨盡幾英雄。苦苦苦，氣化清風形歸土。三寸氣斷去弗迴，改頭換面無遍數。

詩曰：

人生最苦是無常，個個臨終手腳忙。地水火風相逼迫，精神魂魄各飛揚。生前不解尋活路，死後知他去那廂？一切萬般將不去，赤條條的見閻王。（頁1403-1404）

在《金瓶梅》，小說敘述對於西門慶欲望徵逐的生命歷程做出鉅細靡遺的展演，而且在日常生活之中，廣泛展示了儒家世界秩序解構下的各種道德、倫理危機，可以說達到史無前例的高度。因此，上述關於西門慶一生的總結，最終不免留下了人生如夢、到死成空的荒謬結論，寓有高度的反諷意味。

今回歸小說文本以觀，《金瓶梅》寫定者之所以特別關注西門慶家庭的存續問題，並視之為儒家倫理道德和小說情節變化匯聚的焦點，其實是有感於晚明世變歷史語境中，傳統儒學道德原則已然無法作為維繫人心良知的事實而來。因此，如前所言，《金瓶梅》寫定者在儒家道德主義的召喚之外，乃試圖融入佛教果報輪迴觀念和道家善惡觀念以編創敘事，以此提醒讀者正視自我身心性命修養的重要。是以，為了彰顯修身的意義，於是在小說敘述之中，即不斷利用預告的方式提示人物命運，同時也不斷地在評述人事時強化因果報應思想。

如第十回篇首詩曰：

> 朝看瑜伽經，暮誦消灾咒。種瓜須得瓜，種豆須得豆。經咒本無心，冤結如何究？地獄與天堂，作者還自受。（頁127）

基本上，此一評論主要針對武松為兄報仇而來。由於武松誤殺李外傳，其後在西門慶使錢賄賂下，知縣認情賣法，判決武松充配孟州道，使得武松不得立即報仇成功。但不論如何，基於維護道德秩序的前提，武松復仇一事代表的是對於人間正義公平性實現的根本籲求，最終仍必須歸諸於「天理」之上來加以驗證。如第六十二回敘及西門慶求神問卜發課，廣求醫治李瓶兒病疾之方，然皆有凶無吉，無法可處。篇首詩曰：

> 行藏虛實自家知，禍福因由更問誰？善惡到頭終有報，只爭來早與來遲。閒中點檢平生事，靜裡思量日所為。常把一心行正道，自然天理不相虧。（頁977）

在《金瓶梅》中，小說人物以非正命而死亡的原因，往往源於個人失德作為。因此，「善惡有報」的觀念的提出，主要是為了強化天理的存在而來，乃毋庸置疑。不過，必須特別一提的是，《金瓶梅》寫定者對於西門慶與潘金蓮和生命歷程的評價，並非只是對於傳統天命觀念的一種簡單化繼承和思想複製而已；反倒是在四貪欲望的互文書寫和轉喻之中，有意藉小說敘述深入反思恢復儒學價值體系的可能性，並由此寄託尋求安身立命之道的思想籲求。

相對於小說中諸多人物徵逐欲望之私的違禮、失德的行事作為，吳月娘作為西門慶正室，因為個人平日好善看經，在某種意義上，頗能體認「佛語戒無倫，儒書貴莫爭」（頁1665）的處世之道，因而在妻妾爭論之中，總能「高飛逃出是非門」（頁1679），安然自處。尤其值得注意的是，在有關吳月娘篤信佛法之事的行爲表現，在小說敘述過程中更是多有提及和展演，在在凸顯了吳月娘不同於其他女性的獨特之處。如第四十六回敘及一個鄉里卜龜兒卦的老婆子爲吳月娘卜卦時，有一總結性的諭示曰：

> 這位當家的奶奶是戊辰生。戊辰己巳大林木，爲人一生有仁義，性格寬洪，心慈好善，看經布施，廣行方便。一生操持把家做活，替人頂缸受氣，還不道是。喜怒有常，主下人不足。正是喜樂起來笑嘻嘻，惱將起來鬧哄哄。別人睡到日頭半天還未起，你人早在堂前禁轉梅香洗銚鐺。雖是一時風火性，轉眼却無心，就和人說也有，笑也有。只是這疾厄宮上著刑星，常沾些啾唧。吃了你這心好，濟過來了，往後有七十歲活哩。（頁687）

無可諱言，由於吳月娘心慈好善，篤信佛法，一生「看經布施，廣行方便」，多存善根。因此，當西門慶非命死亡之後，吳月娘仍能一心守家持業，並且度過重重難關。最終，甚至還能躲過金兵戰亂危害，並獲得善終之報。且觀第一百回曰：

> 不說普靜老師幻化孝哥兒去了。且說吳月娘與吳二舅衆人，在永福寺住了那到十日光景，果然大金國立了張邦昌，在東京稱帝，置文武百官。徽宗、欽宗兩君北去；康王泥馬度江，在建康即位，是爲高宗皇帝。拜宗澤爲大將，復取山東河北，分爲兩朝，天下太平，人民復業。後月娘歸家，開了門户，家產器物都不曾疏失。後就把玳安改名做西門安，承受家業，人稱呼

> 爲西門小員外。養活月娘到老，壽年七十歲，善終而亡。此皆平日好善看經之報也！（頁1695）

顯而易見，《金瓶梅》寫定者從佛教輪迴果報之說來解釋人物作爲及其命運的聯繫，乃足以作爲敘事生成的重要性思想框架。而其中，關於「月娘到老，壽年七十歲，善終而亡」的原因，小說敘述最終以「此皆平日好善看經之報也」一句概括總結，顯得格外饒富意味。

在《金瓶梅》中，小說敘述對於吳月娘的人物形象及其命運的理想化形塑，早在第二十九回敘及吳神仙爲吳月娘相命即有所表示：

> 神仙端詳了一回，說：「娘子面如滿月，家道興隆；唇若紅蓮，衣食豐足。山根不斷，必得貴夫而生子；聲響神清，必益夫而發福。請出手來。」月娘從袖口中，露出十指春葱來。神仙道：「乾姜之手，女人必善持家；照人之鬢，坤道定須秀氣。這幾樁好處。還有些不足之處，休道貧道直說。」西門慶道：「仙長但說無妨。」神仙道：「淚堂黑痣，若無宿疾必刑夫；眼下皺紋，亦主六親若冰炭。女人端正好容儀，緩步輕如出水龜。行不動塵言有節，無肩定作貴人妻。」（頁414）

相較於西門慶一家其他女性，吳月娘好聽佛法、捐經助善、不與人爭的善良性格，一直受到《金瓶梅》寫定者肯定。且觀第五十一回敘及吳月娘與大妗子、楊姑娘、李嬌兒、孟玉樓、潘金蓮、李瓶兒、孫雪娥和李桂姐眾人一起圍坐聽薛姑子講說佛法，演頌金剛科儀，薛姑子道：

> 蓋聞電光易滅，石火難留。落花無返樹之期，逝水絕歸源之

路。畫堂綉閣，命盡有若風燈；極品高官，祿絕猶如作夢。黃金白玉，空爲禍患之資，紅粉輕裘，總是塵勞之費。妻孥無百載之歡，黑暗有千重之苦。一朝枕上，命掩黃泉。空榜揚虛假之名，黃土埋不堅之骨。田園百頃，其中被兒女爭奪；綾錦千箱，死後無寸絲之分。青春未半，而白髮來侵；賀者纔聞，而吊者隨至。苦苦苦，氣化清風塵歸土！點點輪回喚不回，改頭換面無遍數。

南無盡虛空遍法界過見未來佛法僧三寶。

無上甚深微妙法，百千萬劫難遭遇。我今見聞得受持，願解如來眞實義！（頁771）

倘進一步對照於西門慶、李瓶兒、潘金蓮、陳經濟和龐春梅等人因不仁與執迷不悟而招致非命死亡的結果，吳月娘正因爲信奉佛法，潛心向善，才能讓自己免於陷身生命危機之中。因此，就《金瓶梅》的結局設計而言，我們不得不認爲，小說敘述針對吳月娘所安排的人生歸宿及其安身立命方式，其實在回應如何自我修養時達到「身心性命」的理想境界時，著實隱含著相當深刻的寓意。值得注意的是，在晚明「儒學世界秩序解構的世變歷史語境中，《金瓶梅》小說敘述結尾處，特別強調吳月娘『善良終有壽』的人生結局，無疑有意藉此爲人們如何在亂世之中安身立命的問題提供了一種解決性看法。」[55]而此一看法，或可呼應《孟子．盡心》所言：

盡其心者，知其性，知其性者，則知天。存其心，養其性，所

55 參李志宏：〈《金瓶梅詞話》的淑世意識〉，《中國語言文學研究》總第17卷（2015年5月），頁108。

以事天也。殀壽不貳，修身以俟之，所以立命也。[56]

說到底，《金瓶梅》對於身心性命的高度自覺性追求，最終即透過吳月娘修身養性而善終的編排敘述，爲讀者營造了一種道德想像和立命選擇的空間，足以發人深省。

在中國傳統文化中，天命之所在，向來有其不可輕忽的意志性和權威性，足令君子敬畏。《論語・季氏》有言：「君子有三畏：畏天命，畏大人，畏聖人之言。小人不知天命而不畏也，狎大人，侮聖人之言。」[57]。由此可見，孔子高度重視天命，並視之爲區別「君子」和「小人」之別的重要關鍵。若以此考察西門慶和潘金蓮身上所展現的生命姿態和行動方式，則顯見與孔子所提示的「畏天命」的觀念有著巨大悖論，直可與「小人不知天命而不畏也」比擬。不過，更値得一提的是，以西門慶、潘金蓮爲代表的小人們，往往爲物欲所陷，不僅不信因果輪迴，甚且無視於天命之所在。最終，這些人多因失德之行而死於非命。若立足於尊生思考之上反思其寫作命意，這或許可說是《金瓶梅》寫定者編排諸多死亡敘事時頗爲關心之事。更進一步來說，在《金瓶梅》中，有關小說人物「非正命」死亡的重複性敘述，雖然表明了人力終究無能抵抗天命的宰制，而且亦彰顯了天命至高存在的事實；但即便如此，《金瓶梅》寫定者認爲，若要建構自我的理想生命形態，更需要注意自我修養工夫的實踐，方能掌握正確的修身之道。借陽明後學羅汝芳之言曰：

56 〔漢〕趙岐注、〔宋〕孫奭疏：《孟子注疏》，見〔清〕阮元審定，盧宣旬校：《十三經注疏》，頁228。

57 〔魏〕何晏等注，〔宋〕邢昺疏：《論語注疏》，見〔清〕阮元審定，盧宣旬校：《十三經注疏》，頁149。

> 故道之所在，性之所在也；性之所在，天命之所在也。既天命常在，則一有意念，一有言動，皆天則之畢察，上帝之監臨，又豈敢不兢業捧持，而肆無忌憚也哉？如此則戒慎恐懼，原畏天命，天命之體，極是玄微，然則所畏工夫，又豈容草率？[58]

因此，《金瓶梅》寫定者通過小說敘述審慎思考立命選擇之道，藉此提出一套存心養性的修身實踐方法，無疑有其不可忽視的經世理念存在，實應該予以重視。

五、結語

面對晚明世變歷史語境，《金瓶梅》寫定者以「寄意於時俗」爲前提編創通俗演義，因而得以「爰罄平日所蘊者著斯傳，凡一百回」，顯示出積極回應歷史的創作意圖。在實際創作上，《金瓶梅》寫定者在重寫素材之時，即明確將問題視角全面聚焦於日常世俗生活世界中的各種欲望追求之上，致力回歸日常生活之中對世情做出深度描述，此乃基於因應晚明世變歷史語境所產生的特定歷史意識而決定的。然而，我們也必須承認，《金瓶梅》寫定者面對人欲之私，並非秉持完美道德主義加以批判，反倒是在小說敘述中呈現出諸多價值困惑的情形，誠如宋克夫所言：「作爲價值觀念變革時期人們對新的價值體系的渴望和對傳統價值體系的參照，《金瓶梅》的作者一方面眞實地描寫人情物欲對『天理』、『綱常』的衝決，同時又希望以『天理』、『綱常』來拯救那個人欲橫流的社會；一方面客觀地描寫了現實社會中輪迴報應之類宗教思想的荒謬和虛妄，同時又希望以這種輪

58 〔明〕羅汝芳撰，方祖猷、梁一群、李慶隆等編校整理：《羅汝芳全集》（南京：鳳凰出版社，2007年），頁283。

迴報應警戒人生；一方面以放情縱欲的享樂來達到生命價值的確認，同時又希望以生命意識喚醒人類對情欲的節制。」[59] 如此一來，有關《金瓶梅》寫作命意的解讀，便存在諸多闡釋空間。

根據本文的考察和分析，在晚明「尊生」論述盛行的背景中，《金瓶梅》寫定者除了藉小說敘述表達其世變觀察和政治關懷之外，其實亦有意通過對西門慶其人及其家庭興衰歷史的各種細節性的對比敘述，展現出個人對於「立命」問題的深度思考。以今觀之，在「與時偕行」的順時性敘事結構中，雖然《金瓶梅》小說敘述刻意聚焦於人物的命運變化和死亡結局之上，並一一在情節發展過程中加以驗證。其中，「人命天定」的思想命題，可謂貫串於文本始終。但基於尊生的思考，有關西門慶、潘金蓮等人物非正命死亡的處置方式，其實昭示的不單是對於個人身體頹敗的批判而已，同時也是對於「人身難得」的一種深切焦慮的思想展現。第七十五回篇首詩曰：

> 萬里新墳盡十年，修行莫待鬢毛斑。死生大事宜須覺，地獄時常非等閑。道業未成何所賴，人身一失幾時還。前程暗黑路途險，十二時中自着肩。（頁1249）

由此可見，「人身難得」是《金瓶梅》寫定者所重視之事。若從取喻書寫的角度上說，《金瓶梅》以西門慶和潘金蓮無視天命的貪欲行爲作爲敘事中心，乃有意通過一系列人物形象、情節形塑和思想投射，並在日常生活的細節性展演中編織出一幅幅互文隱喻的時代圖像，

---

59 宋克夫：《宋明理學與明代文學》（北京：中國社會科學出版社，2013年），頁407。

展現了獨到的歷史意識。[60]在根本的意義上，《金瓶梅》一書對於「命」的觀測和反省，無非立足在「天道」循環之上對「人道」進行各種考察，並由此寄託了對於人生理想建構的深度思考。第一百回結尾引詩曰：

> 閑閱遺書思惘然，誰知天道有循環。西門豪橫難存嗣，經濟顛狂定被殲。樓月善良終有壽，瓶梅淫佚早歸泉。可怪金蓮遭惡報，遺臭千年作話傳！（頁1695-1696）

由此可知，《金瓶梅》寫定者面對四貪欲望的誘惑時所提出的修身之道和立命選擇，乃認爲「道業」之成，實有賴「人身」之存。歸根結柢，人必須正視「命」之存在，才在自我修養之中獲得安身立命之道。因此，從「樓月善良終有壽」一句，可謂充分說明了保持「善良」之性的重要性。毫無疑問，《金瓶梅》寫定者對於修身以事天的籲求，最終正是通過吳月娘篤信佛法而有所表現的。正如欣欣子〈金瓶梅詞話序〉所言：

> 故天有春夏秋冬，人有悲歡離合，莫怪其然也。合天時者，遠則子孫悠久，近則安享終身；逆天時者，身名罹喪，禍不旋踵。人之處世，雖不出乎世運代謝，然不經凶禍，不蒙耻辱者，亦幸矣。吾故曰：笑笑生作此傳者，蓋有所謂也。（〈序〉，頁2）

---

60 吳國盛指出：「對生命、死的這一態度支配著古代中國人的時間觀。一方面，對現世生活、人事活動的密切關心，表現爲對『時』的刻意把握和精心運用。另一方面，個體的有限性消融於全體的無限性之中，表現爲對『歷史』格外的尊重。」見氏著：《時間的觀念》（北京：北京大學出版社，2009年），頁42。

其中，有關「合天時」的思想表述，在在表示了對於「天命」存在的認可。在具體敘事表現上，「究天人之際」，不僅是《金瓶梅》敘事生成背後相當重要的問題視野，同時也是小說寫實敘述中特別關注的思想命題，因而得以在尊生思考主導下「成一家之言」。

總的來說，《金瓶梅》寫定者通過取喻書寫的敘事策略揭露晚明世變形成的可能成因，使得整體話語實踐展現出獨到的歷史意識。嚴格來說，《金瓶梅》中所展現的天命觀，並非一種獨特的思想觀點，而是宋代以降通俗演義創作共同關注的課題。但即使如此，《金瓶梅》寫定者並不只是要強調順命以養生的重要性而已，而是強調人必須體認天命與人之間所存在的必然聯繫，並特別重視在盡心知性、存天養性之中進行自我修養，以涵養理想生命型態。因此，在尊生的前提下，人應該如何掌握知命和立命之道，便成爲安頓個人生命的重要任務；而其中，遵循天道、天理便是基本修養工夫。在與時偕行的情節發展過程中，《金瓶梅》寫定者依違在欲望徵逐與生命存續的辯證關係之上敷演敘事，不僅僅只關注於「情色」議題本身而已，同時也相當重視有關「尊生」的思考，爲讀者提供了一個反思理想生命建構之道及其存在本質的想像空間。在「稽其成敗興壞之理」的通俗演義編創中，小說敘述十足體現出「明乎得失」、「有益風化」之功，吾人不應輕易以「誨淫」之論否定其思想價值，從而忽略了從不同側面探討其寫作命題的可能性。

結論

關於《金瓶梅》寫定者爲誰的問題，至今沒有定論。因此在《金瓶梅》文化身分的探討方面，由於欠缺作者生平資料的參照，僅僅就小說文本和有限的外部文獻進行探討，必然會因論者的學養不同而造成解讀結果的差異。不過從接受美學的觀點來說，即使讀者未能清楚掌握寫定者身分，事實上並不影響歷代論者反覆對於《金瓶梅》寫定者的創作意圖以及作品意義所做出的深度探討。張竹坡在〈《金瓶梅》讀法〉第三十六條曰：

> 作小說者，既不留名，以其各有寓意，或暗指某人而作。夫作者既用隱惡揚善之筆，不存其人之姓名，並不露自己之姓名，乃後人必欲爲之尋端竟委，說出姓名何哉？何其刻薄爲懷也。且傳聞之說，大都穿鑿不可深信。總之，作者無感慨，亦必不著書，一言盡之矣。其所欲說之人，即現在其書內；彼有感慨者，反不忍明言，我沒感慨者，反必欲指出，眞沒搭撒，沒要緊也。故別號東樓，小名慶兒之說，概置不問。即作書之人，亦止以作者稱之。彼既不著名于書，予何多贅哉。近見七才子書，滿紙王四，雖批者各自有意，而予則謂何不留此閒工，多曲折於其文之起盡也哉。偶記於此，以白當世。[1]

正因爲有關《金瓶梅》寫定者的生平資料匱乏，本文論述試圖回歸小說文本的虛構世界之中，從「寓言」角度對於小說展開癥候式闡釋，乃成爲研究過程之中不得不爲的選擇。

從現代學術眼光審視《金瓶梅》的著述意識和思想內涵，論者對於小說敘述圍繞女性和情色書寫展開時，不費辭煩地主張「紅顏禍水」的觀點，不免感到不以爲然。因爲這樣的敘述姿態，可能顯示

---

1 見黃霖編：《金瓶梅資料彙編》（北京：中華書局，2012年），頁75-76。

了《金瓶梅》寫定者過度依循傳統儒學父權價值體系，在保守主義心態的制約之下，因而失去了小說作爲奇書應該擁有的前瞻性和進步意義。基本上，這樣的看法的發生，主要是從現代學術視野評價《金瓶梅》一書的文學性和思想性，凸顯了論者對於小說在各方面所展現的創新因素的高度重視，因而對於寫定者在書寫人欲、直面人性之時，其言語敘述卻充滿封建性識見的道德說教有所批評。當然，此一做法無可厚非，只不過當我們從「演義」的文體／文類觀點重新梳理《金瓶梅》的敘事邏輯時，則會發現《金瓶梅》作爲一種「社會性的象徵行爲」，乃寫定者在回應晚明歷史文化語境時的一種識見的表達，必然有其相應於時代環境和學習教養的侷限性，其實不應該太過苛求。而事實上，歷來論者對於《金瓶梅》存在諸多思想表現的矛盾和衝突感到不解，或許其原因正源出於此。因此對於《金瓶梅》的文化身分進行探討時，問題可能不在於寫定者通過小說敘述爲讀者提出多少具超越性的思想，而是面對晚明世變歷史語境，寫定者利用小說敘述凸顯何種世道人心變化的眞相，又提供了何種解決問題的方法。就此而言，讀者首要之務是如何理解《金瓶梅》在通俗文學形式之中尋求正史之外的闡釋空間及其道德想像。東吳弄珠客〈《金瓶梅》序〉曰：

> 余嘗曰：讀《金瓶梅》而生憐憫心者，菩薩也；生畏懼心者，君子也；生歡喜心者，小人也；生效法心者，乃禽獸耳。[2]

張竹坡在〈《金瓶梅》讀法〉第八十一條如此自許：

> 故讀《金瓶》者多，不善讀《金瓶》者亦多。予因不揣乃急

2 見黃霖編：《金瓶梅資料彙編》，頁2-3。

> 欲批以請教，雖不敢謂能探作者之底裏，然正因作者叫屈不歇，故不擇狂瞽，代爲爭之。[3]

顯然，當我們試圖重新針對《金瓶梅》的文化身分展開評議時，應該如何看待《金瓶梅》的書寫性質及其歷史意識？無疑是一項具有挑戰性的任務。

基本上，對於《金瓶梅》作品意義展開研究，不同讀者可以從不同角度切入，並取得豐富而多元的解讀結果。在前人研究的基礎之上，本書所主張的論點雖非完全自出機杼，但仍力求能夠依據個人閱讀見聞，在圓融論述中提出個人考察、理解所得的看法。目前依我個人閱讀所感所知，我認爲《金瓶梅》圍繞女性和情色書寫以建構史無前例的「家庭」敘事，顯示了寫定者秉持「家國同構」的儒學視野進行創作，實有其特定的修辭方法和政治諷諭思維。爲此，我十分同意艾梅蘭所提以儒學爲本位的正統修辭觀點：

> 中國的小說文本（傳統上被譯爲「fiction」，但是實際上包括了更爲多樣化的寫作）本就不在經典之列，本就是個另類；儘管如此，它們卻常常通過一系列我稱之爲「正統修辭」的策略來宣揚儒家的價值觀。小說中用來宣揚儒家行爲的修辭和圖釋法（iconography）都取自理學的象徵符號和道德邏輯。請注意，這些符號和道德邏輯又受到佛家善惡報應故事中那種嚴密的敘事邏輯、象徵主義和主題的深刻影響。除了某些懲戒性的或歌功頌德的作品外，正統儒家修辭很少是純粹抽象的；爲了顯得新穎並吸引讀者，它必須讓混亂造成的恐懼持續出現在讀者心中，它得描述社會和道德秩序的崩潰，並且表現儒家的實

3　見黃霖編：《金瓶梅資料彙編》，頁85。

踐如何靠重建秩序而解決了危機。明顯的淫穢色情小說，如《如意君傳》和《金瓶梅》，也利用正統修辭，儘管它們顯然並不「正統」（Orthodox）。[4]

因此，立足於儒學視野之上，我主要聚焦於《金瓶梅》的女性和情色書寫問題之上進行癥候式的寓言闡釋。綜合以上論述，大體上得出以下幾點結論：

（一）就《金瓶梅》的書寫性質而言

從「演義」的觀點論之，《金瓶梅》寫定者在取喻書寫中「依事取義」，最重要的使命無非在於恢復儒家世界秩序，重建道德倫理規範，在各式各樣的勸戒議論之中導正人欲追求的正確方向。此一做法，或許太過於倚賴傳統儒家父權價值體系，往往可能隱含著寫定者的某種性別偏見和道德偏見，因而減損其藝術性。但從「家國同構」觀點來看，《金瓶梅》針對西門慶家庭興衰變化情形提出問題與從中尋求可能解決之道的作爲，無疑充分體現出寫定者在正史之外尋求歷史闡釋空間時，如何假「小說」以建構「經世寓言」的歷史觀照和政治關懷。

《金瓶梅》寫定者對於「家庭」的重視，正投射出對於維護儒家父權價值體系的深切期許。且觀第八十回敘及西門慶死後發引，「送殯之人終不似李瓶兒」，尤其報恩寺朗僧官起棺之際念誦西門慶一生始末偈文，可謂充滿嘲諷意味。敘述者曰：

4　（美）艾梅蘭（Maram Epstein）著，羅琳譯：《競爭的話語：明清小說中的正統性、本眞性及所生成的意義》（*Competing Discourse: Orthodoxy, Authenticity, and Engendered Meanings in Late Imperial Chinese Fiction*）（南京：江蘇人民出版社，2005年），頁13。

恭惟

故錦衣武略將軍西門大官人之靈：伏以人生在世，如電光易滅，石火難留；落花無返樹之期，逝水絕歸源之路。你畫堂綉閣，命盡有若風燈；極品高官，緣絕猶如作夢。黃金白玉，空爲禍患之資；紅粉輕裘，總是塵勞之費。妻孥無百載之歡，黑暗有千重之苦。一朝枕上，命掩黃泉，空榜揚虛假之名，黃土埋不堅之骨。田園百頃，其終被兒女爭奪；綾錦千箱，死後無寸絲之分。風火散時無老少，溪山磨盡幾英雄。苦苦苦，氣化清風形歸土。三寸氣斷去弗迴，改頭換面無遍數。詩曰：

人生最苦是無常，個個臨終手腳忙。
地水火風相逼迫，精神魂魄各飛揚。
生前不解尋活路，死後知他去那廂？
一切萬般將不去，赤條條的見閻王。（頁1403-1404）

顯而易見，西門慶生前汲汲營營於貪色好財，雖然盛極一時，然而死後卻是如夢一場，一切化爲空無。西門一家之「亂」，多與西門慶貪花戀色有關。由於個人私欲驅使，男女之間缺乏傳統道德倫理觀念的維繫；一旦西門慶死亡，親友廝僕隨即翻面背恩忘義，諸妾一一因各種原因被發賣或尋求改嫁，西門氏一家可以說瞬間分崩離析。無論正室吳月娘如何守節自持，最終也無法守著西門慶心頭所繫的「齊家」遺願，其結局不免令人感到唏噓不已。在北宋處於內憂外患兼有的亂世之中，西門氏一家之不治，何以天下國家爲？正說明了《金瓶梅》寫定者立足於「講史」的高度，展現出關注晚明世變的超常視野，因而得以在「通俗爲義」中開創出不同於《三國志演義》、《水滸傳》和《西遊記》等奇書的故事類型。

（二）就《金瓶梅》的主題寓意而言

倘要歸究西門慶一家爲何會淪落到人亡家破境地的主因，則不能不與當初西門慶一心貪戀潘金蓮美色有關。而事實上，關於這個問題的思考，《金瓶梅》寫定者早在敘事開始之初，便通過主題先行的預述性敘事框架的建置，在總體性結構設計中爲故事發展本身提供了一個閱讀期待視野。

在《金瓶梅》中，西門慶作爲傳統父權家長，擁有一妻多妾，似乎理所當然。但因爲貪淫好色之故，固然遂行了個人的私欲，但卻因此埋藏家反宅亂的危機。具體來看，西門慶以其先天所具有男性身體能力，縱橫於男女性愛戰場之上，頗有一夫當關之勢；尤其得到胡僧藥之後，更是變本加厲地服用，以此提升性愛行爲能力，極盡歡娛享受。但實際上，在兩性交戰之中屢次「一瀉如注」的結果，卻也使得西門慶的身體在極度耗損中逐漸瀕臨病入膏肓的毀滅之境。由於西門慶對於兩腿痠疼的警兆置之不顧，終究逃不過潘金蓮不知好歹的性事索求，最後一命嗚呼歸天。無可諱言，西門慶瀕死之際的勞頓形體，無不應驗了吳神仙的相命預言：「嘔血流膿之災，骨瘦形衰之病」；同時在吳神仙替吳月娘圓夢時，預示了「大廈將頹，夫君有厄；紅衣罩體，孝服臨身；攧折了碧玉簪，姊妹一時失散；跌破了菱花鏡，夫妻指日分離」的家庭衰敗之況。西門慶因淫色而敗家，恐怕也是個人始料未及之事。因此，當《金瓶梅》以潘金蓮、李瓶兒和龐春梅三位女性爲小說進行命名時，「女色坑人」作爲故事情節發展的主導，乃足以回應明代中後期以來的「好色」時代現象及其潛藏的各種社會文化問題。

（三）就《金瓶梅》的歷史觀照而言

在中國小說史上，《金瓶梅》是第一部以商人家庭生活爲敘事中心的古代長篇通俗演義之作。基本上，《金瓶梅》對於西門慶所屬商人家庭的特殊關注，可以說具體反映了明代中葉以降商業經濟蓬勃發展，導致時代社會產生劇烈變化的生活現實。其中最值得注意的是，隨著重商思想的蔓衍和滲透，商人階層隨之興起，使得士商之間的位階關係產生了微妙的變化，甚至衝擊了傳統以儒家爲本位的治生觀念、倫理思想和價值體系。因此，《金瓶梅》寫定者除了從情色視角敷演偷情故事之外，更是通過西門慶的商人身分，進一步展演明代中晚期士商地位變化的社會現象。此一題材選擇，在某種意義上正呼應了王陽明提出「四民異業而同道」的看法，顯示了在當時歷史語境中重商思想已經崛起。

明代中後期商業經濟活動日漸蓬勃發展，商賈經商「以利爲重」的觀念亦不斷滲透人心，其中「唯利是圖」的風氣，也漸漸普遍彌漫於整個社會文化之中，導致傳統儒家義利價值觀念受到極大的衝擊和影響。在《金瓶梅》中，小說敘述除了對於西門慶追求發跡變泰的人生歷程充滿高度興趣之外；更是對於以西門慶商人家庭爲中心所構築的士商交往網絡及其所造成影響，抱以高度關注。《金瓶梅》寫定者關注於西門慶商人身分及其發跡變泰的命運走向，無非凸顯了「功利之毒」浸染社會的實際現象。當《金瓶梅》寫定者有意從家國同構的觀點來說，針對西門慶所代表的商人階層及其發跡變泰現象的根本意義進行觀察和評估時，在某種程度上，正呼應了《大學》所言之「仁者以財發身，不仁者以身發財」的批判觀點。尤其在「小人亂國」導致「天下失政」的揭露方面，小說敘述本身所展現的歷史觀照無疑顯現出不可忽視的歷史闡釋意圖，使得《金瓶梅》一書足以構成一部時代寓言。

（四）就《金瓶梅》的淑世意識而言

無可諱言，在中國小說史上，《金瓶梅》的問世饒富意義。不過，關於《金瓶梅詞話》文化身分的認知問題，歷來研究觀點始終擺盪在色情小說和世情小說之間，爭論不休。惟可留心的是，倘若從「齊家」的視角深入考察《金瓶梅》寫定者對於西門慶所屬商人家庭興衰歷程的深度描述，在在顯示出「欲齊其家者，先修其身」的寫作理念，可謂蘊含著「齊家」的淑世意識。

如前所言，在《金瓶梅》中，小說敘述對於西門慶發跡變泰的命運觀照，無不凸顯了士商交往及其階層意識的社會現實。在此一歷史語境中，西門慶以身發財，應運而起，但最終卻因個人縱欲而導致身亡，家道隨之中落，逐步陷入解體的危機之中。時值臨終之際，西門慶特別交代吳月娘齊心守家的「存家」遺言，無疑有其深刻諷諭之意。此外，在某種意義上，父親意象的顯與隱，作爲儒家父權體制盛衰的一種隱喻性表徵，則《金瓶梅》寫定者顯然有意側重在「無父」家庭背景中展開西門一家的描寫，更試圖由此揭示儒家父權宗法斷裂失序下的家庭亂象。尤其在家國同構的創作理念主導下，更是在官哥兒死亡與孝哥兒幻化情節的敘寫方面，進一步表達家國存續面臨危機的政治關懷，展現了不可忽視的春秋筆法。最終，小說敘述以吳月娘因勤讀佛經而善終有報，以個人修身存續西門家業做結，乃爲振興家國大業提供了一個可能的解決之道。而這樣一種故事結局安排，無疑使得《金瓶梅》整部小說最終體現出以「家國新生」爲念的淑世意識。

（五）就《金瓶梅》的經世思想而言

從「擬史」的觀點來說，《金瓶梅》如何在特定主題思想的統攝之下將一系列事件再現爲一種獨特的「家庭」故事類型，從中寄寓「經世」思想，無疑是一個值得深入關注的問題。對於《金瓶梅》寫定者行文的一片苦心，張竹坡在〈《金瓶梅》讀法〉第八十一條指出：

> 《金瓶梅》寫奸夫淫婦、貪官惡僕、幫閑娼妓，皆其通身力量，通身解脱，通身智慧，嘔心嘔血，寫出異樣妙文也。[5]

以今觀之，在「妾婦索家，小人亂國」的互文隱喻中，寫定者有意從西門慶家庭生活的書寫投射到對北宋天下，對於北宋國祚命運爲何走向傾覆做出互文聯繫的深層觀照。

顯然，如果說「妾婦索家」所表達的是，潘金蓮如何以個人美色作爲爭寵善妒的利器，因而導致家反宅亂，無日安寧；那麼「小人亂國」的評論，則說明了權奸專擅誤國的根本原因，就在於西門慶如何以其財富交通官吏，籠絡當朝權臣。六賊爲首的佞臣貪戀財富，私相授受官職的結果，不僅導致朝綱不振，而且屢屢蒙蔽聖聰，致使國庫空虛，無法支援抵抗北虜外患的侵犯，終致北宋滅亡。當《金瓶梅》寫定者有意識的將情色與國家政體做出互文交涉時，則通過藉外論之的「取喻」書寫策略，已然將世情和世變綰合於情節建構之中。無庸置疑，面對晚明世變的歷史語境，《金瓶梅》的時空體創造呈現的是一個道德觀念和倫理規範失序的世界。《金瓶梅》寫定者對於傳統宗法倫理和朝廷政綱不彰的反思，乃充分反映在家國互爲一體的「經世寓言」創造之上，深刻傳達出「寄意於時俗」的歷史意識。

（六）就《金瓶梅》的道德反思而言

明代中後期以來，由於受到陸王心學的啓發，儒學核心價値體系處於急遽轉換的階段，加以商業經濟日益發達，「好貨」、「好色」的思想觀念和社會風氣盛行，文人知識分子試圖在「百姓日用即道」的主張中表達對於「人倫物理」的關注，因而促使整個社會文化產生了從「心」到「身」的全面解放，不爲虛僞「名教」所羈。正是順應

---

5 見黃霖編：《金瓶梅資料彙編》，頁84。

如此文化思潮，艷情小說利用時世變化中政治監控的縫隙應時而生，極力「宣淫導欲」，蔚爲風潮。從小說史觀點來說，《金瓶梅》同樣也是在這相應的歷史文化背景和小說創作潮流中問世，體現出一定的聯繫關係。只不過對於「好色」的「人欲」追求態度，《金瓶梅》顯然展現出不同於一般艷情小說的創作思維，不能混爲一談。

以今觀之，在縱欲享樂的文化氛圍中，各種「好色」現象作爲明代中後期時代文化的表徵，的確爲《金瓶梅》關注「好色婦女」的問題思考提供了必要的時空背景。以潘金蓮爲首的好色婦女的形塑，旨在從爲人熟知的觀念和修辭中刻意揭露的「女禍之思」，不斷通過各種干預評論，預告西門慶迷戀潘金蓮的作爲終將招致禍患的結局，進而形塑一種道德批判的框架，可謂貫穿小說文本始終。無可諱言，潘金蓮作爲女禍原型，對於傳統儒家父權價值體系的挑戰和顛覆極爲明顯。《金瓶梅》寫定者對於西門慶因潘金蓮的情色誘惑而導致個人亡身喪命以及家庭解體崩毀的情形，無疑給予了極大的關注。當然此一做法，主要是爲了能從「妾婦之道」的思考中展開對於「經夫婦」的倫理想像。因此對於妾婦之道的思考，便從夫爲妻綱、女子貞節和妾婦嫉妒三個層面的情節建構中展開一系列事件的價值辯證。不可否認，這樣的倫理想像，是立足於儒家父權中心的觀念之上而有所表現的，不免對於傳統女性地位有所鄙薄。但從維護「正經夫妻」的宗法倫理秩序而言，仍然有其不得不爲的必要性。畢竟傳統女性閨誡所重視的三從四德和敬順之心，一旦因爲個人私欲追求而產生變化，將會爲儒家世界秩序帶來何種衝擊？顯然難以估量。關於此一問題所引發的深切疑慮，或可以從西門慶家反宅亂乃至人亡家毀的情節設置中一目了然。

從道德反思的角度來說，《金瓶梅》對於《水滸傳》的改寫，主要目的在於透過武松殺嫂祭兄行動的重新布局預設一個有關「德色辯證」的道德命題，並從官方文化、世道人心和人倫重建三方面揭露諸多世情問題。基本上，從「經夫婦」的倫理想像中，《金瓶梅》寫定者對於「女子」是否謹守「妾婦之道」尤爲重視。在男尊女卑的儒家綱常視野中，由於婦人變更、不守貞節，連帶地對於傳統家庭倫理秩序的運作造成前所未有的衝擊，導致儒家世界秩序和道德解體的危機橫生。因此，武松能否在不斷因情色事件而延宕的漫漫時間中完成殺嫂祭兄的復仇行動，以此維護儒家父權宗法制度的尊嚴，顯然在小說主題思想設計上，有其不可忽視的寓意。無可諱言，潘金蓮最終死於武松之手，固然顯其色欲勝過理智的愚昧性，但對於這種「好色婦女」所施予的懲戒，正是《金瓶梅》寫定者有意在以「德色辯證」爲主導的敘事結構中，表達了對於儒家人倫關係重建的深切籲求和期待。在此一寫作命題的演繹上，可以說在通俗文化領域中賦予了深刻的道德反思空間。

（七）就《金瓶梅》的政治期望而言

面對晚明世變語境，《金瓶梅》寫定者以入世姿態，力圖在重視人欲追求的時代環境中，重新反思建構超越世俗之上的理想生活世界的可能性。在題材的選擇上，《金瓶梅》寫定者圍繞女性和情色書寫敷演故事，無非有意凸顯人性縱欲所帶來的宗法觀念和人倫關係解體的問題，以及隨之衍生而來的各種心理與道德的危機。在「世變」的歷史圖景再現中，《金瓶梅》寫定者對於人物際遇盛衰和家國歷史興亡的理解，無疑深具超常的歷史意識。究實而論，《金瓶梅》寫定者將「男女情色」和「家國政治」置於互文交涉的對應場域之中，展開一場前所未見的「通俗演義」，並從中寄寓個人的時代關懷和價值論述。如此做法，自然與傳統文人知識分子習受儒家倫理核心價值的信仰密切相關。因此，在「不刪鄭衛」的書寫策略運用下，《金瓶梅》固然標舉情色主題，卻得以與儒家政治詩學中的風雅正變論述和美刺傳統產生內在的聯繫，藉此深化其輔史教化的勸懲意圖。

從「演義」的觀點來說，《金瓶梅》的問世，既是晚明縱欲主義思潮影響下的眞實描述和見證，同時也可視爲在儒學價值體系轉型過程中，人們得以藉之反思晚明世變成因及其時代課題。以今觀知，《金瓶梅》的深刻之處，正在於寫定者選擇深入日常生活之中考察世情變化並從中汲取素材，可以說在極大程度上通過西門慶及其家庭興衰史的書寫，揭露各種道德困境和生命危機。如果說西門慶形象塑造被賦予儒家父權宗法體制崩解的象徵意涵，那麼以西門慶「貪欲得病」的病體隱喻思維爲中心，延伸而出對於家庭人倫關係和國家政治秩序解體問題的展演，無疑是《金瓶梅》寫定者通過小說敘述所極力表現的寫作命題，可謂別具深意。

《金瓶梅》對於個人、家庭和國家三位一體的關注，可以說體現出深切的政治期望和生命反思。進一步來說，在「一人貪戾，一國作亂」的歷史思維中，國家何時能夠實現「天下歸仁」的政治期望，無不與個人能否以「克己」、「復禮」的工夫，達到無私欲之蔽的「良知」實踐有關。而事實上，《金瓶梅》寫定者在回應晚明重視「好貨」、「好色」思想的歷史現實時，早在敘事正式開始之前，即先從四季詞建構一種「且優游，且隨分，且開懷」的閒適人生觀，並對酒、色、財、氣四貪詞所彰顯的人心私欲之蔽，提出勸誡之道。[6]大體而言，《金瓶梅》是以暴露人欲之私的方式取代理想人性的形塑，體現出一種強烈的反向式敘事思維。此一做法的目的，無不

---

6 歷來論者多有從四季詞、四貪詞的思想內涵與《金瓶梅》敘事內容不相一致的角度提出質疑，或者就此論其成書方式和政治諷喻問題，事實上都可能存在著過於強調文史互證的解讀方式，因此產生誤讀或過度闡釋情形。對此一問題提出反省和討論者，可參洪濤：〈《金瓶梅詞話》「四季詞」的解釋與金學中的重大問題〉，《保定師專學報》第14卷第3期（2001年7月），頁49-54。如果回歸文本的角度看待「四季詞」和「四貪詞」的存在意義，當如洪濤所言，都應視爲隱含作者（implied author）的思想內涵或價值觀念的表現，乃《金瓶梅》寫定者有意用以與實際敘事話語進行對照而加以確立的事物。

試圖在德色辯證的框架中彰顯道德良知的重要性。此外，在「天理」與「人力」的角力上，《金瓶梅》寫定者所提供的生命反思，乃是從「清心寡欲」的角度，告誡人們不應過度追求身外之物，而應以修身爲要。其中「人力不敵天時」的判斷，不免隱含「天道循環」的後設命題，進而成爲《金瓶梅》話語構成背後主導的人生思想基調。具體而言，在不同人物命運的寫實觀照中，《金瓶梅》寫定者藉「報應輪迴之事」，完全將「天命」與「人生」合而爲一。最終，通過「克己復禮」思想命題的展演，不僅表達了對於個人修身的觀照，同時也從「天下歸仁」的政治期望中，賦予小說以特定的政治倫理隱喻，展示出個人對歷史現實的高度觀照。

（八）就《金瓶梅》的尊生思考而言

明代中葉商業經濟蓬勃發展以後，人欲追求對於人心、人性的轉變造成了巨大的影響。當天理無以規範人心之時，則不論個人、家國或歷史的命運，隨時都可能因個人貪求私欲而面臨失序的危機，甚至導致走向毀滅之途。今觀《金瓶梅》一書，小說序篇首揭酒、色、財、氣「四貪詞」，即可見寫定者有意將四貪欲望作爲小說敘事生成的關鍵命題。其中，以「情色」爲主導，《金瓶梅》寫定者試圖立足在「德／色」辯證的問題視域之上，敷演一個充滿了道德爭議的風情故事。尤其值得注意的是，以西門慶和潘金蓮爲代表的小說人物，往往因貪戀「情色」，最終導致縱欲身亡與招惹殺身之禍，使得「死亡」問題始終依圍在小說敘述進程之中。所謂「三寸氣在千般用，一日無常萬事世休」，可謂展現了對於「人身難得」的特定觀照和反思，同時也反映對於個體生命價值理想實踐的重視和反思，隱含著發人深省的「尊生意識」。

從「命」的視角重新審視《金瓶梅》的敘事話語表現，則可以清楚看見，《金瓶梅》寫定者於世情書寫之外，對於個人安身立命之道其實有其深度關注。首先，在與時偕行的時間視角下，《金瓶梅》寫定者對於個體生命存續的關注，主要是在重寫素材之時，刻意圍繞西門慶和潘金蓮因貪戀情色而招致殺身之禍的人生際遇變化展開敘述，並通過敘述干預評論表達對於「人身難得」議題的觀照和反思，展現出對於人與天命之間關係的深度思考。其次，倘從天人之辨的角度，深入分析《金瓶梅》寫定者對於理想人生型態的建構和追求，則可以進一步了解小說敘述背後存在著一套「知命」意識。具體而言，由於西門慶和潘金蓮「不畏天命」，才導致個人追求享樂之際，無視於生命危機潛伏其中，最終導致招來無可避免的死亡結局，人生一切頓時成空。因此，如何體認天命所在，並在自我修養中追求理想人生境界的實現，乃存有寫定者殷切勸化的尊生思考寄寓其中。最後，爲了強調經營理想生命的重要性，《金瓶梅》寫定者更從立命選擇的角度，表達對於存心養性的修身之道的思想籲求。其中，通過吳月娘善終結局的設計，除了體現「家國新生」的政治期望之外，更試圖在儒家道德主義實踐之外，進一步在小說敘述之中融入佛教果報輪迴觀念和道家善惡觀念，提醒讀者正視自我身心性命修養的重要。更重要的是，藉此寄託尋求安身立命之道的尊生思考和思想籲求。

從上述八個問題面向的陳述中可知，《金瓶梅》寫定者以商人、女性和情色書寫爲中心建構的經世寓言，乃有其苦心孤詣的抉擇。揆其重寫《水滸傳》素材的原因，正源於《金瓶梅》寫定者對於晚明世變歷史語境的深刻考察所致。正如黃衛總所言：

> 與《水滸傳》的敘述重心在於公共正義和「好漢」（帶有著強烈的正義感，通常不近女色）價值體系不同，在《金瓶梅》的世界裡人人都被欲望吞噬著，幾乎沒有例外，人們關心的只是金錢和性。《金瓶梅》的作者有意要證明在他的小說世界

中，堅守正義是近乎不可能的，這與《水滸傳》的世界是很不一樣的。[7]

無可諱言，面對晚明世變語境下儒家世界秩序的解體危機，《金瓶梅》寫定者企圖以暴露方式揭式整個時代社會浸淫於追求欲望實現時所帶來的道德價值沉淪問題。就我個人閱讀感受來說，《金瓶梅》的創作源起乃起於晚明歷史文化語境因個性解放思潮所引發的縱欲主義和好色現象的深切反省，有其現實批判和自我檢束並行的雙重道德倫理思維。在儒學視野中，整體敘事創造體現出家國同構的強烈政治關懷，顯然是無庸置疑的結論。

最後值得一提的是，寫定者固然已積極通過小說敘述以回應歷史變化，但在如何恢復儒家世界秩序的問題上，似乎並沒能眞正爲讀者提供的普遍而有效的解決之道。如果說寫定者意在透過人物縱欲身亡或依靠「武松殺嫂」的復仇行動書寫對世人提出警戒，並以之矯正儒學價值體系迷失的現象，可想而知，這顯然並不是一件容易的事情。因此我們不得不把焦點置於《金瓶梅》結局設置之上。且觀第一百回敘述者曰：

> 不說普靜老師幻化孝哥兒去了。且說吴月娘與吴二舅衆人，在永福寺住了那到十日光景，果然大金國立了張邦昌，在東京稱帝，置文武百官。徽宗、欽宗兩君北去；康王泥馬度江，在建康即位，是爲高宗皇帝。拜宗澤爲大將，復取山東河北，分爲兩朝，天下太平，人民復業。後月娘歸家，開了門户，家產器

7　（美）黃衛總著，張蘊爽譯：《中華帝國晚期的欲望與小說敘述》（*Desire and Fiction Narrative in Late Imperial China*）（南京：江蘇人民出版社，2010年），頁79。

物都不曾疏失。後就把玳安改名做西門安，承受家業，人稱呼爲西門小員外。養活月娘到老，壽年七十歲，善終而亡。此皆平日好善看經之報也。（頁1695）

在此，我們可以清楚看到，西門慶死後輪迴轉世而生的「孝哥」，被普靜禪師度化而去之後，整個時代環境也隨即改朝換代，並體現爲一種太平光景。吳月娘以寡婦之身，謹守殘存的家業，終日好善看經，因而平安度過餘生。以今觀之，此一帶有宗教度化救贖意涵的結局設計，可以說爲讀者提供了一個充滿道德想像的空間。在某種意義上，「這個結論乍看起來似乎是具有樂觀主義的含義，預言了小到一個家庭，大到一個國家的新生。」[8]這是否就是《金瓶梅》寫定者通過小說敘述追求改造時世的政治期望？並且在恢復儒家世界秩序的價值籲求中選擇轉向宗教尋求可能的解決之道？無疑讓人好奇和深思。關於此一問題的提出，本書於再版之際所增補的內容中已有進一步的探論，讀者自可參看。

8　（美）凱瑟琳・卡爾麗茨著，畢國勝譯：〈《金瓶梅》的結局〉，收於吉林大學中國文化研究所編：《金瓶梅藝術世界》（長春：吉林文史出版社，1991年），頁374-389。基本上，我同意這個觀點。至於凱瑟琳・卡爾麗茨隨後又指出：「《金瓶梅》的哲學思想是建立在牢固的儒家思想基礎之上，它強調人世間統治的重要性，統治者的權勢和家庭與國家之間的平行關係。西門慶的六個妻妾可以看作是與佛教的六種惡根相應，也可以解釋爲國家的六個部，然而作者並非要分享佛教利用『舍』以消除六種惡根的理想。儘管普靜許下宏願，孝哥以脫離紅塵的方法也未能洗滌他父親在人間的罪惡。如果我們把《金瓶梅》的結論看成是以儒家的經典來告誡世人；把西門家的子嗣的夭折歸結爲對西門慶家庭的劣跡的報應的話，那末《金瓶梅》看起來才是首尾一致，合乎情理的。以普靜禪師爲代表的宗教，使我們意識到使惡跡得以繼續的無法無天的『輕信』的危害性。」以上關於六根、六部的推論，我個人以爲已然脫離以宗教輪迴果報達到淨化人倫的目的，僅供參考。

再版後記

本書初版原係臺灣學生書局規劃出版的「臺灣金學叢書」之一。如今再版，乃是在原書基礎之上，再新增三章寫作內容，以求增益研究廣度和深度。茲就新增資料來源做一說明：

1.〈第三章　仁者以財發身，不仁者以身發財——《金瓶梅》對於商人階層興起的歷史反思〉，初稿原以〈發跡變泰之後——論《金瓶梅詞話》對於商人階層興起的歷史反思〉之名，發表於第十一屆（徐州）國際《金瓶梅》學術討論會（中國江蘇徐州工程學院，2015年8月15日至18日）。其後，該文收錄於中國《金瓶梅》研究會（籌）主編：《金瓶梅研究（第12輯）——第十一屆（徐州）國際《金瓶梅》學術討論會論文集》（鄭州：中州古籍出版社，2016年）。

2.〈第四章　欲齊其家者，先修其身——《金瓶梅》的淑世意識〉，初稿原以〈《金瓶梅詞話》的淑世意識與立命選擇〉一文，發表於國立中央大學邁向頂尖大學計畫——古典文學「物」與「我」、國立中央大學明清研究中心主辦之「物我相契——明清文學學術研討會」（國立中央大學，2014年11月7日至8日）。經改寫後，再以〈金瓶梅的淑世意識〉一文，發表於中國《金瓶梅》研究會（籌）主辦之「第十屆（蘭陵）國際《金瓶梅》學術討論會」（中國山東蘭陵縣人民政府，2014年11月14日至16日）。其後，收錄於中國《金瓶梅》研究會（籌）主編：《金瓶梅研究（第11輯）——第十屆（蘭陵）國際《金瓶梅》學術討論會論文集》（上海：復旦大學出版社，2015

年）。又以〈《金瓶梅詞話》的淑世意識〉之名，受邀發表於《中國語言文學研究》2015春之卷（總第17卷），2015年5月，頁95-110。最後，又以〈齊家之思——《金瓶梅》的淑世意識〉之名，收錄於李瑞騰、卓清芬主編：《物我交會：古典文學的物質性與主體性》（臺北：萬卷樓出版社，2018年）。

3.〈第八章　三寸氣在千般用，一日無常萬事休——《金瓶梅》的尊生意識〉，初稿原以〈《金瓶梅詞話》敘述的時間體驗與時命觀〉之名，發表於韓國中國學會主辦之第三十六屆中國學國際學術大會（韓國國立首爾大學，2016年8月17日至19日）。經修訂後，正式發表於《東吳中文學報》第36期，2018年11月，頁123-153。

由於時代環境快速變遷，數位資訊技術的興起和發展，使得知識產出與流通方式產生巨大的變革，傳統出版環境和營銷市場也因此面臨嚴峻的考驗和挑戰。在出版環境急遽變化的影響下，學術性專書之出版可謂備顯不易。如今本書得以再版，首先，必須感謝五南圖書出版股份有限公司對於學術性專書出版的鼎力支持；其次，承蒙黃文瓊副總編輯的厚愛，親自邀約重新出版，才使得拙作得以嶄新的面貌面世。此次再版，十分感謝吳雨潔編輯和本人研究助理張雅涵的協助，又針對原書各章節表述中所出現的疏誤進行了修訂和調整，力求行文體例能夠達到一致。最終，希冀個人的研究成果能夠提供學界參考，尚祈各方賢哲不吝給予指教。

是爲再版後記。

初版後記

人生總有意想不到的因緣，爲日常生活增添許多不可預期的經驗。在此之前，從來沒有想過有一天我會爲《金瓶梅》寫出一本專書。而這本小書，正是在系上同仁兼好友——胡衍南教授的督促和熱情引薦下，才根據先前已發表的部分研究成果，勉力加以彙編、統整與擴寫而成的小品之作，因而得以列入臺灣學生書局規劃出版的「臺灣金學叢書」之中。在此，謹先就本書寫作內容之資料來源做一說明：

李志宏：〈論《金瓶梅》的情色書寫及其文化意味——以潘金蓮的情慾表現爲論述中心〉，《臺北師院語文集刊》第七期（2002.06），頁1-53。

李志宏：〈《金瓶梅詞話》的情色書寫及其寓言建構〉。黃霖、杜明德編：《《金瓶梅》與臨清——第六屆國際《金瓶梅》學術討論會論文集》（濟南：齊魯書社，2008年），頁201-224。

李志宏：〈「演義」：明代四大奇書書寫性質探析〉，《中國學術年刊》第32期秋季號（2010.09），頁159-190。

李志宏：《「演義」——明代四大奇書敘事研究》（臺北：大安出版社，2011年）。

李志宏：一樣「世情」，兩種「演義」——詞話本與說散本《金瓶梅》題旨比較。陳益源主編：《2012臺灣金瓶梅國際學術研討會論文集》（臺北：里仁書局，2013年），頁227-257。

李志宏：〈唯女子與小人爲難養也——論《金瓶梅詞話》敘事生成的意識形態〉。發表於第九屆（五蓮）國際《金瓶梅》學術研討會，中國金瓶梅研究會主辦（2013年5月10日至14日）。

以上這些文章，主要圍繞在《金瓶梅詞話》之上展開。本書在彙編過程中，爲求行文觀點和體例的一致，因此對於原發表文章做出一些必要的調整，並且對於以往文章中諸多疏而不察的錯誤盡力做出修正。在此必須一提的是，爲因應主要論點的主導發揮，本書各章節間不免會有引文或論述內容重複出現的問題，尚祈讀者明鑒。

在尋繹《金瓶梅》的文化身分時，我始終關注的是女性與情色的存在意義。就《金瓶梅》的敘事話語而論，我們可以清楚看到，女性和情色既作爲寫定者回應歷史時被展示的對象，同時又可視爲用以召喚讀者時有意爲之的修辭策略，這使得《金瓶梅》的文化身分界定問題，在傳統父權文化場域中變得相形複雜。自《金瓶梅》問世以來，論者爲此爭論不斷，難於形成定論。因此在上述爲數不多的研究成果中，我側重將閱讀重心和研究重點聚焦在《金瓶梅》的女性和情色問題之上進行反思，並嘗試從「寓言」的角度深入探討《金瓶梅》一書的編寫意圖和主題寓意。基本上，這項研究工作得以持續進行，乃因爲近年來執行國家科學委員會補助專題計畫：〈「演義」敘事學——以明代四大奇書爲考察中心〉（2010.08.01-2012.07.31計畫編號：NSC99-2410-H-003-103-MY2），使得部分研究成果因而得以獲得累積，謹表謝忱。在該專題研究計畫中，我特別針對以明代四大奇書爲代表的古代長篇通俗小說進行考察，從中發現「演義」作爲一種文類／文體的稱謂和辨認，自明代中葉以來已是文人普遍被接受的觀念。究實而論，四大奇書寫定者在正史之外通過「演義」以尋求歷史闡釋空間，因而在著述意識方面體現出某種程度的一致性。相關研究成果已彙編出版，可參本人撰作之《「演義」——明代四大奇書敘事研究》（臺北：大安出版社，2011年）。本書寫作的核心關懷，即試圖以「演義」爲基礎，對於《金瓶梅》的書寫性質、著述意識和價值觀點進行較具體系化的解讀，期能由此提供一個重新認識《金瓶梅》文化身分的研究觀點。整體而言，本書在題名的設定、各章問題的提出以及在論述邏輯和行文內容等方面所體現主導觀念和思想脈絡，皆源出於此，讀者可互相參看。

嚴格來說，我在中國古典小說研究方面的學植仍淺，有待來日持續紮根厚植學養。回首過往，我眞正深入閱讀《金瓶梅》並展開研究一事，若要認眞追究起來，時間點應該是2008年6月12日在臺灣師範大學國文系所安排的一場演講：「敘事：閱讀、分析與詮釋——以《金瓶梅詞話》的情色書寫及其寓言建構爲例」。其後，又隨著近年來幾次參與中國金瓶梅學會主辦之國際研討會，才陸續發表了一些論述主題相近的文章。而如今要將先前那些未臻成熟的一得之見予以彙整並以專書形式出版，不免感到猶如置身夢中一般。相對於「金學」專家們的研究，本書所論識見不可不謂有限，更遑論要對《金瓶梅》研究提出令人亮眼的新見。目前看來，這本小書只能勉強說是我個人現階段研究的入門之作，但即使如此，我仍然不揣淺陋，力求在有限學力中圓融表達個人看法。至於本書具體成果如何，尚祈方家不吝指正。

値此專書付梓之際，我首先要感謝諸多師長、學友和學生們長久以來在學術研究之路上的關心、提點和協助。最後，我要特別感謝胡衍南教授和臺灣學生書局不以本人學植尚淺，接受本書列入「臺灣金學叢書」之一出版，因而讓我能夠在學術研究之路上留下一個値得紀念的標記。本書所示讀書心得，倘有可供學界參考之處，誠感萬幸之至。

是爲後記。

李志宏

2013年10月31日於臺灣師範大學國文學系勤838研究室

參考文獻

一、專書

（一）

〔漢〕毛公傳、鄭元箋，〔唐〕孔穎達等正義：《毛詩注疏》，見〔清〕阮元審定，盧宣旬校：《十三經注疏》（臺北：藝文印書館，2001年）。

〔漢〕司馬遷撰，（日）瀧川龜太郎著：《史記會注考證》（臺北：洪氏出版社，1983年）。

〔漢〕班昭：《女誡》，見文懷沙主編：《四部文明：秦漢文明卷》（陝西：陝西人民出版社，2007年）。

〔漢〕趙岐注、〔宋〕孫奭疏：《孟子注疏》，見〔清〕阮元審定，盧宣旬校：《十三經注疏》（臺北：藝文印書館，2001年）。

〔漢〕鄭元注，〔唐〕孔穎達疏：《禮記注疏》，見〔清〕阮元審定，盧宣旬校：《十三經注疏》（臺北：藝文印書館，2001年）。

〔漢〕鄭元注、〔唐〕孔穎達疏：《大學注疏》，見〔清〕阮元審定，盧宣旬校：《十三經注疏》（臺北：藝文印書館，2001年）。

〔魏〕王弼、韓康伯注，〔唐〕孔穎達等正義：《周易注疏》，見〔清〕阮元審定，盧宣旬校：《十三經注疏》（臺北：藝文印書館，2001年）。

〔魏〕何晏等注，〔宋〕邢昺疏：《論語注疏》，見〔清〕阮元審定，盧宣旬校：《十三經注疏》（臺北：藝文印書館，2001年）

〔南朝宋〕劉勰著，周振甫注：《文心雕龍注釋》（臺北：里仁書局，

2001年）。
〔北齊〕劉晝撰，江建俊校注：《新編劉子新論》（臺北：五南圖書出版公司，2001年）。
〔唐〕唐玄宗注，〔宋〕邢昺疏：《孝經注疏》，見〔清〕阮元審定，盧宣旬校：《十三經注疏》（臺北：藝文印書館，2001年）。
〔唐〕劉知幾：《史通》（臺北：華世出版社，1981年）。
〔宋〕司馬光：《資治通鑑》（臺北：明倫出版社，1972年）。
〔宋〕黎靖德編，王星賢點校：《朱子語類》（北京：中華書局，1988年）。
〔宋〕吳自牧：《夢粱錄》，收於孟元老等著：《東京夢華錄》（外四種）（北京：文化藝術出版社，1998年）。
〔明〕王陽明撰，吳光、錢明、董平、姚延福編校：《王陽明全集》（上海：古籍出版社，1992年）。
〔明〕李贄：《焚書》（北京：中華書局，1974年）。
〔明〕凌濛初：《二刻拍案驚奇》（臺北：三民書局，2007年）。
〔明〕張瀚：《松窗夢語》（北京：中華書局，2008年）。
〔明〕羅汝芳撰，方祖猷、梁一群、李慶隆等編校整理：《羅汝芳全集》（南京：鳳凰出版社，2007年）。
〔明〕蘭陵笑笑生原著，梅節校訂，陳詔、黃霖注釋：《金瓶梅詞話》（夢梅館校本）（臺北：里仁書局，2017年）。
〔明〕申時行等：《大明會典》（臺北：新文豐出版公司，1976年）。
〔明〕何良俊：《四友齋叢說》（北京：中華書局，1997年）。
〔明〕沈德符：《萬曆野獲編》（北京：中華書局，1980年）。
〔明〕施耐庵集撰，羅貫中纂修：《李卓吾批評忠義水滸傳》，收於古本小說集成編委會：《古本小說集成》（上海：上海古籍出版社，1990年）。
〔明〕胡應麟：《少室山房筆叢》（上海：上海書店出版社，2009年）。
〔明〕華陽洞天主人校：《西遊記》，收於古本小說集成編委會：《古本小說集成》（上海：上海古籍出版社，1990年）。
〔明〕馮夢龍編撰，徐文助校注：《喻世明言》（臺北：三民書局，2003年），頁70。
〔明〕解縉等撰：《古今列女傳》，見鄭曉霞、林佳鬱編：《列女傳彙編》（北京：北京圖書出版社，2007年）。
〔明〕潘鏡若編次：《三教開迷歸正演義》，見古本小說集成編委會：《古本小說集成》（上海：上海古籍出版社，1990年）。
〔明〕謝肇淛：《五雜組》（上海：上海書店出版社，2009年）。
〔明〕羅本編次：《三國志通俗演義》，收於古本小說集成編委會：《古本小說集成》（上海：上海古籍出版社，1990年）。
〔明〕蘭陵笑笑生著，〔清〕張竹坡評點：《第一奇書——竹坡本金瓶梅》（康熙乙亥年張竹坡在茲堂本《金瓶梅》）（臺北：里仁書局，1981年）。
〔明〕蘭陵笑笑生著，齊煙、汝梅校點：《新刻繡像批評金瓶梅》（香港：三聯書店〔香港〕有限公司，1998年）。
〔清〕李顒：《四書反身錄》（臺北：國立編譯館，1992年）。
〔清〕郭慶藩：《莊子集釋》（臺北：漢京文化事業有限公司，1983年）。
〔清〕顧炎武著，黃汝成集釋，欒保群等校點：《日知錄集釋》（上海：上海古籍出版社，2006年）。

（二）

丁峰山：《明清性愛小說論稿》（臺北：大安出版社，2007年）。
中國水滸學會編：《水滸爭鳴》（第十輯）（武漢：湖北長江出版集團崇文書局，2008年）。
王平：《中國古代小說敘事研究》（石家莊：河北人民出版社，2001年）。
王利器主編：《國際金瓶梅研究集刊》（第一集）（四川：成都出版社，1991年）。
包振南、寇曉偉、張小影編選：《《金瓶梅》及其他》（長春：吉林文史出版社，1991年）。

田曉菲：《秋水堂論金瓶梅》（天津：天津人民出版社，2003年）。

石昌渝：《中國小說源流論》（北京：生活・讀書・新知三聯書店，1994年）。

吉林大學中國文化研究所編：《金瓶梅藝術世界》（長春：吉林大學出版社，1991年）。

宋克夫：《宋明理學與章回小說》（武昌：武漢大學出版社，1995年）。

吳士餘：《中國文化與小說思維》（上海：上海三聯書店，2000年）。

吳敢：《20世紀《金瓶梅》研究史長編》（上海：文匯出版社，2003年）。

吳敢：《金瓶梅研究史》（鄭州：中州古籍出版社，2015年）。

李志宏：《「演義」：明代四大奇書敘事研究》（臺北：五南圖書出版股份有限公司，2019年）。

李明軍：《禁忌與放縱——明清艷情小說文化研究》（濟南：齊魯書社，2005年）。

李梁淑：《金瓶梅詮評史》（臺北：臺灣學生書局，2014年）。

李建中：《瓶中審醜——金瓶梅「色」之批判》（臺北：文史哲出版社，1992年）。

杜維沫、劉輝編：《金瓶梅研究集》（濟南：齊魯書社，1988年）。

周中明：《金瓶梅藝術論》（臺北：里仁書局，2001年）。

周鈞韜：《金瓶梅素材來源》（鄭州：中州古籍出版社，1991年）。

林辰：《明末清初小說述錄》（瀋陽：春風文藝出版社，1988年）。

邱紹雄：《中國商賈小說史》（北京：北京大學出版社，2004年）。

段江麗：《禮法與人情——明清家庭小說的家庭主題研究》（北京：中華書局，2006年）。

紀德君：《中國歷史小說的藝術流變》（北京：中國社會科學出版社，2002年）。

紀德君：《明清歷史演義小說藝術論》（北京：北京師範大學出版社，2000年）。

胡士瑩：《話本小說概論》（臺北：丹青圖書公司，1979年）。

胡衍南：《金瓶梅到紅樓夢——明清長篇世情小說研究》（臺北：里仁出版社，2009年）。

胡衍南：《飲食情色金瓶梅》（臺北：里仁書局，2004年）。

孫述宇：《金瓶梅的藝術》（臺北：時報文化出版事業有限公司，1985年）。

徐朔方編校、沈亨壽等譯：《金瓶梅西方論文集》（上海：上海古籍出版社，1987年）。

皋于厚：《明清小說的文化審視》（北京：學苑出版社，2004年）。

張廷興：《中國古代艷情小說史》（北京：中央編譯出版社，2008年）。

張國星編：《中國古代小說中的性描寫》（天津：百花文藝出版社，1993年）。

張國風：《金瓶梅描繪的世俗人間》（北京：書目文獻出版社，1992年）。

梁曉萍：《明清家族小說的文化與敘事》（天津：南開大學出版社，2008年）。

盛源、北嬰選編：《名家解讀金瓶梅》（濟南：山東人民出版社，1998年）。

許麗芳：《章回小說的歷史書寫與想像：以三國演義與水滸傳的敘事爲例》（臺北：秀威資訊科技股份有限公司，2007年）。

陳大康：《明代小說史》（上海：上海文藝出版社，2000年）。

陳大康：《通俗小說的歷史軌跡》（長沙：湖南出版社，1993年）。

陳文新、魯小俊、王同舟：《明清章回小說流派研究》（武昌：武漢大學出版社，2003年）。

陳翠英：《世情小說之價值觀探論——以婚姻爲定位的考察》（臺北：國立臺灣大學出版委員會，1996年）。

馮文樓：《四大奇書的文本文化學闡釋》（北京：中國社會科學出版社，2004年）。

黃清泉、蔣松源、譚邦和：《明清小說的藝術世界》（武漢：華中師範大學出版社，1992年）。
黃霖、李桂奎、韓曉、鄧百意：《中國古代小說敘事三維論》（上海：上海書店出版社，2009年）。
黃霖：《金瓶梅考論》（瀋陽：遼寧人民出版社，1989年）。
陳益源主編：《2012臺灣金瓶梅國際學術研討會論文集》（臺北：里仁書局，2013年）。
楊義：《中國古典小說十二講》（香港：三聯書店〔香港〕有限公司，2006年）。
楚愛華：《女性視野下的明清小說》（濟南：齊魯書社，2009年）。
寧宗一、羅德榮主編：《《金瓶梅》對小說美學的貢獻》（天津：天津社會科學院出版社，1992年）。
萬晴川：《命相・占卜・讖應與中國古代小說研究》（北京：中國文聯出版社，2000年）。
趙興勤：《理學思潮與世情小說》（北京：文物出版社，2010年）。
夏志清：《中國古典小說導論》（合肥：安徽文藝出版社，1994年）。
齊浚：《持守與嬗變——明清社會思潮與人情小說研究》（濟南：齊魯書社，2008年）。
齊裕焜：《中國古代小說演變史》（蘭州：敦煌文藝出版社，1999年）。
劉勇強：《中國古代小說史敘論》（北京：北京大學出版社，2009年）。
劉輝：《金瓶梅論集》（臺北：貫雅文化事業有限公司，1992年）。
樂蘅軍：《古典小說散論》（臺北：大安出版社，2004年）。
樂蘅軍：《意志與命運——中國古典小說世界觀綜論》（臺北：大安出版社，2003年）。
樓含松：《從「講史」到「演義」——中國古代通俗小說的歷史敘事》（北京：商務印書館，2008年）。
魯迅：《中國小說史略》，《魯迅小說史論文集》（臺北：里仁書局，1992年）。

魯德才：《古代白話小說形態發展史論》（天津：南開大學出版社，2003年）。
盧世華：《元代平話研究——原生態的通俗小說》（北京：中華書局，2009年）。
霍現俊：《金瓶梅發微》（北京：中國社會科學出版社，2002年）。
霍現俊：《金瓶梅藝術論要》（天津：天津古籍出版社，2010年）。
魏子雲：《金瓶梅的問世與演變》（臺北：時報文化出版事業有限公司，1981年）。
（美）艾梅蘭（Maram Epstein）著，羅琳譯：《競爭的話語：明清小說中的正統性、本眞性及所生成的意義》（*Competing Discourse: Orthodoxy, Authenticity, and Engendered Meanings in Late Imperial Chinese Fiction*）（南京：江蘇人民出版社，2005年）。
（美）夏志清著，胡益民等譯：《中國古典小說史論》（*The Classic Chinese Novel: A Critical Introduction*）（南昌：江西人民出版社，2003年）。
（美）浦安迪（Andrew H. Plaks）著，沈亨壽譯：《明代小說四大奇書》（*The Four Masterworks of the Ming Novel*：*Ssu ta ch'I-shu*）（北京：生活·讀書·新知三聯書店，2006年）。
（美）浦安迪（Andrew H. Plaks）講演：《中國敘事學》（*Chinese Narrative*）（北京：北京大學出版社，1998年）。
（美）韓南（Patrick. D. Hanan）著，王秋桂等譯：《韓南中國小說論集》（北京：北京大學出版社，2008年）。

（三）

毛文芳：《晚明閒賞美學》（臺北：臺灣學生書局，2000年）。
王建科：《元明家庭家族敘事文學研究》（北京：中國社會科學出版社，2004年）。
王德威：《從劉鶚到王禎和——中國現代寫實小說散論》（臺北：時報

文化出版有限公司，1986年）。
王德威：《想像中國的方法》（北京：三聯書店，1998年）。
王璦玲、胡曉真主編：《經典轉化與明清敘事文學》（臺北：聯經出版事業股份有限公司，2009年）。
王璦玲主編：《明清文學與思想中之主體意識與社會》（臺北：中央研究院中國文哲研究所，2005年）。
史鐵良、陳立人、鄧紹秋撰著：《明代文學研究》（北京：北京出版社，2003年）。
余英時：《士與中國文化》（上海：人民出版社，2003年）。
吳存存：《明清社會性愛風氣》（北京：人民文學出版社，2000年）。
吳國盛：《時間的觀念》（北京：北京大學出版社，2009年）。
宋克夫、韓曉著：《心學與文學論稿——明代嘉靖萬曆時期文學概觀》（北京：中國社會科學出版社，2002年）。
宋克夫：《宋明理學與明代文學》（北京：中國社會科學出版社，2013年）。
李豐楙主編：《文學、文化與世變——第三屆國際漢學會議論文集》（臺北：中央研究院中國文哲研究所，2002年）。
夏咸淳：《晚明世風與文風》（北京：中國社會科學出版社，1994年）。
祝宇紅：《「故」事如何「新」編——論中國現代「重寫型」小說》（北京：北京大學出版社，2010年）。
高小康：《中國古代敘事觀念與意識形態》（北京：北京大學出版社，2005年）。
康正果：《重審風月鑑——性與中國古典文學》（瀋陽：遼寧教育出版社，1998年）。
陳秀芬：《養生與修身——晚明文人的身體書寫與攝生技術》（臺北：稻香出版社，2010年）。
覃召文、劉晟：《中國文學的政治情結》（廣州：廣東人民出版社，2006年）。

費絲言：《由典範到規範：從明代貞節烈女的辨識與流傳看貞節觀念的嚴格化》（臺北：國立臺灣大學出版中心，1998年）。
楊義：《中國敘事學》（北京：人民出版社，1997年）。
萬明主編：《晚明社會變遷問題與研究》（北京：商務印書館，2005年）。
葛兆光：《中國思想史》（第一卷）（上海：復旦大學出版社，2001年）。
劉達臨：《中國古代性文化》（銀川：寧夏人民出版社，1993年）。
鄭振鐸：《插圖本中國文學史》（上海：上海世紀出版集團，2005年）。
龔自珍：《龔自珍全集》（上海：上海人民出版社，1975年）。
龔鵬程：《晚明思潮》（北京：商務印書館，2005年）。

（四）

李晶：《歷史與文本的超越——小說價值學導論》（上海：上海社會科學院出版社，1992年）。
胡亞敏：《敘事學》（武昌：華中師範大學出版社，1994年）。
胡昌智：《歷史知識與社會變遷》（臺北：聯經出版事業公司，1988年）。
徐岱：《小說敘事學》（北京：中國社會科學出版社，1992年）。
（日）溝口雄三著，索介然、龔穎譯，《中國前近代思想的演變》（北京：中華書局，1997年）。
（俄）米哈依爾・巴赫金（Mikhail Mikhailovich Bakhtin）著，白春仁、曉河譯：《巴赫金全集》第三卷《小說理論》（石家莊：河北教育出版社，1998年）。
（俄）維克多・什克洛夫斯基（Victor Shklovsky）著，劉宗次譯：《散文理論》（*Theory of Prose*）（南昌：百花洲文藝出版社，1994年）。
（美）弗雷德里克・詹姆遜（Fredric R. Jameson）著，王逢振譯：《政治無意識——作爲社會象徵行爲的敘事》（*The Political Unconscious: Narrative as a Socially Symbolic Act*）（北京：中國

社會科學出版社，1999年）。

（美）弗雷德里克・詹姆遜（Fredric R. Jameson）著，陳永國譯：《詹姆遜文集》第2卷《批評理論和敘事闡釋》（北京：中國人民大學出版社，2004年）。

（美）韋恩・布斯（Wayne C. Booth）著，華明、胡蘇曉、周憲譯：《小說修辭學》（*The Rhetoric of Ficiton*）（北京：北京大學出版社，1987年）。

（美）海登・懷特（Hayden White）著，陳永國、張萬娟譯：《後現代歷史敘事學》（北京：中國社會科學出版社，2003年）。

（美）華萊士・馬丁（Wallace Martin）著，伍曉明譯：《當代敘事學》（*Recent Theories of Narrative*）（北京：北京大學出版社，2006年）。

（美）黃衛總著，張蘊爽譯：《中華帝國晚期的欲望與小說敘述》（*Desire and Fiction Narrative in Late Imperial China*）（南京：江蘇人民出版社，2010年）。

（美）盧葦菁（Lu Weijing）著，秦立彥譯：《矢志不渝：明清時期的貞女現象》（*True to her world:The Faithful Maiden Cult in Late Imperial China*）（南京：江蘇人民出版社，2010年）。

（荷）高羅佩（Robert Hans van Gulik）著，李零、郭曉惠等譯：《中國古代房內考——中國古代的性與社會》（*Sexual Life in Ancient China*）（上海：上海人民出版社，1990年）。

（五）

丁錫根編著：《中國歷代小說序跋集》（中）（北京：人民文學出版社，1996年）。

朱一玄編：《明清小說資料選編》（上）（天津：南開大學出版社，2006年）。

黃霖、韓同文選注：《中國歷代小說論著選》（南昌：江西人民出版社，2000年）。
黃霖編：《金瓶梅資料彙編》（北京：中華書局，2012年）。

二、專書論文暨論文集論文

及巨濤：〈論《金瓶梅》中西門氏家族社會〉，見杜維沫、劉輝編：《金瓶梅研究集》（濟南：齊魯書社，1988年），頁137-156。
王德威：〈「說話」與中國白話小說敘事模式的關係〉，見氏著：《從劉鶚到王禎和——中國現代寫實小說散論》（臺北：時報文化出版有限公司，1986年），頁24-54。
田秉鍔：〈統治思想趨於崩潰及舊倫理的淪喪——《金瓶梅》所反映的時代及社會意義〉，見王利器主編：《國際金瓶梅研究集刊》（第一集）（四川：成都出版社，1991年），頁85-100。
史小軍：〈論《金瓶梅》中的偷窺與偷聽〉，見陳益源主編：《2012臺灣金瓶梅國際學術研討會論文集》（臺北：里仁書局，2013年），頁149-165。
吳小如：〈我對《金瓶梅》及其研究的幾點看法〉，見徐朔方、劉輝編：《金瓶梅論集》（北京：人民文學出版社，1986年），頁19-25。
吳敢：〈《金瓶梅》研究的懸案與論爭〉，見黃霖、杜明德主編：《《金瓶梅》與臨清——第六屆國際《金瓶梅》學術討論會論文集》（濟南：齊魯書社，2008年），頁1-36。
吳晗：〈《金瓶梅》的著作時代及其社會背景〉，見盛源、北嬰選編：《名家解讀金瓶梅》（濟南：山東人民出版社，1998年），頁30-68。
李志宏：〈《金瓶梅詞話》的淑世意識〉，《中國語言文學研究》總第17卷（2015年5月），頁95-110。
孟昭璉：〈《金瓶梅》對中國小說思想的變革〉，見杜維沫、劉輝編：《金瓶梅研究集》（濟南：齊魯書社，1988年），頁120-136。

林辰：〈明末清初小說在小說史上的地位〉，見氏著：《明末清初小說述錄》（瀋陽：春風文藝出版社，1988年），頁1-40。

胡衍南：〈《金瓶梅》無「微言大義」〉，見氏著：《金瓶梅到紅樓夢——明清長篇世情小說研究》（臺北：里仁書局，2009年），頁83-108。

孫萌：〈從「情色誤人」到「萬事皆空」——簡論《金瓶梅》說散本對詞話本主旨的轉換〉，見康全忠、曹先鋒、張虹主編：《水滸爭鳴》（第九輯）（西寧：青海人民出版社，2006年），頁351-356。

孫遜：〈論《金瓶梅》的思想意義〉，見盛源、北嬰選編：《名家解讀金瓶梅》（濟南：山東人民出版社，1998年），頁69-84。

徐朔方：〈論《金瓶梅》〉，見氏著：《論《金瓶梅》的成書及其他》（濟南：齊魯書社，1988年），頁1-22。

徐朔方〈《金瓶梅》成書新探〉，見氏著：《論《金瓶梅》的成書及其他》（濟南：齊魯書社，1988年），頁53-107。

皋于厚：〈古代小說的「寓言化」特徵與深層意蘊〉，見氏著：《明清小說的文化審視》（北京：學苑出版社，2004年），頁140-162。

高桂惠：〈《金瓶梅》「禮物」書寫初探〉，見陳益源主編：《2012臺灣金瓶梅國際學術研討會論文集》（臺北：里仁書局，2013年），頁91-98。。

張兵：〈論《金瓶梅》研究中的「封建說」〉，見中國金瓶梅學會編：《金瓶梅研究》（第二輯）（南京：江蘇古籍出版社，1991年），頁106-120。

張祝平：〈《水滸傳》、《金瓶梅》中「女禍」論的形象化演繹〉，見中國水滸學會編：《水滸爭鳴》（第十輯）（武漢：湖北長江出版集團崇文書局，2008年），頁284-294。

章培恆：〈明清小說的發展與寫實主義〉，見李豐楙主編：《文學、文化與世變——第三屆國際漢學會議論文集》（臺北：中央研究院中國文哲研究所，2002年），頁273-301。

陳建華：〈欲的凝視：《金瓶梅詞話》的敘述方法、視覺與性別〉，見王瓊玲、胡曉真主編：《經典轉化與明清敘事文學》（臺北：聯經出版事業股份有限公司，2009年），頁97-127。

陳遼：〈兩部《金瓶梅》，兩種文學〉，見吉林大學中國文化研究所編：《金瓶梅藝術世界》（長春：吉林大學出版社，1991年），頁55-66。

馮沅君：〈金瓶梅詞話中的文學史料〉，見氏著：《古劇說彙》（上海：商務印書館，1947年），頁170-213。

黃霖：〈晚明女性主體意識的萌動及其悲劇命運〉，見王瓊玲主編：《明清文學與思想中之主體意識與社會》（臺北：中央研究院中國文哲研究所，2005年），頁253-276。

黃霖：〈論《金瓶梅詞話》的政治性〉，見氏著：《金瓶梅考論》（瀋陽：遼寧人民出版社，1989年），頁38-51。

楊義：〈《金瓶梅》：世情書與怪才奇書的雙重品格〉，見氏著：《中國古典小說十二講》（香港：三聯書店〔香港〕有限公司，2006年），頁111-131。

寧宗一：〈小說觀念的更新與《金瓶梅》的價值〉，見杜維沫、劉輝編：《金瓶梅研究集》（濟南：齊魯書社，1988年），頁55-75。

劉中光：〈《金瓶梅》人物考論〉，見葉桂桐等著，聊城《水滸》、《金瓶梅》研究學會編：《《金瓶梅》作者之謎》（銀川：寧夏人民出版社，1988年），頁105-224。

劉輝：〈《金瓶梅》的歷史命運與現實評價——之一：非淫書辨〉，見氏著：《金瓶梅論文集》（臺北：貫雅文化事業有限公司，1992年），頁299-318。

劉輝：〈也談《金瓶梅》的成書和「隱喻」——與魏子雲先生商榷〉，見吉林大學中國文化研究所編：《金瓶梅藝術世界》（長春：吉林大學出版社，1991年），頁111-121。

鄭振鐸：〈談《金瓶梅詞話》〉，見盛源、北嬰選編：《名家解讀金瓶梅》（濟南：山東人民出版社，1998年），頁11-29。

鄭培凱：〈天地正義僅見於婦女：明清的情色意識與貞淫問題（續完）〉，見鮑家麟編：《中國婦女史論集》（四）（臺北：稻香出版社，1995年），頁253-272。

鄭培凱：〈天地正義僅見於婦女：明清的情色意識與貞淫問題〉，見鮑家麟編：《中國婦女史論集》（三）（臺北：稻香出版社，1993年），頁97-120。

魯歌、馬征：〈談《金瓶梅》對萬曆帝寵妃鄭貴妃的影射〉，見吉林大學中國文化研究所編：《金瓶梅藝術世界》（長春：吉林大學出版社，1991年），頁182-193。

（日）寺村政男：〈《金瓶梅》從詞話本到改訂本的轉變〉，見黃林、王國安編譯：《日本研究金瓶梅論文集》（濟南：齊魯書社，1989年），頁226-243。

（日）寺村政男：〈《金瓶梅詞話》中的作者介入文──「看官聽說」考〉，見黃霖、王國安編著：《日本研究《金瓶梅》論文集》（濟南：齊魯書社，1989年），頁244-261。

（美）芮效衛（David Tod Roy）：〈湯顯祖創作《金瓶梅》考〉，見徐朔方編選，沈亨壽等譯：《《金瓶梅》西方論文集》（上海：上海古籍出版社，1987年），頁89-136。

（美）浦安迪（Andrew H. Plaks）：〈金瓶梅非「集體創作」〉，見中國金瓶梅學會編：《金瓶梅研究》（第二輯）（南京：江蘇古籍出版社，1991年），頁82-90。

（美）凱瑟琳·卡爾麗茨著，畢國勝譯：〈《金瓶梅》的結局〉，見吉林大學中國文化研究所編：《金瓶梅藝術世界》（長春：吉林文史出版社，1991年），頁374-389。

（美）韓南（Patrick D. Hanan）著，包振南譯：〈中國小說的里程碑〉，見包振南、寇曉偉、張小影編選：《《金瓶梅》及其他》（長春：吉林文史出版社，1991年），頁1-13。

（美）韓南（Patrick. D. Hanan）：〈《金瓶梅》探源〉，見徐朔方編校、沈亨壽等譯：《金瓶梅西方論文集》（上海：上海古籍出版社，1987年），頁1-48。

（美）韓南（Patrick. D. Hanan）著，包振南譯：〈《金瓶梅》版本及素材來源研究〉，見包振南、寇曉偉、張小影編選：《《金瓶梅》及其他》（長春：吉林文史出版社，1991年），頁14-142。

三、期刊論文

丁乃非著，蔡秀枝、奚修君合譯：〈鞦韆・腳帶・紅睡鞋〉，《中外文學》第22卷第6期（1993年11月），頁26-54。

丁夏：〈感性與理性的衝突——《金瓶梅》「風情故事」的內在矛盾〉，《清華大學學報》（哲學社會科學版）第14卷第1期（1999年3月），頁30-34。

王小健：〈「女禍」現象的文化學分析〉，《大連大學學報》第28卷第5期（2007年10月），頁11-15。

王建科：〈明清長篇家族小說及其敘事模式〉，《陝西師範大學學報》（哲學社會科學版）第32卷第1期（2003年1月），頁25-31。

王啓忠：〈《金瓶梅》對於天命觀念的承襲〉，《齊魯學刊》1992年第2期（1992年3月），頁33-36。

王彪：〈作爲敘述視角與敘述動力的性描寫——《金瓶梅》性描寫的敘事功能及審美評價〉，《社會科學戰線》1994年2期，頁212-219。

王祥雲：〈《金瓶梅詞話》中性愛描寫的文化闡釋〉，《南都學壇》（人文社會科學版）第25卷第4期（2005年7月），頁61-64。

王齊洲：〈「四大奇書」命名的文化意義〉，《湖北經濟學院學報》第2卷第1期（2004年1月），頁116-120。

王增斌：〈《金瓶梅》文學估値與明清世情小說之流變〉，《山西教育學院學報》第2卷第3期（1999年9月），頁3-9。

吳光正：〈《金瓶梅詞話》的宗教描寫與作者的藝術構思〉，《武漢大學學報》（人文科學版）第62卷第4期（2009年7月），頁439-444。

吳孟謙：〈晚明「身心性命」觀念的流行：一個思想史觀點的探討〉，《清華學報》新44卷第2期（2014年6月），頁215-253。

吳建民：〈政教功用文學觀的理論傳統〉，《忻州師範學院學報》第19卷第1期（2003年2月），頁11-14。

李建武、李冬山：〈《金瓶梅》人性觀與明代中後期「克己復禮」思想無關嗎？〉，《江淮論壇》2006年第6期，頁168-174。

李時人：〈中國古代小說的美學新風貌——談《金瓶梅》的藝術創造〉，《河北師範大學學報》（哲學社會科學版）1994年第3期，頁42-47。

李漢舉：〈欲海迷失的批判——《金瓶梅》的審美選擇與文化反思〉，《東岳論叢》第22卷第5期（2001年9月），頁121-124。

杜貴晨：〈《金瓶梅》爲「家庭小說」簡論——一個關於明清小說分類的個案分析〉，《河北大學學報》（哲學社會科學版）2001年第4期，頁23-27。

杜貴晨：〈關於「偉大的色情小說《金瓶梅》」——從高羅佩如是說談起〉，《明清小說研究》2009年第1期，頁133-149。

汪芳啓：〈《金瓶梅》「詞話本」與說散本開頭藝術比較〉，《阜陽師範學院學報》（社會科學版）2002年第2期，頁29-31。

周中明：〈評《金瓶梅》「崇尚現世享樂」說〉，《安徽大學學報》（哲學社會科學版）1998年第5期，頁91-98。

周文：〈談《金瓶梅》「詞話本」、「說散本」的入話〉，《臨沂師範學院學報》第29卷第2期（2007年4月），頁42-45。

周鈞韜：〈《金瓶梅》是一部性小說——兼論《金瓶梅》對晚明社會縱欲風氣的全方位揭示〉，《內江師範學院學報》第27卷第7期（2012年7月），頁6-11。

周質平：〈論晚明文人對小說的態度〉，《中外文學》11卷12期（1983年5月），頁100-109。

姚洪運：〈末世狂歡下的憂慮與絕望——《金瓶梅》父親缺席的敘事策略〉，《北華大學學報》第13卷第2期（2012年4月），頁72-74。

宣嘯東：〈《金瓶梅》與《水滸傳》「同出一源」駁議〉，《明清小說研究》1999年第1期，頁54-58。

洪濤：〈《金瓶梅詞話》「四季詞」的解釋與金學中的重大問題〉，《保定師專學報》第14卷第3期（2001年7月），頁49-54。

胡衍南：〈《金瓶梅》非淫書辨〉，《淡江中文學報》2003年第9期，頁169-192。

胡衍南：〈兩部《金瓶梅》——詞話本與繡像本對照研究〉，《中國學術年刊》第29期春季號（2007年3月），頁115-144。

苗懷明：〈20世紀詞話本爲中心的《金瓶梅》研究綜述〉，《中華文化論壇》2002年第1期，頁75-81。

孫超、李桂奎：〈論《金瓶梅》的情色敘事模式〉，《四川師範大學學報》（社會科學版）第37卷第5期（2010年9月），頁79-85。

袁世碩：〈袁宏道贊《金瓶梅》「勝於枚生〈七發〉多矣」釋〉，《明清小說研究》2008年第2期，頁120-124+246。

馬理：〈世紀末的困惑——論《金瓶梅》與晚明文人的價值失落〉，《重慶師院學報哲社版》1998年第1期，頁30。

張明遠：〈論明清時期對《金瓶梅》艷情描寫的評價與詮釋〉，《齊魯學刊》2010年第4期，頁145-148。

張進德：〈《金瓶梅》借徑《水滸傳》的文化淵源〉，《求是學刊》第36卷第2期（2009年3月），頁113-118。

張進德：〈略論《金瓶梅詞話》的教化傾向〉，《明清小說研究》2005年第4期，頁214-224。

張錦池：〈論《金瓶梅》的結構方式與思想層面〉，《求是學刊》2001年第1期，頁76-86。

張艷萍：〈試論王陽明「良知」論對《金瓶梅》的影響〉，《重慶工商大學學報》（社會科學版・雙月刊）第20卷第5期（2003年10月），頁107-111。

曹萌：〈《金瓶梅》張揚色情的傾向及其主要原因〉，《徐州教育學院學報》第18卷第1期（2003年3月），頁31-36。

梁曉萍：〈明清家族小說界說及其類型特徵〉，《浙江社會科學》2004年第3期，頁199-203。

郭玉雯：〈《金瓶梅》的藝術風貌——由〈七發〉論其諷喻意義與美學特色〉，《臺大文史哲學報》44期，1996年6月，頁1+3-40。

陳東有：〈《金瓶梅》道德說教中的哲學命題〉，《南昌大學學報》第32卷第3期（2001年7月），頁111-118。

陳清芳：〈從《金瓶梅》看商品經濟崛起之初士商地位的演變——兼及《儒林外史》〉，《湖南工業大學學報》（社會科學版）第15卷1期（2010年2月），頁67-70。

陳維昭：〈酒色財氣與安身立命——《金瓶梅詞話》的文化情結〉，《汕頭大學學報》（人文科學版）第7卷第3期（1991年第3期），頁15-21。

傅承洲：〈《金瓶梅》「獨罪財色」新解〉，《廣州大學學報》第8卷1期（2009年1月），頁82-86。

曾婷婷：〈「欲」：晚明日常生活美學觀念的本原〉，《西北師大學報》（社會科學版）第50卷第3期（2013年5月），頁7-13。

賀根民：〈死亡：鑄造世情傑構《金瓶梅》的文化基點〉，《重慶三峽學院學報》第34卷（174期）（2018年第2期），頁57-64。

黃毅：〈從「四貪詞」與正文的矛盾看《金瓶梅》中的時代意識〉，《河北師範學院學報》（哲學社會科學版）第24卷第3期（2001年07月），頁98-102。

黃霖、楊緒容：〈「演義」辨略〉，《文學評論》2003年第6期，頁5-14。

黃霖：〈《金瓶梅》詞話本與崇禎本刊印的幾個問題〉，《河南大學學報》（社會科學版）第46卷第1期（2006年1月），頁2-9。

楊緒容：〈「演義」的生成〉，《文學評論》2010年第6期，頁98-103。

葛永海：〈《金瓶梅》：「理」和「欲」的對峙與兩難〉，《臨沂師範學院學報》第23卷第3期（2001年6月），頁36-41。

董雁：〈人欲的敞開與人性的思考——《金瓶梅》情欲主題解讀〉，《陝西師範大學繼續教育學報》（西安）第21卷第2期（2004年6月），頁71-74。

寧宗一：〈古代小說研究方法論芻議——以《金瓶梅》研究為例證〉，《文史哲》2012年第2期，頁57-65。

趙秀麗：〈明代妒婦研究〉，《武漢大學學報》（人文科學版）第65第3期（2012年5月），頁90-96。

劉孝嚴：〈《金瓶梅》天命鬼魂、輪迴報應觀念與儒佛道思想〉，《東北師大學報》（哲學社會科學版）總第188期（2000年第6期），頁69-74。

劉宗艷、王光利：〈命運觀視域下的中國古典小說〉，《求索》2013年10期（2013年10月），頁140-142。

劉勇強：〈演義述考〉，《明清小說研究》1993年第1期，頁47-51。

鄭培凱：〈酒色財氣與《金瓶梅詞話》的開頭——兼評《金瓶梅》研究的「索隱派」〉，《中外文學》第12卷第4期（1983年9月），頁42-69。

鍾錫南：〈晚明社會文學轉型與《金瓶梅》對傳統題材的突破〉，《湖南師範大學社會科學學報》第35卷第1期（2006年1月），頁93-98。

韓春萌：〈一曲法制與道德淪喪的挽歌——《金瓶梅》的主題與文化意蘊再探〉，《江西教育學院學報》（社會科學）第29卷第4期（2008年8月），頁70-75+80。

魏子雲：〈金瓶梅的政治諷喻〉，《中華文藝》第21卷第1期（1981年3月），頁78-86。

魏子雲：〈論明代的《金瓶梅》史料〉，《中外文學》第6卷第6期（1977年11月），頁18-41。

羅德榮：〈從傳奇到寫實——《金瓶梅》小說觀念的歷史性突破〉，《湖北大學學報》（哲學社會科學版）第28卷第4期（2001年7月），頁72-76。

譚帆：〈「奇書」與「才子書」——對明末清初小說史上一種文化現象的解讀〉，《華東師範大學學報》（哲學社會科學版）第35卷第6期（2003年11月），頁95-102。

譚帆：〈「演義」考〉，《文學遺產》2002年第2期，頁101-112。

譚帆：〈論明代小說學的基礎觀念〉，《中山大學學報》（社會科學版）2008年2期，頁71-81。

（荷蘭）杜威・弗克馬（Douwe Fokkema）著，范智紅譯：〈中國與歐洲傳統中的重寫方式〉，《文學評論》1999年第6期（1999年12月），頁144-149。

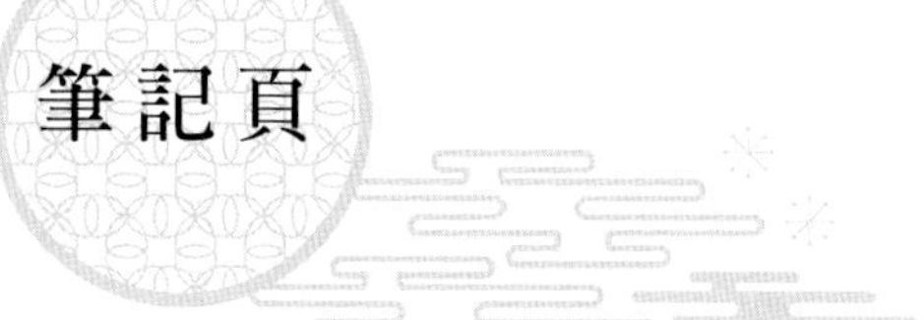
筆記頁

國家圖書館出版品預行編目資料

《金瓶梅》演義——儒學視野下的寓言闡釋／李志宏著. —— 初版. —— 臺北市：五南圖書出版股份有限公司, 2021.07
面； 公分
ISBN 978-986-522-871-2（平裝）

1.金瓶梅 2.研究考訂

857.48 110009266

1XJL

《金瓶梅》演義——儒學視野下的寓言闡釋

作　　者— 李志宏（82.9）
發 行 人— 楊榮川
總 經 理— 楊士清
總 編 輯— 楊秀麗
副總編輯— 黃文瓊
責任編輯— 吳雨潔
封面設計— 姚孝慈
美術設計— 姚孝慈
出 版 者— 五南圖書出版股份有限公司
地　　址：106台北市大安區和平東路二段339號4樓
電　　話：(02)2705-5066　傳　　真：(02)2706-6100
網　　址：https://www.wunan.com.tw
電子郵件：wunan@wunan.com.tw
劃撥帳號：01068953
戶　　名：五南圖書出版股份有限公司
法律顧問　林勝安律師事務所 林勝安律師
出版日期　2021年7月初版一刷
定　　價　新臺幣500元

經典永恆・名著常在

五十週年的獻禮──經典名著文庫

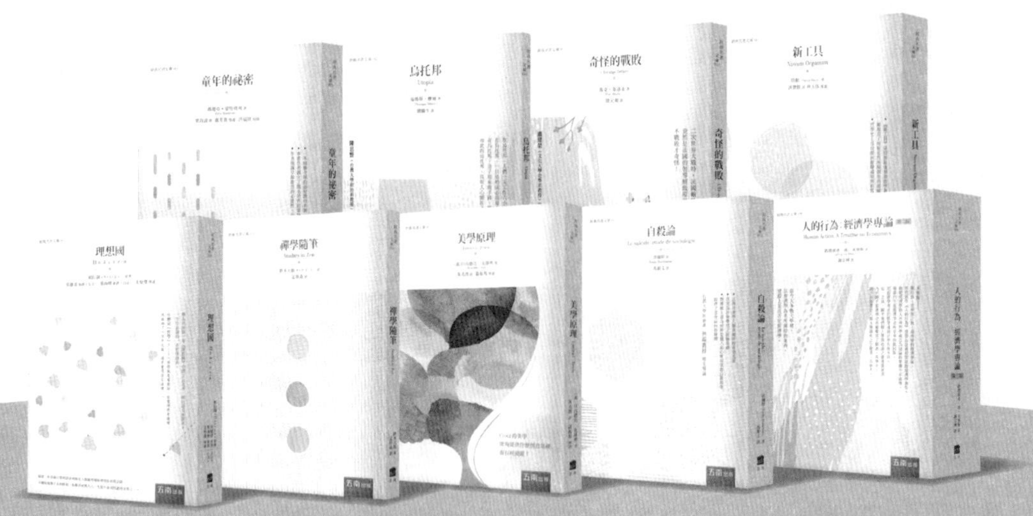

五南，五十年了，半個世紀，人生旅程的一大半，走過來了。
思索著，邁向百年的未來歷程，能為知識界、文化學術界作些什麼？
在速食文化的生態下，有什麼值得讓人雋永品味的？

歷代經典・當今名著，經過時間的洗禮，千錘百鍊，流傳至今，光芒耀人；
不僅使我們能領悟前人的智慧，同時也增深加廣我們思考的深度與視野。
我們決心投入巨資，有計畫的系統梳選，成立「經典名著文庫」，
希望收入古今中外思想性的、充滿睿智與獨見的經典、名著。
這是一項理想性的、永續性的巨大出版工程。
不在意讀者的眾寡，只考慮它的學術價值，力求完整展現先哲思想的軌跡；
為知識界開啟一片智慧之窗，營造一座百花綻放的世界文明公園，
任君遨遊、取菁吸蜜、嘉惠學子！